纪念《瘟疫年纪事》出版三百周年

插 图 纪 念 版

瘟疫年纪事

A Journal of the Plague Year

Daniel Defoe　　Domenico Gnoli

〔英〕丹尼尔·笛福——著　〔意〕多梅尼科·格诺利——插图　许志强——译

上海译文出版社

导 言

辛西娅·沃尔 [①]

　　经过劳斯伯利的土地拍卖市场时，突然间，有一扇竖铰链窗子刚好在我头上猛地打开，然后有个女人发出了三声吓人的号啕，接着是以一种最难以仿效的腔调哭喊道，哦！死亡，死亡，死亡！而这让我猝然惊恐起来，连我的血液都发冷了。整条街上见不到一个人影，也没有任何其他窗户打开，因为人们眼下无论如何都没了好奇心；也没有人会互帮互助；于是我接着走进了贝尔胡同。

　　H. F. 这样写道，他是 1665 年伦敦的一个鞍具商，是丹尼尔·笛福出版于 1722 年《瘟疫年纪事》（*A Journal of the Plague Year*）的叙事人。《瘟疫年纪事》详述事实真相，重述伦敦最近那场大瘟疫的故事，而这场瘟疫"把十万人的生命一扫而光"，让它的叙事人"活了下来！"。《纪事》部分是纪实——大半生里是个新闻记者的笛福，从当下能弄到手的档案和小册子，获取许多资料和统计数字；部分是虚构——有关陷阱和逃逸、科学和迷信、隔离和复苏的个体故事集。掩埋其中的还有所有那些未被讲述的故事——像上述无名的悲恸发出的那种魂飞魄散的尖叫。纪实因故事而得以充实；故事由于纪实而得到保证。其结果——这种有点儿怪异的混合，一方面是图表、统计数字、日期和事实，另一方面是萦绕不忘的私密而直接的时刻——促使批评家威廉·赫兹利特在 1830 年说道："《纪事》具有一种史诗的宏伟，在其风格和素材中，还有一种令人心碎的熟识亲近。"正如另一位十九世纪评论家所断言，笛福的《纪事》是"对总是缘于想象的真相的最生动写照：……第一百遍熟读之后，我们拿起这本书，不可能不做出让步，我们还没有翻过二十页，就完全信服了，我们是在和那样一个人交谈，他经历了他所描写的种种恐怖并且存活下来"。

1665 年之后的几十年里，瘟疫从欧洲有点儿消失不见了。1720 年，瘟疫带着焕然一新的毒害，在马赛爆发。英格兰许多人在孩提时代度过那场大瘟疫；更多的人记得其父母和亲友讲述的那些毛骨悚然的故事。人人都懂得瘟疫意味着什么——欧洲自中世纪以来反复遭到黑死病的浩劫。起初，一种黑色小肿块（一种"腹股沟腺炎"或"斑点"）会在身上什么地方出现，然后是脖颈、腋窝和外阴的更多肿块，头痛欲裂、呕吐和剧痛，肿块变红、变紫或变黑，有时死亡会来得非常快，在大街上，在楼梯上，在教堂座位里，在酒馆里，就在做出一个手势、一个行为、一个决定的瞬间，将你击倒。而它的蔓延是

---

① 辛西娅·沃尔，弗吉尼亚大学英文系副教授，著有《王政复辟时期伦敦的文学和文化空间》（剑桥，1998 年），编有贝德福文化版的亚历山大·蒲柏《秀发劫》（1998 年），并与 J. 保罗·亨特合编有贝德福文化版的《十八世纪英语文学选》（待出）。

如此神速——越来越多的死亡，越来越多的尸体，直到掩埋坑被填满，没有足够的运尸车将尸首拉走，房屋和街道成了敞开的坟墓。疼痛和死亡不是仅有的恐怖——你会被隔离，被封闭在自家屋子里，有看守人把守，门上漆着红十字——由于有人报告你家主人（或你家女仆）受到传染而被困在屋内，和病人因守在一起，然后被判处死刑。在你惊慌逃跑时，你会怎么做呢？贿赂（甚或杀死）看守人吗？从后窗溜到屋顶，或穿过披屋进入小巷？

一旦在街上"自由"了，然后又会怎样呢？害怕和恐慌会和瘟疫本身一样毁灭这个城市。医生中的许多人，跟富人和有权有势的人一起逃走了；江湖郎中用他们一成不变的神药榨取穷人血膏。教堂、祷告所和会堂里空空荡荡。邻人相互告发。人们相互欺骗——还有欺骗自己。（这不过是头痛而已啦。只不过是一点儿瘀伤。出去散会儿步就会觉得好一些的。）最坏的是——有报道说那些被传染的人故意隐瞒自己遮掩不了的"斑点"，走到外面大街上试图把病传染给别人。

另一个方面，假设你及时逃离了这个城市，留下你的房子、你的生意、你的亲戚和朋友——那会怎么样？你的房子被破坏，你的店铺被洗劫，你的财货被偷窃，你的生计被毁灭？而你在乡下能有什么盼头？你坚决声明你没有病，你"安然无恙"，可谁会欢迎你这个来自黑暗城市的难民？谁会向死亡打开他们宁静的村庄？他们很有可能会用干草叉让你绕道而行，而你会饿着肚子睡在干草堆里。

笛福为这段黑暗、痛苦和恐惧的历史而着迷，可他也知道这无论如何都不是整体的真实。他同样了解慷慨、勇气和自我牺牲的故事：牧师给所有到来的人鼓励和抚慰——包括被逐出教门的天主教徒，犹太人，还有非国教教徒；医生免费看顾穷人；官员迅速行动，平息恐慌，避免灾难；看守人、运尸车车夫、坑边的下葬人；父母、孩子、仆人和朋友，他们受到鼓励、抚慰、照顾、处理、救治，还有哀悼。

瘟疫流行期间笛福是个小孩子——他的传记承认他可能被送去乡下保护——可是他对人类在压力巨大的境遇中如何行动向来感兴趣（在他的长篇小说中，鲁滨逊·克鲁索在岛上度过二十八年；摩尔·弗兰德斯为贫穷所迫进行通奸、乱伦和偷窃；罗克莎娜被私生女纠缠得几乎发疯；杰克上校被充军到殖民地去）。他是真心打算帮助伦敦人为另一场"天罚"做好准备（就在 1772 年他还出版了一本小册子名曰《为瘟疫也为灵魂和肉体恰当准备。为法国目前这场可怕传染病的显然临近所做的一些合乎时宜的思考；防止它的最适合的措施，还有交给它的巨大工作》）。他如何能够最好地探查、传达和宣传瘟疫的种种事项及其后果——认出疾病的标记、可能防止和救治的种种措施、恐慌的后果、隔离的效力呢？

他的回答则是《瘟疫年纪事》，一种介于长篇小说、死亡警告书（a memento mori）和自助读物之间的杂交类型，为此笛福研究了医学论文、官方小册子，还有 1665 年的《死亡统计表》，用历史事实来为他的故事还有伦敦的文化记忆打下基础。但也不只是医学资料。H. F. 提到 175 处以上的不同街道、建筑、教堂、酒馆、客栈、房屋、村庄、路标和州郡；《纪事》的大部分情节（还有它的许多典故）有赖于对伦敦街道的熟稔通晓。例如，导言开篇所引用的那个段落，如果和 H. F. 在别处将瘟疫的肉体标记描述为钱币的情况放在一起，所产生的联想甚至会丰富得多："他们称之为标记的那些斑点，其实是坏疽斑点，或者说是坏死的肉，结成一颗颗小瘤，宽如一便士小银币。"——而那座土地拍卖市场（Tokenhouse Yard）是经济学家威廉·佩蒂爵士所建造，在查理一世统治时期，名称得之于铸造铜币（farthing tokens）的那所房子：一种可怕的交易。而 H. F. 接着往下走进了贝尔胡同（Bell Alley）——那丧钟（bell）是为谁而敲响的呢？

懂得《纪事》何以将如此之多的关注放在十七世纪伦敦的街道上，也就能够接近于小说某些更为丰富的结构模式。这个作品因其显而易见的东拉西扯，因其"非线性"情节而经常遭受批评。我们因叙事人的离题话而连续不断地被分散注意力：他开始讲一个故事只是为了讲另一个故事，然后返回到第一个故事。但是两个模式的出现使得这些东拉西扯具有了意义。首先，我们看到 H. F. 探求意义，寻找种种可靠的征象——瘟疫的征象，健康的征象，真理的征象，街道的征象。我们如何知道我们的所知；我们如何知道我们在何处？我们如何学会阅读？其途径是回复到种种征象和故事——而且一遍又一遍。其次，H. F. 讲故事的方式不仅反映他自身的动作——将自己关闭起来，又贪心地出门游荡，又神经质地将自己关闭起来，然后又夺门而出——而且还反映被强行"关闭起来"的人们的行为，被官方关起来隔离以及无休无止、机智巧妙的逃遁，还有反映瘟疫本身的运动，兴起和衰落，侵略和退却。辨认出这些虽然奇异却又引人入胜的模式，有助于我们既和叙事人也和叙事保持一致，倾听《纪事》"史诗的宏伟，还有令人心碎的熟识亲近"。

笛福和他的城市

丹尼尔·笛福到他写作《瘟疫年纪事》时，已经是一个多产而著名的作家了。到六十二岁这个年纪，他做过的职业有商人、密探、政治记者、宗教和社会讽刺家、诗人、旅行作家、经济学家、品行读物作者以及长篇小说家。他出生于王政复辟那一年——1660年（这我们十分确信）的伦敦，父母亲是詹姆斯·福和爱丽丝·福。（丹尼尔到1695年加上了贵族气派的笛["De"]。）他的父亲是个卖牛油烛的商人。这一家是英国国教的反对派，追随他们的牧师塞缪尔·安纳斯利离开了克里普尔盖特的圣迦尔斯教堂，因为后者不肯在1662年的《统一宣誓法》上签名，该法规要求尊奉教会条款。笛福的早年岁月因而得以耳濡目染宗教的不宽容和宗教迫害。瘟疫在1665年扫荡这个城市，当时他大约五岁，1666年继之以那场大火，三天之内将伦敦中世纪中心的五分之四摧毁。笛福余生的显著特点，将是机运的曲折坎坷和大起大落。

作为非国教教徒（正如所有的非圣公会成员），笛福被禁止在英格兰的普通学校和大学里就读，学的是像天文学和地理学这样的"现代"科目，取代传统的拉丁文和希腊文的古典教育。他放弃了当个牧师的想法，成为一名袜商和葡萄酒商人，1684

年娶了玛丽·塔夫莱（及其 3 700 镑嫁妆）。（他们生了七个孩子。）1685 年，他加入蒙默思公爵的叛军，后者是查理二世的私生子，在国王驾崩时希望让自己登基，取代查理的兄弟詹姆斯。这场反叛失败，但是笛福毫发无损地逃脱了，而且没有被查出来——1688 年骑马去向新国王威廉三世和王后玛丽二世致敬，成为他们的非正式顾问。然后事情变得动荡起来。1692 年他破产了（不是最后一次），因负债 17 000 镑而被投入监狱——在一个仆役也许一年挣 8 镑（带房间和膳食）的时代，这是一笔巨额款项。坐牢期间他写了《设想种种》（发表于 1697 年），在文中勾勒了国家发展的各种值得重视的计划，诸如英格兰中央银行、水手和士兵的生命健康保险、公路税、女子学院。到了 1695 年他作为商人和作家又东山再起，在埃塞克斯开了家砖瓦厂，1701 年发表《纯正英国人》（一首颇受欢迎的诗作，讽刺那种反对荷兰、反对威廉的意见），还有《铲除非国教教徒的捷径》（一篇不太成功的讽刺诗文，讽刺英国国教的严酷；这让他因煽风点火的诽谤罪而被投入纽盖特监狱）。1703 年他又破产了——就在"大风暴"之前损失了砖瓦厂；他写了这场风暴的经历，为所有那些屋顶损失的所有那些瓦片，包括死于非命的男人和女人的伤心故事而哀叹。

　　到了 1704 年，笛福开始了职业生涯的公开从政阶段。他出版了《观察》——定期发表关于新闻、政治和报告的文章——直到 1713 年。他以"安德鲁·莫莱顿"的名义，经常为首相罗伯特·哈利去苏格兰旅行，在英格兰和苏格兰之间促进政治和经济联盟，因此在 1707 年产生了"大不列颠"。他还开始写作并发表"品行读物"——诸如 1715 年的《家庭教训书》和 1722 年的《虔敬的求爱》——详加阐明每个家庭成员的相互关系以及与上帝关系的正当责任和行为。然而到了 1719 年,政府易手,而笛福由于替对立的双方写文章,成了不讨人喜欢的人。于是在五十九岁的年纪,他决定写一部小说:《鲁滨逊漂流记》。此书出版即刻大获成功,在历史上当然取得了偶像地位。接着在 1720 年出版《骑兵回忆录》和《辛格莱顿船长》,在 1722 年出版《摩尔·弗兰德斯》和《杰克上校》,在 1724 年出版《罗克莎娜》,这个时候笛福又一次改弦易辙。1725 年他出版了《英国商人大全》——一部为伦敦初涉买卖的零售商所撰写的极为妙趣横生和老谋深算的实用指南(还包含场景和对话),自此以后这本书一直对经济历史学家和文化历史学家有用。1724—1726 年,三卷本的《周游大不列颠全岛》面世,他在书中记录了这个国家所有不同地区的地形、建筑、商业和社会习俗。接下来的几年里出版了其他一两本重要著作,但是到了 1730 年笛福又负债在身,躲避各种债主。他最终死于昏睡(可能是中风),在伦敦的娄普梅克巷。葬在邦西尔·菲尔兹——和"H. F."(或许是笛福的叔叔亨利·福)葬在一起,正如《纪事》神秘地指出的那样。从这种旅行和写作的漫长一生,我们看到笛福是何等熟知他的历史,热爱他的事件,为他的国家、这个国家的人民,尤其是为这个国家的首都伦敦所着迷。

笛福的绝大多数小说是以伦敦为中心;甚至更确切地说,是以街道为中心。摩尔、罗克莎娜、杰克上校和 H. F.,全都熟知那些街道;他们的生命——他们的存活——在两种意义上讲,都是依靠内心化了的城市地图及其图例说明。笛福时代的"伦敦"大致可以是指四个区域：泰晤士南岸的索斯沃克；西面的威斯敏斯特，国王和宫廷所在地；城中心的"市区"，以四法学协会、德鲁里胡同和伦敦大菜市的剧院区为标志；还有那个故城，一度是罗马人修建的围墙和城门，中世纪期间向围墙外扩展。附录的地图对比显著，旧城蜿蜒曲折、紊乱纠结的城市式样和西边更加开阔、几何形状的街道边界线。笛福的人物住在这个古老的中心，其带状街道因它们的行业和特征而得以产生和命名：约翰·斯托，该城最早（而且是最一针见血）的一位人口学家，在其1598年的《伦敦概观》中解释道，常春藤胡同就是"所谓的常春藤生长在那些先期弯曲的房屋墙壁上"；膀胱街是指"在那个地方出售膀胱"；递杯儿街，是指"那儿的酒屋，杯儿从桶口递到桌上，从桌上递到嘴边，有时递过头顶"。特别是在1665年，在那场大火摧毁五分之四旧城之前，知道街道的名字还有其错综复杂的式样，意味着真正知道拐角那儿会有什么——店铺或集市，监狱或医院，商人或工匠，安逸或险情。

十七世纪六十年代，行走在这片城市空间，会让人的身心感到扑朔迷离。街道狭窄而且蜿蜒曲折，有时只有几步之宽；马拉的大车和客车会轰隆隆驶过，不顾行走的游客，溅起阴沟的污秽；房屋盖着稻草的楼层突出，差点儿碰到头顶，有女仆也许正好从上面倾倒便壶。正如笛福的一个同时代人所描述：

　　1665年的瘟疫期间的伦敦，我以为，或许和［1719年］瘟疫开始时的马赛一样人山人海；时疫流行期间的伦敦，街道非常狭窄，而且据我所知，绝大部分都没有铺路石；房屋一层叠一层延伸突出，使它们几乎在阁楼上碰到，因此街道里面的空气郁积，而且没有一条该有的自由通道，让它自己清洁起来，像它应该做的那样。

仅有的照明物是灯笼，从日落到夜间，户主们得要将它们张挂出来——可他们并不总是这么做的。没有灯光，没有空气，没有空间，——而且没有门牌号码。直到十八世纪中叶，伦敦的建筑才有了名字和地理方位的确认：黑马和野兔客栈，金朝鲜蓟，三丸；地址是"舰队街对着太阳的圣邓斯坦教堂"；"新交易所下行道"；"鲍尔斯教堂墓地的梅登-海德"。大而沉的油漆招牌在头顶上方悬吊吊地晃动着，用来取代房屋或建筑门牌号码，通过图像而非文字，告示买卖或商品：竖琴和花冠表示乐器，油炸锅表示铁器商，金狐狸表示金匠。当时没有为普通人制作的地图，引导他们穿越这个城市。你是凭眼神，凭记忆，凭历史，凭指教，凭方位——还有凭运气，走着自己的路。

这个就是 H. F. 的伦敦，他对此非常熟悉。他说他自己的地址是"在埃尔德盖特的外面，大概在埃尔德盖特教堂和怀特夏普尔栅门的中段"，假如我们住在他那个时候的伦敦，我们就会清楚地了解他的所指：在怀特夏普尔街，圣伯托尔甫教堂（笛福是在那儿举行婚礼的）和伦敦边缘之间，有城门和栅栏为标志，在这条街的尽头。通篇小说他都是在街上不停地游来荡去，但并不是为了查明逃跑路线；他已经熟悉这些街道，因此能够非常、非常具体地描画这场瘟疫的进程。如此一来，对于他还有对于伦敦人来说，正是这种街道方面的了如指掌使得瘟疫的劫掠更为恐怖：它使已知之物成为未知。这种挥之不去的地理感就在第一段里出现，当时瘟疫的谣言刚刚传遍欧洲，然后打击来得更为靠近，"直到十一月的最末几天，要不是在 1664 年的十二月初……有两个人，说是法国人，在朗埃克死于瘟疫，确切地说，是死在德鲁里胡同北端。"对于 1722 年的读者来说，这种地理上的恐惧此刻包括马赛，险恶的瘟疫又要来临。在笛福有关过去的著作中，历史会特别让人浮想联翩，会特别合乎时宜。

H. F. 的叙述某种程度上是有关街道空间的一部编年史，有关街道的连接和隔开、提供逃逸和死亡威胁的那种方式。H. F. 讲述的绝大多数小故事，差不多是以其所在位置为框架：

> 我看见有两个火炬从麦诺里斯的尽头过来，然后我听见更夫敲钟的声音，接着便出现了一辆他们所谓的运尸车，从街上过来，这样我就再也无法抑制要去看一看的欲望了，然后便走了进去……[跟在车后面那个男子的家人的]尸体便乱七八糟地被抛进了坑中，这让他吓了一跳，因为他至少期望他们会被体面地放进去……他倒退了两三步，然后晕倒在地：那些下葬人朝他冲过去，把他扶起来，稍过片刻他便苏醒过来，然后他们把他拉开，带到与杭茨迪奇尽头相对的皮埃酒馆，那个地方好像知道这个人，他们便在那里照看他。

这种对于场所的熟稔，围绕但是不能包容发生在这些空间中那些新的、难以想象的恐怖。一帮常去皮埃酒馆的"可恶家伙",坐在临街那个房间,观望运尸车将一车尸体倒进掩埋坑里,会透过窗户讥笑和嘲弄那些哀悼者,觉得这样做有可怕的乐趣,这是在污染客栈的空间和街道空间。但他们并不是仅有的反常状况。在这个文本的开篇,在那种恐慌开始的时候,H. F. 注意到怀特夏普尔:

> [在] 我所居住的这条宽阔大街上……除了四轮运货马车和二轮轻便马车之外,其实一无所见,车上载着货物、女人、仆人、孩子,等等。大马车里塞满上等人,马车夫在伺候他们,然后匆匆离去;随后是空荡荡的四轮运货马车和二轮轻便马车露面,还有带着备用马匹的仆人,他们一看就知道是回来或是从乡下被派来接更多的人:加之不计其数的人骑着马,有些是独自一人,另一些带着仆人,总而言之,全都负载着行李,一副出门旅行的装备……这是一种让人看了非常可怕和忧伤的事情,由于我从早到晚不得不目睹这种景象;因为眼下除此之外事实上什么都看不见……

街道自然是作为通行的手段而设计的,但是瘟疫将它们转变为障碍或威胁;它们不是太满就是太空,不是容纳过度就是容纳不足:"……最让人感到吃惊的一件事情,便是看到那些街道,通常是那样熙熙攘攘,眼下变得荒芜凄凉,街上几乎看不到什么人,这样如果我是个陌生人,还迷了路的话,我往往要把整个街道……走上一遍,还看不到有人为我指路呢"。瘟疫扭曲这个城市，颠覆通常的期望："我走到了霍尔伯恩，那儿的街上满是人；但是他们都走在大街的中央，既没有走这一边也没走那一边，因为，照我推测，他们不想和屋子里出来的人混杂在一起，或者是不愿接触到那些香臭气味，从兴许是被传染的屋子里飘出来。"那种空空荡荡使得"自然的现象"变得不自然："城内的大街，诸如莱登荷街、毕晓普斯盖特街，康西尔，甚至还有那个交易所本身之类，都有青草从它们里面处处生长出来。"有时街道是"安全"的，而那儿的房屋是可怕的；有时情况刚好相反，正如 H. F. 所知道的那样，当时他不断地告诉自己要关起门来待在自家屋子里。（他并未遵守自己的忠告。）他熟悉他的伦敦，但是他的伦敦已经变得陌生，而他不得不去了解——每个人不得不去了解——如何阅读那些新的空间、新的征象。

阅读征象

阅读安全空间，只是伦敦人需要学习的诸多关键行为中的一种。生活有赖于征象的恰当诠释。H. F. 必须穿过城市追踪瘟疫以保持领先一步，他必须学会阅读其征象——而它们有很多、很多种类。例如，《死亡统计表》——教区每周死亡记录——在开头几页显示每个教区起初稳定继而令人震惊的死亡增长："这样我们所有酌量减轻的想法眼下都消停了，而它再也瞒不住了，非但如此，而且很快显得像是传染病本身的蔓延超越了所有酌量减轻的希望。"纯粹的数字可以迫使真相大白。然后是有病情的屋子——"受到访问"的屋子——要被关闭起来，标上"一英尺长的红十字，标在门户中间，清楚醒目，再用普通印刷字体加上这些话，即，上帝怜悯我们，位置要靠近那个十字"。阅读门上的这个征象，免得你做出错误的造访。然后是疾病本身，带着形状如便士的"斑点"，肿起并且溃烂生脓，明白无误地宣布死亡的迫在眉睫。然后是江湖郎中和内科医生为预防药和治疗法张贴的种种征象；或者是上帝的愤怒或上帝的意愿的种种征象，在《圣经》中、在灼热刺眼的彗星中、在鬼魅的形象中、在咒语诵经中可以找得到。然后又是对征象的小心谨慎的消除，让那种瘆人的恐怖以某种方式多少得到控制："所有这些不可或缺的工作，自身携带着恐怖，既阴郁又危险，都是在夜里完成的……而天亮前一切都被覆盖和填塞：因此，除了从街道的那种空虚……让人注意到的东西之外，白天是丝毫看不到也听不到灾害的迹象"。悉心关注某些瘟疫征象的存在——然后是消除其他征象——成了生存的必需。

也还没有用，因为所有如此稳定地指向某种现实、某种事实（一个受到传染的人、一座受到传染的屋子、一个受到传染的城市）的征象同时正好是亏欠意义的，因为它们实际上并没未足够标志出来。门上的十字或许可以担保那户人家"受到访问了"，但你又如何知道隔壁没有标记的那座房子呢？那些斑点或许可以揭示你女儿身上存在的瘟疫，但是那位"手上戴着戒指和手套、头戴帽子、梳理过头发的衣冠楚楚的绅士"情况如何呢？正如 H. F. 和其他人逐渐认识到的那样，"事情不仅仅在于那些病人，瘟疫是从他们那里立刻被其他健康人所接受，而且还在于**那些身体好的人**"，换言之，那些受到传染而自己却还

· 14 ·

没有认识到的人。（或者确实认识到了又用手套和衣领恶毒地掩盖自身的毒性。）而斑点本身可以让人蒙蔽——那些斑点发得早又溃烂得厉害的人或许可以存活下来，因此斑点可以意味着生命而非死亡，反过来没有这种征象——无斑点的被传染者——必定死去。或者就像那些大白天不见尸首的干净街道：什么才是普遍死亡的更好的征象呢？

　　因此所有窗户和房门 H. F. 都标记得如此周详。那些房门把家庭关起来，那些窗户泄露恐怖：土地拍卖市场那位无名女人惨淡的尖叫，或者是那位死去的半裸女人趴在空屋子楼板上，被两个看守人发现，他们"弄来一架长梯子……爬到窗口，然后朝房间里看去"。窗户和房门成为空虚和死亡的征象，而非舒适和生命的征象："整条整条的街道显得荒凉枯寂，非但没有被关闭，而且居民都清空了；门开在那里，空屋里的窗子被风撞碎，因为没有人将它们关上"。另一个方面，它们提供仅剩的途径，与这个恐怖横行的世界安全联结起来。在这些临界的空间里——不完全是在里面也不完全是在外面，而是在投入和退却的门槛上——人们可以彷徨、聊天、怜恤、帮助。有一次 H. F. 一边孤寂地行走在河岸旁，一边和一名船工聊天，发现他的妻子和孩子们被隔离在自己家中。那个人睡在船上，把食品带来："而我把收获的东西放在那块石头上面，他说，指给我看街道另一侧一块宽大的石头，离他的屋子有好些路，然后，他说，我大声叫唤他们，直到他们听见为止；然后他们过来把东西拿走"。H. F. 会"从［他］自己的窗户看见这一切"。而到头来，人们通过自家的窗户在自家的街道上重新联结起来。到头来，最好的征象终究既是可以阅读也是可以确信：

> 难以言表的那种变化正是出现在人们脸上，那个星期
> 四早晨，当每周统计表发布出来；这个时候在他们的面貌
> 中可以察觉到，一种秘密的惊讶和喜悦的微笑落在了每个
> 人的脸上；他们在大街上相互握手，而这些人从前几乎不
> 会相互走在道路的同一侧；在街道不太宽阔的地方，他们
> 会将自家的窗户打开，从一家喊到另一家，问他们过得怎
> 样，而要是他们听到了瘟疫消退的好消息，当他们说好消
> 息时有些人就会回应并且问道，什么好消息？他们回答说，
> 瘟疫消退了。

那些面孔现在可以让人阅读了；秘密的惊讶向所有人敞开；
街道重新成为安全通道和人类交往的所在——人们可以说是沿
着同一个方向行走，街道的空间不再反常扭曲——而窗户打开
了，使得交流重新联结而非切断。

跟随叙事人

在跟随 H. F. 那些离题的、倒退的模式时，读者也有某些导
航的事情要做。我们跟随他穿街走巷，进入死亡之屋，来到坟
坑的边沿——在时间中进退，从这个故事到那则谣言，从这种
恐怖到那种希望。《纪事》中找不到任何直截了当的东西——而
这恰恰就是它形式上的魅力。当我们意识到这些复杂的、起初

或许是令人恼火的叙事模式（H. F. 开始讲一个故事只是为了扔下它讲另一个故事，可却一再地回归）精确复制了瘟疫自身的模式，起伏消长，旋转升腾，以及 H. F. 自身的肉体模式——隐退到自己屋里，冲到街上，无休止地来回游荡，急忙赶回屋内，这个时候这些模式就颇为美丽地展示出来。他在讲述故事时重演他的行为；他讲述故事的方法解释他的行为。

　　H. F. 的一个最为显著、难以忘怀和坚持不懈的顽念便是"封闭房屋政策"。一旦有人确诊患上瘟疫，市政官员便将屋里的每个人强行隔离起来。本人作为一名担任公职的市民，受到委派监督房屋封闭，他当然是必须执行法律。但是作为一个人，看到和瘟疫牺牲品一起被锁闭起来的那些人事实上被判处某种死刑，面对这种恐怖他禁不住战栗发抖。"要把这类屋子里的人用过的诡计记录下来，"H. F. 说道，"得要花上一点儿篇幅，他们让雇来看守的人闭上眼睛，蒙骗他们然后逃走，或者是将他们摆脱。"而实际上，H. F. 确实是花了一点儿篇幅——每一次尝试为官方立场辩解之后，他都要急忙说上一段离题话做调剂，讲述某个人的逃跑，某个人逃避这种强制性的幽闭恐怖症，通过十足的自暴自弃、怨毒或怯懦……或是通过某类艰苦卓绝的壮举，战胜这种恐怖。

　　从 H. F. 整个正式的隐退到正式的宣言，自始至终他都意识到："也要考虑的是，由于这些都是没有门闩和插销的监狱，而我们通常的监狱都装有这些物件，于是人们把自己从窗口放落下来，甚至当着看守的面"。他念念不忘同情那些无奈被关闭起来的人，而且细细地打量各种各样的逃跑手段："有些人家有花园和围墙或栅栏，把他们跟邻居，或是跟院落和后房隔开；而这些人通过友情和恳求，会获得许可，翻过这些围墙或栅栏，于是从邻居的大门口出去"；所有 H. F. 的建筑意象——他的窗户、门径和街道——都是同时作为封闭和逃逸之可能性的意象运作的。我们不太熟悉室内的细节；我们只知道是什么将他们围拢，是什么挡住他们的通道，而且还放他们出去，送他们上路。每一次讲完逃跑之后他都要说，"但我回过头来"或"我再来"对隔离检疫的必要性做出某些思考。有关绝望的个体故事不断挤压着有关公益的官方故事。

叙述大约到了三分之一的地方，H. F. 注明道："我自己有一个故事，讲的是两兄弟和他们的亲戚"。很长一段时间里他都没有回到这个故事，与此同时主要是在细究隔离检疫的利与弊，他自身的自我封闭以及被封闭的那种难以容忍，把对大坟坑的可怕迷恋当作中心。他记录他"在整个最初那段时间里都在街上自由自在地游逛，虽说也没有自由自在到那种程度，好让我自己跑到明显的险境中去，除了是在那个时候，他们在我们埃尔德盖特教区的教堂墓地里挖大坑；那是一个可怕的坑，而我无法抑制我的好奇心要跑过去看上一眼"。注意这个连词："而我无法抑制"。为什么不用"但是"？因为两种冲动是连在一起，而不是分开的。这跟他在城里留下来的理由完全相关——不是因为他需要照看店铺（大量店主离开了城市）；不仅仅是因为他用《圣经》占卜指出了那个方向，当时他随便翻开《圣经》寻求指导——他痛斥别人那种傻乎乎的"土耳其式"的宿命论；而是因为他本质上是个观察家，那种要为自己去看见和测定的人："可是尽管我把我的家庭［他的仆人们］禁闭起来，我可没法克服那种难以满足的好奇心，让我整个儿待在自身范围内；而尽管我一般都是胆战心惊地回家，可我还是难以约束。"

H. F. 终于回到（两次）他那三个人——一个是"面包师傅"，一个是"造船工人"，还有另一个是"小木匠"的故事："我是说，这让我回过头去讲述那三个穷人，他们离开瓦平流落在外，不知何去何从"。经过一番短暂的离题话，谈某些蒙昧市民的"昏睡和笃定"，还谈杀死狗和猫的可怕的必要性，然后他"回头［又来］讲我那三个人"。他们现在变成了他的故事——因为接下来的三十页他们占据整篇叙事中最长的持续内在的故事。这三个足智多谋的工匠找到一条出去的路。在一个幽闭恐惧症的文本中心，他们提供了线性情节的短暂纾解：他们在乡下徒步旅行，他们发明鲁滨逊·克鲁索式的居所，他们与心怀敌意的当地人谈判，而且他们破除规范。这段插入的叙事是以某些人的一段简要介绍结束，他们"弄到披屋、谷仓和外屋住进去"，其他人则"在田野上和树林中给自己建造小小的茅棚和隐居所，就像隐士住在洞穴里"——在这个幽闭恐惧症的文本中提供更多的出口，更多的想象性隐退的空间。三个人的故事给 H. F. 提供了有关存活下去的最伟大的富于希望的故事，而它给读者提供了最为熟悉的叙事模式。

然而笛福不肯让我们安歇得太舒服了。文本接下来的空间切口便是刻在门上的几句话，这扇门靠近那些隐逸茅棚中的一座：

> 啊，惨哪！
>
> **我们两个都要死了，**
>
> > 可悲，可悲。

乡村的自由不过如此；这篇死亡警告书提醒我们这个故事可能会以别的方式结束。这部"长篇小说"没有简单的答案。不管它所保有的一致性是什么，都存在于 H. F. 和他的封闭房屋及逃跑的故事之间的那种矛盾之中：死亡存在于门窗和街道两边，存在于城市的两端，存在于非此即彼的决定带来的后果之中。这是一个街道和坑坑都撒满尸体的世界，可是一个喝醉酒的吹笛手却恰恰是在运尸车上醒过来叫嚷，"可我还没有死，对吧？"瘟疫让死亡公开嵌入我们的生活，比我们通常允许得还要多，除非是在我们自己独特的故事之中。到头来越来越多的人康复；可是叙事人却被他自己的文本提前埋葬："注意：本篇纪事的作者，正是埋葬在那块地里的，这是出于他自己的意愿，他姐姐是几年前埋葬在那里的"。而这恰好是在 H. F. 宣布自己战胜瘟疫之前的那几页，"把十万人的生命一扫 / 而光；而我却活了下来！"笛福为他的叙事人所选用的叙事模式，利用"两者都…/…和…"（both/and）的矛盾：每一个形象，每一个故事，每一个事实，在两个方向之间摇摆，允许相互抵触的解释。这个文本——满是事实，满是文献——在种种对立和难题之上将它自己精心规划。这个文本，如同接二连三的征象，必须被阅读。瘟疫教会 H. F. 和伦敦市民如何去阅读；文本教会我们如何去阅读。

瘟疫年纪事

对近在 1665 年伦敦大劫难
期间发生的最引人瞩目的
公众或私人事件的
观察或纪念

由始终居留伦敦的一位市民撰写。
此前从未公之于众

伦 敦

为皇家交易所的 E. 纳特；沃尔维克巷的 J. 罗伯茨；
坦普尔栅门外的 A. 多德；还有
圣詹姆士街的 J. 格雷夫斯刊印。1722 年。

瘟疫大事记

约摸是 1664 年的九月头上，我在那些邻居中间，在平日的谈吐中听说，瘟疫又回到了荷兰；因为它在那儿非常猖獗了，尤其是阿姆斯特丹和鹿特丹，在 1663 年，他们说它被带到了那些地方，有些人说是从意大利，另一些人说是从列文特①，夹在某些货物当中，而那些货物是由他们的土耳其舰队带回家乡②；另一些人说它是从坎地亚③来的，另一些人说是从塞浦路斯。它从哪儿来的，这无关紧要，可是大家都赞成，它又来到了荷兰。④

　　那些日子里我们还没有印刷的报纸这类东西，用来传播事情的流言和报道；并通过人类的发明得以增进，像我后来活着看到的那样习以为常。⑤但这一类东西是来自商人和其他海外通讯者的书信，然后从他们那里单靠嘴上传来传去才搜集到的；因此事情并没有像眼下这样，顷刻之间传遍全国。但事情好像是政府有了一份关于它的真相报告，还开了几次会，商议有何办法阻止它到来；但是一切都捂得非常严实。因此，这个流言又悄无声息，而人们开始把它遗忘，像是我们很不关心的一件事情，而我们希望它不是真的；直到十一月的最末几天，要不是在 1664 年的十二月初，这个时候有两个人，说是法国人，在朗埃克死于瘟疫，确切地说，是死在德鲁里胡同北端。他们所在那户人家，想方设法努力加以隐瞒，但由于在邻近一带的谈吐中已经走漏了一些风声，那些国务大臣知道了这件事。他们殷切询问此事，为了弄清真相，派两位内科医生和一位外科医生到那所房子里去，进行检查。他们这么做了；从两具死掉的尸体上面都发现了这种疫病的明显标记[6]，于是他们当众表达意见，说他们是死于瘟疫；这之后被呈报给了教区执事，而他又将他们报告给本部；然后在每周的《死亡统计表》[7] 上照通常的样式刊登，如下，

---

① 现在大抵是指以色列、黎巴嫩和叙利亚。

② 英格兰和近东贸易的土耳其舰队。

③ 克里特岛。

④ 人们普遍认为瘟疫产生于亚洲和非洲；1663 年的阿姆斯特丹——像鹿特丹这样主要的贸易城市——记录有 9 752 人死于瘟疫，而 1664 年的数目是这个的两倍多。

⑤ 《伦敦公报》（*London Gazette*）是英格兰最早定期出版的报纸，自从克伦威尔在 1655 年查禁所有报纸以来，这个时候它是仅有的两家获准出版的报纸之一。它基本上是政府的喉舌。到了笛福出版《瘟疫年纪事》时，报纸——包括他自己的《观察》——是丰富的，而且是有多种声音。

⑥ 字典上说，"标记"（tokens）是"身体上标志疾病的斑点，尤指瘟疫这种疾病。今作废或罕用。"本篇叙事人将在多种意义上使用这个字眼（除了字典上它现有的定义"某种用来指向事实、事件、对象、情感等的符号和象征"之外，它还有钱、货币、交易方式的含义），例如，土地拍卖市场（Token-House-Yard），以及叙事人稍后在文本中对瘟疫标记的定义："他们称之为标记的那些斑点，其实是坏疽斑点，或者说是坏死的肉，结成一颗颗小瘤，宽如一便士小银币。"

⑦ 有 97 个教区——政府的市政和教会区域——在伦敦市内被伦敦旧城墙圈起来，其中 16 个在城墙之外，5 个在威斯敏斯特，12 个在大伦敦，包括贝斯纳尔·格林、贝尔蒙塞和哈克涅，但并不包括诸如玛丽尔伯恩和圣潘克拉斯之类的西边延伸段。全体教区书记员在他们所谓的《死亡统计表》上追踪记录其教区的葬礼和洗礼情况，这位（菲尔兹的圣迦尔斯）教区书记员将每周的统计表向在温特瑞区布劳德林的全体教区书记员本部呈报。《统计表》是出了名的不可靠，尤其是因为它们只记录英国国教徒的生死，一般不认天主教徒和非国教教徒。但它们提供了尚算是精确的生死率趋势。

瘟疫2起。被传染教区1个。

　　人们对此表示了极大的关切，然后惊慌开始传遍了城里，还有更多地方，因为在1664年十二月的最后一周，又有一个人死在了同一所房子里，死于同样的瘟病；随后大约有六周时间我们又感到宽心了，那个时候没有人带着传染病的记号死去，有人说，疫病消失了；可是从那以后，我想大概是在二月十二日吧，又一个人死在了另一所房子里，但在同一个教区，而且是同一种死法。

　　这让人们的目光都大大地转向城里的那一头；而每周的《统计表》显示，圣迦尔斯教区葬礼的数目比以往有所增长，人们开始怀疑，瘟疫就发生在城里那一头的人中间；而且许多人已经死于瘟疫，尽管他们小心翼翼尽量瞒着不让公众知道；人们的头脑里却怎么都摆脱不了这种想法，而且很少有人想去穿越德鲁里胡同，或是其他有嫌疑的街道，除非他们有什么了不得的事务，逼着他们这么去做。

　　《统计表》的这种增长是这样的；在菲尔兹的圣迦尔斯教区，还有圣安德鲁的霍尔伯恩，一周葬礼数目通常是从12起到17起或19起，差不多各是寥寥无几；但从瘟疫最初在圣迦尔斯教区开始那个时候起，有人注意到，普通葬礼的数目是大大增加了。例如，

十二月二十七日到一月三日，圣迦尔斯——16
圣安德鲁——17

一月三日到十日，圣迦尔斯——12

圣安德鲁——25

一月十日到十七日，圣迦尔斯——18

圣安德鲁——18

一月十七日到二十四日，圣迦尔斯——23

圣安德鲁——16

一月二十四日到三十一日，圣迦尔斯——24

圣安德鲁——15

一月三十日到二月七日，圣迦尔斯——21

圣安德鲁——23

二月七日到十四日，圣迦尔斯——24

那个有一起是瘟疫。[①]

《统计表》上相同的增长见之于圣布莱德斯那些教区，毗邻

---

① 一位名叫约翰·格朗特的早期人口学家，在1665年出版了《驳〈每周死亡统计表〉》，他在文中（作为对照）罗列了人们死亡的种种典型病因，其中包括老死、流产、各种热病、天花、中风、咳嗽、疝气、脾脏、坏血病、"牙齿"（或者叫齿龈病）、呕吐、肠虫、恐惧、悲恸和事故："有一个是在圣迦尔斯的克里普尔盖特，被蜡烛烧死在床上。"（在1665年九月十二日到十九日这周）

霍尔伯恩教区一侧，还有圣詹姆斯-科勒肯威尔教区，毗邻霍尔伯恩另一侧；两个教区每周的死亡人数，通常是 4 个到 6 个或 8 个，而在那个时候它们却增加了，如下。

十二月二十日到十二月二十七日，圣布莱德斯——0
圣詹姆斯——8

十二月二十七日到一月三日，圣布莱德斯——6
圣詹姆斯——9

一月三日到十日，圣布莱德斯——11
圣詹姆斯——7

一月十日到十七日，圣布莱德斯——12
圣詹姆斯——9

一月十七日到二十四日，圣布莱德斯——9
圣詹姆斯——15

一月二十四日到三十一日，圣布莱德斯——8
圣詹姆斯——12

一月三十一日到二月七日，圣布莱德斯——13
圣詹姆斯——5

二月七日到十四日，圣布莱德斯——12

圣詹姆斯——6

　　除此之外，人们是怀着极大的忧虑不安注意到，这几个星期里每周的《统计表》总体上增长了很多，虽说它是处在一年中的这样一个时期，那时候的《统计表》通常是相当温吞的。[①]

　　一周《死亡统计表》中包含的葬礼通常的数目，大概是240起或240起左右到300起。后面这个统计数字让人觉得是相当之高了；但是在这之后我们发现《统计表》接连不断地在增长，如下。

增长

十二月二十日到二十七日，**埋葬**291，——

二十七日到一月三日，——349，——58

一月三日到十日，——394，——45

十日到十七日，——415，——21

十七日到二十四日，——474，——59

　　最近的这个统计数字着实是吓人一跳，高于前次1656年的天灾以来一周内埋掉的已知数目。

　　不过，这一切又都销声匿迹了，然后天气确实是寒冷了，

---

① 见附录 H. F. 的伦敦地图以追踪瘟疫模式。这个时候它仍然在城市西边。

十二月开始的霜冻仍在持续，非常凛冽，甚至持续到差不多二月底，伴随阵阵刺骨而又减弱的寒风，《统计表》又下降了，然后城市变得健康起来，大家开始把这种险情视同结束；只有在圣迦尔斯，下葬的次数仍在持续走高：特别是在四月初它们保持每周25起，至18日到25日这一周，当时圣迦尔斯教区的葬礼有30起，那个有两起是瘟疫，有8起是斑疹伤寒，而这被看成是一回事儿；死于斑疹伤寒的数目整个也增长了，前一周是8起，而上面提到的这一周有12起。

这又让我们全都惊慌起来，人们都诚惶诚恐，尤其是眼下天气变了，变得越来越暖和，而夏天已经临近：不过，接下来这一周却好像又有些希望了，《统计表》是低的，而死人的数目总共不过是388个，瘟疫一个都没有，而斑疹伤寒只有四个。

但随之而来的一周里它又回来了，瘟病蔓延至其他两三个教区（亦即）圣安德鲁-霍尔伯恩、圣克莱门特-但恩斯，而让这个城市不胜其烦的是，有一个死在了城墙内，在圣玛丽-乌尔教堂教区，也就是说，是在靠近股票市场的毕尔邦德胡同；总共有9个是瘟疫，6个斑疹伤寒。不过正是通过调查才发现，这个死在毕尔邦德胡同的法国人，就是在朗埃克住过的人，在那所被传染的房子附近，因为害怕瘟疫才搬的家，殊不知已经给传染上了。

这是在五月初，可天气是温和的，变化无常的，而且是够凉快的——而人们还抱有一些希望：让他们觉得深受鼓舞的是，城市是健康的，全部97个教区只埋了54人，而我们开始希望，由于它主要发生在城里那一头的人中间，它不会再进一步了；还真有几分是这样呢，因为接下来那一周，从五月九日到十六日，只死了3个，没有一个是在整个市区或市外管辖地范围内，而圣安德鲁只埋了15个，这个数目是很低的；确实，圣迦尔斯埋了32个，但只有一个是瘟疫，所以还是低的，人们开始感到宽心，整个统计同样是非常低的，因为前一周，统计只有347个，而上面提到的这一周只有343个；我们将这些希望保持了几天，但也只是几天而已；因为人们再也不这样受蒙蔽了；他们搜查了房子，然后发现瘟疫果真是在到处蔓延，而且每天都有许多人死于瘟疫：这样我们所有的宽缓之处眼下都减少了，而且是再也瞒不住了，非但如此，而且很快显得像是传染病自身的蔓延超过了所有减轻下来的希望；在圣迦尔斯教区，有好几条街道给传染上了，有好几户人家全都病倒在一起；因此在接下来那一周的《统计表》上，事情本身开始显示出来；实际上瘟疫登记只有14个，但这全都是无赖欺诈和串通勾结[①]，因为在圣迦尔斯教区他们总共埋了40个，那个可以肯定他们绝大多数是死于瘟疫，尽管它们被登记成其他瘟病；尽管下葬的全部数目没有增长到超过32起，而整个统计只有385起，斑疹伤寒却是14起，瘟疫也是14起；而我们把整个统计视为理所当然，认为那一周有50人死于瘟疫。

接下来那次统计是从五月二十三日到三十日，这时候瘟疫

---

① 政府官员和普通市民都有隐匿瘟疫死亡人数的动机，避免造成恐慌和避免遭到隔离。

的数目是 17 个：可是圣迦尔斯的葬礼有 53 起，一个吓人的数目！其中他们登记的只有 9 个是瘟疫：可是在治安推事的一次更严格的检查中，而且是在市长大人的要求之下，结果发现有 20 多人，在那个教区确实是死于瘟疫，却被登记为斑疹伤寒或其他瘟病，此外还有其他的一些隐瞒。

但对于随后即刻到来的事情而言，那些都是微不足道的；因为眼下天气开始炎热起来，从六月的第一周起，传染病便可怕地蔓延，《统计表》升高，热病、斑疹伤寒、出牙齿记录[①]，开始上涨：因为所有这些都可以掩盖他们的瘟病，这么做是用来防止邻居躲着他们，不肯同他们打交道；还用来防止当局封掉他们的房子，这件事情想来是还未实行，却有到来的危险，而人们一想到它就吓得要命。

六月的第二周，圣迦尔斯教区，那儿仍是传染病的重灾区，埋掉了 120 个人，那个尽管《统计表》上说只有 68 个是瘟疫；可大家却说至少有 100 个呢，是从上述那个教区葬礼通常的数目算出来的。

到这一周为止，这个城市一直都是平安无事，全部 97 个教区之内，还没有任何人死去，除了那个法国人之外，我在前面提到过他。眼下城内死了 4 个，一个是在伍德街，一个是在芬丘奇街，还有两个是在克鲁科特胡同；索斯沃克整个儿都平安无事，河[②]的那一边还没有死过一个呢。

---

① 孩子们在出牙齿期间常死于传染病。注意叙事者通篇使用的与瘟疫相关的双关语：标记（token）、肿块（swell）、记号（sign），等等。
② 泰晤士河。

我住在埃尔德盖特的外面，大概在埃尔德盖特教堂和怀特夏普尔栅门的中段，位于这条街的左手边或北侧[①]；由于瘟病还没有到达城市那一侧，我们这一带仍旧是非常安心的：但在城里另一头，他们都不胜恐慌；而那类资财较丰的人，尤其是那些达官贵人和上流人士，从城市西区蜂拥出城，带着家眷和仆人，行止非同寻常；这在怀特夏普尔尤可见到；也就是说，我所居住的这条宽阔大街上，除了四轮运货马车和二轮轻便马车之外，其实是一无所见，车上载着货物、女人、仆人、孩子，等等。大马车里塞满上等人，马车夫在伺候他们，然后匆匆离去；随后是空荡荡的四轮运货马车和二轮轻便马车露面，还有带着备用马匹的仆人，他们一看就知道是回来或是从乡下被派来接更多的人：加之不计其数的人骑着马，有些是独自一人，另一些带着仆人，总而言之，全都驮着行李，一副出门旅行的装备，像任何人可以从他们的外表看出来的那样。

　　这是一种让人看了非常可怕和忧伤的事情，由于我从早到晚不得不目睹这种景象；因为眼下除此之外事实上什么都看不见，它让我心里充满非常严肃的想法，想到那种惨祸就要降临这个城市，还有留在这里面的人那种痛苦不幸的境况。

　　好些个星期里，人们都慌乱成这副样子，以至于不付出千辛万苦就到达不了市长大人的门口；那个地方是那样紧迫和拥挤，为了搞到通行证和健康证明[②]；为了外出旅行这档子事情；

---

① 作者对 H. F. 的居住地非常熟悉——笛福是在圣伯托尔甫的埃尔德盖特教区教堂结的婚。他住在城墙外，伦敦的怀特夏普尔栅门边沿。

② 宣布持有者身体健康因而可以安全（对于他人）旅行的官方文件。

因为要是没有这些东西，就不准许在沿途市镇里通行，或是在任何客栈投宿：由于眼下这阵子城里一直都没有死过人，市长大人毫不费力就给那些人发了证件，所有那些住在97个教区的人，也包括所有那些在市外管辖地住了一段时间的人。

这种慌张忙乱，就像我方才说的，持续了好些个星期，也就是说，整个的五月和六月还要再长一点，因为有谣传说政府就要签发一项命令，要在大路上设置栅栏和关卡，用来阻止各色各样的人旅行；而沿途那些市镇，将不容许从伦敦来的人通行，怕的是他们随身携带的传染病，虽说这些谣传没有一个是有根据的，只是想象而已；特别是刚开始的时候。

眼下我开始认真考虑我自己，关心我自身的状况，我该如何给自己做出安排；也就是说，是否我该打定主意留在伦敦，要不就是关掉家门，然后逃之夭夭，像我许多邻居所做的那样。我把这一点那样详细地记录下来，因为我只知道，它对于比我后来的那些人也许是重要的，如果他们快要陷入同样的苦难，要去做出同一种选择，所以我很想让他们随便看一看这篇记录，作为他们自己所要遵循的指南，而不是我行为的历史，因为让他们注意到我的结果如何，这未必是没有一点价值的。

我面前摆着两件大事；一件是照常经营我的生意和店铺，这是不容小觑的事情，这里头搭进了我在这个世上的所有资产；另一件是要在那样惨淡的灾难当中保住我的性命，正如我清清楚楚看见的那样，灾难就要降临这整个城市；而不管它到底有多大，我的害怕说不定是跟其他各色人等一样，表现得比它会有的还要大得多呢。

这头一个考虑对我来说关系极为重大；我做的是鞍具商这个行当，由于我的交易主要不是通过店铺或机会买卖，而是在商人中间进行，跟美洲的英国殖民地做贸易，因此我的资产大半是搁在这类人手上。我是个单身汉没错，可我有一个由仆人组成的家庭，我让他们照看生意，我有一所房子，一家店铺和一个塞满货物的仓库；总之，要把它们全都给扔下，作为此类情形下必须被扔下的东西，也就是说，没有任何管理人或是适合的人员可以将它们托付，这就成了要去担当那种损失的风险，不仅是损失我的买卖，还有我的货物，事实上是我在这世上的全部所有。

与此同时我在伦敦有一个兄长，从葡萄牙回来没多少年；同他商量，他的回答是三个字，和在另一种非常不同的情形中给出的一样，（亦即）自救吧。[①] 总之，他赞成我退居乡下，像他自己携家带口决心要做的那样；跟我讲他好像是在国外听到过的事情，说预防瘟疫的最好办法是从它身边溜之大吉。至于我争论说要损失买卖、货物或债款，他把我给大大地驳倒：他告诉我说，我赞成留下来的那个理由，（亦即）我要把安全和健康托付给上帝，便是对我那种损失买卖和货物的说法最为有力的反驳：因为，他说，你要把损失买卖的可能性和风险托付给上帝，跟你要在那样迫在眉睫的一个危急关头留下来，把性命托付给上帝，不是同样说得过去的吗？

说到要去的地方，我没法争辩说我有什么为难之处，因为

---

① 见《新约·马太福音》（27：40）、《新约·马可福音》（15：30）。

在北汉普顿郡有好几个朋友和亲戚，咱们家最初就是从那个地方来的；尤其是，我只有那么一个姐姐在林肯郡，非常乐意接收我，款待我。

我的兄长，他已经把妻子和两个孩子送去贝德福郡，决定要随后跟他们去，非常热心地催促我走；而我曾经决定要答应他的要求，可那个时候却没有办法搞到马儿：因为，尽管所有人确实都没有离开伦敦城；可我还是敢冒昧地说，某种意义上所有的马儿都离开了；因为整个城市有几个星期几乎买不到或者说是雇不到一匹马。我曾决定带上个仆人徒步旅行；而且正如许多人做的那样，不睡旅店，而是随身带上一顶士兵的帐篷，去野地里睡觉，因为天气很暖和，不会有着凉的危险：我说，正如许多人做的那样，因为有好些人最后就是那么做的，尤其是过去还没多少年的那场战争里从军的那些人；而我必须要说，说的是自身的原因，要是绝大多数出门旅行的人都那么做的话，瘟疫就不会被带进那么多的乡镇和房舍，结果造成巨大的破坏，事实上是毁掉成千上万的人了。

但是接下来那位我有意要带在身边的仆人，骗了我；他对瘟病的增长感到害怕，而且不知道我啥时候走，便采取了其他措施，把我给丢下了，所以那个时候我就耽搁了下来；而不管怎样，我总是发现定下来要走时，总是被这样那样的意外妨碍，以至于落了空，又耽搁下来；而这样就招来一段经历，本来会觉得是毫无必要的节外生枝，（亦即）招致这些上天注定的挫折。

我也是把这段经历当作最好的方法来讲述，可以用来告诫任何落入此种境遇的人，尤其是，如果他是那种把良心当作义务的人，那么他就会从中得到指导该如何行事，换言之，他应该牢牢盯着当时那种天意的具体显现，而且应该用复杂的眼光看待它们，由于它们彼此相关，也由于整体上关系到他面前的那个问题，那么我想，他确实可以把它们当做是上天的旨意，什么才是他在此类境遇中要去履行的不容置疑的义务；我的意思是说，当传染性瘟病降临时，是要离开我们居住的那个地方呢，还是留下来不走。

它非常温暖地来到我心间，一个早晨，当我在单单沉思这件事情时，我想要是没有神意的指示和准许，那就什么都不会来看顾我们的，因此这些挫折落空必定是包含着某种非同寻常的东西；而我应该考虑到不管它有没有清楚地指示出来，或是透露给我，上天的意志就是我应该不走。我随后便立刻想到，如果这真的是上帝的意思，我该留下来不走，那他就有能力在所有包围我的死亡和危险中，好好保全我；而如果我想通过逃离我的住所来保住自己，行为有悖于这些旨意，而我相信它们是神的旨意，那就成了从上帝的身边逃走，而他就会用他的判罚来声讨我，只要他觉得时间和地点合适。

这些想法又大大地改变了我的决心，当我又去跟兄长谈话时，我跟他说，我倒是想留下来不走，在上帝派给我的那个位置上听天由命；而由于我所说的这个意思，这就似乎让我的义务变得更特别了。

我的兄长，尽管他本人是非常虔诚的，却对我提出的天降旨意的那一套说法付之一笑，还跟我讲了好些个故事，讲的是类似于我这种有勇无谋的人，照他对他们的称呼；说如果我得了瘟病或疾病横竖是残废了，然后不能走了，那我确实应该服从它，把它看作是天意所为，我就应该老老实实接受他的指示，他作为我的创造者，拥有无可争议的主权，对我做出安排；那样一来，要确定什么是神意的召唤，什么不是，这个就不难了：但仅仅是因为我雇不到马儿出行，或是因为要伺候我的那个人逃走了，我就要把它当做是天降旨意，我就不出城，这是很可笑的，既然与此同时我身体健康，四肢健全，又有其他仆人，那就可以轻轻松松，做一两天徒步旅行，而且既然拥有一份健康极佳的可靠证明，那就可以要么雇上一匹马儿，要么乘坐驿马[1]，看我觉得什么合适。

然后他继续跟我谈他去过的亚洲和其他一些地方（因我兄长作为商人，像我已经说过的那样，是从国外归来的，最近从里斯本回来还没几年）的土耳其人和穆斯林，伴随他们主观臆想的那些有害结果，[2]是如何依赖他们所谓的宿命论思想，由于每个人的结局都是被注定的，并且是事先决定无法更改，他们就漠不关心地进入受传染的地方，跟受传染的人交往，因此之故他们的死亡率达到每周 10 000 或 15 000 人，而那些欧洲人，或是基督徒商人，他们离群独居，谨言慎行，基本上都逃脱了传染病。

凭着这些议论，我的兄长又改变了我的决心，而我开始打

---

① 公共旅行意味着在每个驿站更换马匹。

② 自由意志与宿命论或是与上帝的活动在人生中的影响（是否上帝帮助那些自救的人）之间的争论。不逃离瘟疫被某些人视为异端——藐视上帝的警告。

定主意要走，于是做好了一切准备；因为简单地说，我周围的传染病增加了，而《统计表》几乎高达一周700人次，而我的兄长告诉我说，他不敢再待下去了。我希望这件事情他能让我考虑一下，只需等到第二天，然后我会做出决定的；由于我已经尽量为每件事情妥善做了准备，有关我的生意，我的事务需要托付的人，所以除了要做出决定，我没什么要做的。

那天傍晚我回到家里，心情极为沉重压抑，犹豫不决，不知怎么办才好；我把整个傍晚都用来认真考虑这个问题，而且是独自一人。因为人们已经是，可以说是不约而同地，接受了日落之后足不出户的习惯，原因我稍过片刻会有机会多说一点。

在这个傍晚的潜心退隐之中，我努力要决定下来的首先是，我要履行的义务是什么，而我把兄长催促我去乡下的论据陈述出来，然后把我心里想留下来的种种强烈感受拿来对照；我似乎拥有的那种可见的天职是来自我职业的特定状况，还有我对于保护我的资产应有的关切，而那份资产，正如我会说的那样，是我的身家产业；还有我认为是得之于上天的那些旨意，对我来说这便是意味着一种冒险的指示，而这让我想到，如果我得到了我所谓的要留下来的那种指示，那我就应该想到它含有一种保全性命的承诺，只要我听从。

这种想法靠近我，而我的心似乎比以往任何时候都更加受到鼓舞，想要留下来，并且被一种秘密的满足感所支持，那就是我会受到保护的；这么想的时候正在翻阅《圣经》，它就放在我面前，而我的思绪以非同寻常的认真思考着这个问题，这时候我大声嚷嚷，**哎呀**，我不知该怎么办，求主指引我！等等之类，那个

节骨眼上我刚好翻到经书《诗篇》第 91 章停下来，我的眼睛盯着第二节诗，往下读到第七节为止；读完之后，又读了第十节，如下。我要论到耶和华说：他是我的避难所，是我的山寨，是我的神，是我所倚靠的。他必救你脱离捕鸟人的网罗和毒害的瘟疫。他必用自己的翎毛遮蔽你，你要投靠在他的翅膀底下。他的诚实是大小的盾牌。你必不怕黑夜的惊骇，或是白日飞的箭；也不怕黑夜行的瘟疫，或是午间灭人的毒病。虽有千人仆倒在你旁边，万人仆倒在你右边，这灾却不得临近你。你惟亲眼观看，见恶人遭报。耶和华是我的避难所。你已将至高者当你的居所，祸患必不临到你，灾害也不挨近你的帐篷。①

---

① 偶尔受到谴责却是经常举行的一种用《圣经》占卜的基督教行为（叫做《圣经》占卜或《圣经》卦）——"碰巧"翻开的字句成了上帝的指令。

我几乎没必要告诉读者，从那一刻起我做出决定要留在城里，把自己整个儿都交给全能造物主的仁慈和保护，丝毫不寻求其他任何庇护；而既然我的时间都在他的掌握之中，他就有能力在传染病肆虐的时间里保护我，就像在健康的时间里保护我一样；而如果他认为拯救我并不适合，那我也仍然处在他的掌握之中，而他觉得该怎么处置我好就怎么处置我，这么做是恰当的。

带着这个决心我上床去睡觉；到了次日由于那个妇人生病，我对此变得更加坚定了，而那个妇人我是打算把房子和所有事务都托付给她的；但是恩惠在同一个方面进一步落到了我头上；因为次日我发现自己的身体也是非常的不对劲；这样即便我本来想要走，也走不成了，而我接连病了三四天，这件事完全把我给留住了；于是我向兄长告辞，他去了苏里的达尔金，后来兜了个圈子跑得更远，到了白金汉郡，要不就是贝德福郡，他在那儿为他全家找了一个隐退所。

这个时候生病是很糟糕的，因为谁要是不舒服了，立刻就会说他是得了瘟疫；而尽管事实上我并没有那种瘟病的症状，却是病得非常厉害，脑袋里还有肚子里都是这样，我也不是没有担心，怕我真的给传染上了；可是大概过了三天我变得好点了，第三天夜里我睡得很好，出了点汗，精神活跃了不少；我的病好了，我得了传染病的担心也就跟着烟消云散，而我像往常一样着手打理生意。

不管怎么说，这些事情把我要去乡下的所有想法都打消了；而我的兄长也不在了，那个方面的问题，我便不再跟他争论，也不再跟自己争论了。

眼下到了七月中旬，主要是在城里另一头肆虐的瘟疫，像我前面说的那样，在圣迦尔斯、圣安德鲁－霍尔伯恩教区，对着威斯敏斯特方向，眼下开始朝东边我居住的地方过来。事实上可以注意到，它并没朝我们紧逼过来；因为这个城市，也就是说在城墙以内，仍然是无动于衷的健康；那个时候它还没怎么闹到河对岸的索斯沃克去；因为尽管那一周所有死于瘟病的有1 268个，那个可以推测有900人以上是死于瘟疫；可在整个城市，在城墙以内，却只死了28个；在索斯沃克，包括兰贝斯教区，只有19个；而单单在菲尔兹的圣迦尔斯和圣马丁斯教区，那儿死了421个。

但是我们察觉到传染病主要在外围教区流行，那儿的人口非常稠密，穷人也相对要多些，瘟病在那儿比在城里找到更多猎物，正如我后来会看到的那样；我是说我们察觉到瘟病朝我们这边移动；（亦即）在科勒肯威尔、克里普尔盖特、肖迪契和毕晓普斯盖特教区的附近；后面两个教区毗连埃尔德盖特、怀特夏普尔和斯台普涅，传染病最终在那些地区蔓延开来，最为猖獗和猛烈，即便在西部教区它开始的那些地方，当时它减弱了下来。

看起来非常奇怪的是，单单在这一周，从七月四日到十一日，那个时候，正如我已经注意到的那样，仅仅在菲尔兹的圣马丁和菲尔兹的圣迦尔斯这两个教区，有近400人死于瘟疫，在埃尔德盖特教区只有4个，在怀特夏普尔教区是3个，在斯台普涅教区只有1个。

同样在下一周，从七月十一日到十八日，当时的《每周统计表》上是 1 761 个，而在索斯沃克整个河滨地区，死于瘟疫的却不超过 16 个。

但是事情的这种面貌很快就改观了，尤其是在克里普尔盖特教区，还有在科勒肯威尔，它开始变得严重起来；因此，到了八月的第二周，单是克里普尔盖特教区，埋掉了 886 个，而科勒肯威尔是 155 个；前者有 850 个，大可算作是死于瘟疫；而后者，《统计表》自己说，145 个是死于瘟疫。

在这七月期间，正如我已经注意到的那样，此时跟西区相比，城里我们这边好像还是幸免于难，我照常在街上走来走去，我的生意需要这么做，尤其是通常一天一次，或两天一次，到城里去，到我兄长屋里去，屋子是他让我负责照看的，去看一看是否安全：兜里揣着钥匙，我常常进入屋子，绝大多数房间都走过一遍，要看到一切都还好好的；因为尽管说起来有些让人称奇，处在这样一场灾难当中，说到偷窃和抢劫，任何人都应该横下心来才是；可毫无疑问的是，那个时候城里照干不误的各种坏事，甚至那些轻薄行径和淫乱勾当，跟以往一样不加掩饰，我却不会说是跟以往一样非常频繁，因为人的数量在许多方面都减少了。

但是眼下城市本身也开始受到侵袭，我是指在城墙范围内；但那儿人的数量确实是急剧减少，由于那样巨大的一群人去了乡下；甚至在这整个七月里他们还在接连逃离，尽管不像此前那样为数众多。事实上在八月，他们逃成这副样子，以至于我开始想，城里头除了行政长官和仆人之外怕是真的没有人留下了。

由于眼下他们逃离了这个城市，因此我会注意到，宫廷早就搬走了，(亦即)在六月份，去了牛津，在那儿托上帝的福保全他们的性命[①]；而那种瘟病，正如我所听说的那样，就连碰都没有碰过他们一下；而我不知道我什么时候见到过，他们对此有任何了不起的感恩戴德的表示，也几乎没见过有什么洗心革面的事情，虽说他们不乏被人告知，他们的昭彰罪行，并没有背离乐善好施，却可以说是已经变本加厉，把那种可怕的判罚带给这整个国家。

伦敦的面貌眼下确实是奇怪地改变了，我是指这整个大片的建筑、城市、市外管辖地、郊区、威斯敏斯特、索斯沃克以及所有地方；因为，就所谓的城市或城墙以内这一片特殊区域而言，那还没怎么受到太大传染；但是在总体上，我是说，事情的那种面貌，则是大大改变了；悲叹和哀伤挂在每一张脸上；虽说有些地区还没有遭受灭顶之灾，但所有人看上去都深怀忧戚；随着我们清清楚楚地看见它到来，每个人都把他自己，还有他的家庭看作是处在极度危险之中；要做到把这些时刻准确地描述给那些没有看见过的人，告诉读者什么是随处可见的真正恐怖，那就必须给他们的心灵以恰切的印象，让他们充满惊讶。伦敦大可说是整个儿浸泡在泪水里；送丧的人其实并没有在街上走来走去，因为没有人穿黑丧服，或是身着正式礼服，为他们最亲近的朋友默哀；但是哭丧的声音确实从街上听见；

---

① 国王的家庭及其廷臣、随从六月离开伦敦，在牛津住到九月，以避开瘟疫。国王查理二世二月回到白厅。

妇女和孩子的悲号响彻屋子的门窗，他们挚爱的亲属或许在那里面奄奄一息，要不就是刚刚断气，当我们从街上经过时，屡屡可以听见，连世上最刚强的人听着也会为之心碎。家家户户几乎都见到眼泪和悲叹，尤其是在最初受灾的地区；因为越是到了后来，人的心肠也变硬了，而死亡在他们眼前是如此习以为常，他们对失去朋友也就没有那么多关切了，指望着，自己在下一个时刻就要被召去。

有时候生意把我带出家门到城里另一头去，即便当时疾病主要是在那一带出现；由于事情对我来说还是新鲜的，对其他人也一样，因此最让人吃惊的一件事情，便是看到那些街道，通常是那样熙熙攘攘，眼下变得荒芜凄凉，街上几乎看不到什么人，这样如果我是个陌生人，还迷了路的话，那我有时就要把整个街道，我是指把整个背街小巷都走上一遍，还看不到有人为我指路呢，除了那些看守人，驻守在被关闭的那类房屋门前；关于这一点我现在就要来说一说。

有一天，在城里的那个地区，正在处理某笔特殊的生意，好奇心驱使我注意到事情非同寻常；而事实上我是走了好长一段路，那儿我并没有生意要做；我走到了霍尔伯恩，那儿的街上满是人；但是他们都行走在大街中央，既没有走这一边也没走那一边，因为，照我推测，他们不想和那些屋子里出来的人混杂在一起，或者是不愿接触到也许是从被传染的屋子里飘出来的香臭气味。

四法学协会全都关闭了；在坦普尔，或是在林肯斯协会，或是在格雷斯协会，那儿也见不到很多律师。人人都相安无事，没有律师要做的工作；此外，这也正好是在休庭期，他们多半是跑到乡下去了。有些地方整个一排的房屋都门窗紧闭；居民全都逃离了，只剩一两个看守人留下来。

当我说到成排的房屋都门窗紧闭的时候，我并不是说被那些行政长官关闭的，而是说大量的人都跟着宫廷跑了，出于职业上的需要，以及其他种种依附关系；而随着其余的人隐退，确实让这瘟病给吓怕了，某些街道便全然一片荒芜；不过理论上讲，这种害怕在所谓的城市里还没到那么厉害的程度；具体而言，是因为他们起初虽说是处在难以言表的不胜惊恐之中，但是正如我所看到的那样，瘟病起初常常是间歇性的；因此他们可以说是被惊动了，然后又不惊动了，这样反复好几次，直到他们开始对它熟络起来；而即便当它来势凶猛时，也还是觉得它不会马上蔓延到城里去，或是到达东部和南部地区的，人们开始胆壮了，照我说呢，是有点儿强硬了：是啊，是有许许多多的人都逃走了，正如我所看到的那样，可他们主要是出自城西那一头；出自我们所谓的城市心脏，也就是说，人群中最为富裕的人；诸如不必为买卖和生意所拖累的那类人；但是其余的人，那些平头百姓留下了，看来是要和最糟糕的局面共处；因此在那个我们叫做市外管辖地的地方，还有在郊区，在索斯沃克，还有在东区，诸如瓦平、拉特克利夫、斯台普涅、罗瑟西斯，等等之类，人们多半是留下了，除了各处的几户富裕人家之外，这些人，就像上面说的那样，不必靠他们的生意过活。

这里不可忘记的一点是，在此劫难之时，我是说，在它开始之初，城市和郊区的人满满当当，多得不得了；因为虽说我是活着见到进一步的增长，人们蜂拥蚁集居住在伦敦，超过以往任何时候，可我们总是那么在想，大量的人，由于战争结束，军队解散，王室及君主政体复辟，成群结队来到伦敦，以图安身立业；或是投靠和侍奉宫廷，求取供职的奖赏，求取拔擢提升，等等之类，到了如此这般的地步，城里容纳的人口据估算比它从前任何时候都要多十万人以上；非但如此，有人还放胆说，它拥有两倍之多，因为保王党所有破产的家庭，都向此处麋集；所有老兵都在这里开张买卖，数不清的家庭居住在这里；宫廷又一次带来他们滔滔不绝的荣华尊宠，还有新时尚；所有人都变得欢快而奢靡；而王政复辟的喜悦把许许多多家庭带到了伦敦。

我常常在想，如同罗马人围攻耶路撒冷①，那个时候犹太人集结在一起，庆祝逾越节，因此之故，有不计其数的人在那儿遭到袭击，而他们本来是应该待在乡下其他地方；瘟疫也是这样进入伦敦的，当时由于上面提到的那种特殊情况，时不时地出现人口的暴涨；由于这股人流的汇聚，冲着那个年少而欢快的宫廷，在城里大干营生；尤其是每一种属于时尚和华美的行当；其结果便是招来大量职工、产业工人，等等之类，绝大多数是穷人，靠自己的劳动过活，而我记得很清楚，在一份给市长大人的有关穷人状况的报告中，它估计说，城里和城市周围住着不少于十万名缎带织工；他们中最主要的人口，大约五分之一左右，当时是住在肖迪契、斯台普涅、怀特夏普尔和毕晓普斯盖特教区；换言之，相当于斯皮特尔－菲尔兹；也就是说，像那个时候的斯皮特尔－菲尔兹；因为眼下它没那么大了。

----

① 发生在罗马皇帝提图斯统治时期，公元 70 年。

不过这样一来，人口的数量总体上也许就可以有所判断了；而事实上，我时常感到诧异，起初那些为数甚多的人跑掉之后，却还有那么多的人大量留下来，正如它看起来是有的那样。

但是我得再回到这个触目惊心时期的开端，虽说人们的那种恐惧心理还是稚嫩的，却因几个怪异的偶发事件而不可思议地得到了增长，总而言之，这一点着实让人觉得诧异，整个一群人没有步调一致地起身，然后抛弃他们的家园，离开这个地方，上天指定作为亚革大马①的这一方土地，命中注定要从地球的表面被摧毁；但凡身居其间的人，就会和它一起灭亡。我要提到的只是这些事情中的几件；但毫无疑问它们是那么的多，且有那么多的奇才术士和智多星繁衍传播，以至于我时常觉得诧异还会有谁，（尤其是女人，）落在后头。

起初，在瘟疫开始之前，一颗灼热耀眼的星星或彗星②出现了好几个月，正如又一年之后的那年出现的那样，比那场大火稍早一些；那些个老妇人，还有黏液质的患有疑病症的女性③，我也几乎只能把她们称作是老妇人，议论说（尤其是在后来，虽说是没有持续到这两种判罚结束之时），那两颗彗星径直越过这城市，跟房屋挨得那么近，因此显而易见的是，它们独独对

---

① 用犹大出卖耶稣的三十块银币所购的"血田"。见《使徒行传》（1：19）
② 1664年12月和1665年4月看到的彗星，分别被视为瘟疫和1666年大火的预告。
③ 中世纪生理学把身体分成四种主要的"体液"或"气质"：多血质（热烈和旺盛）、黏液质（冷淡和旺盛）、胆汁质（热烈和干燥）和忧郁质（冷淡和干燥）——其所占据的比例决定体质和生理气质。"疑病症"是忧郁质或忧郁症的一种形式。

这座城市表达了某种不寻常的意义；时疫流行之前出现的那颗彗星，颜色昏暗、浑浊、无精打采，而它的运行非常沉重、庄严而缓慢；但是大火之前出现的那颗彗星，明亮而火花四溅，或者正如他人所说的那样，火烧火燎，而其运行迅疾而狂暴；因此，一颗是预示了沉重的判罚，缓慢但是严厉，可怕而又瘆人，如同那场瘟疫；但是另一颗预示了飞驰、突然、迅疾和暴烈的判罚，如同那场大火；非但如此，有些人还那样特别，他们在观看大火前那颗彗星时，觉得他们不仅是见到了它迅疾而威猛地经过，可以用眼睛觉察到它的运行，而且甚至还听到了它的声音；它发出一阵急促的汹汹嘈杂声，威猛而可怕，虽说

是隔开一点距离，却刚好听得见。

这两颗星星我都看到了；而我必须承认，我脑子里拥有那么多有关此类事物的寻常观念，因此我倾向于把它们看作是，上帝判罚的前兆和警告；尤其是当瘟疫尾随着第一颗而来之后，我却看到了类似的另一颗；我只能说，上帝仍然还没有把这个城市责罚个够呢。

但与此同时我还不能够把这些事情提到别人所提及的那种高度，又还懂得，天文学家给此类事情所归结的种种自然成因；它们的运行，甚至它们的周转都得到了推算，或者说是自以为得到了推算；因此之故，它们还不能够那么完全地被称为前兆，或是预示，更不用说是此类事件的诱导了，诸如时疫、战争、大火，等等之类。

不过我是怎么想的就让我怎么想吧，或是让那些哲学家爱怎么想就怎么想好了，这些事情对普通人的心灵有着非同寻常的影响，他们对降临这个城市的可怕灾难和判罚几乎是怀有普遍的忧郁不安；而这主要是源于这颗彗星的奇观，还有发生在十二月里的小小惊动，如上所述，由于两个人死在圣迦尔斯。

人们的这种忧惧不安，在时代谬见的影响之下同样是不可思议地得到了增长；在此期间，我觉得，人们出于我无法想象的原则，比他们此前或此后的任何时候，都更加沉溺于预言，还有星相学咒文，占梦，还有无稽之谈；是否这种愁苦气质原本是让某些人的瞎编乱造给捣鼓出来的；也就是说，通过出版预言书，还有占卜书，他们借此赚取金钱，这个我不知道；但可以肯定的是，书市让他们大大地吓一跳，诸如黎里日历啦，加德伯利星象预测啦；可怜的鲁宾日历啦，等等之类；还有几卷伪装的宗教书籍；有一本的标题是《我的人民都离开吧，免得瘟疫也有你一份》；另一本叫做《恳切的警告》；另一本叫做《不列颠备忘录》，还有许多这样的书；所有这些书，或者说绝大部分书，都是直接或公开地预言这个城市的毁灭①：非但如此，有些人还那么狂热大胆，居然带着他们的口头预测，在街上跑来跑去，自以为受到派遣给这个城市布道来了；特别是有一个人，正如约拿之于尼尼微城，他在街上大叫大嚷，再等四十天，**伦敦**就要灭亡了。②我不能确定，到底他说的是再等四十天呢，还是再等几天。还有一个人赤身裸体跑来跑去，只在腰间拴一条衬裤，日夜号叫；像约瑟夫斯③提到的那个人，他号叫，为耶路撒冷悲泣！就在那个城市快要灭亡之前：于是这个赤身裸体的可怜家伙号叫，噢！无上而威严的上帝啊！没有再说什么，只是不停地重复这些话，至少，我能听到的始终是那个样子，嗓音和容貌布满恐惧，快步疾走，没有人见过他停下来，或是休息一下，或是补充点食物。有好几次我在街上碰到这个可怜的家伙，本是想跟他说几句话的，可是他不想跟我，或是跟别人有言词之交；只是接连不停地发出他那种凄惨的号叫。

---

① 威廉·黎里（1602—1681）所著的当时流行的星相学历书，此人于1665年逃离了瘟疫。约翰·加德伯利（1627—1704），此人出版了好几种关于瘟疫的著作，（或许）分别还有威廉·温斯坦利（1628？—1698）的著作。这些历书遭到时人的讽刺。而那些有名有目的"伪装的宗教书籍"，较难确切查找，许多小册子和书籍都有相仿的题目。
② 见《旧约·约拿书》（3：4）。
③ 弗拉维乌斯·约瑟夫斯（37—100），犹太历史学家。

这些事情把人们弄得再恐怖没有了；尤其是那个时候，有两到三次，像我已经提到过的，他们发现《统计表》上有那么一两个人，在圣迦尔斯死于瘟疫。

仅次于这些众所周知的事情，便是那些老妇人的梦：确切地说，兴许是老妇人诠释别人所做的梦；而这些事情把许许多多的人甚至搞得神经错乱：一些人听到了声音警告他们走掉，因为伦敦会有这样一场瘟疫，弄到活人都没法埋葬死人；另一些人看见了空中的幽灵；而这两件事情得允许我来说一说，希望没有违背宽容仁慈的原则，那就是他们听见的声音从未响起过，他们看见的景象从未显现过；只不过是人们的想象实在变得恣意妄为和鬼迷心窍罢了：无怪乎，他们这些人，要是连续不停地盯着那些云彩看，就看见种种鬼魅和人影，种种表象和姿态，实质一无所有，只不过是大气和水蒸气而已。这儿他们告诉我们说，他们看到了一把喷火的剑拿在手上，从一片云彩中探出来，尖端径直迫近这城市。那儿他们看见柩车，还有空中的棺材，抬着去下葬。而那儿又看见，成堆的死尸躺着未下葬，等等之类；恰恰是由于可怜之人的那种想象吓唬人们，供给他们兴风作浪的事物。

> 于是疑病症患者的幻觉勾勒
> 军舰、部队、战役，在那苍穹之中；
> 等到镇定的目光，将那水蒸气解释，
> 一切便都化为，初始之物，云彩。①

————————

① 此处 H. F. 援引的是作者笛福写于 1691 年的诗歌《旧策术的新发现》。

我可以让这篇记录充斥奇谈怪论，这类人每天都在讲的，他们看见的东西；大家对他们看见的，自以为看见的东西都那样确信，因此也就不加驳斥，不伤和气，一方面免得被视为粗鲁无礼，另一方面也免得被视为亵渎神圣和冥顽不化。瘟疫开始之前有一回（不是像我说的那样在圣迦尔斯），我想是在三月份吧，在街上看见有一群人，我为了满足好奇心，加入到他们中间，然后发现他们全都仰起头盯着空中，在看一个女人告诉他们的，她清清楚楚地看见的东西，那是一个身披白衣的天使，手持一柄喷火的剑，在那儿摇晃着，或是在他的头顶上空挥舞着。她把这个形象的每个部分都描述得栩栩如生；把那种动作，还有把那种样子做给他们看；而这些可怜的人是那样热切地赞成，还一样的欢喜快慰；**对呀**，我全都清清楚楚看见了，有人说，那把剑是再清楚没有了。另一个人看见了那位天使。有个人正好看见他的面孔，然后大叫起来，他是多么绝妙的一个人啊！有人看见这个，有人看见那个。我也跟其余的人一样认认真真地看了，但是，说不定，还没有那么自觉自愿地被人哄骗；事实上我说道，我什么都没看见，只是一块白云而已，一边亮堂堂的，被太阳耀眼的光照着另半边。那个女人竭力指给我看，可是没法让我承认，说我看见了它，而事实上，要是我说我看见了，我就肯定是在撒谎；可是那个女人转过身来对着我，望着我的脸，还以为我笑了呢；那也是她的想象把她给骗了；因为我确实没有笑，而是非常严肃地在思考，这些可怜的人是如何被他们自己的想象所驱使，以至于给吓坏了。然而，她从我这儿转过身去，把我称作不敬神的家伙，而且是个嘲笑宗教的

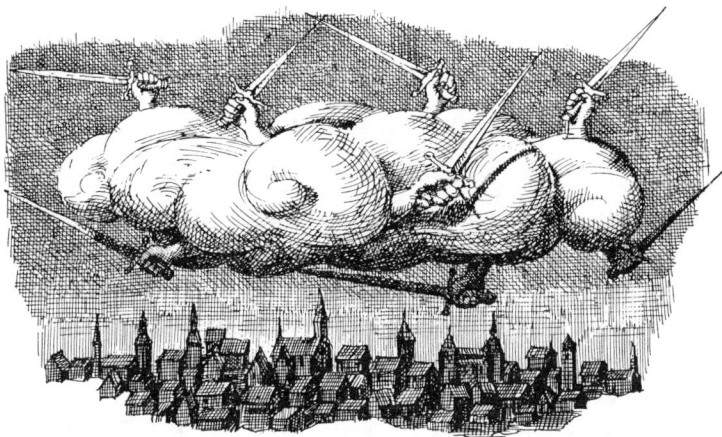

人；告诉我说，这是上帝发怒的时辰，种种可怕的判罚正在临近；而那些轻慢骄矜之徒，像我这一类人，要惊奇，要灭亡①。

她身边那些人跟她一样显出厌恶的模样；而我发现我怎么都没法让他们相信，我并没有笑话他们；而我与其说是能够打破他们的迷梦，还不如说是要遭到他们的群起而攻之。于是我离开了他们；而这个幻象和那颗灼热耀眼的星星一样，本身被当做是真的了。

我碰到的另一次遭遇也是在这样一个空闲日子；而这一次是发生在穿越那条狭窄通道的时候，从佩蒂－法兰西进入毕晓普斯盖特教堂墓地，旁边是一排养老院；有两座教堂墓地是通向毕晓普斯盖特教堂，或者说毕晓普斯盖特教区；一座是我们穿过那个叫做佩蒂－法兰西的地方进入毕晓普斯盖特街，刚好从

①见《新约·使徒行传》(13：41)。

教堂大门的旁边出来，另一座是在那条狭窄通道的一侧，左边是那排养老院；右手边有一道带栅栏的矮墙；而城墙在另一边，更靠近右侧。

在这条狭窄的通道中间站着一个人，透过栅栏朝里张望那个掩埋死人的地方；有许多人停下了脚步，多到允许在这个狭窄通道里停下来而不妨碍别人通行；他异常热切地在跟他们说话，一会儿指着一个地方，一会儿指着另一个地方，肯定地说，他看见一个幽灵走近那边的一块墓石；他把它的模样、姿势还有动作描绘得那么确切，以至于大家都没有像他一样看见它，让他觉得这简直是世上最可惊诧的事情了。突然间他会大叫起来，它在那儿呢：这会儿朝这边过来了：然后是，它转过身去了；直到他终于把人们说服，坚定不移地相信，弄得这个人以为他看见了它，那个人以为他看见了它；像这样他每天都来，弄出一阵不可思议的鼓噪，考虑到这是在那样狭窄的一条通道里呢，等到毕晓普斯盖特教堂的钟敲响十一点；然后那个幽灵像是吓了一跳的样子；仿佛是被叫到别处去了，突然间消失不见。

我认认真真四下里张望，而且就在这个人指点方向的时刻，却连那东西的一丁点儿影子都没能见到；但这可怜的人是那样确信，把那些虚无缥缈的东西向人们大吹特吹，结果把他们都给抖抖索索地撵走了，而且吓得要命；直到末了，那些知道这件事的人，极少有人想要从那条通道里经过；而且无论如何，几乎没有哪个人想从夜里经过。

这个幽灵，像那个可怜的人断言的那样，朝着这些房子、这块场地，还有这些人打手势，显然是在暗示，否则就是他们这样来理解，有许许多多的人，要来埋葬在那块教堂墓地里；正如实际所发生的那样：可是他所见到的此类景象，我必须承认，我根本就不相信；反正我本人是什么都没能看见，虽说我是尽心竭力，指望着或许有可能看见它呢。

这些事情有助于说明，人们实在是被种种妄想蒙蔽到什么程度；由于他们拥有那种大祸临头的想法，他们所有的预测便时刻不忘怀于一场最可怕的瘟疫，它就要散布在这整个城市，甚至散布在这王国的不毛之地；而且几乎要毁掉这整个国家，连人带牲畜一起毁掉。

占星家，正如我前面说的那样，将行星不吉利地会合并且带来有害影响的那些传说加在这上面；其中一次会合将要在十月发生，而且确实是发生了；另一次是在十一月；然后他们拿这些天象的预测塞满人们头脑，暗示说，那些会合预示着干旱、饥馑和时疫；不过，前面这两点，他们完全是弄错了，因为我们并没有碰上干旱季节，而是在这一年的开初，遭受了一场严霜，从十二月几乎持续到三月；那以后是温和的天气，比较暖和，还算不上炎热，伴随着阵阵清风，总之，是非常适时的天气；还下过好几场很大的雨哩。

为禁止诸如此类吓唬人的书籍印行采取了一些努力，并对四处散布书籍的人发出威胁，其中有些人被抓了起来，可是据我所知，这中间其实是什么都没做；政府不愿意触怒那些人，而那些人，照我说来，全都已经是神经错乱了。

我也无法为那些牧师开脱，他们在布道的时候，与其说是让听众的心灵得到鼓舞，还不如说是让他们消沉；他们许多人这么做无疑是为了增强人们的决心；尤其是为了让他们快些悔罪；而他们的目的当然是没有达到，至少和它在另外方面所造成的伤害不相称；而事实上，由于上帝本人在整部经书中，更多是通过种种邀请拉近和他的距离，让我们去依靠他，高高兴兴过日子，而不是通过恐怖和惊诧将我们驱逐；因此我得坦白地说，我认为那些牧师本来也是应该这么做的，在这个方面仿效我们神圣的基督和导师，他的整个福音，充满上帝慈悲的天国宣言，还有他对那些悔过者的欣然接纳，然后宽恕他们；愁叹道，然而你们不肯到我这里来得生命①；因此，他的福音叫做和平的福音，恩宠的福音。

可我们有一些善人，属于各种教派和各种主张的善人，他们的讲道充满了恐怖；这些人除了惨淡的事情什么都不讲；而由于他们是用某种恐惧把人们召集在一起，把他们泪水涟涟地撵走，因而除了噩耗什么都不作预言；用那种大毁灭的恐惧感吓唬人们，而不是引导他们，至少是引导得还不够，去向上天乞求慈悲。

关于宗教，我们事实上是处在一个非常不幸的分裂时期②：数不胜数的宗派、分支和独立主张在人们中间盛行；英格兰教会其实是随着君主制的复辟而复辟，大概在四年前；可是牧师和神父，来自长老会、独立教会和所有其他种类的修道团体，

① 见《新约·约翰福音》（5：40）。
② 王政复辟初期通过各项法规，使在英国国教之外的信徒不容易礼拜上帝（甚至犯法）。

已经开始集合分离的会团，树起对立的祭坛，而所有那些团体都各有其举行仪式的礼拜会，由于当时它们还没有那么多，那些反对国教教徒并没有像他们后来那样完全拧成一股绳，这样子集合起来的会众，便还只是寥寥无几；而就算是那些个会众，政府却还是不许可，只是竭力压制他们，还关闭他们的礼拜会。

但是这场劫难又使他们协调一致了，至少有一段时间是这样，许多最出色、最重要的反对国教的牧师和神父，得到允许进入那些教堂，那儿的牧师都逃走了，和许多人一样，没有能够坚持住；人们蜂拥而至，不分差别，听他们布道，不太去过问他们是谁，他们的主张是什么；可是这场疫病结束之后，那种宽容博爱的精神消退了，每一座教堂又提供他们自己的牧师了，要不就是那儿的牧师死了，由其他人充任，事情又回到老路上去了。

坏事总是一桩招来另一桩：人们的这些恐惧和忧虑不安，使他们干出成千桩软弱、愚蠢和邪门的事情来，而他们不缺乏某一类确实邪门的人物，怂恿他们这么去干；这里说的就是跑来跑去找那些算命先生、智多星和占星家，去了解自己的命运，或者按照低俗的说法，是要让命运来告诉他们，把他们的天宫图推算出来，等等之类；而这种愚行蠢事，顷刻之间让城里涌现出一代邪门的冒牌分子，幻术师啦，魔法师啦，照他们所称呼的那样，而我都不明白是些什么人；非但如此，比他们确实犯下的罪孽更坏的，是与魔鬼的成千桩交易；而这种买卖变得那样公开，并且那样盛行，以至于在门口挂出招牌和字号这种事情变得寻常可见；这儿住着一个算命先生；这儿住着一个占星家；这儿可以让你的天宫图推算出来，等等之类；而油炸食品商培根的黄铜头像①，这些人住所的惯常招牌，几乎每条街上都可见得到，要不就是西普顿妈妈的招牌②，或是有梅林头像的招牌③，等等之类。

这些魔鬼的神谕，用了什么样的胡乱、荒唐、可笑的鬼话，让人高兴并且满足，我确实不知道；但可以肯定的是，每天有数不清的追随者围堵在他们家门口；但凡有个神情庄重的仁兄，穿天鹅绒外套，戴戒指，身披黑斗篷，而这是那些江湖术士惯常的行头，但凡在街上让人看见了，人们就会尾随其后，挤成一团向他们提问，跟着他们一路朝前走。

我都不必说，这是多么可厌的虚妄迷惑，都不必说它会有什么样的结果了；但这种状况是无药可救的，直到瘟疫本身把它给一举荡平；而我料想，城里绝大多数能掐会算的自身都要被扫除掉。坏事之一是，假使有穷人问那些假冒的占星家，瘟疫到底有还是没有啊？他们全都众口一词地回答说，有的，因为那样就可以把他们的买卖做下去了；而要是人们没有被那种东西给吓唬住，那些玩魔法的人立刻就会显得没用了，他们的行当就难以为继；可他们老是如此这般地跟他们讲星宿的影

---

① 罗杰·培根（1220—1292）发明的铜头被认为是能够开口说话。伦敦的店铺和商家通常是用画得栩栩如生的木制招牌给自己做广告，让不识字的人也能看得懂。
② 西普顿妈妈是1641年的一本小册子里首次记载的一位传奇女巫和先知。
③ 梅林是亚瑟王传奇中的魔法王子。

响，行星如此这般地会合，必定会带来疾病和瘟病，随之而来的便是瘟疫；有些人还信誓旦旦地跟他们说，瘟疫已经开始了，这倒是千真万确的，尽管他们那样说的时候，对于事实一无所知。

那些牧师，说句公道话，还有绝大部分神父，都是严肃而有分辨力的人，对这些，以及对其他那些歪门邪道的营生痛加申斥，把它们的愚蠢还有邪恶一起揭露出来；那些最为清醒而有见识的人对此也表示蔑视和嫌恶；但是那些中不溜秋的人，还有穷苦劳工，要对他们施加影响是不可能的；他们的恐惧心理支配了他们所有的激情；凭着那些心血来潮的念头，他们丧心病狂地扔钱。尤其是女仆，还有男仆，成了他们首要的顾客；而在首先询问之后，他们的问题多半是，会有瘟疫吗？之后，我是说，接下来的问题是，噢，先生！务必请告诉我，我会有什么样的结果？我的女主人会把我留下，还是会把我辞退呢？她会留在这儿，还是会去乡下呢？要是她去乡下的话，她会带上我跟她一起走，还是把我留在这儿挨饿了事？那些男仆也与此相仿。

实际情形是，那些穷困仆人的状况是非常惨淡的，像我过会儿有机会要再次说起的那样；因为显而易见，他们中有相当一部分人要被打发走，而事情果真是这样；他们有许许多多的人要灭亡；尤其是假先知用了种种希望奉承他们的那些人，说他们会继续留下来做仆人，男主人和女主人会把他们带到乡下去；要不是公共慈善给这些可怜人提供了救助，这些人的数量极其庞大，而在任何情况下这种人必定都是这样，他们就会处在这个城市中任何人都会落入的最为恶劣的境地里。

这些事情让那些老百姓的心灵躁动了好多个月，就在最初的忧惧不安侵袭他们的时候；而瘟疫在那个时候，照我说来，都还没有爆发呢；但我也不可忘记，较为严肃的那部分居民是照着另一种方式行事：政府鼓励他们祷告，还指定了公共祈祷文、斋戒和谦卑为怀的日子，进行公开悔罪，乞求上帝慈悲，避免那种悬挂在他们头顶的可怕判罚；不用说，各种信条的人是以怎样的欢喜雀跃拥抱这个机会；他们是怎样拥向教堂和礼拜会，而他们全都是那样蜂拥堵塞，弄得常常都没法靠近，不，是没法踏上最大教堂的那道大门；好几个教堂指定了早晨和傍晚的每日祈祷文，还有在别处做私下祷告的日子；在人们出席的所有场合，我是说，人们都怀着一种不寻常的虔诚：好些私下里的家庭祷告也一样，持这种主张和持那种主张的，进行家庭斋戒，而这他们只容许自己的近亲参加：因此简而言之，那些人，那些确实是严肃而虔敬的人，以一种真正的基督徒方式，让他们自己专注于悔罪和谦卑的正业，正如基督教的人民应该做的那样。

公众又一次表明，在这些事情上面他们会担负起自己的那一份；即便是那个宫廷，当时欢快而又奢靡，也摆出一副公正为怀的样子，针对那种公共危险：所有的戏剧和幕间插曲，仿效法国宫廷样式，已经开张搭台，开始在我们中间日益风行，都被禁止上演了①；那些赌博台桌、公共舞厅、音乐

---

① 共和政治时期流亡法国的查理二世于 1660 年登基，当时他重新开放被清教徒关闭的戏院。但是作为公共场所，它们是传染病的危险之地，从 1666 年 6 月到 9 月被关闭起来。

馆，成倍地增长繁殖，开始让人们伤风败俗，都被关闭查禁了；那些滑稽艺人、搞笑丑角、木偶戏、走软索表演，还有诸如此类的节目，让穷苦老百姓看得心醉神迷，发现事实上没有生意可做，都关门歇业了[①]；因为人们的心灵，在为别的事情躁动不安；而对这些事情的忧伤和害怕，甚至也挂在了老百姓的脸上；死亡摆在他们眼前，大家开始想的是他们的坟墓，而不是寻欢作乐。

那些有益的反思，处理得当，会让人们怀着最大的幸福感跪下，忏悔其罪孽，仰求其仁慈的救世主宽恕，在这样一个危难不幸的时期，恳请他施予怜悯；这样我们或许还可以成为第二个尼尼微[②]呢，然而即便是那些有益的反思，在老百姓那里也完全走向一个相反的极端；这些人的反思无知而愚蠢，正如他们从前的粗蛮恶劣和缺乏思想，现在被恐惧带向荒唐无稽的极端；正如我前面说过的那样，他们跑去找那些巫师和巫婆，还有各种各样的骗子，去了解自己的结果如何；那些人喂给他们恐惧，让他们始终保持惊慌，保持警醒，故意哄骗他们，然后掏他们腰包；于是，他们像发了疯一样，迷恋那些江湖郎中和江湖骗子，还有每个挂牌行医的老妇人，求取药品和药物；那样大量地给自己储存药丸、药剂，还有他们所谓的预防药；这样他们不仅花了钱，而且还事先被毒害了，因为害怕传染病

---

① 滑稽艺人和搞笑丑角是跟随江湖医生在集市上表演滑稽戏的演员和小丑。木偶戏和走软索表演（早期高空秋千）是街头和戏院幕间的表演节目。

② 见《旧约·约拿书》（4.5：10）。

毒害，让他们的身体为瘟疫作准备，而不是保护它们抵抗瘟疫。另一个方面，令人难以置信，也几乎想象不到的是，何以房屋柱子上，还有街角，糊满医生的告示，还有无知之徒的纸片；在药物方面招摇撞骗，引诱人们去找他们就医；这些招贴多半招人眼目，用了这样一些花哨浮夸的字眼，（亦即）**绝对可靠抗瘟疫药丸。万无一失传染病预防药。特效补药防止秽气。严密**细则指导身体，以防传染病：祛除时疫药丸。**举世无双饮品防**治瘟疫，前所未有。全疗法治瘟疫。**独家正宗瘟疫药水。上佳解毒剂**防治各种传染病；而这一类数量多得我都无法合计；要是我能做到的话，把它们登记下来本身就会写满一本书。

另一些人打出招贴，叫人们去他们寓所寻求指导和忠告，以防传染病：这些也都有堂而皇之的名目，就像这些。

一位高地荷兰著名内科医生，新近从荷兰过来，整个大瘟疫期间都居住在那里，在去年的阿姆斯特丹；治好了大批确实是染上瘟疫的人。

一位意大利贵妇从那不勒斯来，刚刚抵达，携有精选秘方防治传染病，该秘方得之于她的非凡经验，在上次那个地方流行的瘟疫中具有神奇疗效；那次瘟疫一天之内死掉两万人。

一位旧时贵妇挂牌行医，在本城上次流行的瘟疫中，在纪元 1636 年，大获成功，只将其忠告给予女性。可以面谈，等等。

一位经验丰富的内科医生，长期研究抗各类病毒及传

这里说的就是佩戴符咒、魔药、辟邪、符箓

染病的解毒原理，经过四十年行医生涯，医术已经好成这样，谢天谢地，可以指导人们防止任何传染性瘟病的接触。免费指导穷人。

我是把这些当做样本来加以理会：我可以给你们两三打这样的玩意儿，却还有许许多多要被遗落呢。凭这些就足以让大家知悉，那些时候的那种心态；那帮窃贼和扒手，如何不光是抢穷人的钱，骗穷人的钱，而且还毒害他们身体，用那些可恶而致命的配制品；有些是用水银①，有些是用别的一样坏的东西，跟那种假托的东西风马牛不相及；在随后那场传染病当中，对身体是伤害多于用处。

我不能把其中的一个江湖郎中，把他的一桩诡计给漏掉了，他骗得那些穷人因此都围着他团团转，可要是没有钱，就什么都不给他们办。据说他把这句大写字母的广告词，（亦即）免费给予穷人忠告，添加在他的招贴上，而那些招贴他在街上四处散发。

许许多多的穷人因此都来找他，他对他们说了很多好听的话；检查他们的健康状况，以及他们的身体素质，然后告诉他们好多事情，要他们去做，而这些都没什么大不了的；但是要点和结论全在于，他有一种配制品，如果他们每天早上都服下这样一个剂量，他就拿他的性命担保，他们绝不会

----

① 水银或汞用于各种疾病，包括花柳病的治疗，但它经常可以把人治好，也经常可以把人治死。

害上瘟疫的，哪怕是跟被传染的人住在一个屋子里，也不会：这弄得大家全都一定要得到它；但接下来那个东西的价格却是那么高，我想是半个克朗①吧；可是，先生，一个穷妇人说，我是个养老院的穷妇人，而且是教区赡养的人，而你的招贴上说，你是免费给穷人帮助。是啊，夫人，那位大夫说道，我是这么说的，正如我广告上写的那样。我是免费给穷人忠告；但不是我的药。天呐，先生！她说，那么说是给穷人上的一个圈套啰；因为你免费给他们忠告，也就是说，你白给他们忠告，是要让他们拿钱买你的药；每个店主都是这样推销他的货色的呀。这当口那个妇人开始对他说些难听的话，然后在他家门口站了一整天，把她的闲话讲给所有到来的人听，直到那位大夫发现她把他的顾客都赶走了；只好再把她叫上楼去，免费给了她一盒药，而那盒药，大概同样是吃了也白吃的吧。

但是回过头来说说那些人，他们的惊慌失措适合于让各种冒牌分子，还有每个江湖骗子乘虚而入。这些招摇撞骗的家伙从那些悲惨的人身上筹得了大笔进项，这一点是无可置疑的；因为我们每天都可以发现，在他们身后追逐的人群无限庞大，而挤在他们家门口的人比挤在布鲁克斯医生、厄普顿医生、霍

---

① 半个克朗等于两个半先令。旧时英国货币将一英镑分成二十先令，每先令十二便士。五先令等于一克朗；常用零钱包括六便士银币、三便士银币和一铜元（四分之一个便士）。金额写成 £. s. d.（英镑、先令、便士［来自拉丁银币名］）。另有两种金币也通行：金镑（1 英镑）和半个金镑（十先令）。

奇斯医生、贝尔维克医生 [①]，或是随便哪位医生家门口的还要拥堵，虽说这些都是那个时代最有名的人物：而我得知，他们有些人每天靠卖药挣得五英镑 [②]。

不过还有另一桩癫狂之举超过所有这一切，它或许有助于让人了解那个时候穷人狂乱的心态；这里说的便是他们追随某一类骗子，比这些骗子当中任何一个都要坏；因为那些小偷只是蒙蔽他们，掏他们腰包，拿他们钱；这当中它们的那种歪门邪道，不管那是什么，主要是在于骗子的欺骗这一方，而不在于被骗的一方：但是在我所要提到的这个方面，它却主要是在于被骗的人，或者说同样是在于双方；这里说的就是佩戴符咒、魔药、辟邪、符箓 [③]，还有我都不明白是什么的配制品，用它们来强身固体，抵御瘟疫；仿佛瘟疫不是上帝之手，而是某种类型的邪灵附体；用画十字、黄道十二宫、打了那么多个结扎起来的纸，便可以将其驱除的；那上面还写有某些字词或图案，尤其是像 ABRACADABRA 这样的字眼，构成三角形，或金字塔形，像这样：

---

① 布鲁克斯医生、厄普顿医生、霍奇斯医生、贝尔维克医生：很可能是指汉普瑞·布鲁克斯（1617—1693），《健康保护》（1651）一书的作者；纳撒尼尔·厄普顿，瘟疫期间伦敦市传染病隔离所所长；纳撒尼尔·霍奇斯（1627—1688），《伦敦 1665 年瘟疫的历史记录》（1671）一书（初版为拉丁文，1720 年从拉丁文译为英文）的作者，瘟疫期间受指派为穷人治疗的内科医生；还有彼得·贝尔维克（或巴尔维克）（1619—1705），查理二世的内科医生，和霍奇斯一样，受委派为几个教区的穷人治疗。
② 每天卖药赚 5 镑是一笔巨额款项。《济贫法》记载说，十七世纪晚期，五口之家年收入约 13 镑可以维生，其中 9 镑可用于食物。一位农业劳工每年可赚 15 镑。
③ 符咒、魔药、辟邪、符箓：各种物件和药物用于驱赶疾病和邪灵。最受欢迎的物件包括胡桃壳内的水银，还有皮线上的蟾蜍。

```
A B R A C A D A B R A
A B R A C A D A B R          另外是在十字架上刻有
A B R A C A D A B            耶稣会标记。
A B R A C A D A                      I  H
A B R A C A D                         S①
A B R A C A
A B R A C                    另外是什么都没有除了这样
A B R A                       一个标记。
A B R
A B
A
```

　　我可以花上大把时间发表感慨，针对那些愚行蠢事，实质是针对那些事情的歪门邪道，在一个如此危险的时候，在一场全民传染病诸如此类的影响问题上，但是我记录这些事情的备忘录，更多只是关乎对事实的理会，要说的是实际状况：穷人是如何发现那些事情的不足，他们许多人后来是如何让运尸车给拉走，被扔进各个教区的公共墓穴，脖子上挂着那些毛骨悚然的符咒和冒牌货，在我们随行时留待一说。

　　所有这一切都是人们那种心急慌忙造成的结果，是他们首

---

① Abracadabra 作为犹太神秘哲学用语，可追溯至公元二世纪的诺斯替教作品；布鲁厄指出，这些字是用这里所显示的三角形写在羊皮纸上，然后挂在脖子上。IHS 是 Iesus Hominum Salvator（耶稣，人类的救星）的缩略语，作象征性使用；有时也代表 In hac salus（用这个［十字架］拯救）。第三款是一种印刷体的"花卉"或花样。

先意识到瘟疫近在眼前之后；而这可以说是大概从 1664 年的米迦勒节①，尤其是十二月初圣迦尔斯死了两个人之后。然后又是在二月的另一次惊慌过后；因为当瘟疫本身明显是在蔓延的时候，他们很快开始看到，去相信那些空口说白话的家伙是愚蠢的，那些家伙把他们的钱给骗了，然后他们的恐惧便以另一种样子发作，换言之，是惊诧莫名，呆若木鸡，不知道该采取什么方针，或者说不知该如何是好，去帮助或是解救他们自己；可是他们跑来跑去，从一户邻居家里跑到另一户邻居家里；甚至在大街上，从一扇门跑到另一扇门，嘴里不停地号叫着，上帝对我们发发慈悲吧，我们该怎么办呀？

其实，那些穷人单单在一桩事情上是让人同情的，他们在那里面没有或者少有得到解救，而我很想以严肃的敬畏和反思把它记录下来；而说不定，大家读了之后，不会觉得它津津有味；换言之，虽则眼下死亡，照我们说来，还没有开始专门在每个人头上盘旋，可是朝他们的屋里，还有卧室望一望，然后仔细看一看他们的脸；虽说或许是有着某种心灵的愚笨和呆滞，而事实上就是这样，极大的愚笨和呆滞；却是有着某种极大的真正的惊慌，潜入他们灵魂的最深处，要是我可以这样来说别人的话：许多的良心惊醒了；许多的铁石心肠溶化成泪水；许多忏悔者的告白是由长久隐瞒的罪行所组成；听到许多绝望之人的那种垂死呻吟，

---

① 米迦勒节的期限现在从九月二十九日（旧时是十月十一日）开始，到米迦勒节这一天，庆祝圣米迦勒和众天使；一年的四分之一日子，按照传统，这个时候各种付款的项目到期，各种租借开始和结束。其他日子包括报喜节（四月六日）、旧仲夏节（七月六日）和旧圣诞节（一月六日）。

又没有人敢走近去安慰他们，这会让任何一位基督徒的灵魂为之撕裂；许多的强盗，许多的杀人犯，那个时候大声忏悔，而没有人活着把这些事情记录下来。我们从街上经过时甚至都能够听到人们，通过耶稣基督，呼喊上帝大发慈悲，并且说，我是一个窃贼，我是一个通奸犯，我是一个杀人犯，等等之类；没有人敢停下脚步，对这类事情发出一点点询问，或是对这些可怜人施与安慰，他们因此在灵魂和肉体的惨痛之中大声疾呼。有些牧师起初确实是访问过病人，有过一小段时间，但是不了了之；走进某些屋子，就会有死亡浮现；就连那些掩埋死人的人，他们都是城里头心肠最硬的家伙，有时候也要被击退，而且吓成这副样子，他们都不敢走进屋子里去，那儿整户人家被一举扫荡，那儿有些人家的景况尤其显得令人毛骨悚然；但这样的事情确实是，出在瘟病的第一波热潮之中。

时光让他们习惯于这一切；而他们后来胆敢去往每一个地方了，毫不犹豫，像我此后有机会要详细说到的那样。

眼下我在寻思，这场瘟疫就要开始，正如我说过的那样，而那些行政长官开始将人们的处境，纳入其严肃认真的考虑之中；他们的所作所为，就对居民还有传染病家庭的管理而论，我会让事情本身来说话；但是说到卫生状况，这里提一提倒是适当的，鉴于人们那种愚昧的心态，热衷于江湖郎中和江湖骗子，还有法师术士和算命先生，像上面说过的那样他们趋之若鹜，甚至到了疯狂的地步。市长大人①，一位非常清醒而虔诚的

---

① 约翰·劳伦斯爵士。

绅士，派了内科医生和外科医生去救护穷人；我是指，那些生病的穷人；还专门下令内科医生学会①颁布廉价医疗指南，为那些处在瘟病各种状况中的穷人。这确实是那个时候能做到的最仁慈和最合宜的一桩事了；因为这把经常光顾每一个招贴散发者家门口的人驱散；不让他们盲目地，而且是不假思索地，把毒药当作药品吞下，用死亡代替生命。

内科医生指南是在整个学会审议之后制定下来的，由于它是特别为穷人的使用而筹划；又由于廉价医疗已公之于众，所以每个人都可以看得到；而且手册免费送给所有想要的人；不过由于它已经公之于众，随时随地都可以看到，我就不必让读者费心费事地来读它了。

我并不是要去贬损内科医生的权威和能力，那个时候，我是说瘟病的那种猖獗，当它到达极点的时候，好比次年的那场大火；那场大火吞噬了瘟疫未能染指的东西，藐视一切补救措施的运用；消防车弄坏，水桶白费；人力被挫败，然后收场告终，瘟疫也是这样藐视一切医疗；就连那些内科医生也害起病来，嘴里含着预防药；而这些人四处走动给别人开药方，告诉人家怎么做，直到那些标记出现在他们身上，然后他们倒下死掉，恰恰是被那个敌人，他们指导别人去对抗的那个敌人所毁灭。这便是好些个内科医生的状况，就算他们当中有些人还算是最杰出的；这也是好些个技术最好的外科医生的状况；许许多多江湖郎中也死了，这些

---

① 皇家内科医生学会，是亨利八世为应对瘟疫而于 1518 年特许其成立的学会。该学会控制内科医生的教育和行医执照。在 1665 年瘟疫期间伦敦有多少会员留下来，这一点尚不清楚。

人愚蠢到了相信他们自己的药品，他们自己一定是心中有数，那个派不来用场的；他们多少应该是，正如其他种类的窃贼那样，觉悟到自己有罪，从他们不会没有料到的将要惩罚他们的正义女神那里，溜之大吉，就像他们知道他们应该受到惩罚那样。

说他们在共同的灾祸中倒下，这并不是说要去贬低那些内科医生的辛苦和勤勉；我可没有这样的意思；这毋宁是对于他们的称赞，他们为人类服务，冒着生命危险，甚至失去生命；他们努力行善，挽救别人的生命；但是我们不要去指望，那些内科医生能够阻止上帝的判罚，或者说能够阻挡一场显然是由天国武装起来的瘟病，执行它被派遣的那个使命。

毫无疑问，内科医生用他们的技术，用他们的睿智和勤勉帮了不少人，挽救他们的生命，恢复他们的健康；但这么说丝毫没有贬损他们的品德或技术，说他们不能够治愈那些已经有标记在身的人，或是那些派人去叫内科医生之前便严重传染上的人，就像这种情况屡屡发生的那样。

眼下要讲的还有行政长官为全体安全采取的公开措施，以防瘟病蔓延，当时它刚刚爆发：我会经常有机会讲到那些行政长官，他们的智虑明达，他们的仁慈博爱，为穷人，也为维持良好秩序所做的那种警戒；供给粮秣，等等之类，那个时候瘟疫像它后来那样增长起来。可我眼下要说的是他们为管制受传染家庭而颁布的规定和条例。

我在上面提到过将房屋关闭起来的事情，对此有些东西特别需要来谈一谈；因为瘟疫的这个部分的历史是非常凄惨的；只是非讲不可的最让人痛心的故事。

大概是在六月，伦敦的市长大人，还有市参议员会议，正如我说过的那样，开始对城市的管理有了更为特别的关心。

米德尔塞克斯的治安推事，奉国务大臣之命，已经开始关闭菲尔兹的圣迦尔斯、圣马丁斯、圣克莱门特－但恩斯等教区的房屋，而且做得非常成功；因为在瘟疫爆发的好几条街道，由于对那些被传染的屋子实施严格警戒，小心埋葬那些死掉的人，在得知他们死后立刻加以埋葬，瘟疫在那些街道便中止了。而且还可以看到，瘟疫在受其侵袭的那些教区到达顶点之后，比在毕晓普斯盖特、肖迪契、埃尔德盖特、怀特夏普尔、斯台普涅以及其他教区下降得更快，以那种方式及早采取措施，成了遏制它的一个重要手段。

这种将房屋关闭起来的做法，依我之见，是1603年发生的那场瘟疫首次采用的方法，当时正值国王詹姆斯一世加冕，而将人们关闭在他们自己屋子里的权力，得到了法令许可，名曰，《有关瘟疫感染者的慈善救护和安排整顿条例》[①]。在此法令基础上，伦敦城的市长大人和市参议员，他们在这个时候制定了法规，并于1665年七月一日实行，当时城市范围内受传染的人数，只有寥寥几个，92个教区最新的统计数据只有4个；而城里有些房屋已被关闭起来，有些病人被转移到了那座传染病隔离所，在邦西尔－菲尔兹外面，去往伊斯林顿的途中；我是说，通过采取这些手段，在一周总共死掉将近1 000人的时候，城里面的数目只有28个，而在整个传染病流行期间，城市从比例上

---

① 此项条例是基于更早的一项条例（1583）制定的，将人们在其家中实施隔离。

讲比任何其他地方都保持得更加健康。

市长大人的这些法规，正如我说过的那样，是在六月底颁布的，并从七月一日起实施，如下，（亦即）

由伦敦市**市长**及参议员
酝酿并颁布的**法规**，
关于传染病瘟疫。1665 年。①

"鉴于我们已故君主詹姆斯国王②在位时的幸福记忆，一项有关瘟疫感染者慈善救护和安排整顿条例得以制定；据此授权于治安推事、市长、市政官及其他行政负责人，在其各自职权范围内，任命检查员、搜查员、看守人、管理员、下葬人，负责受传染人员及地区，并责成各位宣誓履行其职责。该法令也批准发布其他命令，出于他们根据目前需要所作的考虑。眼下出于特殊考虑，为了防止和避免传染性疾病（但愿全能的上帝会来帮忙），认为如下这些官员获得任命，这些规定随后得以严格遵守，是非常合乎时宜的。

各教区指派检查员

"**首先**，我们认为这么做很有必要，故而加以规定，各教区参议员及其代理议员，还有各区的区议会挑选指派一名、两名或多

---

① 这些法规出现在《珍贵罕见文献辑录》（1721）中，笛福重新加以印制，极少更改。

② 即詹姆斯一世，他在 1646 年签署了相同的法规。

名品望良好者，以检查员之名义，持续履行其职务至少两月之久；倘有任何合适人选受到指派，不愿承担该职务，上述当事人固辞不受，则被课以监禁，直至他们随后遵从为止。

检查员之职

"**此**等检查员须向参议员宣誓，要时时查询并弄清各教区有哪家房屋受到侵袭，有谁患病，患有何种疾病，要做到透彻了解的程度；万一有疑问发生，要下令禁止接触，直至病情得到证实；若发现有人身患传染病，则下令警察关闭其房屋；若发现警察怠慢疏忽，则即刻告知该区之参议员。

看守人

"**每座**受传染房屋指派两名看守人，一名负责白天，另一名负责夜晚；看守人须特别留心不让人员进出此类受传染房屋，他们要对此加以监督，违者处以严厉惩罚。上述看守人按照病屋的需求进一步履行此类职责；倘若看守人有事被人差遣，则要锁上房屋，随身带上钥匙；负责白天的看守人值班至晚上十点钟；负责夜晚的看守人值班至凌晨六点。

搜查员

"**各教区**须特别留心指派女性搜查员，诸如此类具有诚实声望，能够跻身此列的最佳人选：这些人须宣誓严格履行其搜查职责，尽其所知做出正确汇报，对其奉命搜查的那些人的尸体，尽可能查明是否确实死于传染病或其他疾病。那些奉命负责防治传染病的内科医生，须当面传唤上述搜查员，而这些已被指派，或是将被指派负责好几个教区的人，分别受其看管；以便他们估量考虑，她们是否有资格胜任其职；倘若她们在岗位上表现不称职，则视其原由，时时加以训导。

"在此传染病侵袭期间，搜查员不得任用于任何公职或职业，也不得开店或摆摊，也不得受雇为女洗衣工，或其他任何公共职业。

外科医生

"为了更好协助搜查员工作，鉴于此前对疾病的误报泛滥成灾，与传染病的深入蔓延不相上下：故而发布此项规定，挑选并指派干练而审慎的外科医生，除那些确实已在传染病隔离所任职的之外：将城市和市外管辖地分割成片划给他们，使他们处在最恰当和便利的地方；每个人以其中一个区域为其负责范围：上述外科医生各在其负责范围内，和搜查员一起工作，查看尸体，以便对疾病可以做出正确报告。

"此外，上述外科医生要对或者是由各教区检查员派人去叫他们来查看，或者是由各教区检查员指名并直接送交他们的诸如此类的人员，进行访问和检查，并对上述人员的病情作出透彻了解。

"鉴于上述外科医生要与其他所有医务工作尽量脱离，专门看护此项传染性疾病；因此规定如下，上述各外科医生每检查一具尸体获十二便士，从被检查人员的财产中支付，如果他有能力支付的话，否则便由教区支付。

看护员

"如果有人死于传染病之后还不到二十八天，看护员本人便从被传染的房屋里搬出来，则上述看护员自己这样搬出来的房屋要被关闭起来，直至所述二十八天期满为止。"

有关被传染房屋及罹患瘟疫人员的规定

疾病通报

"各房屋的主人，一旦其屋里有人害病，或是在身体的任何部位出现疙瘩、紫斑或肿块，或是在别的方面身患恶疾，缺乏某种其他疾病的明显原因，则在所述征象出现之后，要在两小时内将此告知卫生检查员。

病人隔离

"上述检查员、外科医生或搜查员一旦发现有人患上瘟疫，就要在当晚将他隔离于该房屋，万一他被这样隔离，其后却并未死亡，在其余的人都服用了正当的预防药之后他于其间患病的房屋也要被关闭一个月。

织物通风

"为了把有传染病的物品及织品隔离开来，其寝具、衣物及室内帐帘，在它们再度被使用之前，必须在被传染的屋子里用火，以及规定的那类香料妥善通风：这要由检查员的指令来完成。

关闭房屋

"如果有人造访任何已知身染瘟疫的人，或是违反规定，自愿进入已知被传染的房屋：他所居住的那座房屋，则要在检查员的命令之下被关闭一定的日子。

任何人不得搬出被传染的房屋，例外，等等之类

"同上，任何人不得搬出他患上传染病的那座房屋，搬入城里任何其他房屋，（除非是搬入瘟疫隔离所或某个帐篷，或是某座这样的房屋，由上述被传染房屋的户主自己所持有，由其仆人所居住）而此类搬迁至于何处，要向所在教区保证；上述传染病人的看护和费用因此得遵照此前所述的所有细则实行，该教区对任何这样偶然发生的搬迁不负担任何开支，而此种搬迁须在

夜间完成：任何拥有两所房屋的人，自行选择将健康者或被传染者搬入其空闲房屋，如果是先将健康者送走，后来他并未将病人送去那里，也没有再将健康者送到病人处，这样做则是合法的。他所送去的那些人，至少要被关闭一周，与同伴隔离，怕的是某种传染病，起初并未显示出来。

掩埋死者

"死者因遭此劫难而被掩埋，尽量要在适宜之时，一般不是在黎明之前就是在日落之后，由教堂执事或警察私下执行，否则不得掩埋；邻居或朋友均不得陪同尸体去教堂，或踏进被传染的屋子，违者要被关闭房屋，或被课以监禁。

"在祈祷、布道或讲演期间，任何死于传染病的尸体都不得被掩埋，或是停留在教堂里。尸体在教堂、教堂墓地或下葬处被掩埋时，孩子们都不得靠近尸体、棺材或坟墓。所有坟墓至少要挖到六英尺深。

"此外，在此劫难持续期间，在其他葬礼上举行的所有公共集会都将被禁止。

传染病织品均不得流通使用

"任何衣服、织品、寝具或寝袍均不得从被传染的屋子里携带或搬运出来，而小贩或搬夫流播寝具或旧衣物用于销售或典当，则要被厉行禁止和防范，而任何当铺里的寝具或旧衣物均不许

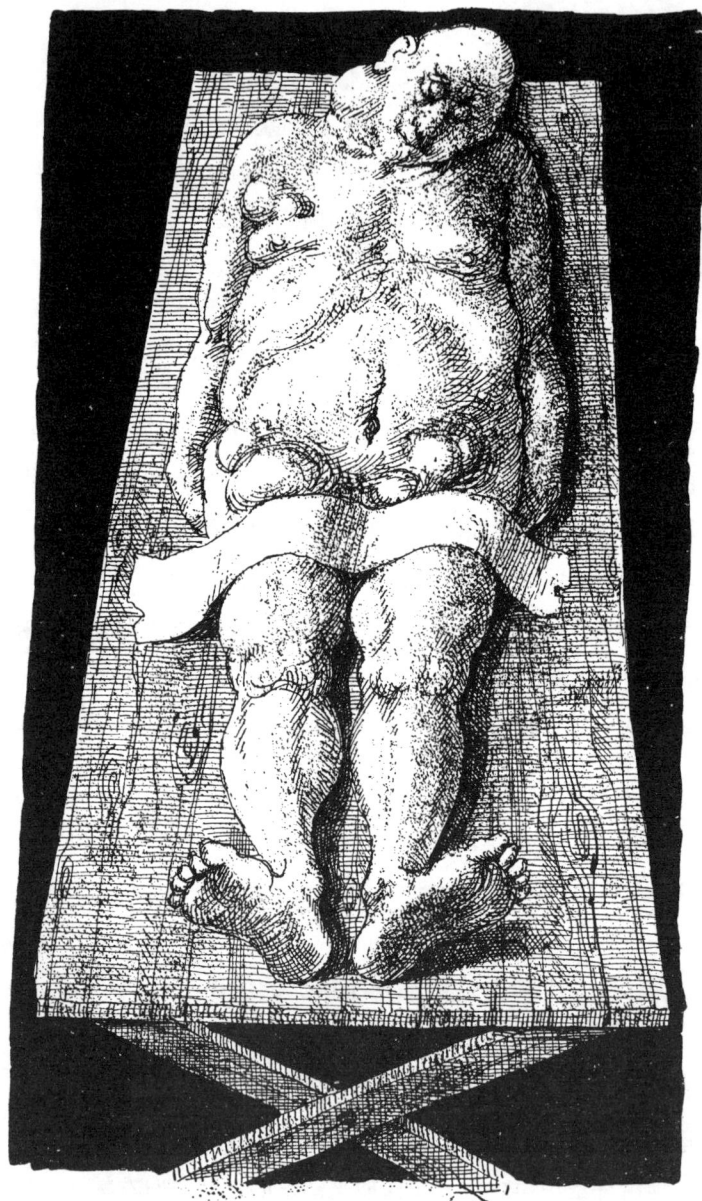

向外展示，或挂在其售品陈列台、商店铺板或窗户前面，朝向街道、胡同、公共大道或通道，而出售任何旧寝具或衣物，则要被课以监禁。若有当铺掮客或其他人员购买被传染房屋里的寝具、衣物或其他织品，传染病在那儿存在之后的两个月内，他的房屋则因传染的缘故要被关闭起来，至少要这样持续被关闭二十天。

任何人都不得从任何被传染的屋子里搬迁出来

"倘有任何受传染者由于照看不周，或通过任何其他途径，碰巧从被传染的地方来到或是被搬迁到另一个地方，则此类出走或被搬迁的当事人所在的教区，要遵照所发告示，将上述被传染并逃逸的当事人绳之以法，于夜间再度将他们运送并带回，而对此案中违法的当事人，要在该区参议员的监督下加以处罚；而接纳此类被传染者的房屋，则要被关闭二十天。

每座被造访的屋子都要标上记号 [1]

"每座被造访的屋子，都要标上一英尺长的红十字，标在门户的

---

[1] 在染上瘟疫的房屋门上标明红十字和文字的做法可追溯至十六世纪晚期。中译者按："被造访"原文是 visited，是指瘟疫而非检查员；中译者按具体语境将 visited 和 visitation 等词也译为"被传染""被侵袭""劫难"等。

中间，清楚醒目，然后用普通印刷字体加上这些话，即，上帝怜悯我们，位置要靠近那个十字，这样一直到法律允许打开该房屋的时候为止。

每座被造访的屋子须加看守

"**警察**监视每一座被关闭的屋子，并由看守人照管，使他们不得出门，并帮助提供日用品，费用由他们自理（如果他们有能力自理），或者由公费开支，如果他们无力自理：一切安然无恙之后，关闭为期四周的时间。

明文规定，搜查员、外科医生、看护员和下葬人要手持三英尺长红色棍子或竿子①，开诚布公并且显而易见，否则不得在街上通行，除了自己的屋子，或是指定要去或是被人叫去的地方，不得进入其他屋子；但求忍耐，戒除交际，尤其是他们最近在此类事务或看护当中都在任用之时。

同住者

"**数名**同住者处在同一间屋子里，而那间屋子又碰巧有人受到传染；此类房屋中其他家庭成员则不得将他或他们自己迁移，除非有该教区卫生检查员所开具的证明；若无此类证明，那座

---

① 一般说来，受到传染的人手持白色棍子；内科医生、护理员和检查员手持红色棍子。

他或他们这样迁移出来的房子则要被关闭，以感染瘟疫的情况论处。

出租马车

"**出租马车**夫要注意，在将传染病人送去传染病隔离所或其他地方之后，他们不得服务于（正如他们有些人已经让人看到这么做了）公共交通，直至将马车妥善通风，并在此类服务之后停止雇用五到六天方可。"

为使街道净化并保持芳香的规定

街道要保持干净

"首先，认为这样做很有必要，因此加以规定，每户人家务必让自家门前的街道每日做好准备，这样让它在整整一周之内始终被打扫干净。

清道夫将垃圾清除出屋

"**清道夫**要将屋子里的垃圾和秽物每日搬走，而且清道夫要吹起号角，让人注意到他到来，像迄今为止所做的那样。

垃圾堆放远离城市

"垃圾堆被搬走，尽可能远离城市和公共道路，而掏粪工或其他人员都不准将地下墓穴中的清空物倒入城市周边附近的任何花园。

小心食用不卫生的鱼或肉，还有发霉的谷物

"需要特别小心的是，不管是什么种类的臭鱼，或不卫生的肉，或发霉的谷物，或其他腐烂水果，都不得在城市周围或城市任何地区出售。

"对酒厂和酒馆要加以监督，以防出现发霉和不卫生的酒类。

"城里任何地区都不得养猪、养狗，或养猫，或养驯鸽，或养兔，大街小巷里不可有猪，也不可有猪迷路，否则将由教区差役或任何其他官员将这类猪关押起来，并遵照市议会条例对主人进行处罚，而狗要被杀掉，由为此目的而被任命的屠狗人执行。"

有关闲散人员和无故集会的规定

乞丐

"因为怨诉之多莫过于大批无业游民和流浪乞丐，麋集于城

市周围各个地方，成为传染病蔓延的一大因素，而且将难以避免，虽说相反的规定已经下达：因此现在规定如下，与此事或许相关的警察之类的人员，还有其他人员，须特别加以留心，流浪乞丐都不准以任何方式或方法出现在该城市街道，无论情况如何，遵照法律所提供的刑罚条例，对他们做出应有的严厉处罚。

游戏

"所有游戏，逗熊表演，娱乐竞赛，民谣演唱，圆盾游戏，或诸如此类的群众集会事件，都要厉行禁止，违者由各教区参议员严加惩处。

禁止大吃大喝

"所有公共宴会，特别是由该城市团体所举办的宴会，还有在酒馆、啤酒店以及其他公共娱乐场所举办的晚宴，均须禁戒，直至有进一步的规定和许可为止；以此省下的金钱，留作帮助和救济患有传染病的穷人之用。

酒馆

"作为这个时代的共同罪孽，以及传播瘟疫的最大机遇，在酒馆、啤酒店、咖啡店和地窖的杂乱饮酒，须严加监督。根据该城市的古法和惯例，遵照为此规定的刑罚条例，晚上九点过后，任何团体或个人均不得留在或进入任何酒馆、啤酒店或咖啡店喝酒。

为了更好地执行这些规定，还有其他深入考虑之后发现有必要执行的那类章程和命令；在此规定并责成参议员、代理参议员和市议会成员，每周聚会一次，两次，三次，或更多次，（按情况需要）在其各自教区某个惯常的地点（要排除瘟疫传染），商议如何正式执行上述命令；居住在或是靠近于传染病地区的人，他们的到来倘或令人生疑，则毋庸前来参加上述会议。上述参议员、代理参议员和市议会成员，在其各自教区要将他们在上述会议中酝酿并制定的其他妥善规定付诸实行，以保护国王陛下的臣民免于这场传染病。"

约翰·劳伦斯爵士　　乔治·华特曼爵士
市长大人　　　　　查尔斯·杜埃爵士　}众治安官

不必说，这些规定只在市长大人管辖下的那些地方推广；因此必须看到，在那些教区和那些被称为小村落的地方，还有在那些外围地区范围内，治安推事都采取了相同的措施：按照我的记忆，将房屋关闭起来的种种规定，在我们这一边倒是并没有那么快就执行，因为，正如我前面说过的那样，瘟疫并没有到达城东这些地区，至少，直到八月初为止，还没有开始变得非常猖獗。例如，从七月十一日到十八日的整个统计，是1 761人，可只有71人是死于瘟疫，在我们称之为塔瓦－哈姆雷茨的所有那些教区中；它们的数据如下。

		接下来一周 如下。	到八月一日 如下。
埃尔德盖特	14	34	65
斯台普涅	33	58	76
怀特夏普尔	21	48	79
圣凯斯－塔瓦	2	4	4
麦诺里斯	1	1	4
	71	145	228

这其实是一个大概的数目；因为在同一周里，毗邻那些教区下葬的次数，如下。

		接下来一周 如此惊人地 增长。	到八月一日 如下。
圣伦－肖迪契	64	84	110
圣巴特－毕晓普斯	65	105	116
圣迦尔斯－克里普尔	213	421	554
	342	610	780

这种将房屋关闭起来的举措起初被看成是非常残忍和不符合基督教精神的，而那些这样被禁闭起来的穷人则发出了痛苦哀叹：针对其严酷所发出的抱怨，房屋被无缘无故（而有些是被恶意地）关闭起来，也每日被呈报给了我们的市长大人：我也只是经过打听才知道，许多这样大声叫冤的人，情形还是一

如既往，而另外那些人再次被做了瘟病检查，病情不像是传染病的，或者要是不能够确定，却甘心被送往传染病隔离所的，就被放了出来。

把人们房子的大门给锁上，日夜在那儿派驻看守人，防止他们哗然而出，或是防止有人来找他们；这个时候，说不定，家中那些健康人，要是他们从病人身边迁走的话，本来是有可能逃脱了，这看起来确实是非常的冷酷和残忍；而许多人就在这些悲惨的禁闭中灭亡了，而这有理由相信，虽说屋里有瘟疫，要是他们有自由的话，他们本来是不会患上瘟病的；人们对此起初是非常不安，大吵大闹，还犯下数起暴行，并给那些人造成伤害，他们被派去看守这样被关闭起来的房屋；还有数人强行破门而出，在许多地方，正如我一会儿就要讲到的那样；但是对于公众有益也就让这种私人损害有了说得过去的理由，而且那个时候，通过向行政长官或是政府发出任何申请，是不会让事情得到丝毫缓解的，至少，我是没有那样听说过。这样为了有可能跑出去，人们就不得不动用一切计谋，而要把住在这类屋子里的人用过的诡计记录下来，得要花上一点篇幅，他们让雇来看守的人闭上眼睛，蒙骗他们然后逃走，或者是将他们摆脱；其间屡有扭打冲突，还有某些恶作剧发生；而这是自然而然的。

有一天早晨，约摸八点钟，我正走在杭茨迪奇的路上，听到有人大声吵闹；确实，那儿倒真是没有大群的人，因为当时人们在那个地方，要聚在一起或是长久待在一起，可没那么自由，我也并没有在那儿待上很久；但是叫嚷的声音之大足以激起我的好奇心，我便朝一个从窗口向外看的人打招呼，询问究竟是怎么回事。

有个看守人，据说，被雇来在一所房子的门前站岗，而那所房子被传染上了，或者据说是被传染上了，被关闭了起来；他在那儿通宵值班，总共已经值了两个晚上，正如他自己所说的那样，而那位值白班的看守人已经在那儿值了一天，眼下来接他的班；这整个期间都没听到房子里有吵闹声，没有看见过灯光；他们什么要求都没提，什么差事都没派他去做，而那是看守人常常要做的主要工作；而他们也没有给他添什么乱子，正如他说的那样，直到星期一下午，这个时候他听到屋子里大哭大叫，而这，正如他料想的那样，恰好是由于那个时候家里有人快要死了才引起的：据说是在天黑之前，有一辆人们所谓的运尸车，停在了那个地方，然后有个死了的女仆被人在门口放下，然后是人们所说的那种下葬人或搬运工，把她塞进车里，只裹上一条绿毯子，就把她给拉走了。

那个看守人听到了如上所述的那种吵闹和哭叫，据说，当时他敲了门，而有很长一阵子，无人应答；但终于有人朝外张望，用一种气急败坏的声调，却带着某种哭腔，或者说是一种正在哭泣的声音说道，你这样子敲门，你想干什么呀？他回答说，我是那个看守人啊！你们怎么样？出了什么事？那个人答道，那个关你什么事？拦辆运尸车去吧。据说这是约摸一点钟光景；不久以后，正如那位仁兄所说的那样，他拦了一辆运尸车，然后又开始敲门，但是无人应答：他接着再敲，而那位更夫喊了好几遍，把你们家的死人抬出来吧；但是无人应答，直到驾车人被别的屋子

叫去，再也等不住了，便把车子开走了。

那位看守人面对这一切不知该如何是好，于是便丢开不管，直到人们所说的那位值早班的人，或者叫做日间看守人，过来接替他，给他做一番详细的说明，他们把门敲了好长一阵子，但是无人应答；然后他们注意到，那扇窗户，或者叫做门式窗，就是前面答话的人朝外张望的那扇窗子，继续敞开着，在两层楼的上方。

因此，这两个人为了满足好奇心，弄来一架长梯子，其中一个爬到窗口，然后朝房间里看去，那儿他看见有个女人躺在地板上死了，模样凄凄惨惨，身上除了汗衫之外什么都没穿；但他尽管大声叫唤，还把长长的棍子探进去，重重敲打地板，却无人惊动或应答；他也听不到这屋子里有任何吵闹声。

他因此又下来，然后告诉他同伴，同伴也爬了上去，发现事情正是这样，他们打定主意，要把事情告诉给市长大人，要不就是告诉其他某个行政长官，但是并没有提出要从窗口爬进去；据说行政长官听到这两个人的汇报之后，下令破门而入，指派警察和其他人员到场，不可以私吞任何物件；然后一切照此执行，当时屋子里什么人都找不到，除了那个年轻妇女，她被传染上了，已经没有救了，其余的人扔下了她，让她自己等死，然后他们统统走掉了，想出某个法子蒙蔽了看守，然后把门给打开，或是从什么后门口出去，或是翻过房顶出去，因此他什么都不知道；至于他听到的那些大哭大叫，想来是家人在痛心离别之时的大放悲声，而对于他们所有人来说，肯定是这样的；因为这是这户人家女主人的姊妹。屋子的男主人，他的妻子，好几个孩子，还有仆人，全都逃之夭夭，到底有病还是没病，我根本无从知道；事实上，过后我也并没有去打听太多。

有许多这样的逃逸情况出现了，从被传染的屋子里逃出来，尤其是在看守人被叫去跑差事的当口；因为他的工作就是去跑人家叫他去跑的任何差事，也就是说，去弄必需品，诸如食物和药品之类；去把内科医生接来，要是他们会来的话，或是外科医生，或是护理员，或者是去招呼运尸车，等等之类；但也是由于这种情况，他走的时候，要把屋子最外边的门给锁上，然后把钥匙随身带走；为了逃过这一关，欺骗看守人，人们给自己的锁配上两到三把钥匙；或是想办法把锁的螺丝拧松；诸如此类的锁被拧上，然后在屋子里面这样子把锁给卸下来，与此同时他们打发看守人去集市，去面包厂，或是去做这样那样的琐事，这当口便将门打开，想要出来多少次就出来多少次；但是由于这种事情暴露了，官员便下令在大门外边加上挂锁，觉得合适的话还给它们加上插销。

另一座房子，正如我所得知的那样，是在邻近埃尔德盖特的那条街上，那儿整户人家被关闭起来，被锁在了里面，因为那位女仆得了病；屋主通过朋友向邻近的参议员，然后向市长大人投诉，同意将女仆送去传染病隔离所，但是被拒绝了，于是门上被画了红十字记号，外面加了道挂锁，如上所述，然后遵照公共法规派了一名看守人守门。

屋主发现，他和妻子还有孩子们要跟这位可怜的瘟病仆人一起让人锁闭起来，除此之外别无补救的办法了；然后他便叫来看守人，告诉他说，他必须替他们去叫一个护理员来，看护这个可怜的姑娘，因为要让他们迫不得已去照看她，他们全都会必死无疑，并直言相告，如果他不这样做的话，那位女仆肯定是要么死于瘟病，要么由于吃不到东西而挨饿；因为他坚决不让家里人靠近她；而她躺在四层楼高的阁楼上面，她在那个地方没法叫嚷，或是叫人来帮忙的。

那位看守人答应下来，照他被指派的那样去叫了个护理员来，当晚便带她去见他们；在此间隔期间，那位屋主趁机挖开一个大洞，从他的店铺通入一间货仓或是售货亭，那儿从前住着一位补鞋匠，在店铺窗户的前面或者说下方；但是那位租户在这样一个惨淡的时期，正如可以料想的那样是死掉或搬走了，因此他自己保管着那把钥匙；把进入这间售货亭的通道挖开，要是那个人在门口的话，这事儿他就干不成了，他不得已弄出来的声响，会惊动那位看守人；我是说，把进入这间售货亭的通道挖开，随后他便静静地坐着，直到那位看守人带着护理员回来，接下来整个一天也是如此；可是次日晚上，他想方设法让看守人去跑另一趟小差事，照我看来，是要去药剂铺给女仆取一帖膏药，为此他要等着把药给配好，或是去跑其他类似的一趟差事，可以保证让他等上一段时间；在那段时间里，他把他自己还有全家人从屋子里运送出来，留下护理员和看守人去埋葬那位可怜的女仆；也就是说，把她给扔进运尸车里，然后小心照看那所房子。

类似这样的故事我可以讲上一大堆，够让人消遣一回的，都是我在那个惨淡之年的漫长时期里遇到的，也就是说听到的，可以非常肯定地说都是真实的，或者说非常接近于真相：换言之，大体上都是真实的，因为在那样一个时期，没有人能够知道所有详情：同样的暴行经常用在看守人身上，出现在众多地方正如传闻所报道的那样；我相信，从这场劫难的开始到结束，他们有至少十八到二十人被杀死，或是伤到被人当成是死掉了，而凶手应该就是那些在传染病屋子里被关闭起来的人，他们试图从屋子里跑出来，然后遭到了反对。

事实上也没法不这样，因为有了被关闭起来的那些房屋，城里这个地方才恰恰是有了这么多监狱，由于人们那样被关闭起来或是被监禁起来，并没有犯下任何罪行，仅仅是因为悲惨不幸而被关闭起来，这对于他们来说确实是更加难以忍受的。

还有这样一个区别；那就是每一座监狱，正如我们会这样来叫它，只有一个狱卒；由于他要把守整座房屋，而许多房屋的坐向又是那样安排的，它们有好几个出口，有的多一些，有的少一些，有的则是通向好几条街道；一个人要把守所有的通道，以便阻止人们逃跑，这样做是不可能的，而那些人出于对其周遭情形的害怕，出于对其所受待遇的憎恨，或是出于瘟病自身的猖獗肆虐，变得铤而走险了；结果他们会在房子的一侧跟看守人说话，与此同时整户人家从另一侧逃跑。

例如，在科尔曼街，有众多的小巷子，显得静悄悄的；在他们叫做怀茨胡同的小巷子里有一座房子被关闭了起来，而这座房子有一个后窗，并不是一扇门，通入院子，那儿有一条通道进入贝尔胡同；警察在这座房子的大门口派了个看守人，于是他或是他的同伴就在那儿日夜站岗，与此同时那户人家在黄昏时分全都跑掉了，从那个窗口爬出去进入院子里，然后留下这些可怜的家伙在那儿守护、监视，将近有两个星期。

距此不远的一个地方，他们用火药炸了一名看守人，把那个可怜的家伙烧得惨不忍睹，他在那儿撕心裂肺地哭喊着，没有人敢走近来救他；整户人家能够走动的，都从一楼高的窗口爬出去了；两个生病的被留了下来，嚷嚷着喊救命；他们被小心交给护理员去照看，但是那些逃掉的人根本找不到，直到瘟疫消退之后他们才回来，但是由于什么都没法证明，因此也就没法拿他们怎么样。

也要考虑的是，由于这些都是没有门闩和插销的监狱，而我们通常的监狱都装有这些物件，于是人们把自己从窗口放落下来，甚至当着看守的面，手里拿着刀剑或左轮手枪，向那个可怜的家伙发出威胁，说要杀死他，如果他敢动一动，或是喊救命的话。

其他的情形下，有些人家有花园和围墙或栅栏，把他们跟邻居；或是跟院落和后房隔开；而这些人通过友情和恳求，会获得许可，翻过这些围墙或栅栏，于是从邻居的大门口出去；或者是给他们仆人钱，收买他们，让他们得以在夜里通行；因此总而言之，将房屋关闭起来的措施，是一点儿都靠不住的；

也根本达不到目的；反倒是更让人们变得绝望，使他们陷入此类绝境之中，因此，他们才会排除万难地逃出去。

而事情更糟糕的是，那些这样逃出去的人，在其绝望的境地里四处游荡，身上带着瘟病，他们不这样做倒还好，做了反而进一步让传染病蔓延；因为不管是谁，只要考虑到此类情形里的各个细节，就一定会这么看；而我们也不能不怀疑，是那些禁闭的严酷性让许多人铤而走险；让他们不顾一切地从屋子里逃出来，身上还明显带着瘟疫，不知道何去何从，不知道要做什么，或者说事实上，不知道自己做了什么；而许多那样做的人，陷入可怕的危急关头和绝境之中，由于全然缺衣少食而在街头或野地里灭亡，或是由于热病的侵袭肆虐而倒毙；其他人漫步进入乡村，随便往前走，为其铤而走险所指引，不知道他们去了什么地方，也不知道想要去什么地方，直到走得虚弱疲乏，得不到任何救护；沿途的房舍和村庄，拒不允许让他们入住，不管是有传染病的还是没有传染病的；他们死在了路边，或是进入谷仓厩房，然后死在那儿，谁都不敢过来靠近他们，或是搭救他们，虽说也许并没有什么传染病，但是没有人会相信他们。

另一个方面，当瘟疫最初袭击一户人家时，也就是说，当这户人家的随便哪个人，出门去了，有意或无意地染上了瘟病，然后把它带回到家里时，家里人肯定是比公务员更早知情，而那些公务员，正如你会在规定上看到的那样，被派去调查所有病人的情况，是在他们听说他们得病的时候。

在此间歇中，在他们得了疾病和检查员到来之间，屋主有

她举起蜡烛查看她的身体，即刻发现她的大腿内侧有那种要命的标记

闲暇也有自由，将他本人，或是将全家人迁走，如果他知道要去什么地方的话，而许多人这么做了：但是巨大的灾难在于，许多人这么做，是在他们本人确实染上传染病之后，这样就把疾病带入好心接纳他们的那些人的家里，而这必须承认是非常冷酷和忘恩负义的。

而这部分成了那种舆论流传的缘由，确切地说，成了那种将传染病人的脾性四下传布的丑闻的缘由；也就是说，他们对于把病传染给别人是一点儿都不当心，或者说没有任何一丝顾虑；虽说我只知道并没有像传说的那么普遍，只知道这里头大概也存在着一些实情。什么样的自然原因可以用来解释那样邪恶的一件事情，到了那个时候，到了他们即将在神圣正义的法庭上露面时，他们大概自己会做出总结的，这我可不知道：我非常确信的一点是，这对于宗教和原则而言是说不过去的，对于慷慨和仁慈而言更是一点都说不过去；可这一点我会再谈到的。

眼下我在谈的是人们由于惧怕被关闭起来而铤而走险，他们通过计谋或是通过武力破门而出，不是在被关闭起来之前就是在被关闭起来之后，当他们逃出之后，他们的悲惨并没有减轻，只是可悲地加剧了：另一个方面，许多这样逃走的人，是有隐退所和其他房屋可去的，他们在那儿把自己给锁闭起来，一直躲藏到瘟疫结束为止；而许多家庭预见到这场瘟病临近，贮存了饮食备用品，足够他们整户人家吃喝，然后把他们自己给关闭起来，而且是做得那么彻底，以至于没有人见过他们也没有人听说过他们，直到传染病销声匿迹，然后安然无恙地从外头回来：类似这样的事情我可以记起一些，把他们经营的细节讲给你听；因为毫无疑问，对于这类人来说，这是所能采取的最为有效的安全步骤了，他们的处境不允许他们迁移，或是外头并没有适合这种情况的隐退所；由于如此这般关起门来，他们仿佛是隔开一百英里远；我也并不记得，那些人家当中有哪一户是做得失策的；他们当中，有几户荷兰商人家庭做得尤其不同凡响，他们把房子守护得像是遭到围攻的小小要塞，不允许任何人进出，或是靠近它们；尤其是坐落在施劳克莫顿街一条短巷里的那一户人家，从他们家的屋子里看得见德雷普斯花园。

可是我回过来谈那些传染病家庭的情况，他们的屋子被行政长官关闭起来；那些家庭的悲惨是难以言表的，而通常正是从这类屋子里，我们才听到最为凄惨的悲鸣和号叫，从那些吓坏了的，甚至是吓得要死的穷人嘴里发出来，由于目睹他们至爱亲人的境况，并且惧怕像他们那样被监禁起来。

我记得，而就在我写这个故事的时候，我想我正是听到了那种声音，某位女士有个独生女儿，一个年龄大概十九岁的年轻闺女，而她们家拥有一笔非常可观的资财；在她们居住的房子里，她们是仅有的住户：那个年轻女人，她母亲，还有女仆，因为某种缘故出去了一趟，我不记得是什么缘故了，因为那座房子没有被关闭起来；可是她们回到家里大约两个小时后，那位年轻女士抱怨说她不舒服；过了一刻多钟，她呕吐了，而且头痛得非常厉害。祈求上帝，她母亲吓得魂不附体地说，可别让我孩子害上瘟病啊！她头痛得越来越厉害，她母亲吩咐将床铺弄热，决定把她放到床上去；还给她准备东西发汗，这是瘟病的恐惧最初开始发作之时采取的惯常疗法。

在将床铺烘干的当口，母亲给那位年轻的女人脱掉衣服，而就在她被放倒在床上时，她举起蜡烛查看她的身体，即刻发现她的大腿内侧有那种要命的标记。她母亲控制不住自己，扔下蜡烛，以那样一种吓人的模样尖叫起来，足以让世上最坚强的人感到心惊胆战；而这既不是尖叫，也不是哭喊，而是那种恐惧，攫住了她心魂，起初她昏了过去，接着苏醒过来，然后在屋里到处跑来跑去，上楼下楼，像一个发狂错乱的人，事实上真的是发狂错乱了，接连好几个小时在那儿啼号和哭喊，六神无主，或者至少可以说，失掉了理智的主宰，而且照人家告诉我的那样，她理智的主宰再也没有完全回到她身上；至于那位年轻闺女，从那个时候起她就是一具死掉的尸体了；因为那种发出斑点的坏疽已经扩散到全身，不到两小时她便死了；但是她死后好几个小时，那位母亲还在那儿哭喊，再也不知道她孩子的情况。时间过去了那么久，弄得我都有些恍惚了，但是我想那位母亲再也没有恢复过来，就在两三个星期之后便死去了。

这是一个不同寻常的事例，由于我对它的了解是那样多，因此我把它讲得更细一点；但是类似这样的事例不计其数；又很少在《每周统计表》上登记进去，只有那么两到三起写的是惊吓，也就是说，完全可以被称为，惊吓致死；但是除了那些因看到斑点而被吓死的人之外，还有为数众多的人被吓得走上了另外的极端：有些被吓得神经失常，有些被吓得失去记忆，还有些人被吓得失去理智；但是我回过头来讲把房屋关闭起来的事情。

正如有一些人，我是说，在他们被关闭起来之后，用计谋从屋子里逃出来，另一些人则是通过贿赂看守人而逃出来，给他们塞钱，为了夜里把他们偷偷放出去。说句实话，我认为在那个时候，这是任何人都可以犯下的最纯洁无瑕的腐败或贿赂了；因此，当那些看守人中有三个人，因准许人们从关闭的房屋里出来而被当众游街鞭打时，也只能对这些可怜人表示同情了，而且觉得这样做是冷酷的。

然而尽管措施是那么严厉，金钱对于这些可怜人却仍是奏效的，而许多家庭找到了办法突围而出，在他们被关闭起来之后用那种办法逃出去；但这些通常都是诸如此类有某某地方可以隐退的人家；虽说在八月一日之后，不管是到哪里去，路上都不容易通行了，可还是有许多隐退的办法，尤其是像我提议过的那样，有些人拿着帐篷，在野地里支起来，带着可以躺卧的床铺或稻草，还有干粮可以吃，那样居住其间就像是隐士居住在密室里；因为没有人敢过来靠近他们；有好几个故事讲到过这类人；有些滑稽好笑，有些可悲可叹，有些过得像是在沙漠中流浪的朝圣者，以这样一种鲜为人称道的方式，通过让他们自己流亡在外而得以逃脱，而他们在这种情况下享受的自由，比人们所料想的还要多。

我自己有一个故事，讲的是两兄弟和他们的亲戚，他们是单身汉，可在城里逗留的时间太长没有跑掉，而事实上，不知道可以去哪里躲避一下，也并无远行的凭据，为了保住自己性命他们采取了一条方针，虽说起初就其本身而言，是铤而走险，可也是那么的自然，因此会让人觉得诧异，那个时候没有更多的人那么做。他们的境况只是马马虎虎，可也不是很穷，由于他们没法给自己提供某些小小的便利，诸如此类可以让人苟延残喘；并且发现瘟病正以可怕的方式在增长，他们便打定主意要改弦易辙，尽其所能，一走了之。

他们中的一个人在最近的战争中当过兵，在此之前是在低地国家，① 除了舞刀弄枪并没有受过特别的职业训练；加上负过伤，没法干太重的活儿，已经在瓦平一家做硬饼干的面包店里干了一段时间的工作。

此人的兄弟也是一个海员，但不知道是为什么缘故，伤了一条腿，就没法出海了，但是在瓦平或瓦平附近的一家船厂里做工谋生；因为善于节俭，积蓄了一点钱，是这三个人当中最有钱的。

第三个人做的行当是木工或者叫做木匠，是个手巧的人；他没有财富，只有他的工具箱，或者叫做工具篮，而有它在手，不管是到什么地方去，任何时候，像眼下这样一个时候除外，他都可以混口饭吃，而他住在肖德维尔附近。

他们全都住在斯台普涅教区，而这个教区，正如我说过的那样，是最后一个受到传染的地方，或者说至少是最后一个传染病猖獗的地方，他们住在那儿，直到他们清楚地看到瘟疫在城里西部地区减退下来，正朝着他们居住的东边过来。

---

① 英国和西班牙的战争（1655—1659）以及英国与荷兰的第一次战争（1652—1654）。英格兰和联合省份（后来的尼德兰，常称为"低地国家"）之间由于贸易争端而引发的战争，爆发了三次，第二次是在瘟疫期间，第三次是在 1672 年。

这三个人的故事，如果读者赞成我让他们亲自讲述，无须让我承担责任，不是要为细节担保，就是要为任何错误负责的话，那我就会尽我所能把它讲清楚的，相信这段历史是任何穷人都可以遵循的极好样板，万一有类似的这种群情悲叹要在这儿发生；而要是上帝无限的仁慈给我们恩赐，没有让这种情况发生，这个故事仍然可以通过那么多方面派上用场，正如它会做到的那样，我希望，绝不至于让人说，这种讲述是没有益处的。

我是说在我自己那个角色退出之前，在这段历史之前发生的所有这一切，目前却仍有更多的东西，要来说一说。

在整个最初那段时间里，我都在街上自由自在地四处走动，虽说也没有自由自在到那种程度，让我自己跑到明显的险境中去，除了是在那个时候，他们在我们埃尔德盖特教区的教堂墓地挖那个大坑；那可是一个可怕的坑，而我无法抑制我的好奇心要跑过去看一眼；跟我估计的差不多，它约摸有 40 英尺长，约摸有 15 或 16 英尺宽；在我最初看见它的那个时候，约摸是 9 英尺深；但据说，在它里面的某个部分，他们后来挖到将近 20 英尺深，直到因为有水再也挖不下去了为止；因为据说在此之前他们已经挖了好几个大坑，虽说瘟疫到达我们教区是姗姗来迟，但是它一旦真的到来，伦敦城里或附近没有一个教区是像埃尔盖特和怀特夏普尔这两个教区那样，如此这般地猖獗起来。

我是说他们在另外的场地已经挖了好几个坑，当时瘟病在我们教区开始蔓延起来，尤其是那个时候运尸车开始跑来跑去了，而这种情况，并未在我们教区里出现，直到八月初。在这些坑里他们大概各放进 50 或 60 具尸体，然后他们挖了更大一

点的坑，把一周之内用车子载来的尸体统统埋了进去，从临近八月中旬到月底，总共是，一周 200 到 400 人；而他们没法舒舒服服地把它们挖得更大一些，因为有行政长官的规定，限令他们不得将尸体留在距离地表六英尺之内；而在约摸 17 或 18 英尺的地方有水进来，他们没法舒舒服服地，我是说，将更多尸体放进一个坑里；然而眼下九月初，瘟疫以一种可怕的方式猖獗起来，而我们教区里掩埋的数量在增长，超过范围只限于伦敦周围任何一个教区曾经掩埋的数量，他们便下令挖出这个可怕的大口；因为它是那样一个大口，而不是一个坑。

他们挖它的时候，还以为这个坑会够他们用上一个多月呢，有人还责怪那些教堂执事竟允许弄出这样一个吓人的东西，说他们是在为埋葬整个教区做准备，等等之类；可是时间却显示出来，教堂执事对于教区状况的了解比他们更胜一筹；因为这个坑是九月四号挖完的，我想，他们是六号开始在里面掩埋的，而到了二十号，这才只有两个星期，他们已经在里面扔进 1 114 具尸体，这个时候他们不得已要将它给填满，于是那些尸体便开始躺到了距离地面六英尺内；我疑心这个教区会有一些上了年纪的人活着，他们可以为这个事实作证，甚至能够指出这个坑是位于教堂墓地的什么地方，能够比我做得更好，如此而已；它的痕迹同样也是许多年之后让人看到的，在教堂墓地的表面长长地铺展，与教堂墓地西墙旁的通道平行，该通道在杭茨迪奇之外，向东又折入怀特夏普尔，在三修女客栈附近出来。

正是在九月十日左右，我的好奇心引导我，确切地说是驱使我又去看了这个坑，当时已有将近 400 人埋在里边了；而我不满足于在白天看到它，正如我以前做过的那样；因为那个时候除了松软的泥土之外就什么都看不到了；因为所有被扔进去的尸体，即刻被泥土覆盖，由他们叫做下葬人的那些人动手，而平时他们被叫做杵儿；可我打定主意晚上过去，看他们当中有些人被扔进去。

有一条规定严格禁止人们去看那些坑，而那只是为了防止传染病；但是过了段时间之后，那条规定就尤为必要了，因为那些被传染上的人，大限将至，还极度兴奋狂乱，会裹着毯子或粗绒，冲到那些坑边，纵身跳进坑里，然后像他们说的那样，将他们自己埋葬；我不知道那些公务员是否准许有人自愿躺在那个地方；可是我已经听说，在克里普尔盖特教区的芬斯伯利，有一个大坑，那个时候它朝野地敞开着；因为那个时候它周围还没有竖起围墙呢，他们过来，纵身跳进坑里，还没等到他们将泥土扔到他们身上，就在那儿断了气；而在他们过来掩埋其他人的时候，发现他们在那儿，他们完全是死掉了，虽说还没有冷却呢。

这或许是稍稍有助于描述那一天的可怕状况，虽说要做到与此处的描述不同，能给那些没有见过的人以一种真实的印象，这个说什么都是不可能的；而那确实是非常、非常、非常的可怕，此类情形非语言可以表达。

因与在场的那位教堂司事相熟，我获得进入教堂墓地的许可，虽说他一点都没有拒绝我，可也认真地劝我不要去；正因为他是一个虔诚而又通情达理的好人，他才非常严肃地告诉我说，去冒险，去承担所有的风险，实际上这是他们的差事和职责；他们还是希望能够从中保住性命的；可我并无明显的义务要去这么做，除了我自身的好奇心之外，他说，这个他相信我不会是装出来的，这种好奇心足以用来说明我那样去冒险的理由。我告诉他说，我是心里受到压迫才去的，说不定那会是一种给人教训的情景呢，不会是没有它的用途的。唔，那位好人说道，如果你是为那种理由去冒险，加入上帝的名义的话；因为相信我好啦，这对于你将是一场布道，说不定，是你这一生听到过的最好的布道哩。这是一种会说话的情景，他说，有一个声音伴随着它，而且是一个响亮的声音，召唤我们都去悔罪；说着他把门打开然后说道，想去那你就去吧。

他的一番话语稍稍动摇了我的决心，我在那儿站了好长一会儿，犹豫不决；可就在那个当口，我看见有两个火炬从麦诺里斯的尽头过来，然后我听见更夫敲钟的声音，接着便出现了一辆他们所谓的运尸车，从街上过来，这样我就再也无法抑制要去看一看的欲望了，然后便走了进去：教堂墓地里没有人，或者说没有人走进去，照我最初能见到的那样，除了那些下葬人，还有那个赶车的仁兄，确切地说是牵引着马和车的那个仁兄，可是当他们到达坑边时，他们看见一个人来回走着，围着一件棕色斗篷，他的手在斗篷底下动来动去，仿佛他是处在某种巨大的痛苦之中；那些下葬人即刻将他团团围住，以为他是那些兴奋狂乱，或是奋不顾身的可怜虫当中的一员呢，他们正如我说过的那样，经常要求将他们自己埋葬；他走来走去，一声不吭，只是深深地，而且是大声地，呻吟了两三次，然后叹了口气，像是心都要碎了。

那些下葬人走到他跟前，这个时候他们很快就发现，他既不是那种受到传染而奋不顾身的人，像我上面讲到过的那样，也不是脑子出了毛病的人，其实只是一个被可怕深重的悲哀压垮的人，有妻子和好几个孩子，全都在那辆车里，就是刚刚和他一起进来的那辆车，而他跟着往前走，带着痛苦和极度的忧伤。他的悲悼发自肺腑，这并不难察觉，但是带着一种男性的悲哀，无法通过眼泪而将其宣泄，然后静静地要求下葬人不要管他，说是只要看见尸体被扔进去，他就会走开，于是他们便不再强求他；但是那辆车一倒过来，那些尸体便乱七八糟地被抛进了坑中，这让他吓了一跳，因为他至少是期望他们会被体面地放进去，虽说他后来相信那样是做不到的；我是说，他一见到那种场景，便只是控制不住地大声叫嚷起来；我听不清他说什么，只见他倒退了两三步，然后晕倒在地；那些下葬人朝他冲过去，把他扶起来，稍过片刻他便苏醒了过来，然后他们把他拉开，带到与杭茨迪奇尽头相对的皮埃酒馆，那个地方好像是知道这个人，他们便在那里照看他。当他走开的时候，又朝那个坑里张望，但是下葬人已经将泥土扔进去，将尸体覆盖上了，动作那么快，以至于尽管那儿是够亮堂的了，因为那个里面有灯笼和蜡烛，整夜摆放在坑沿四周，搁在土堆上面，有七到八盏，说不定更多，可是却什么都看不清。

　　这确实是一个让人鼻酸的场景，几乎和其余的一样打动我；但另外那个场景是丑陋的，充满恐怖，那辆车里面装了十六、七具尸体，有些裹着亚麻布寿衣，有些裹着毯子，有些则与赤身裸体无异，或者说是那样的松松垮垮，以至于从车上被抛出来时，他们披挂着的东西，从他们身上掉落下来，他们便全然赤裸地仆倒在其他人中间；但这种事情对于他们是算不得什么了，或者说这种不体面对于别人才是重要的，眼看他们全都死掉了，胡乱堆在一起要被塞进人类的共同墓穴里，正如我们会那样叫它，因为这里没有做出区分，只是让穷人和富人混合在一起；不存在别的下葬途径，也不可能会有的，因为像眼下这样一场灾祸中倒下的人，其数量之大，棺材是装不下的。

　　有个传闻是当作那些下葬人的丑闻来报道的，说是只要有什么尸体交给他们的话，按照我们当时的说法是体面地包扎好的，用缠绕的裹尸布从头到脚捆扎起来，而有些确实是那样做的，而且多半是用了上好的亚麻布；我是说，有传闻报道说，那些下葬人坏得很，居然在车子里将他们剥光，然后把他们浑身赤裸着运到坟地上去：可由于我无法轻易相信，基督徒当中也有人做出那样卑鄙下流的事情，而且是在这样一个充满恐怖的时期，我也就只好把它当作是有待确定的事情来讲一下了。

还有不计其数的故事四下里流传，说那些照顾病人的护理员的残忍行径和做法，他们让那些他们照顾的人在病中加快灭亡；但是这个我会在适当的地方再多讲一些的。

这个场景确实让我震惊，几乎将我压倒，我便走开了，心里痛苦万分，满是让人苦恼的念头，诸如此类我无法描述；就在我走出教堂，来到街上朝我自己家里走去的时候，我看见另一辆车，点着火炬，有个更夫走在前面，从这条路另一侧的布彻街的哈罗胡同出来，而且在我看来，满满当当装着尸体，又是沿街径直朝着教堂驶去；我站了一会儿，可我没有胃口再回去，把这相同的惨淡场景再看一遍，于是我便径直回家去，在家里我只能心怀感激地思忖我所冒的这场风险，相信我没有受到伤害；正如事实上我并没有受到伤害那样。

这会儿那位可怜的不幸绅士的悲哀又浮现在我脑海，而事实上我只能在沉思默想的时候簌簌落泪，说不定比他本人流的泪还要多呢；可是他的状况那样沉重地压在我心头，弄得我怎么都拗不过自己，非得要再次出门踏上街道，走到皮埃酒馆，决计去打探他的下落。

这个时候是凌晨一点钟了，而那位可怜的绅士却还在那儿；实际上，那个屋子里的人都认识他，已经款待了他，还通宵把他留在那儿，不管是否有被他传染上病的危险，虽说这个人看上去本身倒是极为健康的。

我是带着惋惜的心情注意到这家酒馆的；那些人彬彬有礼，

殷勤谦恭，是够亲切厚道的那类人，而且到了这个时候都还一直让他们的店门敞开，继续做买卖，虽说是不像从前那样人气很旺了；但有一帮可恶的家伙却利用他们的房子，在这整个恐怖盛行期间，每晚都在那个地方聚会，恣意挥霍作乐，吆五喝六，正如这些人平时通常所做的那样，而且确实是弄到了那样一种让人讨厌的地步，就连这家店的男主人和女主人都始而替他们尴尬，继而对他们害怕了。

他们一般都是坐在临街的那个房间里，由于他们总是逗留得很晚，因此每当运尸车穿过街道尽头而来，进入杭茨迪奇，这一幕从酒馆窗口是看得见的；他们一听到那敲钟声，便会时常推开窗户，向外朝它们张望；随着车子一路向前行驶，他们经常会从街上或者从他们的窗口，听见人们悲悼哀叹，这个时候他们就会对他们发出粗鲁不敬的嘲弄和讥笑，要是他们听到那些可怜人呼唤上帝怜悯他们，正如那些时候许多人通常沿着街道经过时会做的那样，他们尤其会这样。

如上所述，把那位可怜的绅士带进这屋子，那种噼里啪啦的响动让这些绅士觉得有点儿心烦，他们起初是生气，继而对这家屋子的主人怒不可遏，竟允许那样一个家伙，正如他们那样称呼他，从坟墓里弄出来带进他们的屋子；可得到的答复是，那个人是邻居，而且他是健康的，只不过是被家庭的灾难压倒了，等等之类，他们便将愤怒化为奚落，取笑那个人，还取笑他为了老婆和孩子伤心；讥笑他没有勇气跳进那个大坑，照他们那种讥笑的说法是，没有勇气和他们一道上天堂去，另外还说了些非常不敬，甚至是亵渎神明的话。

我回到这座屋子的时候，他们正在干着这种缺德的勾当，而照我看来，尽管那个人静静地坐着，一言不发，郁郁寡欢，而且他们的污辱无法打消他的哀伤，可他还是对他们说的话感到既悲哀又生气：为此，我轻声责备了他们，因为对他们的德性是太过熟悉了，而且本人对他们当中的两个人也并非不了解。

他们即刻用恶言恶语和骂人话攻击我，质问我说，这样一个时候，那么多更正派的人都被送进了教堂墓地，我从坟墓里跑出来做什么？为什么我不待在家里，对着来接我的运尸车祷告呢？等等之类。

这些人的粗鲁不敬确实是让我感到惊愕，虽说他们那样对待我丝毫没有让我乱了方寸；而我耐住性子不发脾气；我告诉他们说，虽说我对他们，或是对世上任何用不正当手段谴责我的人不屑一顾，可我还是承认，在上帝这场可怕的审判中，许多比我好的人都被一举扫荡，被送进了坟墓；然而直截了当地回答他们的问题，真情实况就是，承蒙那至高的上帝怜悯，我得以存活下来，而他的名字，他们用了可恶的谩骂和诅咒，枉费心机地加以亵渎和称引；而我相信我得以存活下来，除了其恩惠所赐的其他目的，特别还在于我会来斥责他们的大胆妄为，竟以如此这般的方式行事，特别是，像在眼下这样一个糟糕的时候；斥责他们的讥笑和嘲弄，对一位正派的绅士，而且是对一位邻居，因为他们有些人是认识他的，他们看到他被哀伤压倒，由于那些幸亏是由上帝给他家庭所造成的破坏。

我无法确切地回想起那种刁蛮可憎的挖苦，他们以此来回敬我所说的那番话，看来是弄得让人惹怒起来，我一点儿都不怕对他们不客气；那种污言秽语，谩骂诅咒，还有伤天害理的言词，搁在那一天的那个时候，就算是街头最低劣和最平常的人也不会使用，这些，即便是我能记得起来，我也是一句都不会写进这篇记录，（因为除了像这样一些铁石心肠的家伙，就是天底下坏透顶的人，对于顷刻之间可以这样除灭他们的那只万能的手，心里面还是有些惧怕的。）

而他们所有恶毒的语言中最为恶毒的是，他们不怕亵渎上帝，用无神论的口气说话；对我把瘟疫叫做上帝之手发出揶揄，嘲弄甚至笑话"审判"这个词，好像神意与招致这样一场惨绝人寰的打击并无关涉；而当人们看到运尸车将死者的尸体拉走时，他们召唤上帝，全都成了狂信、荒谬和鲁莽轻率了。

我给了他们一些答复，诸如此类我认为是妥当的话，但我发现那些话根本就没有制止住他们那种可恶的言谈，倒是让他们骂得更凶了，而这实在是让我心里充满了恐惧，还有一种愤怒，然后我就离开了，就像我告诉他们的那样，免得降临这整个城市的那只审判之手将其复仇发扬光大，对他们，还有他们身旁的一切予以打击。

他们用了最大的轻蔑顶住所有的申斥，尽其可能对我发出最厉害的嘲弄，对于我向他们布道，正如他们所称呼的那样，报之以他们所能想到的所有下流粗野的讥笑，而这确实，让我悲哀，而不是让我生气；于是我，尽管他们那样百般侮辱我，可是心里面，我并没有和他们对骂。

这之后的三四天里，他们继续这种恶劣的行径，继续嘲弄和讥笑所有那些显示其自身的虔诚或严肃的人，或者是无论如何稍微带点儿那种意识的人，就是上帝对我们发出可怕审判的那种意识，而我得知，他们以同样的方式，公然藐视那些善人，尽管是有传染病的危险，那些善人却还是在教堂里聚会，做斋戒，祷告上帝勿对他们施以重手。

我是说，他们继续这种可恶的行径有三到四天，我想是没有再多了，这个时候他们当中有一个人，就是质问那个可怜的绅士从坟墓里跑出来做什么的人，单单是他让上天给击中，染上了瘟疫，而且是以最为可怖的方式死去；总之，他们一个不剩地被送进了那个大坑，我上面提到过的大坑，在它还没有被填得太满之前，而这不超过两周或两周左右时间。

这些人犯有众多骄奢淫逸的罪行，诸如此类让人会觉得，在当时那样一个我们遭遇到的人人恐惧的时期，人的本性每一念及就会为之战栗；尤其是讥笑和嘲弄他们碰巧看到的每件事情，人们心怀虔诚的事情，特别是嘲笑他们狂热地涌向公共膜拜场所，恳求上天施与怜悯，在这样一个灾难深重的时候；而这家他们用来聚会的酒馆，看得见教堂的大门，他们便有了更特别的机会，以供他们无神论的猥亵快乐。

但是在这个偶发事件，我已经讲述的事件发生之前，他们的这种状况开始有点儿消退；由于眼下城里这个地区，传染病的增长那样猖獗，人们开始怕到教堂来了，至少这些人不像平时那样经常去那里了；牧师当中有许多人也死了，其他人去了乡下；因为这对一个人来说，确实是需要有不变的勇气，还要有坚强的信念，不仅要在眼下这样一个时候冒险留在城里，而且还同样要冒险来到教堂，向会众行使神职，而且每天都这么做，或是一天两次，正如在有些地方所做的那样，而他有理由认为会众当中有许多人，实际上是染上了瘟疫。

的确，人们在这些宗教仪式中表现出了非同寻常的热情，由于教堂大门总是敞开着，人们在任何时间都会单独前往，不管牧师是否在主持仪式，然后把他们自己关进隔开的座位里，以极大的热诚和虔敬向上帝祷告。

另外的人在非国教教徒的礼拜堂集会，人人都以他们在这类事情中的不同观点为引导，但所有人不分青红皂白，都成了这些人滑稽取笑的对象，尤其是在这场劫难开始降临的那个时候。

他们对宗教的这种公开侮辱，看来是被各个教派的一些善人有所抑制，这个，还有这场传染病的猖獗肆虐，我想，便成了他们此前一段时间里粗鲁言行大为收敛的缘由吧，然后仅仅是被那种下流无礼的精神和无神论给弄得活跃起来，针对那位绅士刚被带进那儿时发出的那种吵吵嚷嚷，说不定，也正好是被那个魔鬼给搅动起来，当时我毅然对他们发出了斥责；尽管我那么做，起初是带着我能做到的所有镇静、沉着和良好风度，为此，他们有一阵把我侮辱得更厉害了，以为这是在惧怕他们的憎恨呢，尽管后来他们发现是刚好相反。

我回到家，为那些人的极为可鄙的恶行恶状，心里确实感到悲哀和烦恼，可也并不怀疑，他们会成为上帝的正义的可怕例证；因为我把这个惨淡时期视为上天复仇的一个特定时节，而上帝会在这个时刻，出于他的不悦，以不同于另一个时候的一种更为特别和惊人的方式，将那些适当的人挑选出来；而尽管我确实认为，许多善人会陷入这场共同的灾害，而且真的是陷入了这场共同的灾害，而这也并不成其为确定的法则，因为人们在这样一个大毁灭时期的遭遇有所区别，就以非此即彼的方式判定他们在永恒国度里得救与否了；而我是说，看来只能有理由相信，上帝不会觉得这么做是适合的，出于他的仁慈而放过这类公开叫板的敌人，他们要侮辱他的名字和存在，藐视他的复仇，并且嘲弄他的礼拜和礼拜者，在这样一个时候，不会的，尽管在平时，他的慈悲却觉得饶恕并且放过他们是适合的；而这是劫难降临的日子；是上帝发怒的日子；而那些话语在我心中浮现，《耶利米书》第5章第9节。耶和华说，我岂不因这些事讨罪呢？岂不报复这样的国民呢？

这些事情，我是说，压在我心头；我非常悲哀而压抑地回到家里，怀着对这些人的恶行恶状的恐惧，而且想着什么事情居然可以这样歹毒，这样铁石心肠，这样臭名昭著地邪恶，竟要去侮辱上帝和他的仆人，还有他的礼拜，以这样的方式，而且是在眼下这样一个时期；这个时候他可以说是，已经手握宝剑，有意要进行报复，不只是针对他们，而且还针对整个民族。

我起初，确实是，对他们有些忿怒，虽说这其实不是被他们对我个人的任何冒犯所引起的，而是由于他们那些亵渎的话语让我充满恐惧；而我心里也在怀疑，我所怀有的那种憎恨是否不全是出于我自己的私人原因，因为他们同样也给了我大量的恶言恶语，我是说针对我个人；可是踌躇了一番之后，心怀着悲哀的重压，一回到家我就释然了，因为那天夜里我没有睡觉，还向上帝表示了最谦卑的感恩，为我在这显豁的危险之中得以存活下来，我认真下了决心，而且怀着最大的真诚，为那些大胆妄为的无赖祷告，求上帝原谅他们，让他们的眼睛睁开，让他们真的卑下。

这么做，我不仅是尽了我的责任，也就是说，为那些利用我来发泄怨恨的人祷告，而且还完完全全测试了我自己的心，让我觉得全然满意；因为他们特别冒犯了我，而它却并没有充满任何憎恨的精神；而我向所有那些将会懂得，或是会确信的人，谦卑地推荐这种方法，如何在他们真心热情为了上帝的荣耀，与他们一己的忿怒憎恨的结果之间做出区分。

但这儿我必须回到那些具体的事件中去，它们是在我想到这场劫难降临的那个时候出现在脑海里的，尤其是，想到他们将房屋关闭起来的那个时候，在这场疾病的第一阶段；因为在疾病达到高峰之前，人们比他们后来有更多的余地发表意见；但到了它处在极点的时候，就不像从前那样有彼此交流之类的事情了。

房屋关闭起来期间，正如我说过的那样，有些暴行落在了那些看守人身上；至于说军人，一个都找不到；当时国王拥有的寥寥几个卫兵，一点儿都不像后来受到聘用的人，他们都散开了，不是和宫廷一起在牛津，就是在这个国家遥远地区的兵营里；小股的支队除外，他们在塔里，还有在白厅值勤，而这些不过是很少几个人；我也不是很肯定，除了他们叫做是监守的那些人之外，塔里还有其他卫兵，而那些监守穿着长外衣，戴着无檐帽，站在门口，跟警卫队那些卫士一模一样；此外还有那些普通炮手，他们有 24 个人，还有那些被派来看管弹药库的军官，他们被叫做军械保管员；至于那些民兵队，一个都不可能召集起来的，即便是伦敦的陆军中尉，或是米德尔塞克斯的陆军中尉，下令击鼓传召国民军，我相信，也不会有哪个中队甘冒任何风险集结起来的。

这就使得那些看守人受到的关心不多，说不定，还导致了用来针对他们的更大暴行呢；我提到这一点是就此而言，要看到，派看守人这样把人们关在屋里，（首先），是无济于事的，无非是人们破门而出，不管是动用武力还是动用计谋，甚至几乎是他们经常随心所欲地行动；（其次），那些果真这样破门而出的人，一般都是些被传染上的人，他们不顾死活，从一个地方到另一个地方走来走去，并不重视他们给谁造成了伤害，而这一点说不定，正如我说过的那样，会引起那种传言，说有传染病的那些人自然是很想把病传染给别人的，而这种传言其实是捏造的。

而我对此知道得那么清楚，而且知道那么多各种各样的事例，因此我大可以说上几个，说那些善良、虔诚和敬神的人，这些人，当他们染上了瘟病之后，根本就不想那样冒冒失失地将病传染给别人，因此禁止自己的家人跟他们接近，期望他们得以存活下来；甚至到死都不见他们最亲的亲属，以免自己成为把瘟病带给他们的工具，让他们染上疾病或是危及生命；如果当时是存在一些事例，其中那些传染病人对于给他人造成伤害并不上心，那么这肯定就是那些事例中的一件了，如果说还算不得是主要事例的话，换言之，当时那些染上瘟病的人，从被关闭起来的屋子里破门而出，由于为了给养或是为了招待而被弄得走投无路，便尽力将他们的状况隐瞒起来，由此不自觉地成了把瘟病传染给别人的工具，传染给那些一直无知而不加防范的人。

我何以那样认为，而且现在还确实仍然那样认为的一个理由就在这里，这样通过武力而将房屋关闭起来，将人们束缚在，确切地说是囚禁在自己的屋子里面，正如上面所说的那样，是甚少有助于或者说是根本无助于大局的；非但如此，照我的观点来看，这是相当之有害的，迫使那些不顾死活的人在外面游来荡去，身上带着瘟疫，而那些人本来会静悄悄地死在自家的床上。

我记得有个市民，从他在埃尔德盖特街，或那儿附近一带的屋子里这样破门而出，沿路朝伊斯林顿走去，他试图在安琪儿酒馆，而这之后，在"白马"，这两家现在仍以相同的招牌而知名的客栈入住，但是被拒绝了；之后，他来到了皮埃德－布尔，一家现在也仍继续挂着同样招牌的客栈；他要求只住一个晚上，借口说是要进入林肯郡，还让他们放心，他是非常健康的，没有传染病，而那个时候，传染病也还没有多到那种程度。

他们告诉他说，他们没有住宿的房间可以匀出来，除了一张床铺，在阁楼上，他们可以把那张床铺匀出一夜，有些赶畜群上市的人次日赶着牲口要来；因此，要是他接受那种住宿的话，那他就可以住下，而他接受了；于是叫来一个仆人，拿着蜡烛和他一起上楼，带他去房间；他的衣着非常光鲜，看上去像是那种不习惯躺在阁楼上的人，而当他来到房间时，他深深地叹了口气，对那个仆人说，这样的住宿间我可是很少躺过哩；可那个仆人又向他保证，他们没有更好的了。好吧，他说，我必须将就一下了；这是一段糟糕透顶的时间，但这不过是住一夜；于是他在床上坐下，然后吩咐女仆，我想事情就是这样的，给他去拿一品脱温热的麦芽啤酒来；于是那个仆人去拿麦芽啤酒了；但是屋子里有一些忙乱，而这说不定，把她给支使到别处去了，让她把这件事一股脑儿给忘了；而她没有再上来看他。

次日清晨未见那位绅士露面，屋里便有人问那个仆人，把他带去了楼上，他结果怎么样？她吓了一跳；哎呀，她说，我压根就没有再想到他：他吩咐我给他弄些热麦芽啤酒，可我都忘了；为此，不是那个女仆，而是另外某个人，被叫去到楼上探望他，那个人来到房间里，发现他直挺挺地死掉了，而且几乎是冰冷了，摊开手脚横陈在床铺上；衣服草草脱去，下颌耷

拉，两眼以最可怖的样子睁开，床上的毯子在他的一只手里紧紧攥着；因此他显然是在那个女仆离开后不久死去的，而且很有可能，要是她拿着麦芽啤酒上楼去的话，她就已经发现他是在床上坐下后的几分钟内死去的。那座屋子里大为惊慌，正如任何人都会料想到的那样，到这场灾祸为止，他们一直都没有瘟病，而它把传染病带到这座屋子，顷刻之间蔓延到周围的其他屋子。我不记得这屋子本身死了多少，但我想那个女仆，她是最先和他一道上楼去的，当即就被吓得病倒了，还有另外好几个人；因为尽管这周之前在伊斯林顿只有 2 人死于瘟疫，这周之后却在那儿死了 17 个，其中 14 个是死于瘟疫；这是在七月十一日到十八日这一周内。

有些人家，而且是为数不少的人家改换了门庭，一旦他们的屋子碰巧被传染上了，便正是这么做的；那些处在刚爆发的瘟病之中的人家，逃到乡下去了，在朋友中间找到了躲避处，一般都是在邻居或亲戚当中找到这个或那个人来托管那些房子，为了财物的安全，等等之类。有些房子确实是，全都锁了起来，门上加了挂锁，窗户和门上用松木板条钉住，而只有那些要检查的房子才委托给普通的看守人和教区公务员；但只有极少几家是这样。

据认为有不少于 10 000 座房子被其居民所遗弃，城里和郊区，包括外围教区，还有萨里，或是他们叫做索斯沃克的河滨地区。这是将寄宿者的数目，还有从别人家里逃出来的个别人的数目除外；因此总计大概有 200 000 人都统统逃走了；但这一点我会再谈到的；而我在这里提到它是因为这个缘故，也就是说，对于像这样有两处房子要管理或照看的那些人来说，这成了一个惯例，如果一户人家家里有什么人得了病，那户人家的主人在让检查员或是任何其他公务员得知此事之前，会立即将他家里所有其他成员，不管是孩子还是仆人，碰到什么是什么吧，都送到他要照管的另外某座屋子里，然后才将病人报告给检查员，以便派上一名或数名护理员；让另一个人和他们一起在屋子里被关闭起来（许多人为了钱会这么做的），这样万一那个人死了，可以看管那座屋子。

这在许多情况下是挽救了整户人家，他们如果和那位病人被关闭在一起，就会无可避免地灭亡：但在另一个方面，这是将房屋关闭起来造成的另一种麻烦；由于担心和害怕被关闭起来，这使得许多人和家里其余的人一起逃之夭夭，这些人，尽管没有公开为人所知，而且也没有病得很厉害，可是身上却带着瘟病；而这些人由于拥有无所阻拦的自由而四处走动，但由于仍不得已要隐瞒他们的状况，或者说不定他们本人并不知道这一点，却把瘟病带给了别人，以一种可怕的方式将传染病蔓延，正如我在下面会进一步解释的那样。

此处我也许能够发表一两点自己的见解，也许将来会对那些人有用，要是他们什么时候见到这一类可怕的劫难，而这本书会落到他们手上的话。(1)传染病一般都是通过仆人带入市民家的，那些个仆人，被差遣去买必需品，也就是说，买食品或药品，去面包房、酒厂、商店等等，不得已要在街上来来去去，而且他们必须穿过街道进入店铺、集市之类的地方，几乎不可能不以这种或那种方式，碰上有瘟病的人，后者将致命的呼气送进他们体内①，而他们把它带回家，带到他们所属的人家。(2) 像这样一座大城市，只有一家传染病隔离医院，这是大错特错；因为，如果不是只有一家亦即在邦西尔－菲尔兹那边的传染病隔离医院，而那个地方，最多他们能够接受，说不定是 200 或 300人；我是说，如果不是只有那一家，而是有数家传染病隔离医院，每家能容纳 1 000 人，不用两人躺一张床，或是一个房间放两张床，让每户人家的主人，尤其是家里一旦有仆人生了病，不得不将他们尽快送到邻近传染病隔离医院，如果他们像许多人那样，想要这么做的话，而当有人患上传染病时，让检查员做类似于在穷人中间所做的事情；我是说，如果这种事情人们想做都做了（而不是相反），而那些房屋没有被关闭起来，那么我相信，而且始终那样认为，就不会有那么多的人，有成千上万的人死掉了；因为根据观察，而且在我自身了解的范围内我可以举出一些例子，凡是有仆人生病的地方，那户人家不是有时间把他们送出去，就是有时间撤离那所房子，然后把病人给留下，正如上面我说过的那样，他们便全都得以存活下来了，然而，家中有一个人或更多的人生了病，那座房子被关闭了起来，全家人便都灭亡了，而那些搬运工不得不进去把死者的尸体弄出来，没有人能够把他们搬到大门口；而最终没有人留下来做这件事。

(3) 这一点在我看来是毋庸置疑，这场灾难是通过传染性病毒蔓延的，也就是说，是通过某种水汽，或气体，而内科医生

---

① 有关瘟疫的起因和蔓延有各种各样的理论。H. F. 似乎最喜欢传染论者的理论。

称它为恶臭①，经由呼吸或汗水，或患者脓疮的臭气，或某种其他途径，说不定，连外科医生本人都还没有认识到呢，而将此种恶臭传染给健康人，后者与患者在某些距离内发生接触，恶臭即刻渗入上述健康人的重要部位，使得他们的血液即刻产生骚动，促使他们的精神躁动起来，达到让人发现他们躁动的那种程度；于是，那些新近被传染的人以同样的方式把它传播给了别人；而这一点我会举出一些例子，让那些对此认真加以考虑的人不得不信服；而我不能不带着几分惊奇，发现有一些人，在这场传染病现已告终之时，把它说成是来自上天的直接打击②，无须通过中介的作用，奉命打击这个和那个个别的人，而非其他任何人；由于这种观点是出于明显的无知和狂信，我对此不屑一顾；同样不屑一顾的还有其他人的那种观点，他们说传染病仅仅是由空气所携带，经由它所携带的大量虫子，还有看不见的生物，③它们随着呼吸进入人体，或者甚至是随着空气进入疮口，然后在那儿产生或释放最厉害的毒物，或者说毒卵，或者说有毒的卵形物，它们自身与血液混合起来，于是对身体造成感染；一种满口博学的愚直之论，用普遍的经验作了此番说明；但是我会按照顺序对这个情况多讲一些的。

此处我必须进一步加以理会的是，对于这个城市的居民而

---

① 相似的理论认为，来自腐烂和被传染尸体的气体在空气中携带有毒分子。
② 上帝的愤怒是另一种受到欢迎的理论。
③ 欧陆理论认为细小的虫子携带疾病。许多英国医生（以及 H. F.）排斥这种观点。

言，没有什么是比人们自身的那种苟且疏忽更要命了，他们在得到有关这场劫难的长时间通知或警告期间，对此却没有作出任何准备，既未储存给养，也没有储存其他生活必需品；有了这些他们本来可以全身而退，而且就在他们自家的屋子之内，正如我看到其他人所做的那样，这些人在很大程度上是因为那种警戒而得以存活下来；而在他们对此变得有点儿麻木不仁之后，到了确实是被传染上的那个时候，他们对于彼此之间的交往也没有像他们起先那样，那么小心回避了，明明是知道，他们也没有那么做。

我承认，我是那些有欠考虑的人当中的一个，所做的储备是那样的少，弄得我那些仆人只好出门去购买每一件琐细物品，一便士和半便士的东西，就在瘟疫开始之前的那个时候，直至等到我的经验让我看到那种愚蠢了，我才开始变得明智了些，明智得那么晚，让我几乎都没有时间给自己储存足够的东西，供我们大家勉强维持一个月之用。

我家里只有一个年老的女人，照管着这所房子，有一个女仆，两个徒弟，还有我自己；瘟疫开始在我们周围越来越多，我该采取什么方针，还有我该如何行动，对此我有许多悲观的想法；无数惨淡的人事，当我在街上四处走动时它们随处都在发生，伴随极大的恐惧充满了我的心，怕的就是瘟病本身，而它本身确实是，非常的恐怖，某些方面比起其他方面更为恐怖，那些多半是出现在脖颈上或是外阴部的肿块，当它们变得坚硬，而且不会溃烂的时候，变得那么疼痛，简直是等同于最剧烈的折磨；而有些人无法忍受这种折磨，便从窗口纵身跳出去，或是开枪自杀，或是用别的办法把自己干掉，而这个类型的惨淡人事我倒见过好几桩：另一些人控制不住自己，通过不间断的大喊大叫发泄痛苦，当我们从街上走过的时候，可以听见那么响亮，那么令人哀怜的哭嚎声，简直是要将那颗心给刺穿，而那颗心正好想到，尤其是这个时候会考虑到，这种可怕的苦楚每时每刻都将落到我们自己头上。

除了眼下我的决心开始软弱，我的心情非常沮丧，还有我为自己的轻率而痛心疾首之外，我什么都不知道：当我出门在外，碰见诸如此类我谈到过的可怕事情；我是说，我便为自己冒险留守在城里的那种轻率而悔恨：我常常希望，我并未毅然留下来，而是跟我的兄长及其家人走掉了。

我被那些可怖的人事给吓坏了，有时候我会隐退在家里，下定决心再也不出去了，然后说不定，我会将那种决心保持三到四天，而这段时间我是在最为严肃的感恩中度过的，因为我得以存活下来，还有我全家得以存活下来，而且是在持续不断地忏悔我的罪孽中度过的，把我自己每天都交付给上帝，以斋戒、谦卑和沉思向他求情：由于我有了这些间歇，我便用来读书，还把每天想到的东西在备忘录里写下来，后来，我把备忘录里绝大多数东西都记在这本著作中，因为它跟我在户外的那些观察有关：我写下的那些个人沉思是留作个人之用，不管是出于什么样的缘由，我都希望不要把它公之于众。

我还写了其他对神性问题的沉思，诸如此类那个时候我所想到的东西，对于我自己是有裨益的，但是并不适合其他任何人看，因此这个我就不再多说了。

我有一个非常好的朋友，一个内科医生，他的名字叫做希

斯 [1]，在这惨淡的时期里我屡屡去拜访他，我非常感激他的指教，他指导我服用很多东西，为了让我外出的时候防止传染病，因为他发现我屡屡外出，还让我上街时把那些东西含在嘴里；他也三天两头过来看我，由于他是一个好基督徒，也是一个好医生，在这个可怕时期的最可怕的时刻里，他那种蔼然怡人的交谈对于我是一种很大的支持。

眼下到了八月初，瘟疫在我居住的这个地方变得十分猖獗可怕，而希斯医生过来看望我，发现我胆敢那样经常外出上街，便非常认真地劝告我，要我把我自己还有全家人都锁闭起来，不让我们任何人出门去；要我把我们所有的窗户都关紧，百叶窗和窗帘拉拢，千万不要打开；但首先，要在窗户或房门打开的房间里，生起一股非常呛人的浓烟，用松香和沥青、硫磺或火药，[2] 等等之类；然后我们就这样做了一段时间：但由于我没有为这样一种隐退储存给养，我们要完全留在屋内是不可能的；不过，我还是朝着这个方面做了些努力，虽说那么做是太晚了；首先，由于我在酿制啤酒和烘烤面包方面均有便利之处，我便去买了两袋谷物粗粉，然后在好几个星期里，用一只烤炉，我们烤了所有我们自己吃的面包；我还买了麦芽，酿制了我所有的酒桶都能盛得下的那么多啤酒，而这看来是够我全家喝上五到六个星期了；我还贮藏了一些咸牛油和乳饼；可我没有鲜肉，而那些肉店和屠宰场，在我们街道另一侧，大家都知道它们有

---

① 很可能是纳撒尼尔·霍奇斯医生（1627—1688）。
② 内科医学会推荐的一种驱除气味的强烈手段，用于预防，有时是用于治疗。

许多家坐落在那个地方，而瘟疫在它们中间爆发得那样猖獗，就连跨过街道走到它们那儿去，也是不甚明智的。

而这里我必须又要来讲一下，从我们屋子里出去买食品的这种需要，很大程度上造成了我们整个城市的毁灭，由于人们在那些场合里陆续染上瘟病，甚至连食品本身也经常被污染，至少我有很大的理由那样认为；因此我没法带着满意的口吻，把人们反复说过的那些信心十足的话说出来，说那些集市里的人，还有诸如此类把食品带去城里的人，根本没有染上瘟疫：我可以肯定的是，绝大部分的鲜肉宰杀是出在怀特－夏普尔那个地方，那儿的屠户遭到了疫疾可怕的侵袭，最终是到了那样一个地步，他们极少有店铺还在开张，而他们当中继续营业的那些人，在迈耶尔－安德宰了肉，然后顺着那条路，把他们的肉驮在马背上带到集市里去。

不管怎么说，那些穷人没法储存食品，而一旦有了需要，他们就必须到集市上去购买，而其他人是差遣仆人或是他们的孩子去购买；由于这本身是一种每天都将重新开始的需要；这就把大量不健康的人带到了集市，而许许多多的人健健康康地到那边去，他们随身把死亡带回到了家里。

确实，人们采取了所有可能的预防措施，任何人在集市上买一块肉，这个时候他们不会从屠夫手里把它接过来，而是自己从钩子上面把它摘下来。另一个方面，屠夫是不会碰一下钞票的，而是让人把它放进一个盛满醋的罐子里 ①，他是为了那个

---

① 在好几个世纪里都是用醋预防和消毒；特别由内科医生学会推荐。

目的才把罐子给放着的。顾客总是带上小钱，以凑足任何零散的金额，那样他们就可以不要拿零钱了。他们手上拿着盛有香水和香料的瓶子，而所有他们能够用上的手段都用上了：但是那个时候这些事情穷人甚至都没法办到，他们是冒了所有的风险去的。

因为这个缘故，有不计其数的惨淡故事我们每天都听得到：有时候一个男人或一个女人就在集市上倒下死去了；因为有许多人，他们身上带着瘟疫，对此一无所知；等到体内那种坏疽影响到要害部位了，他们便在片刻之间死去；这就使得许多人屡屡在街上那样突然死去，没有任何预兆；另外那些人说不定还有时间走到邻近的货物堆或是货摊旁边；或是走到谁家的门口、门廊里，就那么坐下来，然后死去，正如我在前面说过的那样。

这些事情在大街上是那样频繁地出现，因此当瘟疫来得非常猖獗时，一方面，街上几乎没有人经过，只有几具死者的尸体会四处躺卧在地上；另一个方面可以看到，尽管最初那段时间里，人们在赶路时会停下脚步，在这个时候把那些街坊邻居叫出来；可是，到了后来，就对它们不加理会了；无论什么时候只要发现有一具尸体躺在那儿，我们就只是穿行而过，不去靠近它，或者如果是在一条狭窄的胡同或通道里，那就再往回走，寻觅其他路径，去做我们要做的事情；而在那种情况下，那些尸体总是没有人理睬，等到那些公务员注意到了，才过来把它们收拾掉；或是等到夜间，那个时候跟随运尸车的那些搬运工才会把它们抬上车，然后把它们拉走：而那些天不怕地不怕的家伙，他们在履行这些职责时，肯定是要去搜一搜他们的口袋，有时候就把他们的衣服扒下来，要是他们穿得很好的话，正如有时候他们穿得很好的那样，然后把他们弄得到的东西都卷走。

但是回头说那些集市；那些屠户郑重其事，一旦有人在集市上死掉，他们便让那些随叫随到的公务员，把他们抬上手推车，然后把他们运到邻近教堂墓地；而这种事情是来得那样频繁，以至于街上或野地里发现的这类死亡，未能在《每周统计表》上登记进去，正如眼下所发生的那样；但是它们进入大瘟疫的总体记录当中。

可是眼下这种瘟病的狂暴是增长到了这样一个地步，跟从前那种情况相比，即便是集市也只是稀稀落落地供应一点食品，或是只有寥寥几个顾客光顾；市长大人派人将那些携带食品的乡下人，在进城的街上拦阻下来，让他们带着货物在那儿坐下，把他们带来的东西就地卖掉，然后立刻离开；而这大大鼓励了那些乡下人那样去做，因为他们是在进城的入口处，甚至在那些野地里就把他们的食品给卖掉了；尤其是怀特夏普尔外边的野地，在斯皮特尔－菲尔兹。注意，如今叫做斯皮特尔－菲尔兹的这些街道，当时其实是空旷的野地；同样还有索斯沃克的圣乔治－菲尔兹，邦西尔野地，还有叫做伍德斯－克洛斯的一块很大的野地，在伊斯林顿附近；市长大人、市参议员和行政长官，差遣他们的公务员和仆人到那边去为他们做家庭采购，他们自己则尽可能留在室内；还有其他许多人也这么做；这个措施被采用之后，那些乡下人是欢喜雀跃地到来，带了全部种类的食品，很少受到什么危害；而我猜想，这也给那种传言添加了一笔，说他们都奇迹般地存活了下来。

至于我的那个小小家庭，正如我已经说过的那样，已经是如此这般地贮藏了一批面包、牛油、奶酪还有啤酒，我采纳了我的朋友和医生的忠告，把我自己还有我全家都锁闭起来，下定决心要过上几个月没有鲜肉的苦日子，而不是赌上我们的性命去买肉。

可是尽管我把我的家庭给禁闭了起来，我可没法克服那种难以满足的好奇心，让我完完全全只顾我自己；而尽管我一般都是胆战心惊地回到家里，可我还是难以约束；只不过是，我其实不像起初那样那么频繁地出门去了。

我其实还有一些小小的义务在身，到我兄长的屋子去，屋子是在科尔曼街教区，他把它留给我照看，而我起初是每天都去，但后来是每周只去一到两次了。

在这些走动当中我亲眼目睹了许多惨淡的景象，尤其是像那些人在街上倒毙，女人发出怕人的尖叫和号啕之类，而那些女人痛不欲生时会把她们卧室窗子打开，以一种惨淡而令人吃惊的样子大喊大叫；要把各式各样的姿势描绘出来是不可能的，而那些可怜人的痛苦会从这些姿势当中表达出来。

经过劳斯伯利的土地拍卖市场时，突然间，有一扇竖铰链窗子刚好在我头上猛地打开，然后有个女人发出了三声吓人的号啕，接着是以一种最难以仿效的腔调哭喊道，哦！死亡，死亡，死亡！而这让我猝然惊恐起来，连我的血液都发冷了。整

条街上见不到一个人影，也没有任何其他窗户打开；因为人们眼下无论如何都没了好奇心；也没有人会互帮互助；于是我接着走进了贝尔胡同。

　　就在贝尔胡同里，在这通道的右手边，有一声哭喊比那个还要怕人，尽管它不是那样直接冲着窗户喊出来，而是整户人家处在吓人的恐怖之中，然后我能够听到女人和孩子们像是发了狂一样在屋子里尖叫着跑来跑去，这个时候阁楼上的一扇窗户打开了，然后有人从胡同另一侧的一扇窗户里嚷嚷着问道，出了什么事啊？对此，第一扇窗子里的人答道，哦，主啊，我家老主人把他自己给吊死啦！对方又问道，他完全死了吗？然后第一个人答道，唉，唉，完全死了，完全死了而且冰冷了！这人是一个贸易商，还是一个代理参议员，而且非常富有。我不愿提到他的名字，虽说我也是知道这个名字的，但这件事对于这户人家会是一个难关，而这户人家如今又兴旺发达起来了。

可是，这只是一户人家而已；还不足以让人相信每天发生在个别家庭中的那些可怕状况；人们处在这场瘟病的肆虐之中，或是处在他们那些肿块的折磨之中，而那些肿块确实是无法忍受的，逐渐将他们的自控能力消耗殆尽，变得谵妄发狂，并且时常让他们对自己施以毒手，从窗口纵身跳出去，将自己射杀，等等。母亲杀死自己的孩子，在她们精神错乱之中，有些人仅仅是死于作为一种激情的哀恸，有些人仅仅是死于惊惶失措，根本没有患上任何传染病；另外有些人吓傻了，而且变得愚蠢发狂，有些人则变得绝望和精神错乱；另一些人变得忧郁而疯狂。

那种肿块带来的疼痛尤为酷烈异常，而对有些人来说则是不堪忍受的；那些内科医生和外科医生怕是可以说让许多可怜的家伙备受折磨，甚至将他们折磨至死。有些人身上的肿块变硬了，他们便贴上吸吮力十足的膏药，或是膏状药，让它们破裂溃烂；而要是这些不顶用的话，他们便以一种可怕的方式将它们割开划破：在有些人身上，那些肿块变得坚硬，部分是由于瘟病的作用，而部分是由于被吸吮得太厉害，硬成了那个样子，竟无器具可以将它们割破，于是他们便用了腐蚀剂将它们烧灼，结果有些人疯疯癫癫的被折磨死了；而有些人恰恰是在手术中死掉了。在这些苦难当中，有些人由于缺少帮手将他们压制在床上，或是将他们看管住，便对他们自己下了手，正如上面所说的那样。有些人破门而出冲到街上，说不定是赤身裸体，而且会径直跑到河边，要是看守人，或是其他公务员没有将他们拦住的话，他们自己就会一头扎进水里，捡着个地方就往下跳。

听到这样受到折磨的那些人发出呻吟和号叫，常常是将我的灵魂刺穿，但是两相比较，这还算是整个传染病当中最有指望的一项；因为，要是这些肿块可以变成脓头，然后破裂而且流溢，或是像外科医生所称呼的那样，能够消化的话，那么病人一般也就康复了；然而那些人，像那个贵妇的女儿，从一开始就让死亡缠身，身上出现了那些标记，等到他们快要死了，而有些是等到他们倒毙的那一刻，还经常是若无其事地走来走去，像中风和癫痫的情况经常表现得那样；这类人会突然病得很厉害，然后会跑向一条长凳或是货物堆，或是随便哪个自己冒出来的方便之所，或者有可能的话，正如我前面讲到的那样，跑到他们自己的家里，然后在那儿坐下来，变得虚弱然后死去。[①] 这种死法跟死于普通坏疽病的那些人的死法非常相像，他们是在衰弱气绝之中渐渐死去，而且可以说，是在梦中离世的；这样死去的那些人，极少会注意到他们是完全染上了病，直到那种坏疽遍布他们的整个身体；而内科医生本人，也没法确切地知道他们是怎么一回事；等到他们把那些人的胸部，或是身

––––––––––––––––––––

① H. F. 写的是最普通的医疗观点，用于腺鼠疫症状的最佳治疗——导致肿块化脓破裂，以减轻患者的毒性。

体的其他部位敞开，才看见了那些标记。

我们在这个时期听人讲起许许多多骇人听闻的故事，讲那些护理员和看守人，他们照看弥留之际的人们，也就是说，那些被雇用的护理员，他们看护传染病病人，野蛮地对待他们，让他们挨饿，让他们窒息，或是通过别的邪恶手段，让他们的末日加快来临，也就是说，对他们进行谋杀；而那些看守人，被派去守卫那些被关闭起来的房屋，一旦屋里只留下一个人，而且说不定，是个卧病在床的人，他们便破门而入，然后把这个人杀死，然后立刻把他们扔到外面的运尸车里！因此他们几乎是尸骨未寒，便到坟墓里去了。

我知道的，无非是有人犯下了这样一些谋杀，而我认为有两个人为此被送进了监狱，可他们在可以受到审讯之前却死掉了；而我有好几次听说，另外三个人，因为那个类型的谋杀而被赦免了；但是我得说，我根本不相信这是那样常见的一桩罪行，正如有些人后来乐意说的那样，事情看起来也并不是那么合理的，那儿的人是败坏到了那种程度，因为这些人很少康复过来，竟做不到自我忍耐，而且并不存在谋杀的诱惑，至少，无过于这样的事实，那儿他们确信那些人会在那样短的时间里死去；而且是活不成了。

即便是在这个可怕的时期也有许许多多的抢劫和恶行发生，这我并不否认；某些人身上贪欲的力量是那样强，他们竟会不顾一切地去偷和抢，尤其是在那些屋子里，那儿所有人家的人都死了，或者说是所有的居民都死了，而且调查过了，他们会不顾一切地破门而入，丝毫不顾及传染病的危险，甚至从死者的尸体上面，把衣服剥下来，从有死尸躺卧的其他屋子里把那些被褥铺盖拿走。

这个，我想，肯定就是杭茨迪奇一户人家家里发生的那种情况，那儿有个男人和他女儿，其余的家人，照我料想的那样，是在被运尸车送走之前就被送走了，让人发现浑身一丝不挂，一个是在一间卧室里，一个是在另一间卧室里，躺在地板上死掉了；而床上那些被褥铺盖，想来是让窃贼从床上把它们卷了起来，偷到手，然后统统给拿走了。

实际上可以看到，在这整场灾难之中那些女人才是最为轻率、胆大和铤而走险的人；因为有为数甚多的妇人作为护理员在那儿四处走动，去照看那些生病的人，在她们被雇用的房子里，她们干下了大量小偷小摸的勾当；她们当中有些人因此而被当众鞭笞，这个时候，她们说不定更应该被绞死而以儆效尤才是；由于许许多多的房子因为这些缘故而遭到抢劫，到了最后，那些教区公务员便被派去向病人推荐护理员，还自始至终将他们派去的人都登记在案，这样一来，只要她们所在的人家遭到不公正对待，他们就可以拿她们是问了。

但这些盗窃行为主要是扩展到衣物、亚麻织品，还有她们可以拿得到手的戒指或者钞票之类，一旦她们照看的那个人死掉了，但是并没有扩展到洗劫整座房子；而我可以记下这些护理员当中的一个，此人在若干年后，在她临终的床上，极为恐惧地招认她做护理员的时候所犯下的盗窃行为，而她通过这些行为让自己变得相当富裕；但至于谋杀，我并没有发现有过任何事实证据，证明事情正如传言所说，除了如上所述的那样之外。

　　他们确实告诉过我，有个地方真有那么一个护理员，将一块湿布蒙在了一个垂死病人的脸上，那个病人是她看护的，就那样结果了他的性命，之前他还在吐气呢。而另一个人将她正在照看的一个年轻女人弄得窒息而死，当时她正好昏过去了，本来她自己还会苏醒过来；有些人将他们杀死是通过给他们一样东西，有些人是给另一样东西，而有些人干脆什么都不给而将他们饿死；但是这些故事总是伴随着两点可疑之处，使得我总是要看轻它们，将它们仅仅看作是人们不断用来彼此吓唬的故事而已。(1)不管我们是在什么地方听说这种事，他们总是把地点放在城里较远的那一头，跟你听到这种事情的那个地方方向相反，或是距离最远；如果你是在怀特夏普尔听说的，那么这种事情是发生在圣迦尔斯，要不是在威斯敏斯特，要不是在霍尔伯恩，要不是在城里那一头；如果你是在城里那一头听说的，那么这种事情就发生在怀特夏普尔，要不是在麦诺里斯，要不是在克里普尔盖特的教区附近；如果你是在城里听说的，唔，那么这种事情是发生在索斯沃克；而如果你是在索斯沃克听说的，那么这种事情是发生在城里，等等之类。

　　第二点①，不管你是在什么地方听到这个故事，细节总是一模一样，尤其是用折叠的湿布蒙在垂死人脸上，还有将年轻贵妇闷死的那些细节；因此显而易见的是，至少就我的判断而言，那些东西中是编排的成分多而真实的成分少。

---

① 原文如此。

不过，我知道的无非是，它对人们产生了一些影响，尤其是，正如我在前面说过的那样，对于把什么人带进自家屋子，把自己的性命托付给什么人，他们变得更当心了；而且只要做得到，总是要求他们获得推荐；但凡他们找不到这样的人，因为这类人并不是非常充裕的，他们就向教区公务员提出请求。

但是这里又要说起，当时那种悲惨遭遇落到了那些穷人头上，那些人染上了瘟疫，既无食品又无药品；既没有内科医生又没有药剂师帮助他们，也没有护理员照顾他们：他们当中有许多人是趴在自家窗口，向外面拼死呼叫救命，甚至讨一口饭吃，那种样子极为悲惨可怜：但必须补充的是，无论什么时候，只要把这种人或这种人家的情况呈报给市长大人听，他们总是会得到救助的。

确实，有些屋子里住着的人并不是很穷；可是，那些屋子里的人说不定是把他们的妻小都送走了；而如果他们有什么仆人的话，也被解雇了；我是说确实，那样做是为了节省开销，像这样有不少人把他们自己关闭在屋子里，没有得到帮助，独自死去了。

我的一个邻居和熟人，由于怀特－克劳斯街或是那儿附近的一个店主欠他一些钱，便差遣他的徒弟，一个年纪大概18岁的年轻人，尽力去弄那笔钱：他来到门口，发现门关着，便重重地敲门，而正如他所认为的那样，听见屋子里有人应答，但是并没有把握，于是他便等候，逗留片刻之后又敲门，然后又敲了第三次，这个时候他听见有人下楼来。

终于，这户人家的那个人来开门了；他穿着短裤或衬裤，一件黄色的法兰绒马甲；没有穿长袜子，穿着一双拖鞋，头戴一顶白帽子；而且正如这位年轻人说的那样，死神就在他的脸上。

他把门打开，这个时候他说道，干嘛你要这样来打扰我呢？那个男孩，虽说有点儿吃惊，却还是回答道，我是从某某人那里来的，我的师傅派我来要钱，这个他说你知道的：太好了孩子，这个活着的幽灵回答道，你在克里普尔盖特的教堂经过时，叫他们一声，让他们把钟敲起来吧，说完这些话，又把门给关上，然后又上楼去了，然后在这同一天里；不，说不定是在同一个时辰里，这人死掉了。这件事情，是那个年轻人亲口告诉我的，而我有理由相信它。这是在瘟疫还没有到达高峰的时候：我想是在六月；临近月末的那几天吧，肯定是在运尸车四处奔走之前，而当时他们还在使用为死者敲钟的仪式，而那种仪式，至少是在那个教区，肯定是在七月前结束的；因为到七月二十五日，那个地方一周之内死了 550 人以上，接下来他们就再也没法按照仪式下葬了，不管是富人还是穷人。

上面我已经说到过，尽管发生了这场可怕的灾难；可那些窃贼却走出家门，到所有那些他们找到了猎物的地方去；而这些人多半是妇女。有个早上大概是十一点钟左右，我走出家门到科尔曼街教区我兄长的屋子里去，正如我经常做的那样，去看一看那儿一切是否都安全来着。

我兄长家的房子前面有一个小院子，中有一堵砖墙，开有一道门；而那个里面有好几间仓库，放着他的好几宗货物：这些仓库里面有一间，碰巧是放着好几包女用圆顶高帽，这些货物出自乡下；而照我想来，是用于出口的；出口到哪里去我不知道。

让我惊讶的是，当我走近我兄长家的门，那座屋子是在一个他们叫做斯旺胡同的地方，这个时候我碰见三到四个头上戴着圆顶高帽的女人；而且照我后来记得的那样，应该有不止一个人，手上还拿着几顶类似的帽子；但由于我没有见到她们是从我兄长家的那扇门里出来，而且并不知道我兄长的仓库里还有这等货物，所以我没有主动去跟她们说什么话，只是穿过道路避免与她们相遇，像那个时候通常所做的那样，怕的是染上瘟疫。但是当我朝那扇门走得更近一点时，我碰见另一个女人拿着更多的帽子从门里出来。夫人，我说道，您在那里面有何贵干？那儿还有更多的人呢，她说，我在那儿干的事情不比她们多。然后我急忙赶到门口，没有跟她多说话；而她借此机会走掉了。可是正当我走到大门口时，我见到不止有两个人穿过院子出来，手上也拿着帽子，而且腋下夹着帽子；见此情景我把大门从我身后摔上，门上有把弹簧锁自动锁住；然后转身对

着那些女人，我照实说道，你们在这儿干什么？然后揪住那些帽子，从她们手上把它们拿过来。其中一个人，说实话，她看上去不像是一个窃贼。而她确实是说，我们做得不对；可是有人告诉我们说，它们是没有主人的货物；愿意的话就再来拿好了，瞧瞧那边，还有更多像我们这样的人呢；她哭了起来，一副可怜巴巴的样子；于是我把帽子从她手上拿过来，然后把门打开，让她们走人，因为我确实是对妇女怀有恻隐之心；可是我朝那间仓库望过去，照着她的指点，这个时候看到那里不止有六七个人，全是女人，自己拿帽子在试大小，无忧无虑，安安静静，仿佛她们是在帽商的店铺里，用她们的钱来买帽子呢。

我感到惊讶，不仅仅是因为见到那么多的窃贼，还因为我所置身的这种境地；眼下居然让自己厕身那么多人中间，而这些人好几个星期以来，都是那样小心避免和我本人接触，而我要是在街上碰见她们任何人，也会和她们岔路走开的。

她们同样感到惊讶，虽说是为了另一种缘故：她们全都跟我说，她们是邻里街坊，因为她们听说任何人都可以拿这些帽子，它们是无主的货物，等等之类。我先是对她们夸下口；走回到门口，然后把钥匙拔出；这样一来她们全都让我给囚禁起来了；威胁说要把她们统统锁进仓库里，然后去把市长大人的公务员给叫过来。

她们诚心诚意地乞求，信誓旦旦地说她们发现大门是开着的，还有仓库的门是开着的；毫无疑问是有人已经把它给砸开了，那个人期望找到更值钱的货物；而这其实是可以相信的，因为那把锁被撬坏了，而挂在外面门上的一把挂锁也松开了；

并没有大批帽子被人拿走。

最终我考虑到，这不是一个为人冷酷严苛的时候；再说，事情必定会弄得我不得不多方奔走，让一些人来找我，让我去找一些人，而他们的健康状况，我一点儿都不知道；况且正是处在瘟疫那样激烈，一周死掉 4 000 人的这个时期；因此在显示我的愤慨，乃至在替我兄长的货物讨还公道时，我会把自己的性命给搭上的；于是我让自己满足于把她们当中一些人的名字和住处给记下来，而她们确实是这附近一带的居民；然后威胁说，我兄长一旦回到他住所，他会为此而拿她们是问。

随后我便换个角度跟她们说了几句，责问她们这种事情她们怎么干得出来，在这样一个大灾难时期；而且可以说，是在上帝最可怕的审判来临之际，这个时候瘟疫正好是到了她们家门口，而它说不定正好是在她们屋子里了；而她们并不知道，不知道运尸车过几个小时会在她们家门口停下来，把她们送到坟墓里去。

我看不出来我的话语自始至终都让她们大为感动；等到碰巧来了两个邻居，听说出了点乱子，而且跟我兄长是认识的，因为他们俩都是靠他的家庭照料的，他们过来协助我：这两个人因为像我说的那样是邻居，所以马上就认出了其中三个女人，告诉我她们是什么人，住在什么地方；看来，她们此前对我讲她们自己的那些话都是真的。

这件事情把这两个人带入进一步的回忆之中：有一个人的名字叫做约翰·海华德，那时在圣史蒂芬·科尔曼街教区的教堂下级执事手下当差；由于是在教堂下级执事手下当差，那时就顺理成章地做了掘墓人和抬送尸体的搬运工。这个人搬运或协助搬运所有尸体去坟墓，是埋葬在那个大教区里的尸体，而那些尸体是按照仪式送去的；在那种下葬的仪式中止后，便与运尸车和更夫一起去；把死者的尸体从他们躺卧的屋子里搬出来，而且是把他们不少尸体从卧室和屋子里给搬了出来；因为那个教区当时是，现在仍然是以其众多的胡同和极长的街巷而引人瞩目，尤其是超过了伦敦的所有教区，没有运尸车可以通得进去，在那儿他们不得不走非常长的路，才能把那些尸体给搬出来；那些胡同眼下还留着作为见证呢；诸如怀茨胡同、克劳斯基大院、斯旺胡同、贝尔胡同、白马胡同，还有许多；这儿他们是推着一种手推车进去的，把死者的尸体放在车上面，然后把他们推出来送到运尸车上；他从事这种工作，压根儿就没有得过瘟病，而是打那以后活了二十年以上，到他去世的那个时候成了那个教区的教堂下级执事。与此同时他的妻子是传染病人的护理员，看护了许多在那个教区死去的人，以其诚实正派而获得教区公务员的推荐，而她也从来没有患上过传染病。

他从未使用过任何防止传染病的预防药，除了嘴里含着大蒜和芸香，还有抽抽烟草之外；这一点我也是从他本人嘴里了解的；而他妻子的办法是用醋洗头，在她那些头巾上面洒上醋，让它们始终保持湿润；而她伺候的那些人，要是谁身上的气味不是一般的难闻的话，她便用鼻子把醋吸进去，把醋洒在头巾上，还用蘸过醋的手帕捂住嘴巴。①

得说句实话，虽说瘟疫主要是在穷人中间流行；可那些穷人却是胆子最大，最不怕它的，而且四处奔走工作，带着一种兽性的勇气；我必须那样称呼它，因为它既不是建立在宗教的基础上，也不是建立在深思熟虑的基础上；他们也几乎是不做任何戒备，但凡有事便一头扎进去，他们可以在这里面找到活干，虽说这是最为危险的事情；诸如看护病人、看守被关闭起来的房屋、把传染病病人送到传染病隔离医院之类；还有那个仍然是最糟糕的活儿，把死人搬运到坟墓里去。

正是在这位约翰·海华德的关照之下，而且正是在他的眼皮底下，才发生了那个吹笛人的故事，它让人们觉得是那样乐不可支，而他向我保证真有那么回事。据说，那是一个盲人吹笛手；可是正如约翰告诉我的那样，那位仁兄并不是瞎子，只是个无知无识的贫病之人，每晚10点钟左右照例出去兜圈子，挨家挨户边走边吹笛子，而酒馆里的人认识他，通常便会把他拉进去，给他酒喝，给他饭吃，有时给几个铜钱；作为回报，

---

① 一整套草药和香料，伴随烟草和香醋，作为防治和治疗瘟疫的方法推荐，这个传统可以追溯至希波克拉底的故事，他在雅典的街上通过焚烧有香气的香料战胜瘟疫。

他会吹吹笛子，唱唱歌，用天真愚直的口气说话，供那些人消遣取乐，而他就是这样过活：对这种娱乐而言，这不过是一个非常糟糕的时候，既然事情正如我说过的那样；而这位可怜的仁兄却照常四处走动，但几乎是饿着肚子；当有人问他过得怎么样时，他会回答说，运尸车还没有把他给装上哩，不过他们已经答应了下星期来接他呢。

事情发生在一个夜里，这位可怜的仁兄，必定是有人给他喝得太多了，约翰·海华德说，在他屋子里他没有喝过；只是在科尔曼街一家酒馆里，他们给他吃了比平常稍微多一点的饭；而这位可怜的仁兄，通常没有吃饱过肚皮，或者说不定是很长一阵子都没有吃饱过肚皮了，一贯是睡在一个货物堆或货摊上面，然后在一户人家的门口睡熟了，在伦敦墙附近一条街上，朝着克里普尔盖特，而那个货物堆或货摊旁边的某座房子，是其所在巷子的一个角落，屋子里的人听见了一阵敲钟声，运尸车到来之前他们总是要敲钟的，便把一具确实是死于瘟疫的尸体恰好放在了他旁边，心里还在想着，这位可怜的仁兄跟那个人一样是一具死尸了，是某个邻居放在那儿的。

随后约翰·海华德和他的钟声和运尸车一路过来了，这个时候发现有两具死者的尸体躺在货摊上面，他们便用他们所使用的器具把他们拉了起来，然后扔进车里去；而那个吹笛人自始至终都睡得很香甜。

此后他们一路前行，把其他死者的尸体放进车内，正如诚实正派的约翰·海华德告诉我的那样，等到他们差点儿在车里将他给活埋，而他却自始至终都睡得很香甜；最后运尸车来到了那个地方，尸体要被扔进那儿的坟地里，而那块坟地，正如我确实记得的那样，是在蒙特-米尔；那个时候运尸车通常要停一段时间，准备好了之后，才把那一车令人忧伤的负荷倾泻而出，而车刚停下来，这位仁兄就醒过来了，稍有些费力地把脑袋从死者尸体中间探出来，然后从车里爬起身，这个时候他大声叫唤，嗨！我这是在哪儿啊？这把负责那个工作的人给吓了一跳，但是停顿片刻之后，约翰·海华德惊魂甫定地说道，我的天哪！车里有个人没有完全死掉！于是另一个人嚷嚷着对他说道，你是谁呀？那位仁兄答道，我是那个可怜的吹笛人。我这是在哪儿啊？你是在那儿！海华德说道，哎呀，你是在运尸车里，我们正准备把你给埋了呢。可我还没有死哩，对吧？那个吹笛人说道，这让他们嘿嘿笑了几声，尽管照约翰的说法，他们起初却是打心眼里感到害怕；于是他们帮那位可怜的仁兄下来，然后他便忙他的事情去了。

我知道的故事是说，他在运尸车里摆弄起了笛子，把搬运工还有其他人吓了一跳，弄得他们四散逃走；但约翰的故事并不是那样讲的，也根本没有说到吹笛那回事；而是说他是个可怜的吹笛人，还说他是被弄迷糊了，正如上述我非常确信的那种状况。[1]

这里要注意的是，城里的运尸车并没有限定在单独一个教

---

[1] 笛福认识约翰·海华德（圣斯蒂芬-科尔曼街在笛福父亲居住的那个区里）。有许多发表的广为流传的故事在以下这些书中被记录下来，讲的是未死而被埋葬的事情，例如，托马斯·戴克尔《奇妙的一年》（1603），威廉·奥斯丁《时疫剖析》（1666），等等。

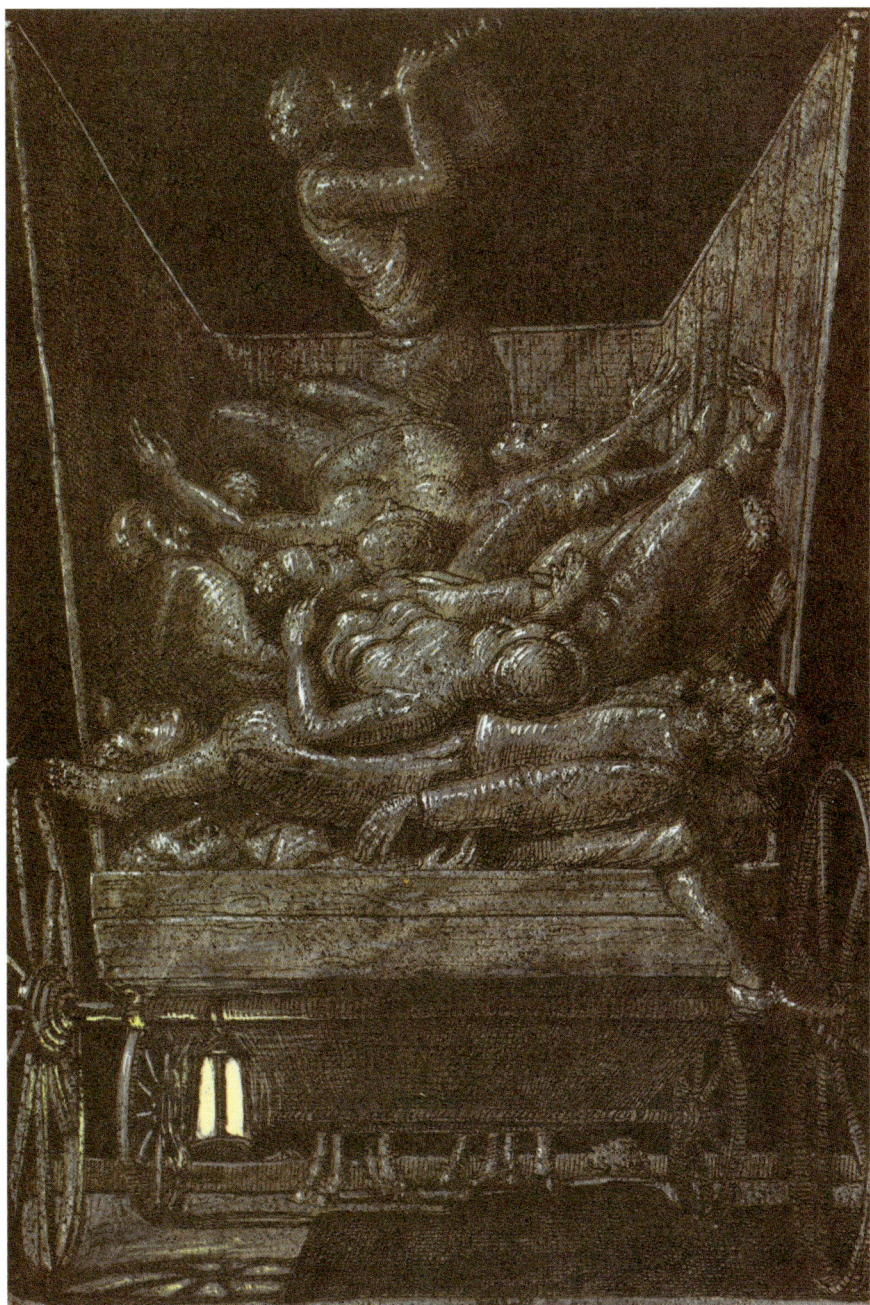

他在运尸车里摆弄起了笛子

区，而是一辆车在好几个教区里穿行，根据所报告的死亡人数；他们也不必非要将死人运送到各自的教区，而是将城里装上车的大多数死者，运送到外围地区的掩埋处，这是由于缺少坟地的缘故。

我已经说到过这场审判最初出现在人们中间的那种出其不意，得要允许我就更为严肃和虔诚的方面谈一些我的看法。确实没有城市，至少是没有这样人口多和规模大的城市，面对这种可怕的劫难，处在那样完全缺乏准备的境地之中，不管是我要谈到的市政方面的准备，还是宗教方面；他们确实毫无准备，仿佛他们没有得到过任何警告，没有产生过任何预期，没有出现过任何忧虑，结果是政府方面为此所做的，是可以想象到的最为微不足道的储备；举例而言。

市长大人和治安官身为行政长官未做过任何储备，因为从种种法规中可以看到这一点；他们没有采取任何措施救助穷人。

市民没有任何公共仓库或栈房，用来储藏谷物或肉类，以供穷人维持生计；这个，要是他们都提供了准备的话，就像国外在此类情形中所做的那样，那么许多现在已沦为赤贫的悲惨家庭，他们就会得到救助了，而且是会以一种比现在更好的方式得到救助的。

对于城市的货币储蓄，我能说的只有一点点，伦敦议会据说是富得要命；[①]也许可以这么断定，他们那样富，是由于从那

_____

① 根据 T. E.雷达维的说法，事情并非如此；伦敦议会募集的是海关税，还有从城市资产中赁贷的款项，而他们用于重建工程的那笔钱是随着时间而扩大的。

· 145 ·

里开出的巨额款项，伦敦大火之后公共大厦的重建以及新工程的建设，[①] 诸如此类，第一个方面是市政厅、布莱克威尔厅、部分莱登厅、交易所的一半、高等民事法庭、计算所；路德盖特、纽盖特等地的监狱；沿河好几座码头、台阶和登陆处；所有这些不是被伦敦的那场大火烧毁便是被它破坏，在瘟疫后的次年；而第二种是纪念碑、舰队街河渠及其桥梁、伯利恒或贝德莱姆的医院，等等。但是，与随后几年中美化城市及重新教化建筑业的管理者相比，城市信贷的管理者，那个时候，对于插手那笔孤儿款项[②]可能更为良心发现了要向那些受苦受难的市民显示慈善，虽说在前一种情形中，那些蒙受损失的人会觉得他们的钱财得到了更好的安置，而城市的公信力较少遭受丑闻和谴责。

必须承认，那些不在场的市民，他们尽管是为了安全逃到了乡下，可是对被他们撇下的那些人的福利却颇感兴趣，没有忘记为救助穷人而慷慨解囊，在英格兰最遥远地区那些贸易城市里也筹得了大笔款项；而正如我还听说的那样，那些达官贵人和上流人士，在英格兰的各个地区，为这个城市悲惨的状况牵肠挂肚，将大宗善款送到市长大人和行政长官手中，用来救助穷人；国王也是，正如我得知的那样，下令每周拨款一千镑，分成四份配给；四分之一是给这个城市及威斯敏斯特的管辖地；四分之一份给索斯沃克滨河居民；四分之一给城市以内的地区和管辖地，城墙以内的城市不算；还有四分之一份给米德尔塞

---

① 次年（1666年）随着瘟疫而来的那场大火，摧毁了五分之四的伦敦。
② 伦敦市长和市行政机关控制和分发孤儿继承的款项，他们把这笔钱借给查理二世用于重建工程。

克斯郡内的郊区，还有城市的东部和北部地区：不过这后一种情况我只是当作传言来说的。

毫无疑问，绝大部分的穷人或家庭，他们此前靠苦工或零售业为生，现在靠人施舍为生；而要是没有仁慈、好心肠的基督徒交给的巨额款项，用来支援这些人，这个城市就绝不可能生存下去。账本毫无疑问是有的，登记他们的善款以及行政长官对这些钱款的合理分配：可是由于当事的官员死了那么多，钱款是从他们手上分配的；还由于，正如我已经听说的那样，记录那些事情的绝大多数账本，恰恰是在次年发生的那场大火中遗失了，而那场大火甚至还烧毁了内廷大臣的办公室，还有他们许多文件；因此我根本没法得到具体账目，而这些账目我是费了九牛二虎之力才见到的。

不管怎么说，万一有类似的一场劫难到来，而上帝让这个城市避开它的话，那么这也许可以成为一种指导；我是说，这也许是有助于让人看到，在市长大人和市参议员的关照下，那个时候每周分发巨额款项，用来救助穷人，为数众多的人，这些人本来会遭受灭顶之灾，却得到了救助，得以保全其性命。这里让我简短描述一下那个时候穷人的状况，从这种状况得到何种领会，日后可以从何处得到判断，可以有什么样的预期，假如有类似的苦难要降临这个城市。

在这场瘟疫开始的时候，当时已经不再抱有希望，只是认为这整座城市将要受到侵袭，那个时候，正如我说过的那样，所有在乡下拥有朋友和地产的人，都与家人一起隐退了，而那个时候，事实上，你会觉得就连城市本身也在从城门里面跑出来呢，而且没有一个人会落在后面。你可以蛮有把握，从那个时刻起，百行百业，除了与维持生命直接相关的那些行业，可以说，都完全停顿了。

这是那样活生生的一个事例，将人们的真实境况都大半包含在内了；因此我觉得，我不能把它讲得过于琐细；所以，我就来讲一讲几种类别或种类的人，他们陷入此时此刻迫在眉睫的灾害之中：例如，

1. 所有从事制造业的工匠师傅；尤其是像那些属于装饰业，还有男女衣饰及室内家具之类不太有必要的那部分行当；诸如缎带织工和其他织工；金银线花边工匠，还有金银器皿刻工，女裁缝，女帽商，鞋匠，帽匠和织手套工人；还有室内装饰商，小木匠，家具师，做镜子的工匠；还有数不清的行当，他们依靠诸如此类的行当为生；我是说这些行业的工匠师傅，都停止了做活，将他们那些学徒期满的职工，还有工人，还有所有依靠他们谋生的人都解雇了。

2. 由于商贸完全停顿，因为极少有船舶敢冒险来到这条河里，而且根本没有一条船出去；因此所有负责关税的特派公务员，同样还有船工，运货马车夫，搬运工人，还有所有的穷人，他们是依靠这些商人做工的，都立刻被解雇，而且都没活可干了。

3. 通常从事造房子或修补房子的工匠，全都停工，因为人们根本就不想造房子，那个时候成千上万的房子一下

子都没有了自己的居民了；因此单这一项就让那个种类的所有普通工人都变得没活可干；诸如砖工、泥瓦工、木匠、小木匠、石膏师、油漆匠、玻璃装配工、铁匠、铅管工人，还有所有靠这些工种干活的人。

4. 由于航运停止；我们的船舶既不像从前那样进来，也不像从前那样出去了；因此船员都统统失业，他们许多人都处在灾难无以复加的困苦之中，而与船员在一起的，是属于并且依赖于造船业以及航海用品装备的所有各类工匠和工人；诸如船上的木匠，链铆缝工，制绳工，干品用桶类桶匠，缝帆匠，锚链铁匠，以及其他铁匠；滑轮制造匠，雕刻工，枪炮工，船具商，船上雕刻工，等等之类；这些行业的师傅多半可以依靠其资产为生；但是商船一般都停开了，结果是所有工人都被解雇：除此之外，河上空空的不见船只，所有或绝大部分的船工、驳船夫、造船工和驳船制造工也就都像这样闲着无事，被撂在了一边。

5. 所有家庭都尽可能撙节度日，那些逃走的人和留下来的人都一样；因此有多得不计其数的门房、侍者、店员、日工、商务记账员，还有诸如此类的人，尤其是那些可怜的女仆，都被逐出门去，无亲无靠，无人雇用，也没有住处；而这确实是一桩惨淡的事情。

这个部分我还可以讲得再详细些；但大体上说一说或许也就够了；百行百业都停工了，雇用停止了；劳作断绝，因而穷人的面包也断绝了；起初，穷人的哭喊声确实是让人听了最为痛心；虽说通过慈善金的分发，他们那种悲惨的状况大为减轻：许多人事实上逃到了乡下；但是他们当中成千上万的人留在了伦敦；直到自暴自弃的绝望来把他们撵走了事；他们在路上被死亡击倒，而他们充当的不过是死亡信使的角色，事实上，另外那些携带着传染病的人和他们一路同行；非常不幸地将它蔓延至王国最遥远的地区。

这些人当中不少人都是我在前面讲到过的那种悲惨绝望之人，他们被随之而来的毁灭所剪除；可以说这些人的灭亡并不是由于传染病本身，而是由于它所带来的结果；也就是说，事实上是由于饥饿和穷困，是由于一无所有的缘故；因为没有住宿，没有钞票，没有朋友，没有办法搞到面包，或是没有人给他们面包，因为他们当中的许多人不具有我们称之为合法居住权的那种东西，因此他们也就说不清楚是属于哪一个教区，而他们得到的所有援助，是通过向行政长官申请获得救济，而那种救济，（替行政长官说句公道话）是小心翼翼并且是兴致勃勃地得到管理的，正如他们觉得这样做是有必要的那样；那些留下来的人从未感觉到这种匮乏和困苦，而以上述那种方式走掉的人，他们是感觉到了。

让熟知那种情况的人都想一想，这座城市里为数众多的人，通过劳作挣得每日的面包，不管是工匠还是工人；我是说，让大家都想一想，城市里必定会产生何种悲惨的状况，假如突然之间他们全都遭到解雇，劳作停止，不再有干活挣得的薪金。

这就是我们那个时候的情形，而且那笔款项，在慈善活动中由各种各样的好心人捐助，国内国外都有，数额大得惊人，它还没有处在市长大人和治安官的掌握之中，用来维护公众的和平；而他们实际上也不是没有那种忧虑，自暴自弃的心态会把人们推向骚乱，导致他们去掠夺富人家的房子，洗劫食品市场；而在这种情况下，那些乡下人，他们非常爽快和大胆地把食品带到城里来，这时会吓得再也不敢来了，而城市就会陷入无可避免的饥馑之中。

但是我们的市长大人，还有市内的全体参议员，还有外围地区的全体治安推事，他们是那样的智虑明达，而且他们从各地得到的金钱支持是那样的完善，因此穷人都被维持得安安静静，而且他们各处的匮乏得到了救助，尽可能得到了解决。

除此之外，还有两种情况帮助防止暴民做坏事：其一，富人自己确实没有在屋子里储存食品，正如事实上他们应该做的那样，而要是他们有足够的明智那么去做，把他们自己全都锁闭在屋里，正如极少几个人所做的那样，他们说不定就更好地逃脱那场疾病了：但由于他们看来是没有那么做，因此暴民没有想过要去那儿寻找食品储存，要是他们破门而入，正如有时候他们显然是快要破门而入，而要是他们这么做的话，他们就把整个城市的毁灭都做完了，因为没有用来抗击他们的常规部队，也无法将民兵队集合起来保卫城市，找不到任何人来当兵打仗。

但是市长大人，还有那些可以调集起来的行政长官，因为有些人，甚至有些市参议员都死了，有些是缺席了，他们的警戒措施防止了这种情况发生；他们用他们想得到的最为仁慈和温和的办法做到这一点，尤其是通过金钱救助那些最为绝望的人，还有让其他那些人去做事，尤其是那种工作，看守那些受到传染而被关闭起来的房子；由于这些房子的数目极为庞大，因为据说，曾经有一万座房屋被关闭了起来，而每座房屋都有两个看守人把守，亦即，一个值夜班，另一个值白班；这就让数目极为庞大的穷人一时间有了被雇用的机会。

那些妇女，还有仆人，从她们所在的地方被赶了出来，同样被雇用为护理员在各处照看病人；而这就把她们极为庞大的一个数目给减去了。

而尽管就其本身而言是一桩忧伤凄凉的事情，却也同样是一种解脱，换句话说，从八月中旬到十月中旬猖獗肆虐的瘟疫，当时正是将这些人的性命给夺走了，有三到四万，而要是他们留下来的话，肯定是一个难以承受的负担，由于他们的贫穷，也就是说，由于整座城市没法支持他们的开销，或是没法给他们提供食物；而他们到时候甚至会迫于无奈，不是去洗劫这个城市，就是去洗劫邻近乡村，以维持他们自己的生计，而这就会让这整个国家，还有这个城市，彻头彻尾陷入最为恐怖和混乱的境地。

接下来不难看到，人们的这场灾难使他们变得非常微不足道；因为眼下，大约总共是有九个星期，平均每天将近死掉1 000人，即便是根据《每周统计表》的记录，而我有理由担保它从未有过完整的记录，也有将近数万呢；情形是那样混乱，而那些运尸车运送死者的时候，都是在夜里工作的，有些地方根本就没有做出任何记录，可是他们照常工作；教会书记还有教堂下级执事接连数周都没有到场，并不知道他们运送的数目有多少。以下的《死亡统计表》证实了这个报道。

<pre>
                          死于各种疾病   死于瘟疫
    ⎧ 从八月八日到八月十五日——5 319——3 880
    ⎪   到二十二日——5 568——4 237
    ⎪   到二十九日——7 496——6 102
    ⎪ 八月二十九日到九月五日——8 252——6 988
从 ⎨   到十二日 ——7 690——6 544
    ⎪   到十九日 ——8 297——7 169
    ⎪   到二十六日——6 460——5 533
    ⎪ 九月二十六日到十月三日——5 270——4 929
    ⎩   到十日   ——5 068——4 227
                         ————   ————
                         59 870   49 709
</pre>

因此两个月内人口剧降。我这样说是因为，在这场使 68 590 人死于非命的瘟疫中，有 50 000 人是在这短短的两个月中去世的。上述数据显示缺少 295 人。而我说有 50 000 是因为上述日期显示并不满整两个月。

眼下，我是说，那些教区公务员没有呈报完整的记录，或者说是不能靠他们的记录而定，这个时候让大家只是考虑一下，在这样一个灾难深重的时候人们怎能够做得到精确，而这个时候他们许多人自己都生了病呢，说不定恰恰是死在他们的记录就要上报的时候，我指的是那些教区书记员；加上那些胥吏；因为尽管这些可怜的人是孤注一掷地冒险，可他们却根本逃脱不了这场共同的灾难，尤其是，如果情况属实的话，在斯台普涅教区，就在这一年之内，由于运送死者尸体而死了116个教堂下级执事、掘墓人，还有他们的助手，也就是说有搬运工、更夫，还有运尸车的车夫。

事实上，这个工作的性质也不允许他们有空闲，去逐一清点死者的尸体，那些尸体都是在黑暗中挤成一堆被抛进坑里的，而那种坑穴，或沟壑，没有人可以靠近，除非是冒着极大的危险。我经常注意到，在埃尔德盖特，还有克里普尔盖特、怀特夏普尔和斯台普涅那些教区，《统计表》上一周内有500、600、700和800人，而如果我们可以相信那些人的看法的话，那些人住在城里，自始至终，跟我一样，那么那些教区有时候是一周死掉2 000人；而我在一个人的手里见到过这个数字，此人尽可能对那个地区做出严格检查，说那一年里，那个地区死于瘟疫的人数其实是有100 000，而在《统计表》上，瘟疫这一项，只有68 590个。

要是能允许我讲出自己的看法，讲我的亲眼所见，还有从其他目击者那儿听到的情况，那么我确实对这个数字坚信不疑，亦即，单是瘟疫至少死了100 000个，此外还有死于其他疾病的人，此外还有那些人，死在田野里，公路上，以及秘密场所，处在联络的范围之外，正如大家所认为的那样；而那些人并没有被记录在《死亡统计表》里，虽说他们确实是属于居民这一团体。我们大家全都知道，为数众多的绝望可怜的家伙，他们有瘟病在身，因其悲惨的遭遇而变傻了，或是因此而得了忧郁症，就像很多人那样，漫步走进田野和树林，还有荒无人烟的秘密场所，几乎什么地方都有，爬进一处灌木丛，或是篱笆，然后**死去**。

邻近村子里的居民怀着恻隐之心，会给他们带去食物，隔开一点距离把食物放下，而他们或许会过来拿，要是他们能过来拿的话，而有时候他们不能；下一次他们过去，他们会发现那些可怜的家伙躺在那儿死了，而食物原封不动。这些悲惨之人的数目有不少，而我知道那么多人就是这样死亡的，而且那么清楚地知道是在什么地方，因此我相信我可以走到那种地方，还可以把他们的尸骨给挖出来呢；因为那些乡下人会和他们隔开一点距离去挖个洞，接下来拿了长长的杆子，杆子顶端有钩子，把那些尸体拖到洞里去，接下来便扔上泥土，大抵掷到能够将他们盖上就行；注意风是怎么吹的，因此到海员称之为上风的那一侧，尸体的气味会从它们身上被吹走；而为数众多的人就这样从这个世界上消失了，根本不为人所知，或者说根本没有任何人考虑到他们，和《死亡统计表》内的记录一样是空空如也。

我所了解的这些，其实大体上，只是来自别人的讲述；因为我很少走到田野里去，除了朝贝德纳尔－格林和哈克涅走去；或是除了像后来那样；但是一旦我真的行走，我总是隔开一点距离看到许许多多贫穷的流浪者，但是他们的情况我能了解的很少；因为不管是在大街上还是在田野里，要是我们见到有什么人过来，通常的办法便是走开去；可我相信那种叙述是千真万确的。

由于我在这里讲到我在大街和田野上行走，我不能不去注意到，那个时候城市是一个多么荒凉的所在：我居住其中的那条大街，是伦敦所有街道中出了名的最宽广的一条。我指的是郊区还有管辖地；屠户居住的整个那一侧，尤其是栅栏外面的地方^①，与其说是一条铺石的街道，还不如说是更像一片绿油油的田野，而人们通常是与马匹和车辆一起走在道路中间；确实如此，最远端朝着怀特夏普尔教堂那个地方，没有全部铺上石块，不过即便是铺石的部分也还是长满了青草；但这看来不必觉得奇怪，既然城内的大街，诸如莱登厅街、毕晓普斯盖特街，康西尔，甚至还有那个交易所之类，都有青草从它们里面处处生长出来；街上从早到晚既看不到二轮运货马车也看不到公共马车，除了有一些乡村运货马车，把菜根和蚕豆，或是豌豆、干草和稻草，带到集市里去，而跟平时相比，那些只是寥寥无几；至于说他们几乎很少使用的公共马车，不过是用来把病人送到传染病隔离所，还有别的医院里去；而有极少几辆车，把内科医生送到他们认为是适合去冒险造访的那一类地方；因为公共马车确实是危险的东西，而人们不想冒险上车去，他们不知道到头来是谁会坐在它们里面被送去；而被传染上的病人，正如我说过的那样，一般都是坐在它们里面被送到传染病隔离所去的，而有时候车子还在一路前行，人就在里面一命呜呼了。

确实如此，当传染病到达了正如我刚才讲到过的那样一个高峰，这个时候是极少有内科医生，愿意动身出门到病人家里去的，而全体内科医生当中很多最有名的人，也和那些外科医生一样都死掉了，因为眼下确实是一个惨淡的时期，大约总共

---

① 栅栏外面亦即原先的城墙外面；栅栏是封住城市入口处的障碍物，原先是由柱子、横木和一条锁链构成。

在一个月里，任何《死亡统计表》都不用去看，我就相信平均每天死掉的有不少于 1 500 或 1 700 人。

这整个期间我们度过的最糟糕的日子，照我看来，就是在九月初，那个时候善良的人们确实开始觉得，上帝决心要把这个悲惨城市里的人统统了结。这是在那个时候，当时瘟疫完全进入了东部那些教区：要是我可以说说我的看法的话，那么埃尔德盖特教区两周内每周都掩埋 1 000 人以上，尽管《统计表》上并没有说有那么多；但我周遭的情形是那样的惨淡，弄得二十户人家当中总有一户受到传染；在麦诺里斯，在杭茨迪奇，还有在埃尔德盖特教区布彻街附近那些地方，还有正对我家的那些巷子，我是说，在那些地方死神君临各个角落。怀特夏普尔教区处在相同的状况中，虽说是大大不如我所居住的那个教区；可是根据《统计表》上的说法一周埋掉将近 600 人；而在我看来，是接近这个数字的两倍；整户整户的人家，事实上是整条街道上的人家都被一举扫荡；到了如此这般的地步，弄得那些邻居屡屡去叫更夫，到某某人家的家里去，把人给弄出来，因为他们全都死掉了。

而事实上，用运尸车搬运死者尸体这个工作，眼下是变得那样讨厌和危险透顶，以至于有人投诉说，搬运工并没有用心清理所有居民都死掉的那类房子；而是尸体有时候放了好些天都没有下葬，等到隔壁人家被臭气熏倒，终于被传染上了；而公务员的这种玩忽职守到了如此这般的地步，弄得教会执事和警察都被召来监督这件事了；就连小村落里的那些推事，也都不得不冒着生命危险出现在他们中间，对他们进行催促和鼓动；

因为有不计其数的搬运工死于瘟病，被他们不得不要靠得那样近的尸体给传染上了；而如果不是想要工作和想要面包的穷人的数量（正如我在前面说过的那样）有那么大，那种衣食之需驱使他们去承担一切事情，并且敢冒一切风险的话，那么他们根本就找不到可以雇用的人；而那样一来那些死者的尸体就会躺在地上，会以一种可怕的样子腐败和糜烂的。

　　但在这一点上那些行政长官还不足以获得褒扬，他们将掩埋死者的秩序维持得那么好，因此那些他们雇来搬运和掩埋死者的人，只要有人病倒或者死掉，正如这种情况多次发生的那样，他们就立刻在这些位置上尽快补充其他人员；而由于大量失业的穷人剩下来的缘故，如上所述，这么做并不困难：当此之际，尽管有数不清的人几乎是接连不断地死去和病倒，可他们却总是被清理掉，每天夜里都被搬走；因此说到伦敦，决不可以说那儿的活人是来不及埋葬死人的。

　　由于在那些可怕的时刻里荒芜之状日甚一日，因此人们的诧异行径也越来越多；在他们惊恐万状的时候，他们会做出成千桩莫名其妙的事情，和其他那些人在瘟病发作痛不欲生之时做得一样，而这个方面是非常引人怜悯的；有些人在街上一边走一边咆哮、哭喊，紧握着自己的双手；有些人会做祷告，双手举向苍天，乞求上帝大发慈悲。实际上我并不清楚，他们这么做是否没有处在发狂错乱的状态中；可就算事情是这样，它也仍在指向一种更为严肃的心灵，这个时候他们有了理性的运用，比起每天都在一些街上，尤其是在黄昏时分可以听到的那种怕人的叫喊和哭泣，甚至其实是要好得多了。我想世人都已经听说了那个名闻遐迩的狂信者所罗门·伊戈尔①：他虽说是一点儿都没有被传染上，只不过是脑子出了毛病；却以一种怕人的模样走来走去，厉声预告降临这个城市的审判；有时候全身赤裸，头上还顶着一个燃烧着木炭的平底锅：他说的话或是他企图要说的话，其实我是弄不明白的。

我不想说，这位牧师到底是发狂错乱了没有：或者是否他只是满怀热情地为每天傍晚穿过怀特夏普尔街道的那些穷人才这么做的；他举起双手，不停地重复着教堂祷告书的那个段落；仁慈的上帝救救我们，救救那些您用了您最宝贵的鲜血为之赎罪的人，我是说，我没法振振有词地说起这些事情；因为每逢我透过房间窗户（因为我很少开启窗扉）往外看，只有这些惨淡的景象呈现在我眼前，那个时候我闭门不出，在疫疾肆虐最为猖獗的那个时期，其实当时，正如我已经说过的那样，很多人开始觉得，甚至开始要说，没有人会逃脱得了的；而实际上，我也是那么想的；因此关在屋子里，关了大概有两星期，从来不到外面来跑去：可是我憋不住：再说，有那么一些人，他们尽管冒着危险，也不忘公开参加上帝的礼拜仪式，即便是在最危险的那些时候；而尽管说起来是没错，有许许多多的牧师确实把教堂给关了，正如其他那些人所做的那样，为了他们的生命安全逃之夭夭；但也不是所有人都那样做的，有些人冒险主持祭礼，通过不间断的祈祷礼把人们集合起来；有时候是布

---

① 1662 年，有一个名叫所罗门·伊戈尔（也叫"伊克莱斯"）的贵格会教徒，赤身裸体穿过巴罗多玛集市，头顶一个燃烧着木炭的平底锅，告诫世人悔罪。

道，或是劝人悔悟和改宗的简短规训，只要有人想来听他们就这么做；而那些反对国教的教徒也同样这么做，甚至恰恰就在那些教堂里，那里的教区牧师不是死了就是跑了，处在这样一个时候，也没有任何余地做出区分了。

听到那些弥留之际的可怜人发出惨痛的哀鸣，确实是一件让人哀恸的事情，他们朝牧师大声叫喊以求得安慰，要和他们一起祈祷，给他们忠告，给他们指点，朝上帝大声叫喊以求宽恕和怜悯，高声忏悔他们过往的罪孽。听到弥留之际的悔过者当时是怎样提出许多告诫，这会让最坚强的心为之流血，让别人不要将他们的悔悟拖延和耽搁到受苦受难的日子，像这样一个灾难的时期，没有时间用来悔悟；没有时间乞求上帝。但愿我能够将那些呻吟和感叹的声音原样传达出来，是我从某些弥留之际的可怜人那里听到的，当时他们处在痛不欲生和苦恼悲哀的极点；但愿我能够让人读起来如闻其声，正如我觉得现在我听到的那样，因为这声音似乎仍在我耳边萦绕回响。

这个方面只要我能够以那样一种让读者振聋发聩的感人声调讲述，我也就心满意足了，我把这些事情记录了下来，不管是有多么的简短和不完美。

托上帝的福我还仍然侥幸活着，而且精神饱满，非常健康，只是由于蛰居室内呼吸不到空气而非常不耐烦，因为我已经被关了 14 天左右了；而我约束不了我自己，只好到驿馆去给我兄长送一封信；接下来果不其然，我看到了街上那种意味深长的寂静；我来到了驿馆，把信拿进去，这时我看见有个人站在院子的一角，在跟窗口的另一个人说话；还有第三个人把属于办公室的门给打开了；院子中央躺着一只小小的皮夹，上面挂着两把钥匙，里面有钱，但是没有人会去动它一下：我问这只皮夹躺在那里多久了；窗口那个人说，躺了几乎有一个钟头了，但是他们没有去动它，因为他们不知道是谁的皮夹，但是丢了皮夹那个人，兴许会回来找它的。我对钱没有那种需要，而数额也并不是那么大，我也就没有任何要去动它一下的意思了，或者说不想冒着兴许是伴随着它的那种风险去拿钱；于是我似乎要走开了，这时那个把门打开的人说道，他要把它给捡起来；只是捡起来而已，只要那个失主来找它，他肯定可以拿得到的；于是他走了进来，然后提来一桶水，把它重重放在皮夹旁边；接着又走了，然后拿来一些火药，在皮夹上面撒了好多火药，然后把松散地撒在皮夹上的那些火药弄成一条线；那条线大约有两码长；做完这个之后他第三次走了进去，然后拿出一把炽热通红的火钳夹子，这个我猜想，他是有意准备好的；先是把那排火药线点燃，吱吱地烧着皮夹，烟还把空气给熏得够呛；可是那么做他觉得还不够；他接着用火钳把皮夹给夹起来，夹了那么久，等到火钳烧穿了皮夹，然后才把钱给抖落出来，倒进了水桶，于是他就把它提了进去。那笔钱，照我记得的，大概有十三个先令，还有一些光滑的四便士银币和铜元。

说不定本来是会有一些穷人，正如我上面所看到的那样，为了钱的缘故胆子大得足以去冒险；但是通过我的所见你可以轻易看到，活下来的极少数人，在灾难那样深重不堪的这个时候，对他们自己是非常小心谨慎的。

大概差不多是在这个时候，我走了出来，朝着波厄一带的田野走去；因为我非常想去看一看，在那条河上，还有那些船舶中间，事情是怎么安排的；而由于我跟航运业有一些关系，我就想到一个念头，确保自己避开传染病的一个最好的办法就是隐退到船上去，然后默默思索着如何在这一点上满足我的好奇心，我转而越过从波厄去布鲁姆利的田野，来到布莱克沃尔，来到那些用来登陆或取水的台阶上。

在那儿我看见一个穷人行走在堤岸上，或者照他们的叫法是海墙上，走在他身边，我也四处走了一会儿，看见那些房屋全都门窗紧闭；最后，隔开一点儿距离，我跟这个穷人聊起天来；起先我问他，那一带大家怎么样？天呐，先生，他说，几乎全都没人住了；全都死了或是病了：只有极少几户人家住在这一带，要不就是住在那个村子里，手指着白杨树，那儿有一半还没有死掉，剩下的都病了。然后他指着一座房子，那儿他们全都死了，他说，那些屋子都敞开着，没人敢走进去。一个可怜的贼，他说，大着胆子进去偷东西，可是为了偷东西他付出的代价很高；因为昨天晚上他也被送到教堂墓地去了。然后他指着其他几座房子，那儿，他说，他们全都死了；丈夫和妻子，还有五个孩子。那儿，他说道，他们都被关闭起来了，你看门口有个看守人；而其他那些房子也是那样。那么，我说，你一个人在这儿做什么呢？噢，他说，我是一个孤独可怜的人；托上帝的福我还没有被传染上，可我的家人被传染上了，我的一个孩子死了。那你怎么可以说，我说道，你没有被传染上呢。噢，他说，那是我的房子，指着一座非常小的低矮木板屋，我可怜的妻子和两个孩子在那儿活着，他说，要是他们可以称得上是活着的话；因为我的妻子和一个孩子被传染上了，可我不能去看他们。说完那句话，我看见泪水从他脸上哗哗流下来；而我向你保证，我也是那样泪水长流。

可是我说，你为什么不去看他们呢？你怎么可以抛弃你的骨肉心肝？哦，先生，他说，决没有那样的事，我没有抛弃他们；我尽自己的能力为他们干活；多亏上帝保佑，我没有让他们受冷挨饿；说那些话时我看到，他带着那样一副面容抬眼望天，顷刻间告诉我，我偶然遇见的这个人不是伪君子，而是一个严肃、虔诚的好人，而他那种不由自主的感叹是在表达感恩的心情，那就是处在他那样的境地里，他能够说他的家庭没有受冷挨饿。是啊，我说，可敬的先生，那是很大的恩惠了，既然眼下穷人是那样一副状况：不过，你是怎样活着的呢，或者说，你是怎样避开眼下我们都避不开的可怕灾祸的呢？噢，先生，他说，我是一个船工，那边是我的船，他说道，我把船用作我的房子；白天我在里面干活，晚上我在里面睡觉；我把收获的东西，放在那块石头上面，他说道，指给我看街道另一侧

的一块宽大的石头，离他的屋子有好些路，然后，他说，我大声叫唤他们，直到他们听见为止；然后他们过来把东西拿走。

那么好吧，朋友，我说，可你做船工怎么能弄到钱呢？这些日子里还有人靠水上生意过活？是的先生，他说，我是靠在那里做工的办法过活。你有没有看见那边，他说，抛锚停泊着五艘船，往下指着河，离镇子下方有好些路，你有没有看见，他说，八艘船系着锚链停在那儿，十艘船抛锚停在那边，指着镇子上方。那些船全都有人家住在上面，商人和船主之类的家庭，他们把自己锁闭起来，住在船上，紧紧关在里面，怕的是染上传染病；我伺候他们，替他们拿东西，送信，做那些绝对少不了的事情，这样他们就不必非上岸不可了；每天晚上，我把我的船和他们的小艇并排系在一起，我在那里自个儿睡觉，多亏了上帝保佑，到现在为止我都活下来了。

那么好吧，我说，朋友，可是现在这个地方那么可怕，而且其实是像这样被传染上了，你在这儿上了岸之后，他们还会让你上船吗？

噢，说起那个嘛，他说，我是很少登上船舷的，只是把我带给他们船上的东西递过去，或是放在船边，他们把它吊上船去；要是我真那样做的话，我想我也不会对他们有什么危险的，因为我在岸上从不走进任何屋子，从不跟任何人接触，不，就连我自己的家也不进去；我只是替他们把食品拿过去。

唔，我说，可那样也许是最为糟糕的，因为你拿的想必是这个或那个人的食品；而既然镇上的这个地方全都像这样被传染上了，那么就连跟人说话也都是危险的；因为这个村镇，我说，可以说是伦敦的开端，虽说它离开它还有好些路程。

确实是那样，他补充说，可你没有完全弄懂我的意思，我不是在这儿替他们买食品的，我把船往上划到格林尼治，在那儿买鲜肉，有时我沿河而下把船划到伍尔威治，在那儿买；然后我去肯特那边的单户农家，那里的人都知道我，买家禽和蛋，还有黄油，带到那些大船上去，照他们指点我的那样，有时候是这个地方，有时候是那个地方，我很少在这儿上岸的；而我现在只是到这儿来叫我的妻子，听一听我的小家庭过得怎样，给他们一点点钱，那点钱我是昨天晚上收到的。

可怜的人！我说，那你替他们弄到了多少？

我弄到了四个先令，他说，眼下对于穷人的状况来说，那是好大一笔金额了；可他们还给了我一袋面包，一条腌鱼和一些肉；所以说都是救了急的。

很好，我说，那你给他们了吗？

没有，他说，可是我叫过了，我的妻子也答应了，说她还没法出来，可是半个小时之后她希望能出来，而我正在等着她呢。可怜的女人，他说，她垮得可真厉害；她长了个肿块，溃烂了，而我希望她会好起来，可是我怕那个孩子会死掉；可这都是主的意思！——说到这里他停了下来，泣不成声。

是啊，可敬的朋友，我说，要是你让自己屈从于上帝的意志，那你肯定会得到安慰的，他正在判决当中发落我们所有人。

噢，先生，他说，要是我们当中有谁活下来的话，那就是无限的恩惠了；而我又能责怪谁呢？

你那么说的话，我说，我的信仰跟你的相比是要低多少

·166·

啊？我的心在这一点上捶打着我，让我感到这个人的根基比我的是要好多少，他在险境之中驻留其上；他无处可以逃遁；他有一个家庭非得让他去照顾不可，而我没有；我的信仰只不过是假定，他的信仰是一种真正的依附，一种基于上帝的勇气；而他为了自身安全却尽可能谨慎从事。

这些念头占据着我，同时我把脸稍稍背过去一点，不让这个人看见，因为，其实是我而不是他，止不住地在掉眼泪。

接着又聊了一会儿之后，那个可怜的女人终于把那扇门给打开了，然后叫唤道，罗伯特，罗伯特；他答应了，嘱咐她稍等片刻，然后他会来的；于是他跑下公用台阶，到他船上去，拿来一个袋子，里面装着他从那些大船上带来的食品；返回之后，他又叫唤起来；接着跑到他指给我看的那块大石头旁边，把袋子倒空，把东西全都摆出来，每样东西都各自放好，然后便退了下去；他的妻子带着一个小男孩过来把它们拿走；然后他叫喊着说，某某船长送了某某东西，还有某某船长某某东西；最后补充说，这一切都是上帝送来的，向他表示感谢吧。那个可怜的女人把它们全都拿上了，她是那样虚弱，没法把东西一下子给搬进去，虽说那个分量是一点儿都不重的；于是她把装在一个小袋子里的饼干留下，让那个小男孩留下来看着，等她再来。

噢，我对他说，可你把你说过的那份四先令周薪也留给她了吗？

给了，给了，他说，你会听到她说拿了钱的。于是他又叫了起来，蕾琪尔，蕾琪尔，这个看来是她的名字，你把钱拿上了吗？拿了，她说。有多少啊？他说。有四先令一铜元呢，她说。那好，那好，他说，是上帝养活你们所有人的；于是他转身走掉了。

由于我抑制不住要给此人的故事奉上一掬泪水，因此我也就抑制不住我那种要帮助他的慈善之心了；于是我叫他，听着，你这位朋友，我说，上这儿来；因为我相信你的身体是健康的，我也就敢在你这儿冒风险了；于是我把适才放在口袋里的那只手抽了出来，这会儿，我说，再去叫一下你的蕾琪尔吧，我要再多给她一点儿慰劳品。上帝是不会遗弃一个像你们这样信任他的家庭的；于是我另外给了他四先令，嘱咐他把钱放在那块石头上，然后叫他的妻子来。

我找不到言词可以表达这个穷人的那种感恩之情，他本人也一样没法表达；只是让泪水从脸上流下来；他把妻子叫来，告诉她上帝打动了一个陌生人的心，让他听到了他们的境况，把这些钱都给了他们；像这样又是一大笔钱，他对她说道。那个女人，对我，还有对上苍，同样也做了一个类似于感恩的手势，然后欢欢喜喜地把它给拿上了；而整个那一年，我都没有给过让我觉得是给得更好的钱了。

接着我问那个穷人，瘟疫是否还没有到达格林尼治；他说直到大概两周之前都还没有呢；不过那个时候怕是已经到了；但只是在城里的那一头，坐南朝向戴普特福特桥的那一头；他只是到一家肉铺和一家食品杂货店去，他通常去那儿买他们差遣他去买的那类东西；但是非常的小心。

我接着问他，在船上那样把自己关闭起来的那些人，各种必需品都没有储存充分，日子又如何过得去呢？他说他们有些人是已经储存了的，但是另一个方面，有些人却迟迟不上船，直到被吓得跑了上去，直到情况对他们来说是太危险，都没法去找那些合适的人储藏大宗物品了，而他指给我看的那两艘他在伺候着的大船，存放得就很少，或者说除了硬面包，还有船上的啤酒之外，就什么都没有了；而他几乎是替他们买了其他所有东西。我问他说，是否还有更多的船就像那些船那样，是各自分开的呢？他告诉我说是的，从上游正对着格林尼治的那个地方，到包括莱姆豪斯和雷德立夫在内的沿岸，一路过来所有的大船都是有余地可以做到在河道中央两两脱离；而他们有些船上还住着一些人家，我问他，是否瘟病还没有把他们给传染上？他说他相信还没有，除了两到三艘大船，那个上面的人都没有那样当心，就像其他的船所做的那样不让船员上岸去；然后他说，看见那些船只如何静卧在河浦上面，那是非常美观的。

他说潮水一开始涌进来，他就要到格林尼治那边去，这个时候我问，他是否可以让我和他一道去，然后把我带回来，因为，我特别想去看看那些船是如何像他告诉我的那样分布的？他告诉我说，要是我能凭着一个基督教徒，以及一个正派人的信义，向他保证我没有瘟病，他就让我去；我向他保证，我没有瘟病，托上帝的福我保全了性命，我住在怀特夏普尔，只是在屋子里关了那么久实在没有耐心了，才敢跑出来到这里呼吸一口新鲜空气；可我家里的人甚至根本都还没有被它沾上过呢。

好吧，先生，他说道，正如你动了慈善之心怜悯我和我可怜的家庭那样；你的怜悯肯定是不会剩下那么少，在你的健康状况不好的情况下，竟至于让你自己上我的船，那样一来也就无异于把我杀死，然后把我全家都毁掉了。这个穷人着实让我为难不已，当他说起他家庭的时候，带着那样一种实实在在的关怀，用了那样一种深情眷恋的态度，弄得我都根本没法首先满足自己要去的心愿了：我告诉他说，我会把我的好奇心搁在一边，而不是要弄得他心神不安；虽说我可以肯定，而且为此十分感恩戴德，我身上的瘟病不会比世上最鲜活的人多一点点：好吧，他可是一点儿都没有让我打消念头的意思，只是让我看到他是如何确实相信，我对他是守约的，眼下他执意要让我去了；因此当潮水托起他那艘小船的时候，我就跳了上去，然后他带我去了格林尼治：他在那儿买他负责要买的东西，我则步行登上那座小山的山顶，城市在此尽收眼底，而在城市的东侧，可以眺望那条河：但是看到的景象令人吃惊，广阔的河面上停泊的许多船只，两两成行，有些地方是那样两三成排，而这个场景不仅仅延至城市上方，恰好处在我们叫做拉特克利夫和雷德立夫的那些房屋之间，我们称之为河浦的地方，甚至还沿着整条河而下，远至朗－里奇的岬角，远至山顶上可以让我们望得见的那个地方。

我猜不出那些船只的数目，但我想肯定有成百上千艘船；而我只能是为这种计策喝彩了，因为从事船务工作的上万多人，他们肯定是在这里找到了庇护，避开传染病的猖獗肆虐，过得非常安全，非常舒适了。

我回到自己的住所，对我的一日游，尤其是对那个穷人感到极为满意；我也欣喜地看到，那些小小的庇护所给了那么多的家庭给养，在这样一个荒芜遗弃的时候。我还注意到，随着瘟疫的肆虐日益增长，那些居家的船只因此搬迁，甚至逃得更远，像人家告诉我的那样，有些索性是逃到了海上，驶进那种港湾，还有北部海岸的安全停泊地，像他们能够尽力抵达的那样。

但是话也要说回来，像这样离开了陆地的人，他们住在船上，并非所有人都安全，都完全是避免了传染病的侵袭，因为有不少人死了，被人越过船舷扔进了河里，有些人被装在棺材里，而有些人，照我听说的那样，是没有棺材的，他们的尸体有时让人看到在河里漂流，随着潮水上下沉浮。

但是我认为，我可以大胆地说，像这样染上瘟疫的那些船上，或者是由于船上的人求助于它们的时候恰好已经太晚，等到他们在岸上逗留得太久而染上了瘟病，才逃到船上去，尽管说不定，他们多半是没有觉察到，因此上船的时候，瘟病并没有在他们身上出现，但他们确实是随身携带着它了；**或者**是由于在这些船上，按那位穷船工的说法，他们来不及给自己装备食品了，只好经常派人上岸去买他们正好需要的东西，或是允许从岸边来的小船跟他们接触；因此瘟病不知不觉被带到了他们中间。

而这里我能注意到的只有伦敦人的那种怪脾气，那个时候极其有助于他们自身的毁灭。瘟疫，正如所看到的那样，是在城里另一头开始，换句话说，是在朗埃克、德鲁里胡同，等等地方，然后朝着城市非常缓慢地渐次袭来。最初是在十二月感觉到的，然后在二月又感觉到了，然后在四月又感觉到了，而每段时间总是只有很少一点点；然后到了五月它就停止了，甚至在五月的最后一周，只有 17 个，全都是在城里那一头；而整个这段时间里，即便是到了像一周死 3 000 个以上那样长的时间里；住在河两岸的雷德立夫、瓦平和拉特克利夫的人，还有几乎所有住在索斯沃克岸边的人，却还都抱着某种巨大的幻想，他们是不会遭到侵袭的，或者至少，它在他们中间是不会那么猖獗的。某些人自以为，沥青、柏油以及其他诸如燃油、树脂和硫磺之类的东西，在与船舶相关的所有行业中派了那么多用场，它们的气味会保护他们的。另外那些人争辩道，因为在它来到他们中间之前，在威斯敏斯特，还有在圣迦尔斯和圣安德鲁教区，它猖獗到了极点，然后又开始减弱下来，而这种情况部分说来，确实如此：例如。

从八月八日到十五日。 这一周
总 计

在菲尔兹的
圣迦尔斯　　　｝242
克里普尔盖特　｝886

斯台普涅 ————197 ｝
圣玛戈-贝尔芒德赛 24 ｝4 030
罗瑟西斯 ———— 3 ｝

从八月十五日到二十二日。 这一周
总 计

在菲尔兹的
圣迦尔斯　　　｝175
克里普尔盖特　｝847

斯台普涅 ————273 ｝
圣玛戈-贝尔芒德赛 36 ｝5 319
罗瑟西斯 ———— 2 ｝

注意。这里说的斯台普涅教区提到的数目，那个时候，一般全都是出在斯台普涅教区与肖迪契相连的那一侧，我们现在叫做斯皮特尔－菲尔兹，而斯台普涅教区在那个地方正好抵达肖迪契教堂墓地的围墙，而这个时候瘟疫在菲尔兹的圣迦尔斯减弱下来了，而在克里普尔盖特、毕晓普斯盖特和肖迪契那些教区则爆发得最为猖獗，但在斯台普涅教区整个那一片地区，包括莱姆豪斯、拉特克利夫－哈－维，还有眼下是肖德维尔和瓦平的那些教区，甚至是塔畔的圣凯瑟琳斯，直到整个八月份过后，一周死于瘟疫的 10 个都没有；但是他们后来为此付出了代价，正如稍过片刻我就要讲到的那样。

　　这个，我是说，让住在雷德立夫和瓦平、拉特克利夫和莱姆豪斯的那些人变得那样笃定，让他们自我奉承到那种地步，说什么瘟疫没有到达他们那儿就消失了，因此他们没有想过要逃到乡下去，或是把自己锁闭起来；非但如此，他们还那样不避讳四处走动呢，因此他们反而把从城里来的朋友和亲戚收留到自己家里，好些从别处来的人确实是把城里那个地区当做避难所，当做安全之处，当做那样一个地方，他们觉得上帝会手下留情，在其余的地方遭到侵袭时不会加以侵袭。

　　而当瘟疫袭击他们的时候，相比其他地方的人，他们显得更加猝不及防，更加缺乏准备，更加茫然不知所措，其原因盖在于此，因为当它真的来到他们中间，而且来势猖獗，正如事实那样，在九月和十月，那个时候是没有人动身出门到乡下去了，没有人会允许陌生人靠近他们的，根本不允许靠近他们居住的那些城镇；正如我所得知的那样，有一些人流落到了苏里那边的乡

村，结果是在林子里和公地上饿死了，因为比起靠近伦敦的其他任何地区，那个乡村更为空旷，树林更为茂密；尤其是在诺伍德附近一带，还有坎贝尔、达勒吉和卢桑姆那些教区，那儿看来没有人敢去救助那些可怜的受苦受难之人，怕的是染上传染病。

这种想法已经是，正如我所说的那样，在城里那个地区的人中间占了上风，部分的缘由在于，正如我此前所说的那样，他们有船儿做靠山，用作他们的隐退之所；而但凡他们及早这么做，做得慎重小心，用食品把自己给装备起来，这样就用不着上岸找补给，或是允许那些小船过来把东西带给他们了；我是说但凡他们那样做，他们当然就有了普天之下最为安全的隐退所；可是这场灾害是那样的深重，弄得人们在惊慌之中跑上船去，没有面包可吃，而有些人所上的船只，船上并没有人把他们迁移到更远的地方去，或是没有人搞得到小船，沿河去那些可以安全买到食品的地方购买食品；而这些人常常吃苦头，在船上跟在岸上一样受到传染。

由于富人阶级上了大帆船，下层社会的人因此就上了独桅船、小帆船、驳船和捕鱼船；而不少人，尤其是那些船工，栖身在他们的小船里；但是那些人把事情给搞糟了，尤其是后一种人，由于四处寻找食品，说不定是要给自己觅得给养，结果把传染病带到了他们中间，造成骇人的大扫荡；在航行途中，有不少船工独自死在自己的舢板中，在大桥的上游和下游都一样，有时候是到了他们处在不堪与人接触或靠近的状况之中，他们才被人发现。

城里这一头做航海业的人，事实上遭受的灾难极为可悲可叹，而且大可值得体恤；可是天哪！这是这样的一个时候，当时每个人自己的安全都忙不过来，哪里还有余地去怜悯他人的不幸；因为人人都有死亡，可以说是在敲门，不少人甚至在家中就有死亡，而且不知道该怎么办，或是不知道该逃到哪里去。

这个，我是说，把所有的同情心都拿走了；自我保全在这里似乎成了第一法则。因为孩子们从他们自己的父母亲身边逃走，当他们在水深火热之中奄奄一息的时候；而在有些地方，虽说不像是在其他地方那样频繁，父母亲对他们自己的孩子也做了同样的事情；非但如此，甚至还有一些可怕的事例，尤其是一周之内有两个悲惨不幸的母亲，谵妄发狂，把她们自己的孩子给杀死了；其中一个离我住的地方还不远；这个神经错乱的可怜虫自己没有活足够长的时间，去认识她所犯下的罪孽，更不用说是为此而受到惩罚了。

其实这也没有什么好奇怪的，因为我们自己面对着性命攸关的危险；它夺走了所有爱的心肠，所有彼此之间的关怀；我这是概而言之，因为有许多事例说明许多人身上有坚定不移的柔情、怜悯和责任，而有一些事例为我所知；也就是说，是通过道听途说：

因为我不负责担保细节的真实。

为了介绍一个例子，让我先来讲一下，目前整个这场灾难中，最可悲可叹的一种情况，便是妇女生孩子；当她们到了自己那个可怜不幸的时刻，阵痛突如其来，这个时候她们什么帮助都得不到；既没有产婆娘也没有左邻右舍的女人来照看她们；绝大多数产婆娘；尤其是，伺候穷人的那类产婆娘都死了；许多有名的产婆娘，如果不能说是全部的话，都逃到了乡下；因此对于一个贫穷妇女来说，不付上一大笔钱而要让产婆娘来照看她们，这几乎是不可能的，而要是她们叫得到的话，她们能够叫来的人通常也是些一窍不通的生手；其结果便是，数量极其非同寻常和难以置信的妇女陷于水深火热之中。有些是让那些鲁莽无知的人接生，并让她们给糟蹋，那些人装作是在给人分娩。难以计数的孩子，我会说，都是被这相同的，却更有理由的那种无知所杀害，借口说她们想要挽救母亲，而不管孩子的结果会怎么样；而多少次，母子俩都以同样的方式送了命；尤其是，但凡母亲得了瘟病，那儿就没有人会去照看她们，有时候是两个都死掉了：有时候母亲死于瘟疫，而那个婴儿，也许是生了一半，或是生下来但还没有脱离母体。有些人恰恰是在她们生产的阵痛当中死去了，根本还没有分娩；这种情况是出现得那么多，以至于难以作出估计。

其中有些情况会在异乎寻常的数目当中显示出来，这些数目被记录在每周的《死亡统计表》（虽说我是根本不能够让它们给出任何详细的记录）的这些项目底下：

分娩。

流产和死胎。

夭折和婴孩。

拿其间瘟疫最为猖獗的那几周和瘟病开始之前的那几周做个比较，甚至就在这同一年里，例如：

	分娩	流产	死胎
从 一月三日到一月十日	7	1	13
到十七日	8	6	11
到二十四日	9	5	15
到三十一日	3	2	9
一月三十一日到二月七日	3	3	8
到十四日	6	2	11
到二十一日	5	2	13
到二十八日	2	2	10
二月七日到三月七日	5	1	10
	48	24	100
从 八月一日到八月八日	25	5	11
到十五日	23	6	8
到二十二日	28	4	4
到二十九日	40	6	10
八月一日到九月五日	38	2	11
到十二日	39	23	00
到十九日	42	5	17
到二十六日	42	6	10
八月一日到十月三日	14	4	9
	291	61	80

针对这些数字的差异，要加以考虑和斟酌的是，根据我们当时在场的人的一般看法，八月和九月期间，正如在一月和二月期间，城里连三分之一的人都没有：总之，通常死于这三项的常数；还有照我所听说的，此前一年确实死于这三项的数目，如下：

$$
1664 \begin{cases} 分娩。\text{——} 189 \\ 流产和死胎。458 \end{cases}
$$

$$
\overline{} 647
$$

$$
1665 \begin{cases} 分娩。\text{——} 625 \\ 流产和死胎。617 \end{cases}
$$

$$
\overline{} 1\,242
$$

这样一种不均等，我是说，一旦考虑到人口数量，就被特别放大了：我不敢说要对人口数量，此一时期城市里的人口数量做出任何精确计算；但是我会很快对这个方面作出可能的推测：眼下我说的那些话，是要对上述那些可怜人的悲惨不幸作出解释；因此像经书上说的那些话也许说得很好。苦啊！那些个要生孩子的人；还有那种日子里要喂奶的人。因为确实如此，这对于她们来说是特别苦的了。

我和发生这些事情的许多家庭没有打过具体的交道；但是那些悲惨号叫，可以远远地听到。至于说那些生孩子的人，我们已经看到某个计算的结果说是九周之内死于分娩的妇女共有291人；除掉通常死于那个时期的人数的三分之一，只有48人死于这种灾难。让读者去算一算这个比例吧。

唯一颇可置疑的是，那些喂奶人的悲惨不幸，同样有着很大的比例。我们的《死亡统计表》在这个方面能够透露的只是微乎其微；然而，有些《统计表》却说，有一些不仅仅是通常喂奶时饿死的，但是事情根本不是这样：那种悲惨不幸在于，那儿他们（其一）是由于没有人喂奶而饿死的，母亲和全家人快要死了，而婴儿死在了他们身边，仅仅是由于没有人喂奶；而要是我可以说出我的看法，那么我确实相信，成百上千可怜无助的婴儿便是这样死去的。（其二）不是被喂奶的人饿死（而是被毒死的），非但如此，甚至母亲一直在那儿受到护理，由于接受了传染病，便用她的奶水把婴儿给毒死了，也就是说，把婴儿给传染上了，甚至是在她们得知她们本人染上了瘟病之前；非但如此，甚至是婴儿在这种情况下死在了母亲前面。我能做的无非是记得要把这个忠告给记录下来，要是有另一场这样可怕的劫难在这个城市里发生；所有生孩子的或喂奶的女人都应该走掉，假如她们能采取任何手段出走的话；因为要是被传染上了，她们的悲惨不幸就会大大超过所有其他种类的人。

我可以在这里讲述那些惨淡的故事，讲母亲或奶妈死于瘟疫之后，那些活着的婴儿让人看到还在吮吸她们的乳房。在我居住的教区，那儿有个母亲，由于她的孩子情况不好，便派人去叫药剂师来给孩子看病，而当他到来时，正如故事所说的那样，她正让孩子在她的乳房上吃奶，看那光景，她本人的情况是非常好的；可是当药剂师朝她走近的时候，他看到了她给孩子喂奶的那只乳房上布满标记。他自然是够吃惊的；但是不想过分吓唬这个可怜的女人，他要求她把孩子交到他手上；于是他抱着孩子，走到屋里一个摇篮边把孩子放进去，然后把孩子的衣服打开，发现孩子身上也是布满标记，然后母子俩都死了，他还来不及回到家里，给孩子的父亲送上一帖预防药呢，他对那位父亲讲了他们的情况；到底是孩子传染给了喂奶的母亲，还是母亲传染给了孩子，这个还不能确定，但是后一种情况最有可能。

同样还有个孩子，在奶妈死于瘟疫之后，被带回到家里交给父母亲；可是，那位温柔的母亲不愿拒收她的孩子，然后把孩子放在她的胸脯上，她因此被传染上了，然后死掉了，她的孩子也死在了她的臂弯里。

屡屡发生在温柔母亲身上的那些情形，会让最坚强的心灵为之感动，她们照料和看护着自己亲爱的孩子，甚至当着他们的面死去，有时候是从他们那里染上瘟病，她们将一腔慈爱奉献给了孩子，在孩子恢复过来并得以逃生的时候，她们死去了。

东史密斯菲尔德有那样一个商人，他的妻子头胎怀上孩子，到了临盆的时候，她被染上了瘟疫：他既找不到产婆来协助她，也找不到护理员来伺候她；他手下的两个仆人都从她身边逃走

了。他就像一个发了狂的人那样从这家跑到那家，可是什么帮助也得不到；他得到的最大帮助是，有个看守人，在照看一户被关闭起来的传染病屋子，答应早上派一个护理员过来；这个可怜的人心都碎了，走回家去，尽他所能帮助妻子，扮演起产婆的角色；把那个死掉的婴儿带到这个世界上来；而他的妻子大概在一小时后死在他怀抱里，他在那儿紧紧抱着她的尸体直到早上，这个时候那位看守人来了，正如他答应过的那样带了个护理员来；然后登上楼梯，因为他让大门开着，或者只是上着弹簧锁；他们看见那个人正怀抱着他死去的妻子坐在那里；他让那样的哀恸给压倒了，以至于几个小时之后就死掉了，身上没有任何传染病的征象，只不过是在哀恸的重压之下沉没了。

我还听说有一些人，他们由于亲友的死亡，在不堪承受的悲伤中变傻了，特别是我听说有一个人，他被精神上的那种压力彻底压垮了，以至于渐渐地，脑袋缩进了身体里，于是在他两肩之间，从他的肩胛骨以上是很难看得见他的头顶；然后渐渐地，失去了声音和知觉，他的脸孔朝前看，靠在锁骨上面，不那样的话就支持不住，除非是别人用手把它给扶正了，而这个可怜的人再也没有恢复过来，只是在那种状况中奄奄一息地拖了将近一年，然后死去：一次都没有让人见过他把眼皮抬起来，或是注视任何具体的对象。

要把这样一些段落讲得不同于概述，这我可是没法承担的，因为有时候是发生这种事情的整户人家，在那儿被瘟病夺走了性命，要在那儿获得那些细节是不可能的；但是不计其数的这类事例，呈现在眼前和耳际；甚至是在沿街行走之时，正如我上面暗示过的那样，而要把这一家和那一家的故事讲述出来，在讲述之中不碰到和这一类故事相似的若干故事，这也是并不容易的。

但由于我眼下是在讲述那个时期，当时瘟疫在城里最东边那个地区猖獗肆虐；那些地方的人是如何在长时间内自以为他们会逃脱；而当它真的向他们袭来时，他们是如何始料不及；因为事实上，当它真的到来时，它像一个全副武装的人向他们发动袭击。我是说，这就把我带回到了那三个穷人身边，他们从瓦平流浪出来，不知何去何从，而我在前面提到过他们；一个是面包师傅，一个是造船工人，另一个是小木匠；全都住在瓦平，或瓦平附近。

那个地区的昏睡和笃定正如我说过的那样，到了如此这般的地步；他们不仅没有像其他那些人那样将自身转移；而且他们还吹嘘说过得很安全，吹嘘说安全正与他们同在；而许多人逃出城去，逃出被传染的郊区，逃到瓦平、拉特克利夫、莱姆豪斯、波珀拉，以及诸如此类的安全地方；而这也并非绝无可能，他们这么做，是帮着把瘟疫那样更快地带来，否则它恐怕还不会那么快到来呢。因为尽管我相当赞成各式各样的人全都逃走，在类似的一场劫难刚刚出现的时候，将这样一座城市变成空城，而所有那些可能拥有隐退之所的人，都应该及时加以利用，然后一走了之；可是，我却得要说，当所有那些想逃的人都逃走了，这个时候那些留下来必须毅然应付它的人，就应该安安静静地站在他们所在的地方，不要从城里这一头或是这个地区转移到另一边；因为这是整桩事情的祸根和危害所在，而他们恰恰是在自己的衣服里面把瘟疫从这一家带到另一家的。

因此之故，我们受命杀死所有的狗和猫①：只是由于它们是家养的动物，喜欢串门走户，穿街走巷；因此它们有能力携带被传染尸体的那种恶臭或是传染性气体，甚至就在它们的皮毛和毛发当中；因此，正是在传染病初发之时，市长大人和行政长官根据内科医生的建议，颁布了一项法规；所有的狗和猫都应该被杀死，并且任命一位公务员执行此项命令。

如果他们的记录是可靠的话，那些被消灭的生灵的数量则是何其庞大，令人难以置信：我想他们谈到的有四万条狗，还有五倍于这个数字的猫，很少有哪户人家是不养猫的，有些还养好几只呢，有时候一户人家有五到六只。用来消灭老鼠的所有可能的努力同样也都用上了，尤其是后者；通过给它们投放老鼠药，还有其他毒药，数量多得惊人的它们同样也被消灭了。

我经常思索着这种始料不及的境地，这整个一群人在灾难刚刚降临到他们身上的时候，何以如此缺乏及时的措施和管理，公众的也包括私人的，以至于让我们陷入随之而来的所有混乱之中；以至于数量那样惊人的人沦入这场灾难之中；而要是采取适当的步骤，这场灾难在老天的襄助之下，恐怕，就可以避免了，而要是子孙后代认为适合的话，他们从中就可以得到警示和告诫：不过我会再次讲到这个方面的。

---

① 这是官方和民间的一种常规做法。瘟疫条例要求杀死家养动物（有时赦免猎犬）。在《为瘟疫做恰当准备》一文中，笛福写到一个人，为了保护他自己及其家庭而做出了格外彻底的努力，包括把屋里的所有老鼠都有效地毒死，把所有猫和狗都杀死，然后深埋在院子的地下。

我回头来讲我那三个人：他们故事的每一个部分都包含着道德寓意，他们的整个行为，还有他们与之结交的某些人的行为，都堪为楷模，值得所有穷人，或者同样还有女人学习，要是这样一个时候再度到来的话；而要是这个故事的记录并没有其他目的，那么我觉得这就是非常正当的一个目的，不管我的记述是否与事实精确相符。

他们中的两个人据说是兄弟，一个是老兵，如今却是面包师；另一个是瘸腿水手，如今却是造船工；第三个是小木匠。面包师约翰，有一天对他造船工的兄弟托马斯说，托姆兄弟，我们结果会怎么样啊？瘟疫在城里变得厉害起来了，而且害病的人越来越多了：我们该怎么办呢？

说实在，托马斯说，我是一点儿都不知道该怎么办，因为我发现，要是它传到瓦平来了，我就要从我的宿舍被撵出去：这样他们便开始事先谈起这个问题来。

约翰：要是你从你的宿舍被撵出去的话，托姆！我就不知道有谁会收留你了；因为眼下人们彼此害怕来着，哪儿都找不到可以住宿的地方。

托：噢？我住宿的那个地方的人可都是谦和有礼的好人呐，而且对我也是够好的了；可是他们说了，我每天都出门去干活，这样会很危险的；他们说是要把他们自己都锁闭起来，不让任何人靠近他们呢。

约翰：是呀，要是他们决定要冒险留在城里的话，他们自然是正当有理的。

托：唔，我甚至恐怕也是决定要待在屋子里面呢，因为，

他们故事的每一个部分都包含着道德寓意

要不是我的老板手头有一组船，而我恰好是在做最后一道工序，我大概是很长一阵子都不想做活呢；眼下没有闹腾什么买卖；工匠和仆人到处都被辞退了，因此被锁在屋子里面我也会是很高兴的呢。可我知道他们是不赞成那样做的，正如不赞成做别的事情一样。

约翰：噢，那你会怎么办呢，兄弟？我该怎么办呢？因为我的情况几乎跟你一样糟呢；我住宿的那个地方，那些人都跑到乡下去了，只留下个女仆，而她下星期要走，然后要把屋子完全关闭起来，这样我要在你之前被赶到大世界里漂流了，而我只要知道哪儿可以去的话，我也决定走掉算了。

托：我们起初都没有走掉，我们两个都心烦意乱，然后我们怕是会去往随便什么地方；眼下没人跑来跑去了；要是我们妄想出城去的话，我们会饿死的；他们不会让我们有饭吃的，不，我们出了钱也不会让我们吃的，也不会让我们进入那些村镇，更别说进入他们屋子。

约翰：而那几乎是一样糟糕，我只有一点点钱，根本帮不了自己。

托：这个我们倒是可以尽量想办法的；我有一点钱，虽说不多；不过我跟你说眼下大路上没有人走来走去。我知道我们街上有一对老实正派的穷人，试图出门旅行，而在巴内特，或是在维特斯顿，或是在那一带附近，要是他们企图朝前走的话，那些人就要朝他们开火；于是他们又回来了，被吓破了胆。

约翰：要是我在那儿的话，我就不怕他们开火；要是我出了钱他们不给饭吃，他们就会看到我当着他们的面把它给拿来；

而要是我有过付钱吃饭的意思，他们就没法在法律上跟我来理论了。

托：你是在说着你那套老兵的语言呐，好像眼下你是在低地国家似的①，但这是一桩正经的事情。那些人大有理由不让任何人靠近，像现在这样一个时候，他们是不高兴让人发现的；而我们不可以去打劫他们。

约翰：不，兄弟，你误解了这件事，也误解了我的意思，我什么人也不想打劫；只是因为沿路的市镇否决我穿过市镇公共道路的许可，否决我出钱买食品的权利，说那些市镇有权利把我给饿死，这不可能是正确的。

托：可是他们并没有否决你从哪里来再回到哪里去的那种自由权，因此，他们并没有让你挨饿呀。

约翰：可我身后的下一个市镇会根据同样的规则否决我回去的权利，因此他们在这中间确实要让我挨饿的呀；再说没有法律可以禁止我到沿路的任何地方去旅行。

托：可是要在沿路的每一个市镇跟他们争辩，那会是相当麻烦的，因此穷人要这么做是不行的，处在眼下这样一个特别的时候，或者也是担当不起的。

约翰：为什么呢，兄弟？照这个样子我们的处境比其他任何人都要糟糕呢；因为我们既没法走掉也没法留在这儿，我和撒玛利亚的麻风病人②是一样的心态，要是我们留在这儿的话，

---

① 好像他还在低地国家作战似的。
② 撒玛利亚的麻风病人，见《列王纪（下）》（7.3－4）和《圣经·新约·路加福音》（17.12）。

我们就死定了；我是说，特别是像你和我所讲的那样，没有我们自己的一处住宅，而且在别人家里没有住宿的地方；眼下这样一个时候，街上没有可以躺一躺的地方；我们跟立刻躺进运尸车里也没啥两样了：因此我说，要是我们留在这儿的话，我们就死定了，而要是我们走掉的话，我们就可以不死：我打算一走了之。

托：你想要走掉：你想要到哪儿去呢？你能做什么呢？我也跟你一样想要走掉，要是我知道可以去哪里的话：可是我们没有熟人，没有朋友。我们生在这儿，我们就要死在这儿。

约翰：喂，托姆，这整个王国和这个城市一样都是我的本乡本土。你还不如说，要是我的屋子着火了，我不准从里面跑出去，正如我出生的城市染上了瘟疫，这个时候我不可以出城去那样。我出生在英格兰，只要我做得到，我就有权住在这个国家。

托：可是你知道，根据英格兰法律，每一个流民都要被抓起来，遣送回他们最后的合法居住地。①

约翰：可是他们怎么会把我当做流民呢；我只是想要凭我的合法理由在外面旅行而已。

托：我们可以凭什么样的合法理由借口去旅行，确切地说，去游荡，而它们不会让人用几句话就给推托的呢。

约翰：无非是逃生罢了，这个就是合法的理由！他们不也都知道事实正是如此嘛：我们不能说是在欺瞒。

---

① 不仅如此，他们同样会遭到鞭笞和监禁，其法规有时候是相当严苛的。

托：可就算是他们让我们通行吧，我们要上哪儿去呢？

约翰：到任何可以救命的地方去：什么时候离开这个城市我们考虑的时间够长了。一旦离开这个可怕的地方，我是不在乎到哪儿去的。

托：我们会弄得走投无路的。我不知道该怎样看待这件事情。

约翰：那么，托姆，稍稍考虑一下吧。

这时大约是在七月初，虽说瘟疫在城里的西部和北部地区出现，但是整个瓦平，正如我此前讲到过的那样，还有雷德立夫、拉特克利夫、莱姆豪斯和波珀拉，简言之，戴普特福特和格林尼治，整个河两岸从赫尔米塔什，还有从它正对面的地方，一直到布莱克威尔，全都免于灾害，整个斯台普涅教区没有一个人死于瘟疫，而在怀特－夏普尔公路的南侧也没有一个人死于瘟疫，没有，任何教区都没有；可是就在那一周，每周的《统计表》上升到了 1 006 人。

正是在这之后的两星期，到那两位兄弟重新碰头之前，情况就有点儿改变了，瘟疫进展神速，人数大为增长，《统计表》高达 2 785 人，而且正在惊人地攀升，虽说河的两岸和下游一样，仍然是保持得相当不错：但是雷德立夫开始有人死了，拉特克利夫－哈－维大概有 5 到 6 个，这个时候那位造船工来找他的兄弟约翰，急咻咻的，而且有些惊慌不安，因为他确实得到通知让他从寄宿的地方搬出去，而且只有一周的时间自行办理。他兄弟约翰处在同样糟糕的境地里，因为他已经被扫地出门，只是乞求他那位面包店师傅的许可，寄宿在与其作坊相连的一间外屋里，那儿他只是睡在稻草上面，用一些硬面包袋，或者按照他们的叫法是面包袋子，铺在稻草上面，然后用同样的一些袋子盖在他身上。

眼看所有的工作都停止了，而且找不到活干，也拿不到薪水，这个时候他们下了决心，要尽快逃脱这场可怕传染病的侵袭；而且像他们能够做到的那样做个节俭的人，只要维持得下去，就努力靠他们手头的那点东西过活，然后干活再多挣些，要是他们在什么地方找得到活干，不管是什么样的活，一切都顺其自然好了。

他们正在考虑以他们能够做到的那种最好的方式，将这个决心付诸实施，这个时候那位第三者知道了这个计划，他跟那位造船工非常相熟，便获得许可成为其中的一员，然后他们就这样准备动身了。

碰巧他们手头的那点钱份额不等，但是由于那位造船工，他拥有的储蓄最多，除了是个瘸子之外，还是一个最不适合指望在乡下靠打工弄到点什么的人，因此将他们的钱悉数变成共用储蓄，他是感到满意的，条件是他们当中有哪个人的钱比另一个人挣得多，不管多多少，都要毫无怨言地，统统加到这笔共用储蓄中去。

他们决定尽可能少驮些行李，因为他们决定首先是徒步旅行；而且要走上很多路，他们最终才会有可能安然无恙；在他们能够同意要走哪条路之前，他们自己商量了许多次，而这他们是那样难以达成一致，甚至到了要动身的那个早晨，他们都还没有决定下来呢。

最终那位海员提出了决定性的建议；首先，他说，天气非常热了，因此我赞成朝北走，这样我们可以不让太阳照在脸上，曝晒在胸脯上，而这会让我们发热和窒息的；我听人讲，他说，这种时候让血液变得过热是不好的，因为我们应该懂得，这种时候传染病也许恰恰是在那种空气当中。其次，他说，我赞成要走的路线是跟我们出发时风会吹来的那个方向相逆，这样我们走路时就可以不让风将城里的空气朝我们背后吹来。这两条告诫都得到了赞同；要是顺利的话，他们动身朝北走的时候，风就可以不在南边。

那个做面包的约翰，他做过军人，接下来提出了他的看法；首先，他说，我们当中谁都不要指望在路上投宿，而在露天里躺下来是会有点儿太过艰苦；虽说天气会暖和，可也许却是湿漉漉、潮滋滋的，而眼下这样一个时候，我们有加倍的理由保护我们的健康；因此，他说，托姆兄弟，你是个造船工，可以信手给我们做成一顶小帐篷，而我会负责每晚将它给搭起来，然后收起来，把英格兰所有的客栈都不放在眼里；要是我们头上有一顶好帐篷的话，那我们就会过得非常不错了。

那个小木匠对此表示反对，告诉他们说，把那个活留给他做吧，他会负责给他们每晚造一座房子，用他的斧头和木槌，虽说他并没有其他工具，而这会让他们完全满意的，而且和帐篷一样的好。

军人和小木匠在那个问题上争论了一些时候，最后那位军人占了上风，要做一顶帐篷；唯一的反对意见是，他们肯定要随身带着它，那就要大大地加重他们的行李，天气又热；但是造船的那位碰到了一桩幸事，使这件事变得容易了，因为，雇用他的老板除了造船业之外，还做着一个走索卖艺的行当，有一匹可怜的马儿那个时候他用不上，他愿意帮助这三位诚实正派的人，便把那匹马儿给了他们用来驮行李；同样还出于一个小小的理由，那个人临走之前为他干了三天活，他便让他拿了一块上好的旧帆布，那玩意儿已经破损，但是用来做一顶帐篷已经是够好而且绰绰有余：那位军人比划着该做成什么形状，然后在他的指导下很快做好了帐篷，为此还给它装上了杆子或侧板，他们就这样为旅行准备好了装备；亦即，三个人，一顶帐篷，一匹马儿，一杆枪，因为那位军人是不会不带着武器上路的，因为眼下他说他再也不是一个烤硬面包的工人了，而是一个骑兵。

那位小木匠带着一小袋工具，诸如此类可以派上用场的工具，要是他在外头找到什么活干的话，就要为他们大家也是为他自己维持生计：他们手头的钱，不管多少都悉数弄成了一笔共用储蓄，然后他们就这样开始了旅行。他们动身的那个早晨，照那位水手凭借他衣袋里的指南针所指，风似乎是朝着西南偏西方向吹，于是他们朝着，确切地说是决心朝着西南方向上路了。

但是他们随后在路上碰到一个困难，由于他们是从瓦平靠近赫尔米塔什这一头动身的，而眼下瘟疫非常猖獗，尤其是在城市的北边，正如是在肖迪契和克里普尔盖特教区，他们认为走得靠近那些地区对他们来说并不安全；于是他们穿过拉德克里夫大道向东走去，一直走到了拉德克里夫－克劳斯，离开仍然是在左手边的斯台普涅教堂，怕的是从拉德克里夫-克劳斯走近迈尔-安德，因为他们必定是正好挨着教堂墓地过来，而且因为风似乎更多是从西边吹来，从城里瘟疫最厉害的那一边径直吹来。因此我是说，离开斯台普涅，他们迂回走了很长一段路，然后向波珀拉和布劳姆莱走去，来到正好是在波厄的那条大路上。

此处设在波厄大桥的看守会盘问他们的；但他们穿过大路走入一条窄道，那条窄道结果是在波厄镇通往奥德-福特的这一头，在那儿避开了任何查问，然后朝着奥德-福特动身走去。各地的警察都在警戒，倒不太像是要阻止人们通行，而更像是要阻止人们住到他们市镇里去，加之，由于当时有传言刚刚抬头，而事实上并非完全没有可能，亦即，伦敦的穷人处在水深火热之中，因为没有工作而挨饿，由于这个缘故而吃不上面包，都武装起来了，已经发动了一场暴动，他们会跑出来到周边所有市镇为了面包而抢劫。这个，我是说，只是谣言而已，非常庆幸的是它没有再有所滋长；但是距离成为现实也并不是那么遥远，正如大家所认为的那样，因为在几个星期多一点的时间里，穷人因其遭受的灾难而变得那样绝望，以至于好不容易才阻止他们跑出来，跑到田野和市镇上去，所到之处把一切都撕成碎片；而且，正如我在前面讲到的那样，什么都阻止不了他们，只是由于瘟疫爆发得那样猖獗，那样狂暴地攻击他们，他们才成千上万去了坟墓，而不是成千上万聚众进入乡野：因为在圣赛普克勒斯、科勒肯威尔、克里普尔盖特、毕晓普斯盖特和肖迪契教区周围那些地区，这些都是暴民开始发出威胁的地方，瘟病来得那样狂暴，以至于那区区几个教区内死掉的人数，即便是在当时，瘟疫还没有达到高峰之前，在八月的头三周里，也不少于5 361人，而与此同时，在瓦平、拉德克里夫和罗瑟西斯周围的地区，正如前面所描述的那样，几乎还未被沾染上呢，或者说只是非常轻微；因此总的说来，尽管，正如我前面说过的那样，市长大人和治安推事良好的管理对此多有贡献，防止人们的愤怒和绝望爆发成混乱和骚动，简言之，防止穷人洗劫富人；我是说，尽管他们对此多有贡献，而运尸车做的贡献却更多，因为正如我说过的那样，仅仅在五个教区内，20天里死了5 000人以上，因此整段时间里患病的人数可能会有三倍；因为有一些康复了，而每天还有大量的人病倒，后来死去。此外，我肯定还可以说，如果《死亡统计表》上说有5 000，那么我总是相信实际上有将近两倍；无从相信他们给出的记录是正确的，或者说事实上，他们处在我见到的这样一种混乱之中，无论如何都不能保持精确的记录。

但是回头说我的那些旅行者；他们在这里只是受到了检查，而由于他们看起来更像是从乡下而不是从城里来的，他们便发现人们对他们是要更放心一些；他们跟他们谈天，让他们到一家有警察及其卫兵在的酒馆里去，给他们酒喝，给他们些饭食吃，这让他们大为振奋和鼓舞；而在这里他们明白过来了，以后他们受到盘问的时候，他们不应该说是从伦敦来的，而应该说是从埃塞克斯来的。

施行这一种小小的欺诈，他们便获得了奥德－福特警察那么多的厚爱，竟至于给了他们从埃塞克斯通过那个村子的一张通行证，而且证明他们一直没有住在伦敦；尽管从乡下人对伦敦通常的理解来讲，这一点是虚假的，可照字面上解释却也是真实的；因为瓦平或拉德克里夫既不属于那个城市也不属于管辖地。

这张通行证交到下一个警察手上，是在哈克涅教区一个名叫杭莫顿的小村落里，对他们来说是那么管用，不仅让他们获得在那儿自由通行的权利，而且还从治安推事那里获得一份正式的健康证明；治安推事，在那个警察的申请之下，没费多大周折便予以批准；他们就这样从哈克涅那个长长的分散的市镇穿行而过，（因为它当时是由几个分开的小村落组成的）一路旅行，直到他们来到斯塔姆福特-希尔山顶那条朝北的大路上。

到了这个时候他们开始变得警觉起来了，于是在哈克涅那条偏僻的路上，从它通到那条所谓的大路之前的一点点地方，他们决定把帐篷给支起来，扎营度过第一个夜晚；于是他们便

这样做了，由于这个额外的发现，发现了一个谷仓，或是类似于谷仓的一个建筑，经过一番认真的搜查，尽可能确定里面没有人了，他们便把帐篷给搭了起来，把它的顶部倚靠在谷仓上；他们这么做也是由于那天晚上风非常大，而且他们采用这样一种方式住宿，包括料理帐篷，还只是新手呢。

他们就在这里入睡了，但是那个小木匠是个严肃而清醒的人，对他们头一个晚上那样随随便便地躺下来并不满意，他睡不着觉，试着想要睡着也没有用之后，便决定出去，拿着枪站岗，保卫他的同伴：于是他手里拿着枪在谷仓前面来回走动，因为那个谷仓矗立在路边田野上，却是在篱笆圈之内。他还没有侦查多长时间，只听得人们发出的一阵吵闹声传了过来，仿佛有很多人似的，而且照他看来，他们正朝着谷仓径直走来。他没有立刻叫醒同伴，但是过了几分钟他们的吵闹声变得越来越大，那位面包师便叫他，问他是怎么回事，然后也迅即跳了出来：剩下的便是那位瘸了腿并且最为警觉的造船工，静静地躺在帐篷里面。

正如他们所料，他们听见的那些人果真朝谷仓径直走过来，这个时候我们的一位旅行者发令了，像值勤的士兵那样吆喝道：来者何人？那些人没有立刻回话，但是他们当中的一个人对他身后的另一个人说道，天哪！天哪！我们全都落空了，他说，这里有人比我们来得早，谷仓让人给占了。

听了这话他们全都停住了脚步，像是有些出乎意料，看起来他们总共有十三个人左右，中间还有几个女人：他们凑在一起商量该怎么办，而通过他们的谈话，我们的旅行者很快便发现他们也是受苦受难的穷人，就像他们自己那样是在寻找安全的栖身之所；再说，我们的旅行者不必担心他们的到来会打扰他们；因为他们一听到来者何人这句话，这些人就能听见那些女人像是吓坏了似的说，别去靠近他们，你们怎么知道他们会没有瘟疫呢？这个时候那些人当中有个人说道，就让我们跟他们说几句话吧；那些女人说道，不要，无论如何都不要，上帝保佑我们逃到了这里，眼下可别让我们撞上危险了，我们求你了。

我们的旅行者由此发现他们是那种极为清醒的人，跟他们一样是在逃命呢；他们因此而受到了鼓舞，于是约翰便对他的同伴小木匠说，让我们也尽可能给他们打打气吧；于是他便冲他们喊叫起来，你们这些好人都听着，那位小木匠说道，听你们一说，我们就发现你们跟我们一样是从同一个可怕的敌人那儿逃出来的，别怕我们，我们总共不过是三个穷人，要是你们没有染上那种瘟病，你们就不会被我们伤害的；我们没有住在谷仓里，而是在这儿外面的一顶小帐篷里，我们会为了你们而搬走的，我们马上就会在别处把帐篷给搭起来的；听了这番话，一场谈判便在那位名字叫做理查德的小木匠，和他们那伙人中的一个人之间开始了，那个人说他的名字叫福特。

福特：你可以让我们放心你们都是健康的人吗？

理查：唔，我们打算把这件事告诉你们哩，你们不用担心的，不要觉得你们自己有了危险；只要看看我们不想让你们碰上危险就行了；因此我告诉你们，我们没有用过那个谷仓，这样我们从这里搬走的话，你们安全，我们也安全。

福特：那真是太好心也太仁慈了；但是，如果我们有理由确信你们是健康的，没有遭受过那场劫难，而既然你们住宿的地方都弄停当了，可以把它铺好歇息了，那我们为什么还要让你们搬走呢？对不起，我们会到谷仓里去歇会儿的，我们用不着打扰你们。

理查：好吧，不过你们的人比我们的多，我希望你会让我们放心你们大家也都是健康的，因为危险从你们那儿到我们这儿，和从我们这儿到你们那儿，那是一样大的。

福特：托上帝的福，有些人真的逃脱了，虽说逃脱的人只有很少几个；我们这部分人会怎么样我们还不知道，但是迄今为止我们都活了下来。

理查：你们是从城里什么地方来的？瘟疫到了你们住的那些地方了吗？

福特：哎呀，到得极为吓人，极为糟糕，否则我们也不会这样子逃走了；不过我们相信很少会有人在我们身后活着留下来。

理查：你们是从什么地区来的？

福特：我们绝大部分人都是克里普尔盖特教区的，只有两三个人是科勒肯威尔教区的，不过是在这一边的。

理查：你们跑掉之后情况就怎么样了呢？

福特：我们跑了一段时候，然后尽量跑在一起，在伊斯林顿的这一头，在那儿我们得到许可睡在一座没人住的旧房子里头，我们随身带着一些自己的寝具和便利用品，但是瘟疫也来到了伊斯林顿，我们那个破地方隔壁的那座房子给传染上了，被关闭了起来，我们吓得赶紧逃走了。

理查：那你们现在要走的是什么路呢？

福特：听天由命吧，我们不知道去处，但是上帝会给那些仰仗他的人指路的。

他们到了那个时候没有再谈下去，而是全都走近了那座谷仓，费了些周折才走了进去：谷仓里除了干草之外什么都没有，但是干草几乎堆满了那个地方，而他尽量安顿好自己，然后就歇息下来；但是我们的旅行者在去睡觉之前看到，有个老人，看上去像是其中一个女人的父亲，和所有同伴一起去祈祷，把他们自己举荐给神意的祝福和指示，然后他们才去睡觉。

一年当中那个时候天黑得早；由于小木匠理查德在夜晚的前半段放哨，因此军人约翰来跟他换班，站凌晨那班岗，而他们开始互通有无。据说，那些人离开伊斯林顿时，他们本打算是往北走到哈伊盖特去的，但是在霍洛威被拦住了，不让他们在那儿通过；于是他们朝东越过田野和山冈，然后在博蒂德－瑞福那边出来，这样就避开了那些市镇，他们离开了左手边的洪塞，还有右手边的纽因顿，然后来到了斯塔姆福特－希尔那一侧附近的大路上，正如那三位旅行者在另一侧所做的那样：眼下他们想到要渡过沼地里的那条河，然后朝埃平森林进发，他们希望在那儿得到许可歇息下来。他们似乎并不穷，至少没有穷到缺衣少食那种地步；至少他们有够他们马马虎虎维持两三个月的东西，到了那个时候，正如他们说的那样，他们希望寒冷的气候会遏制住传染病，或者至少它那种猖獗的势头会自行退去，而如果只是由于缺少留下来的活人可以被传染的缘故，那它也会减弱下来的。

我们三位旅行者的命运跟这差不多；只是他们的旅行装备似乎做得更好，而且是为走得更远而做了筹划；因为就前者而言，他们并没有打算走上超过一天的旅程，这样他们每隔两三天就可以弄到消息，打探到伦敦的近况如何了。

但是我们的旅行者在这里发现他们自己处在了未曾料到的不便之中，也就是说，他们的马儿带来的不便，因为要靠马儿驮他们的行李，他们就只好循着大路走，而另外那一拨人却越过田野或道路，走小路或不走小路，走通衢大道或不走通衢大道，随他们高兴；他们既没有必要穿行于市镇，也没有必要靠近市镇，除非要去购买诸如此类他们维生所需的匮乏品，而在这个方面他们其实是颇费周章：这也是适得其所的事情。

可我们的三位旅行者不得不循着大路走，否则他们肯定要搞破坏，对乡下造成很大损害，为了越过那些圩田，将篱笆和门扉压倒，而要是躲得开的话，他们是很不喜欢这么做的。

可是我们的三位旅行者却极想让他们自己加入那一伙人当中，与他同甘共苦；而经过一番会谈之后，他们放弃了原先北上的方案，决心跟着对方到埃塞克斯去；于是到早晨他们收起了帐篷，把马儿要驮的东西收拾好，然后全都一起去旅行了。

在河边摆渡时他们碰到了一点麻烦，艄公害怕他们；但是隔着点儿距离经过谈判之后，艄公赞成把船划到远离平常渡口的一个地方，把船留在那儿，让他们去取；这样让他们自己渡过河去，他指示他们把船留下，而他有另一只船，说他会再去把它弄过来的，可是据说他过了八天都没有去取。

他们在这里事先给了艄公钱，补充了食物和饮料，而这是他替他们带过来留在船上的，可正如我所说，不先给钱他就不肯。但是眼下我们的旅行者觉得颇为茫然不知所措，难的是怎样把马儿送过河去，船太小了，装不下那匹马儿，但最终也没有办法，只好把行李卸下来，然后让它游过河去。

他们从河畔朝着那座森林行进，可是当他们来到沃尔桑姆斯托时，那个镇上的人却不肯接纳他们，其情形正和各个地方一样：警察及其看守人隔着一段距离不让他们靠近，然后跟他们谈判；他们和以前一样说明了自身的情况，但是这些人并不相信他们说的话，理由是说有两三拨人已经从那条路上来过了，所说的借口也差不多，但是在他们经过的那些市镇里，他们让好几个人染上了那种瘟病，后来便几乎一直不受乡下人待见了，虽说从公正报应来讲，他们也合该如此；在布伦特－伍德附近或是在那条路上，他们有好几个人在田野里死掉了，究竟是死于瘟疫呢，还是仅仅死于缺衣少食和疲惫痛苦，他们也说不上来。

这其实是能够很好地解释沃尔桑姆斯托的人何以非常的警惕，何以他们不打算招待那些他们不是非常放心的人。但是正如小木匠理查德，还有跟他们谈判的另外那些人中的一个人跟

他们说的那样，他们把道路封锁起来，不让大家通过市镇，而这些人什么都没问他们要，不过是从街上经过而已，这么做并没有道理：要是那些人害怕他们的话，他们就会跑进自己的屋里去，把门给关上的，他们就既不会显示他们的殷勤有礼，也不会显示他们的冷淡粗鲁，而是只管继续做自己的事情了。

那些警察和随从，不想让道理给说服，照样是固执己见，什么都听不进去；于是跟他们谈话的那两个人回到了自己的同伴身边，商量该怎么办：整个一伙人都非常的沮丧，好长一阵子他们都不知道该怎么办：但是最后那位军人和面包师约翰思忖了片刻，然后说，喂，把余下的谈判都留给我来做吧；他还没有露过面呢，于是他便安排小木匠理查德去干活，从那树林子里削些木杆子来，让他尽量把形状削得像是枪杆子，然后不多一会儿，他便做好了五六杆滑膛枪，这个隔着一段距离是不会让人知道的；至于枪机所在的那个部分，他让他们裹上衣服和布条，诸如此类他们手头拿得出的布片，像他们当兵碰到潮湿天气时所做的那样，保护步枪的枪机不至于生锈，其余的部分是用他们能找得到的黏土或泥浆之类的东西把颜色弄脏；而这整个期间，余下那些人照他的指示，都三三两两地坐在树底下，彼此隔着很远的一段距离在那儿生起火来。

这么做的同时，他自己带着两三个人朝前走去，在一条巷子里将他们的帐篷搭了起来，处在那个壁垒看得见的范围之内，壁垒是镇上的人修筑的，然后就在帐篷旁边设了个哨岗，哨兵的手里拿着那杆真枪，他们仅有的一杆真枪，他把那杆枪扛在肩上来回走动，做得让镇上那些人可以看见他们；他还把那匹马儿拴在就近的一扇篱笆门上，然后弄了些枯枝堆起来，在帐篷另一侧点起火来，这样镇上那些人就可以看见火焰和黑烟了，可是看不见他们在那儿干什么。

那些乡下人极为认真地看了他们很长时间，而从他们看得见的那一切来看，只能猜想他们是人数很多的一伙人，然后他们开始感到不安起来，不是因为他们走掉了，而是因为他们留在了他们原地；而最为重要的是发觉他们拥有马匹和枪械，因为他们在帐篷那儿看到了一匹马和一杆枪，还看见其他的人在树篱内的田野上四处走动，靠近巷子的一侧，正如他们认为的那样，他们是肩扛着滑膛枪；我是说，见到这样的场面，你可以担保他们是被惊动了，而且是极为骇怕；然后他们似乎去找了治安推事，想要知道该怎么办；治安推事给了他们什么忠告，这我不知道，但是向晚时分，他们从上述那个壁垒里，冲着帐篷边上的哨兵喊叫起来。

你们想干嘛？约翰[①]说。

嗨，你们打算做什么呢？那个警察说。

打算做，约翰说，你们想要让我们做的事？

警察：你们为什么不走开呢？你们留在那儿想干什么？

约翰：你们为什么在国王的公路上拦住我们，还妄图不许我们上路呢？

警察：我们不一定非要把我们的理由告诉你们，虽说我们确实是让你们都知道了，这是瘟疫的缘故。

约翰：我们告诉过你们，我们全都是好好的，没有染上过瘟疫，这个我们不一定非要让你们都相信不可，但是你们却妄图在公路上拦住我们。

警察：我们有权利拦阻，我们自身的安全使得我们有义务这么做；再说这并不是国王的公路，这是一条可以容许通过的路；你们看到这里有一道门，而要是我们真的让人们在这儿通过的话，我们难道就让他们缴纳通行税吗？

约翰：我们和你们一样有权利寻求自身的安全，你们可以看到我们是在逃命，而要阻拦我们是非常不符合基督教精神的，是非常不公正的。

---

① 约翰好像是在帐篷里，但是听见他们叫喊，他便走了出来，把枪扛在肩上，跟他们说话，仿佛他一直是在那儿守卫的哨兵，是他的上级军官派来站岗的。——作者原注。

　　警察：你们可以从哪里来回到哪里去嘛；我们并没有妨碍你们那么做。

　　约翰：不行，是比你们更加厉害的那个敌人不让我们那么做的，否则我们就不会上这儿来了。

　　警察：好吧，那你们可以走别的路嘛。

　　约翰：不行，不行。我猜你们是明白我们有能力把你们，还有把你们教区的所有人都给打发走的，而什么时候我们愿意，就从你们的镇上走过去；但既然你们把我们拦在了这儿，我们也没有不赞成；你们看，我们在这儿扎营了，我们要住在这儿：我们希望你们给我们供应食品。

警察：我们给你们供应！你那么说是什么意思？

约翰：你们总不会是让我们挨饿的吧？如果你们要把我们拦在这儿，那你们必须要照料我们。

警察：靠我们的这点生计你们是不会得到很好的照料的。

约翰：要是你们对我们刮皮的话，那我们就自己来争取更好的补贴了。

警察：你们总不会是妄图依靠武力在我们这儿驻扎的吧？

约翰：我们还没有对你们动武呢，为什么你们好像要逼我们那么做呢？我是一个老兵，不会挨饿的，而要是你觉得我们因为没有给养而不得不回去的话，那你是想错啦。

警察：既然你们威胁我们，那我们会好好给你们点厉害瞧瞧的：我会号令这个州的人起来抗击你们。

约翰：是你们在威胁，不是我们：而既然你们要为非作歹，那要是我们很快就来收拾你们的话，也就怪不得我们了；我们会在几分钟之内开始进军的。①

警察：你们对我们有什么要求呢？

约翰：起初我们对你们什么要求都没有，但求允许我们从镇上经过；我们不会伤害你们任何人的，你们既不会受到我们

---

① 这就把警察还有他身边的人都吓坏了，他们立刻改变了口气。——作者原注。

的任何伤害，也不会因为我们而造成任何损失。我们不是贼，而是受苦受难的穷人，从伦敦可怕的瘟疫里逃出来，这场瘟疫每周都要吞噬成千上万人；我们觉得奇怪的是你们怎么会那样的毫无慈悲心肠！

警察：我们是不得不自保啊。

约翰：什么！在这样水深火热的状况当中要把你们的同情心都给关闭起来吗？

警察：好吧，要是你们从那片田野上走过去，在你们的左手边，在镇子那个地方的后头，那我会替你们尽力把门给打开的。

约翰：我们的骑兵没法①驮着行李从那儿走的；它并不是通向我们要走的那条路；而你们为什么要迫使我们离开那条路呢？再说，你们一整天都把我们拦在这儿，没有任何给养，只有我们随身带着的那点东西；我认为你们应该给我们送些给养过来，让我们得到救助。

警察：要是你们走另一条路，我们会给你们送些给养过来的。

约翰：那样做就让这个州的所有市镇把靠近我们的那些路都给堵上了。

警察：要是他们全都给你们供应食物的话，那你们不见得会更糟糕的，我看见你们有些帐篷，你们不想要住宿。

约翰：好吧，那你们会给我们送来多少食品呢？

警察：你们有多少人？

约翰：唔，我们并没有为我们所有的人都要个够，我们有

_____

① 他们总共才只有一匹马。——作者原注。

三个连队；要是你们给我们送来二十个男人和大约六七个女人吃上三天的面包，然后把你们说的走过田野那条路给我们指出来，我们就不会想要让你们的人因为我们而担惊受怕了，我们会答应你们的要求从那条路上走出去，虽说我们跟你们一样并没有染上传染病。

警察：你要向我们保证你们其他人不会给我们惹出新的乱子。

约翰：不会，不会，这你可以相信我。

警察：你本人还得负责，我们把送来的食品放下的那个地方，你们的人都不得靠近一步。

约翰：我保证我们不会。①

随后他们给那个地方送去了二十个面包，还有三四大块上好的牛肉，然后打了几道门，让他们从中通过，可是他们全都连朝外头看他们走过的勇气也没有，而且，由于这是在黄昏时分，如果他们看了的话，那些人少成怎样他们也是看不清楚的。

这就是军人约翰的策略。但是这给了该州那样一个警告，他们要是果真有两三百人的话，那么这整个州的人就要起来抗击他们，而他们就要被送进监狱里去，或者说不定是要被当头打昏过去。

他们很快就察觉到了这一点，因为两天以后，他们发现有好几支骑兵和步兵部队也在附近一带，在追击三个连的，照他们的说法是，用滑膛枪武装起来的人马，而那些人是从伦敦逃

---

① 这里他叫来了一个人，嘱咐他命令理查德上尉和他的人在靠近沼地一侧的路上行军，让他们在森林会合，而这全都是弄虚作假，因为他们并没有什么理查德上尉，也根本没有这样的连队。——作者原注。

出来的，而且随身携带着瘟疫，不仅在人们中间散播着那种瘟病，而且还在洗劫着乡村。

由于他们看到自己眼下那种状况带来的后果，他们便很快意识到自己所处的危险，因此同样也是在那位老兵的劝告之下，他们决定再度分开。约翰和他的两位同志带着那匹马儿，像是朝着沃尔桑姆走开去了；另外的人分成两队，但整个儿只是稍稍断开，朝着埃平走去。

第一个夜晚他们全都是在森林里露营，彼此隔得并不远，但是没有将那个帐篷搭起来，免得他们被人发现；另一个方面，理查德带上他的斧头和小斧子去干活，在那儿砍下些树枝，他造了三个帐篷或是茅屋，他们全都在那里面宿营，跟他们所能期盼的一样便利。

他们在沃尔桑姆斯托弄到的那些食品，这个夜晚让他们吃得非常之丰盛，至于说下一顿吃什么，他们就听天由命了；在那位老兵的指导下他们过得那么舒服，眼下他们都心甘情愿让他做了领袖；而他指导的第一步显得十分恰当：他对他们说，眼下他们离开伦敦真是够远的了；由于他们不必立刻仰仗该州的人来救助，因此他们应该和那些乡下人小心不让他们传染上一样，他们也应该小心不让乡下人传染上才是；他们的钱是那么少，他们都应该尽可能节俭；由于他不愿让他们想到要对乡下人动用暴力，因此他们必须努力理解自身的处境要与乡下人尽量协调一致的那种意义；他们全都愿意听从他的指挥；于是他们便让自己的三间房屋矗立着，次日朝埃平走去；那位上尉，因为现在他们都这么叫他，和他的两个旅行伙伴同样也放弃了去沃尔桑姆的计划，然后所有人都一块儿走了。

当他们来到埃平附近，他们停了下来，在开阔的森林里选了一块合适的地方，不是非常靠近那条公路，但是离它的北侧也并不远，在截去树梢的一小片矮树丛底下：他们搭建起小小的营地，它由三个大帐篷或是茅棚组成，都是用竿子扎成，他们那个木匠，还有成为他助手的那些人，砍下那些竿子固定在地上围成一个圆圈，在顶部把那些小梢头全都捆扎在一起，然后用树枝和灌木将四壁加厚，这样一来它们就密不透风而且暖和了。除此之外，他们有一间小帐棚让那些女人单独躺在那里面，还有一间茅棚把那匹马儿给放进去。

碰巧次日或者说第二天，是埃平的赶集日；这时约翰上尉，和其余那些人当中的一个人，到集市里去，买了些食品，也就是说面包，还有一些羊肉及牛肉；而那些妇女当中的两个人分

开走，仿佛她们跟其他那些人是不搭界的，而且买的更多。约翰用那匹马儿把东西带回家，用那个麻袋（木匠装工具的那个袋子）把东西装进去：那位木匠去干活，用他能弄得到手的现成木料，给他们做了可以用来坐的长凳和小凳，还有一张可以用来进餐的桌子。

他们有两到三天没有受到注意，但在这之后，人们大量从镇上跑出来看他们，然后整个乡下都被他们惊动了。人们起初似乎害怕接近他们，而另一方面他们也不想让人们靠近，因为有谣言说沃尔桑姆出现了瘟疫，而它在埃平出现已经有两到三天了。因此约翰冲着他们大叫大嚷让他们不要过来，因为，他说，我们这里的人全都是好好的没有一点儿毛病，我们不想让你们把瘟疫带给我们，也不要借口说是我们把它带给你们。

在这之后那些教区的公务员过来找他们，隔着一段距离和他们谈判，很想知道他们是些什么人，凭什么理由他们企图在那个地方站稳脚跟？约翰非常坦率地答复说，他们是伦敦来的受苦受难的穷人，预见到瘟疫如果在城市里蔓延，他们就会沦落到悲惨的境地，为了活命便及时逃了出来，因为没有熟人或亲戚可以投奔，起初是把驻地定在伊斯林顿，但由于瘟疫到了那个市镇，便继续逃跑，而由于他们猜想埃平的人大概不肯让他们进入市镇，他们便在空地上，还有在森林中，这样搭起帐篷来，甘愿去忍受这种凄凉的住宿带来的所有艰难困苦，而不想让任何人害怕他们，以为自己会受到他们伤害。

起初埃平的那些人粗声恶气地跟他们说话，告诉他们必须搬走；这个不是他们的地方；他们自以为好好的一点儿毛病都没有，但是他们应当是知道的，他们也许是传染上了瘟疫，会把整个乡下都给传染上的，而他们不能允许他们住在那儿。

约翰非常平静地跟他们讲了很长时间的道理，告诉他们说，"伦敦是他们，也就是说，埃平的镇民及周边所有乡民，赖以维生的一个地方，他们把土地上的收成卖给它，从那里赚取那些农场的租金；而那样冷酷地对待伦敦居民或是那些人当中的任何一个人，他们是通过那些人才赚取了那么多，这是非常不好的，今后他们想起来都会觉得讨厌，会让人家说他们对待伦敦来的人是如何野蛮，如何不好客，如何不厚道，而那些人当时是从世上最可怕的敌人那里逃出来的；这就足以让城里所有人都憎恨埃平人这个名称，让那些小老百姓当街用石块砸他们，不管什么时候只要是他们来赶集；他们还没有让他们自己脱离劫难的危险，正如他听说的那样，沃尔桑姆已经是遭殃了；他们是在没有被染上之前就害怕得逃走了，而这个时候他们却连在空地上躺下的权利都要被否决，他们会觉得这样是非常冷酷的。"

那些埃平人又告诉他们说，他们，诚然，说自己是好好的没有传染病，可他们却没法担保真的没有；有传言说，沃尔桑姆斯托有一大群乌合之众，他们口口声声说自己是健康的，正如他们说过的那样，可他们却威胁说要洗劫市镇，不管教区的公务员是否同意，都要强行过路；他们总共有将近 200 人，还拥有武器和帐篷——像那些粗鄙的乡下士兵；他们向镇上勒索食品，威胁说要待在免费宿营地靠他们过活，还展示他们的武器，用军人的语言说话；他们当中有几个人朝着拉姆福特和布伦特-伍德走去了，乡下已经被他们传染，瘟疫在那两个大市镇里蔓延，因此人们都不敢像平时那样赶集了；他们很有可能是那伙人当中的，如果真是这样的话，他们就合该被送进该州的监狱，牢牢关起来，直到他们为他们造成的损失，为给乡下带来的惊恐和害怕作出赔偿为止。

约翰回答说，别人做下的事情跟他们毫不相干；他向他们保证，他们全都是在一起的；他们的人数从来没有比他们当时看见的更多（顺便说一下，这倒是非常正确的）；他们出来的时候是分开的两拨人，但是顺道合在了一起，他们的情况是一模一样的；但凡是有人想要他们说明他们本人的情况，他们都乐意作出说明，呈报他们的名字和住地，这样他们一旦犯有败坏风纪的罪行，便可以有所问责；镇上的人会看到他们满足于艰苦的生活，但求一小块空间，在林间有益健康的地方歇息，因为那样的地方他们并非不可以逗留，而如果他们发现那儿的情况刚好相反，他们就会拔脚逃走的。

但是，镇上的人说，我们手头已经有大批穷人要负担，我们必须小心不要再有所增加了；我们想，你们是没法保证不会成为我们教区和居民的负担的吧，也没法保证在传染病方面对我们不会造成危险的吧。

"唉哟瞧你说的，"约翰说道，"说到要成为你们的负担，我们希望我们不会；如果你们因为我们目前的需要而用食品来救济我们，那我们会非常感谢的；由于我们在家的时候全都是不靠施舍过日子的，因此我们一定会让自己全心全意回报你们，要是上帝愿意把我们安全带回到自己的家庭和住所，而且愿意让伦敦的人都恢复健康的话。

"至于说我们要死在这儿，我们向你们保证，如果我们有人死了，我们这些活下来的人，就会把他们给掩埋，不会让你们花上一分钱的，除非事情变成那个样子，我们全都死掉了，那么说实在的，最后那个人是没有能力掩埋他自己了，那一笔开销就得由你们来支付了，而这个请相信我，"约翰说道，"他会在他身后留下足够的东西来偿还你们的开销。

"另一方面，"约翰说道，"如果你们要将所有的怜悯心肠都关闭起来，一点儿都不来救助我们的话，那我们也不会用暴力来勒索任何东西，不会到任何人那儿去偷窃的；但是一旦我们手头的那一点点东西都用完了，如果我们因为缺衣少食而死去，那么这一切也都是上帝的旨意了。"

通过那样一番对镇民的理智而平和的谈话，约翰做得很成功，结果他们都走掉了；尽管他们并没有做出任何允诺让他们留在那个地方，可他们也没来骚扰他们；而这些穷人继续在那儿逗留了三四天以上，没有碰到什么麻烦。这一回，他们和镇郊一家饭馆略微相熟了些，他们隔着一段距离冲饭馆叫喊，要求弄上一点他们需要的东西，让他们隔着一段距离把东西放下，而且总是非常公道地把账给付掉。

在此期间，镇上年纪轻一点的人三番五次地过来，离他们很近，会站在那里望着他们，有时会在某个中间地带跟他们谈话；尤其是让人看到，在第一个安息日里那些穷人全天歇业，在一起祭拜上帝，让人听见在唱赞美诗。

这些事情，还有那种安静无害的行为，让他们开始博得乡下人的好评，人们开始对他们动了恻隐之心，用颇为赞赏的语气谈到他们；其结果是，正好在一个非常潮湿的雨夜，住在邻近一带的某位绅士，他用一辆轻便运货马车给他们送来了十二捆稻草，让他们既可以用来躺卧，又可以用来覆盖和修葺茅棚，还让他们保持干燥；不远处一个教区的牧师，并不知道另一个人的事，也给他们送来两蒲式耳麦子，还有半蒲式耳白豌豆。

对这些救助他们自然都是非常的感谢，尤其是稻草，对于他们来说是极为舒适愉快的东西；因为尽管那位能工巧匠给他们制作了支架，可以像凹槽那样躺进去，而且在里面堆满树叶，还有诸如此类他能够搞到的东西，把帐篷布全都剪开来给他们做成被单，可他们还是睡在潮湿坚硬且不卫生的环境中，直到送来这些稻草，对他们来说就像鸭绒被褥，而且照约翰的说法，比在平时躺在鸭绒被褥里还要讨人欢心哩。

这位绅士和那个牧师就这样开了个头，而且给人做了个榜样，怜恤这些东游西荡的人，其他那些人迅速追随，而他们每天都要接纳人们的种种慈善行为，但主要是来自那位绅士，他居住在附近的乡村里；有人特意给他们送来椅子、凳子、桌子这类他们匮乏的家什；有人给他们送来毯子、围毯和被单；有人送来陶器；还有人送来叫菜订饭的食具。

在此良好待遇的鼓舞下，他们的木匠不出几天就给他们造了一座有椽子的大棚屋，或者叫做大房子，形式上还有一个屋顶，他们住宿的上面那一层楼是暖和的，因为九月初的天气开始变得又湿又冷；但是这座房子却苫盖得非常好，四壁和屋顶造得非常厚实，足以将寒冷挡在外面；他还在一头造了堵土墙，在那里面弄了一个烟囱；这帮人中间的另一个人，费了九牛二虎之力，做了个连接烟囱的通风筒用来通烟气。

虽说是粗劣，他们在这儿却住得非常舒服，直到九月开初，这个时候他们听到了坏消息，不管是真是假，在沃尔桑姆－埃贝的一侧，还有在拉姆福特和布伦特－伍德的另一侧闹得很凶的瘟疫，也来到了埃平，来到了伍德福特，还来到了森林附近的绝大部分市镇，而照他们的说法，这主要是由那些小商贩，还有那种带着粮秣往来于伦敦的人带到他们中间的。

如果这种说法是真的，这就明显是跟后来传遍整个英格兰的那个传言相抵触了，而那个传言，正如我说过的那样，以我自身的了解是没法认可的，也就是说，那些赶集人带着粮秣去城里，从未染上瘟疫或是从未将它带回到乡下；这两点我确信，都是假的。

事情或许是，他们得以存活下来甚至超出了期望，虽说并没有到达那种奇迹的程度，大量的人来来去去而未被传染上，而这多半是为了鼓舞伦敦的那些受尽了折磨的穷人，就算是带着粮秣去赶集的那些人并没有多次奇迹般地活下来，或者说活下来的人至少是没有超过能够合理地期望的那个数量。

可是眼下这些刚刚同室而居的人开始受到更为实际的干扰，因为他们周边的市镇确实是被传染上了，而他们开始害怕彼此信任，甚至不敢跑到外面去找他们所需要的那些东西，而这把他们折磨得很苦；因为眼下除了那些好心肠的乡村绅士提供给他们的东西之外，他们已经是所剩无几，或者说是一无所有了：

可让他们振奋的是，碰巧有别的乡村绅士以前没有给他们送过东西，开始听说他们的情况，给他们提供补给了，有人送来一口肥猪，也就是说，一口食用猪；另一个是两只绵羊；另一个给他们送来一头牛犊子：总之，他们的肉是够吃了，有时候还有干酪和牛奶，以及所有这一类东西；他们主要是为了面包苦恼不已，因为当那些绅士给他们送来谷物的时候，他们无处可以烘焙，或者说，无处可以碾磨：这就使得他们吃最初送来的两蒲式耳麦子，吃的还是晒干的谷物，像古代的以色列人所做的那样，没有将它碾磨或是做成面包。

终于他们找到了办法将谷物送到伍德福特附近的一座风车磨坊，在那里他们将它碾磨；后来那位面包师还做了一个炉灶，做得那么空凹，那么干燥，结果他烤出来的面包还相当过得去呢；他们就这样改变了境况，可以不靠那些村镇的帮助和供应而生活；而他们这样做是很好的，因为乡下不久之后完全受到了传染，他们附近的村落据说已经约有 126 人死于瘟病，这对他们来说是一件可怕的事情。

他们因而召集了一个新的会议，眼下那些村镇没有必要害怕他们在附近定居了，反而有好几户穷一点的居民搬出了自家的房屋，照着他们的做法在森林里搭起了茅棚：但是可以看到，那样搬迁的这些穷人当中，有好几个人甚至在他们的茅棚或窝棚里得了病；此中原因是显而易见的，换言之，不是由于他们搬到了露天的缘故，而是由于他们搬迁的时间不早了，也就是说，还未等到与他们邻近的其他人公开交往，他们就有瘟病在身了，或者说，（正如可以说）就有那种瘟病在他们中间了，因

此就随身把它带到了他们去的地方：或者说，（2）^①由于他们安全搬离市镇之后不够小心，没有再加提防，跟那些有病的人混在了一起。

　　但总之不管是出于哪一种原因，一旦我们的那些旅行者开始察觉到不仅市镇里有瘟疫，甚至他们森林旁边的帐篷和茅棚里也有，他们接下来就不仅开始变得害怕起来，而且想到要撤

---

① 原文如此。

营和搬迁了；因为如果他们逗留下去的话，他们明摆着是要冒生命危险的。

由于不得不要退出这个地方，而他们在此受到了那么好心的接纳，享有了那么多的仁爱和慈善，他们感到大为苦恼，这是不奇怪的；但是，必要性以及性命之虞，他们迄今为止跑出来为了保全的性命，在他们中间占据了上风，而他们看不到有补救的办法。不过约翰倒是替他们目前的不幸想到了一个补救的办法，换言之，他要把他们的苦楚跟那位绅士，也就是他们的那位大施主先谈一谈，以求得他的帮助和忠告。

那位仁爱的好绅士鼓励他们退出这个地方，怕的是瘟病肆虐，让他们断了所有退路；但是他们该去什么地方，他觉得很难给他们指点。最后约翰提出要求，他能否（由于他是治安推事）给其他那些他们会被交付审问的推事开示健康证明，那样不管他们的命运会怎么样，他们就不会遭到拒斥，既然他们离开伦敦也已经有那么长时间了。治安官阁下对此当即应允，给他们开出正式的健康证明，自那时起他们就可以自由到达他们想去的地方了。

随后他们便有了一份完整的健康证明，宣告他们在埃塞克斯州的一个村庄住了那么长时间，因此受到了充分的检查和审核，已经摈除交际达 40 天以上，未有任何病兆，因此当然可以断言他们是健康人，可以在任何地方受到安全接待，最终是由于瘟疫进入了某某镇，是由于害怕染上瘟疫，而不是因为他们或他们所属的人有任何传染病的迹象才搬迁的。

带着这份证明他们搬走了，尽管是老大不情愿；而约翰根本不打算回家，他们便朝沃尔桑姆那边的沼地迁移；但是他们在这儿发现了一个人，此人据说是在看守河岸的一处堰坝或停泊处，为沿河上下的那些大平底船把水位抬高，而他用了惨淡的故事吓唬他们，说是疫疾已经在沿河以及那条河附近的所有市镇里蔓延，在米德尔塞克斯和赫尔特福特郡的这一边；也就是说，已进入沃尔桑姆、沃尔桑姆-克劳斯、英菲尔德和威尔，还有大路上的所有市镇，他们便害怕往那边走了；尽管这好像是那个人骗了他们，因为事情确实不是这样的。

　　尽管这让他们感到害怕，他们还是决心穿过森林朝拉姆福特和布伦特-伍德迁移；可是他们听说那条路上有很多从伦敦逃出来的人，在叫做希瑙尔特森林的森林里四处歇脚，正在接近拉姆福特，而这些人没有给养也没有住所，不仅住得七零八落，

因为缺少救助而在林间和野地里忍受极大的困苦，而且据说还被那些困苦弄得那样绝望，结果对该州做出了许多暴行，盗窃和抢劫，杀死牲口，等等之类；其他那些人在路边搭起茅棚或茅屋乞讨，而且是以一种近乎硬要人救助的方式横加乞讨；因此该州变得非常不安宁，还不得不把他们当中的一些人给抓了起来。

这种情况，首先是给了他们暗示，他们肯定会发现该州的慈善为怀和仁厚心肠，在他们以前住过的地方发现过的那种东西，对他们凝固变硬和关闭起来了；而在另一方面，他们不管来到什么地方都会遭到盘问，会处在暴行的危险之中，是由情形和他们自己相仿的其他人发起的暴行。

基于所有这些考虑，约翰，他们的上尉，以他们所有人的名义，回去找他们那位良友和施主，以前救济过他们的那个人，然后把他们的情况如实相告，谦卑地向他请求忠告；而他则同样好心地劝他们重新到旧营地居住，或者如果不想那么做的话，可以搬到离开大路稍远一点的地方，还为他们指示了一个适合的去处；由于他们确实想要有某所房子而不是茅棚，在这一年的那个时候，渐渐临近米迦勒节了，替他们遮风挡雨，他们便找到了一所朽烂的老屋，过去是某座农家小别墅或小住宅，只是由于少有人居住而坍圮失修，而在它那位农场主人的应允之下，他们得到许可尽可以使用它。

那位心灵手巧的小木匠，还有其余所有人在他的指导之下，开始动工了，不出几天就把它弄得能够在坏天气里为他们所有人遮风挡雨，而且屋里有一个旧烟囱，一个旧炉台，尽管两者都变成了废墟，可他们却把这两件东西都弄得适合使用，还在每一侧建起附属建筑、披屋和单坡小屋，他们很快就把屋子弄得能够容纳他们所有人了。

他们最想要的是木板，用来做百叶窗、地板、房门，还有其他几样东西；但是由于得到上述那些绅士的青睐，乡里人因此而对他们态度友善，而且尤为重要的是，大家知道他们全都是没有病的，健康状况良好，所以每个人都用他们可以出让的东西来帮助他们。

他们在这里一劳永逸地扎营了，再也不打算搬迁；他们清楚地看到乡下各个地方，对从伦敦来的人是如何的惊惶不安；除非是通过千辛万苦的努力，否则他们什么地方都进不了，至少是不会得到友善的接纳和帮助，像他们在这里所得到那样。

眼下虽然从那些乡村绅士和他们周围人那里获得很大的帮助和鼓励，可他们还是遭受了很大的困境，因为十月和十一月的天气变得又冷又湿，而他们还没有忍受过那样多的艰难困苦呢；因此他们肢体着凉而且得了种种瘟病，但是从未患上传染病；这样大约在十二月他们又回到了城市的家中。

我把这个故事讲得这样详细，主要是为了讲述疫疾一消退便立刻在城市里出现的许多人的结局：因为，正如我说过的那样，许多有能力在乡下拥有退蔽处的人，逃往那些退蔽处；因此当事情发展到那样一种怕人的困境时，正如我讲述过的那样，那些没有朋友的普通人，像那些有钱可以救助自己的人，逃往乡下他们可以找到庇护所的各个地方；和那些没有钱的人是一样的。那些有钱的人总是逃得最远，因为他们有能力供养自己；

但是那些两手空空的人，正如我说过的那样，忍受了极大的艰难困苦，经常为其解决匮乏的需要所驱使，做出有损于乡下人的事情；乡下人因此对他们非常不安，有时把他们抓起来，尽管当时他们甚至不大清楚该如何处置他们，对他们的惩罚总是非常迟疑，但是他们也经常把他们从一个地方赶到另一个地方，直到他们不得不再回到伦敦去为止。

既然我知道这个约翰及其兄弟的故事，我自然是询问过并且发现，大量无可告慰的穷人，如上所述，从四面八方逃入乡下，他们当中有些人弄到了小披屋，还有谷仓和外屋住进去，在那儿他们可以获得乡下人那么多厚爱，尤其是在那儿他们有自己稍可满意的故事可以讲，特别是他们逃离伦敦还并不太晚。但是另外那些人，而那些人为数甚多，在田野和树林中给自己建造小茅棚和退蔽处，就像隐士住在洞穴和洞窟，或是任何他们可以找到的地方；在那儿我们可以肯定，他们经受了极大的困苦，弄得他们许多人不得不又回去了，不管是有多么的危险；因此经常有人发现那些小茅棚是空着的，而乡下人猜想那些居民躺在里面已死于瘟疫，并且因为害怕而不愿靠近他们，很长一段时间里都是避之唯恐不及；而这也并非没有可能，有一些不幸的流浪者不过是那样独自死去了，甚至有时候是死于缺少救援，正如特别是在一座帐篷或茅棚里，有个人让人发现是死了，而且是在刚好靠近一处田野的那扇门上，拿他的刀子，用参差不齐的字迹，刻了下面这些话，据此可以猜测另一个人逃走了，或是一个人先死掉了，另一个人尽可能将他妥善掩埋；

啊，惨哪！
我们两个都要死了，
　　　可悲，可悲。

　　我已经讲述了我在沿河从事航海业那些人中间看到的状况，船如何成排或成列地躺卧在那个所谓的洋面上，彼此首尾相接，从河浦径直而下，就我所见所闻而言，它们一模一样地躺卧着，沿河径直而下，到达格雷夫桑德那样的下游河段，有些甚至是到了远在天边的各个地方，或是碰到大风和暴雨可以独自安全停泊的各个角落；而除了躺卧在河浦或是戴普特福特那种上游河段的船只之外，我也不曾听说住在那些船上的人有谁染上瘟疫，虽然人们屡屡上岸到那些乡下市镇、村庄和农场主的家里，购买新鲜食品、家禽、猪、牛之类的补给。

　　我也同样看到了大桥上游河段的那些船工，找到办法把他们自己运走，溯流而上，远至他们可以到达的地方；而他们，他们当中的许多人，把自己整个家庭都装进了小船，用他们所谓的篷子和货物遮盖，在里面装上稻草用来住宿；而他们像这样一路卧在沼地的河岸边，当中有些人用船帆搭起了小帐篷，于是白天上岸躺在帐篷底下，晚上则钻进小船里去；像这样，正如我所听说的那样，河岸边是成排的小船和人群，只要是他们有东西可以维生，或是能够从乡下搞到东西维生；而那些乡下人，绅士也好，另外那些人也好，碰到那些时候以及其他任何时候，其实都是非常愿意救助他们的，但他们无论如何都不愿把他们接到自己的镇上和家里去，而那么做我们是不能责怪他们的。

有一位不幸的市民，据我所知，遭到了可怕的侵袭，因此他的妻子和所有孩子都死了，只留下他本人和两位仆人，还有一位年老的女人，是一个近亲，她妥善护理过死去的那些人；这个无可告慰的男子走到靠近城里的一个村子，虽说它并没有包括在《死亡统计表》当中，在那儿发现一座空屋，查出屋主，然后要了这所房子；过了几天之后，他弄了一辆车，在上面装了物品，把它们运到那所屋子去；村里那些人反对他的车子朝前驶去，但是争执了一番，花了些力气之后，那个人驾着车子前行，穿过街道到了屋子的门口，在那儿警察又反对了，不让把东西带进屋。那个人让人把物品卸下来，放在门口，然后把车子打发走了；因此他们便把那个人带到了治安推事面前；也就是说他们命令他去，他就去了。那位推事下令让他把车子叫来，把物品再弄走，而他不肯那么做；那位推事因此命令警察去追那些车夫，把他们叫回来，让他们重新把物品装上，把它们运走，或是把它们存放起来，等有了进一步的命令再来取；而要是他们找不到他们，这个人也不答应把东西拿走的话，他们就要让人用吊钩把它们从门口拖出来，当街焚毁。这位受苦受难的可怜人因此把物品又弄走了，但是带着悲伤的哭喊，对他状况的艰辛发出悲叹。但是没有补救的办法；自我保护迫使人们采取这些严苛的手段，不然的话他们也不会从中干涉了；这个可怜的人是死是活，我不清楚，但据说那个时候他已经染上瘟疫；也许人们那么说是为了证明他们对待他的做法是正当的；但这也并非没有可能，要么他是危险的，要么他的物品是危险的，要么两者都是危险的，当时离他的整个家庭死于瘟病还没多久呢。

那位心灵手巧的小木匠，还有其余所有人在他的指导之下，开始动工了

我知道伦敦附近村镇的居民为他们那种冷酷而受到很多责备，他们冷酷地对待那些在水深火热之中逃离传染病的穷人；干下许多相当严苛的事情，正如从已经讲述的事情当中或许可以看到的那样；而我知道的也无非是，但凡有余地行善，帮助那些人，而没有对他们本人造成明显危害，他们是十分愿意帮忙和救助他们的。但由于每个村镇实际上都是以其自身的情况来判断，因此那些在困苦不堪之中逃到外面的穷人，经常受到虐待，并且被迫再返回城里去；而这就引起了对于乡镇的无尽呼喊和怒号，使得不满的呼声到处都可以听到。

尽管它们做了一切警戒，可是距离城市十英里（我认为或者是二十英里）之内的重要村镇，却没有哪个是一点儿都没有被传染上的，而是多少都被传染上了，而且在它们中间死了些人。我听说了其中好些个村镇的记录；像如下合计的这些。

在	英菲尔德	32	赫尔特福特	90	布伦特-伍德	70
在	洪塞	58	威尔	160	拉姆福特	109
在	纽因顿	17	霍兹顿	30	巴尔金附近	200
在	托特汉姆	42	沃尔桑姆附近	23	布兰福特	432
在	埃德蒙顿	19	埃平	26	肯辛顿	122
在	巴内特与		戴普特福特	623	斯坦恩斯	82
	哈德利	43	格林尼治	231	切尔特塞	18
在	圣阿尔班斯	121	埃尔桑姆与		温莎	103
在	沃特福特	45	卢桑姆	85		
在	厄克斯布里奇	117	克罗伊顿	61		及其他

另一件事情也许说明乡村人对待市民，尤其是对待穷人更加严厉的理由；而这是我在前面有所暗示的一点，也就是说，在那些被传染者将瘟疫传染给他人这件事情上存在着某种貌似天性的东西，或者说存在着某种邪恶的倾向。

对于这方面的原因，我们的那些外科医生中间有过重大的辩论；有些人愿意把它看作是这种疾病的本质，它使得每一个被它攫住的人，产生一种针对其同类的愤怒和憎恨，仿佛是存在着某种怨毒，不仅存在于瘟病自身的传染之中，而且恰恰存在于人的本性之中，激起他的邪恶意志，或者说是激起他的恶眼，正如他们所说的那样，好比有一条疯狗，尽管它从前是同类中最为温柔的生灵，可那个时候却会不分青红皂白地朝任何靠近它的人和那些从前它最为听从的人飞扑过去，咬上一口。

另外那些人把它解释为人性的堕落，它无法容忍看到它自己比同类中的他者更悲惨，并且具有某种不自觉的意愿，所有人都要和它自己一样不幸，或者说都要和它自己一样处在糟糕的境地里。

另外那些人说，这仅仅是一种绝望的表现，并不知道或者说并不在乎他们的所作所为，而其结果便是对于危险或安全都漠不关心，不仅对他们身旁的任何人，而且甚至对他们本人也都无所谓：而事实上当人们一旦落到自我遗弃的境地，对于自身的安全或危险都漠不关心，他们便会无视他人的人身安全，这一点也就不值得那样大惊小怪了。

但是我选择给这场严肃的辩论一个完全不同的说法，仅用这样一句话做出解答或归结，我不认可这种情况。相反，我是说，事情并非真的那样，不过是住在外围村落那些人提出的针对市民的一种普遍抱怨，为了证明，或者至少是为了辩解，人们谈到的那么多冷酷压制和虐待行为是有理由的，而在那些抱怨当中，双方都会说是对彼此造成了伤害；也就是说，市民们在受苦受难并且身染瘟疫的时候，硬是要求人家接纳和庇护，抱怨那些乡下人的残忍和不义，不允许他们进入，还强迫他们带着物品和家庭再回去；而那些居民发现他们自己是那样受到胁迫，市民们闯进来好像是要强迫人家接受，不管他们是否会抱怨，这个时候他们身染瘟疫，他们不仅不关心他人，而且甚至还想要传染给他人；这两种说法其实都是不对的，也就是说，用来描述它们的那种调子是不对的。

确实，在给乡下频繁造成惊扰这件事上是有一些说法，说伦敦人强行出城的那种决定，不仅是为了救助，而且是为了抢劫和偷窃，他们在街上四处奔走，身上带着瘟病，未加任何控制；而且没有采取任何监督措施将房屋关闭起来，将病人关起来以免传染给他人；不过，要给伦敦人说句公道话，除了我在上面讲到的个别情况以及类似的情况之外，这种事情他们根本就没有习以为常。另一个方面，每一件事情都是处理得那样慎重，还有那样卓越的法规在整个城市和郊区得以遵行，在市长大人和市参议员的操持之下；在外围地区的治安推事、教堂执事等人的操持之下；就良好的管制和卓越的法规而言，伦敦可以成为全世界所有城市的模范，而那些法规处处得到遵守，即便是在传染病最为猖獗的时候；当时人们处在极大的恐慌和苦难之中。但是这一点我会让它自身来说话。

有一件事情，可以看到，主要是归功于那些行政长官的智虑明达，为了他们的荣誉也应该提到，（亦即）在将房屋关闭起来这桩艰巨的工作中他们所采用的那种缓和性措施：确实，正如我说过的那样，将房屋关闭起来是令人不满的一个大议题，而我可以说其实就是那个时候人们感到不满的唯一议题；因为将健康人和病人在同一间屋子里关起来，这被认为是非常可怕的，而那样被关起来的人所发出的抱怨是非常苦痛的；当街即可听见他们的大声疾呼，而他们有时候是那样要求憎恨，虽说更多的时候是要求怜悯；他们没有办法和任何一个朋友交往，只是向着窗外，发出那样凄惨的悲叹，常常打动跟他们说话的那些人的心，还有听闻他们故事的其他那些过路人的心；而由于那些怨诉时常是在斥责他们家门口值班的看守人的严酷，有时候是在斥责他们的侮慢，那些看守人则会答复得十分蛮横；多半容易冒犯那些站在街头和上述家庭说话的人；因为这一点，或者是因为他们对那些家庭的虐待，我想他们当中有七到八个人在好几个地方被杀死了；我不知道是否应该说是被谋杀，因为我没法对具体情况作出考察。确实，看守人是在值班，是由法律授权将他们派到那个岗位上行事的；而将任何正在执行公务的合法公务员杀死，用法律的语言讲，一向是叫做谋杀。但由于他们未经行政长官指令的许可，或者说是未经他们职权范围的许可，对他们负责监视或是他们要去关心的人进行伤害或辱骂；因此他们那么做，当时他们可以说是在代表他们本人，并不代表他们的职位；是以私人身份行事，而不是以公家人的身份行事；因此如果他们自己通过那样一种不适当的行为惹来祸害，那么祸害就落到了他们自己头上；而事实上他们招来人们那么多的激烈诅咒，不管他们是否罪有应得，结果是无论什么事情落到他们身上，没有人会同情他们，而人人都会说，无论如何，他们都是罪有应得；而我也记不起来，对看守他们房子的看守人做的任何事情，有谁因此而受到过处罚，至少是相当程度的处罚。

人们如何用各种各样的计谋脱身，从这样被关闭起来的房子里逃出来，那些看守人因此而受到蒙蔽或是遭到压服，然后人们逃之夭夭，对此我已经加以理会，不打算再说什么了；但我要说的是行政长官给这种情况下的许多家庭采取的缓和与减轻措施，尤其是那种措施，说是一旦病人愿意被搬迁到传染病隔离医院或其他地方，就把他们从这些屋子里带走，或是允许他们让人给搬迁出去，而有时则给那样被关闭起来的家庭中那些健康人以搬迁的许可，根据报告所示，他们的身体是健康的，而且只要是规定要求他们那么做，他们就会在他们搬去的那些屋子里闭门不出。行政长官对染上瘟病的那些贫困户的供应所表示的关心；我是说，给他们供应必需品，还有药品和食物，也是非常之大的，而在这件事情上他们并不满足于给指派的公务员发出必要指示，而是市参议员亲自出面，骑在马上屡屡驰往那些人家，让人们在窗口得到询问，他们是否及时受到了照应？还有，他们是否还缺少什么必需品，那些公务员是否忠实执行自己的任务，给他们弄来了诸如此类他们所需要的东西？如果他们的回答是肯定的，那么一切都很好；但是如果他们抱怨说，他们得到的供应不好，公务员并没有尽到职责，或者说并没有对他们以礼相待，那么他们（那些公务员）通常就要被撤职，由其他人取而代之。

确实，那种抱怨恐怕会不公道，而要是公务员拿得出诸如此类会让行政长官信服的论据，证明他是做得对的，是那些人伤害了他，那么他就照常工作，而他们受到训斥。但这个方面是没法好好得到具体调查的，因为当事人很难能够面对面被叫到一起，而从那些窗口发出的怨诉没法让人好好听见并且在街上作出应答，当时的情况就是这样；那些行政长官因此多半选择偏袒人们，而将那个人撤职，因为那样做似乎错误最少，得到的恶果也最小；理由是，如果是那个看守人受到了伤害，他们仍然可以给他另一个性质相似的职位，很快就对他作出改正；但如果是那户人家受了伤害，那就不会有令人满意的事情可以对他们做了，那种损害说不定是难以挽回的，因为这是性命攸关的事情。

这些事情种类繁多，在看守人和被关起来的穷人之间频频发生，再加上我此前讲到过的那些有关逃逸的事件；有时候是那些看守人缺席了，有时候是喝醉了，有时候是睡着了，当人们需要他们的时候，而这些人从未逃脱严厉惩罚，正如事实上他们应得的那样。

但在那些情形下这毕竟是做了或者说是能够做到，将房屋关闭起来，为此而将那些健康人和那些有病的人关在一起，个中是有着极大的不便，而有些则是非常可悲，这就值得大家来考虑这件事情是否还有余地；但这是由法律授权批准，是为了公众利益着想，由于主要的目标在于此，因此所有在执行过程中造成的个人损害，必须着眼于公众利益。

那么做是否在整体上对阻止传染病起过任何作用，这在今天是颇可怀疑的，而事实上，我不知道它起过什么作用；因为当传染病处在其无上猖獗之时，没有什么会比它蔓延得更加凶恶和狂暴；虽说那些受到传染的屋子，尽量被严格而有效地关闭了起来。毫无疑问，如果所有受到传染的人都被有效地关了进去，那就不会有一个健康人被他们传染，因为他们没法靠近他们了。然而事情是这样的，而我只是在这里谈到一下，也就是说，传染病是不知不觉地繁殖起来的，是由那些看不见被传染上的人传播的，而那些人既不知道他们传染给了谁，也不知道是谁传染给了他们。

怀特夏普尔的一座房子被关闭了起来，为了一个侍女受到传染的缘故，而那个人身上只是出了些斑点，并非标记，而且是痊愈了；可是那些人却得不到外出走动的自由权，四十天里既不能出去呼吸空气，也不能出门活动一下身子；缺少呼吸、恐惧、愤怒、焦躁，以及所有其他痛苦伴随着那样一种不法待遇，弄得这户人家的女主人发起热病来，而来访者踏进这座房子，便说这是瘟疫，尽管那些内科医生宣布说不是；不管怎么说，在来访者或检查员的报告之下，这户人家不得不开始新一轮的隔离，尽管他们此前的隔离只差几天就要结束了。这把他们弄得那样消沉，悲愤交加，而且，一如从前，把他们的空间也是局限得那样逼仄，而由于缺少呼吸和空气流通，结果家中绝大部分人都病倒了，有人得的是瘟病的一种，有人得的是另一种，主要都是坏血病；只有一个是厉害的胆汁病，等到几次禁闭的延长期过后，来访者进来视察生病的那些人，希望将他们解禁，而跟来访者一起进来的那些人当中，这个或那个人身上带着瘟病，然后传染给了整户人家，他们全家人或是绝大部分人都死了，不是死于以前像是果真传染给他们的那种瘟疫，而是死于那些人带给他们的那种瘟疫，而那些人本该是小心保护他们不被传染上的；而这成了一件频繁发生的事情，而且确实是关闭房屋所造成的最坏的结果之一。

大约是在这个时候，我吃了一点降临在我身上的小苦头，起初我为此而大为苦恼，而且相当不安；虽说照结果看，它并没有让我惹上任何灾难；这是由于受到波特索肯区参议员的任命，成为我所居住的辖区内那些房屋检查员中的一员；我们是一个大教区，拥有的检查员不少于十八名，按照法令对我们的称呼，人们把我们叫做来访者。我竭尽全力推托这样一份工作，还和那位参议员的代表争辩了多次以便推托；尤其是我声称，我根本就反对将房屋关闭起来，而要让我被迫在这里面充当傀儡，这会是非常困难的，这有悖于我的判断力，而且我怎么都认为它不会达到它想要达到的目的，但是所有我能得到的减免，仅仅是我只要坚持做上三周就行了，而市长大人指派的公务员却要持续干上两个月，条件仍然是，我当时得找到另外某个称职的房屋管理人，替我余下的那段时间服务，而这，总之，不过是很小的一种恩惠，因为很难找到什么人来接受那样一份工作，适合将它托付给他。

将房屋关闭起来确实是有一种效果，而现在我认识到它非常重要，也就是说，它把感染瘟病的人限制起来，否则那些人会非常麻烦也会非常危险，身上带着瘟病在街上跑来跑去，而当他们神志错乱的时候，他们会以最吓人的方式这么做；正如起初他们真的开始大量地做，直到他们像这样被禁闭起来那样；非但如此，他们还是那样的无拘无束，以至于那些穷人会四处走动，在人们的家门口讨饭，说是他们有瘟疫在身，要讨些破衣裳遮盖脓疮，或是两样都要讨，或是要讨他们神志错乱的头脑碰巧想到的任何东西。

一位可怜不幸的良家妇女，一位颇有资产的市民的妻子，在埃尔德盖特街或是那个地方，被（如果这个传说是真实的话）那些家伙当中的一个人给谋杀了：他沿街行走，诚然是疯疯癫癫，而且唱着歌，那些人只是说，他喝醉了酒；可他自己却说，他有瘟疫在身，而这一点，看来是真的；然后便遇见了那位良家妇女，他想要吻她；她吓坏了，因为他不过是一个粗人，她便从他身边逃了开去，但是由于街上行人非常稀少，没有人近得足以过来帮她：她眼看着要被他追上了，这时她转过身来，用力推了他一下，而他只是个身体虚弱的人，就被她仰面推倒在地：但非常不幸的是，她离得太近了，被他一把抓住，也被拉倒在地；然后他首先站起来，制服了她，然后吻了她；而最糟糕的莫过于，当他那么做的时候，告诉她说他有瘟疫，为什么她不该和他一样有瘟疫呢。她以前就吓得够呛，再说怀上孩子还没多久；但是她听见他说，他有瘟疫，这个时候她便尖叫起来，昏倒在地上，或者说是昏死过去了，而事后她尽管稍稍有所恢复，却是没过几天就把她给害死了，而我根本就没有听说她是否得了瘟疫。

另一个受到传染的人，来敲一位市民家的门，那儿他们对他都很熟悉；仆人放他进去，然后有人告诉他说屋子的主人在楼上，他便跑了上去，走进房间去找他们，当时全家人正在吃晚饭；他们稍稍有些吃惊地开始站起身来，不知道出了什么事，但是他让他们坐着别动，他只是来向他们告辞的。他们问他，噢，先生——您这是要去哪儿呀？去死，他说，我得了那种病，明天晚上要死了。尽管没有描写他们所有人那副惊慌失措的样子，可这一点却不难相信，那些妇女和那个男人的女儿，而她们只是一些小女孩呢，几乎都吓得要死，然后站了起来，有人从一扇门跑出去，有人从另一扇门跑出去，有些人下楼而有些人上楼，她们尽量聚在一起，把她们自己锁进房间里，冲着窗外叫喊救命，仿佛她们都已经吓得神经错乱；那位主人比她们都要镇静些，虽说是又害怕又生气，出于忿怒，正要过去把手放在他身上，然后把他推下楼去，但是接着稍稍考虑到那个人的状况以及碰他的那种危险，便让恐怖攫住他的心，而他就像目瞪口呆的人那样一动不动地站在那儿。与此同时那个得了瘟病的可怜人，由于他的脑子和身体一样出了毛病，像那种感到诧异的人那样一动不动地站在那儿；终于他回过神来，哎哟，他说道，带着尽可想象得到的那种貌似平静的态度，你们怎么都这个样子啊！你们全都是对我感到不安吗？唔，那我就回家去死在那儿算了。于是他立刻走下楼去：那位放他进来的仆人手里拿着蜡烛，跟在他后面下楼，但是怕经过他身边去开门，他便站在楼梯上看他怎么办；那个人走过去把门打开，然后走了出去，从身后把门给摔上：过了一段时间这家人才惊魂甫定，

但由于没有任何恶果随之发生，他们此后便有机会极为满意地（你可以相信）谈起这一幕。虽说那个人不见了，可他们却是过了些时候，不，照我听说的那样，是过了几天之后，才使他们自己从那种慌乱之中恢复过来，而他们在屋里走来走去也并不是那么放心得下，直到他们在所有房间里大量焚烧各种熏香和香料，弄出了沥青、火药和硫磺的许多烟雾，所有人都分别更衣，然后将衣服洗掉，做了等等之类的事情之后才放下心来；至于那个可怜的人究竟是死是活，我可记不起来了。

　　大可肯定的是，如果将房屋关闭起来而那些病人并没有被关住的话，那么大量处在热头上谵妄发狂的人，他们就会继续在街上跑来跑去，而实际上，非常多的人甚至就是那么做的，而且对他们遇见的那些人施加各种暴行，甚至恰似一条疯狗，对遇见的每个人都要刺刺不休，咬上一口；而我也不能不怀疑，那些被传染的有病的家伙，正当身上那种瘟病狂乱发作之时，当中是会有人朝任何男人或女人一口咬过去的，他们，我是指这样受了伤的人，肯定同样会无可救药地被传染上了，像那个以前得了病然后身上出现那些标记的人。

我听说有个被传染的家伙，穿着衬衫从床上跳下来，正为他的肿块痛不欲生，而那种肿块在他身上有三处，他穿上鞋子，然后走过去穿外套，但是那位护理员不让他穿，还把外套从他手上夺过来，他将她推倒在地，从她身上踩过去，跑下楼梯，进了街道，穿着衬衫径直朝泰晤士河跑去，护理员在后面追赶他，呼叫看守拦住他；但是那些看守人对那个人恐惧，怕去碰他，便让他跑走了；他因此跑到了运输码头的台阶上，扔掉衬衫，然后一头扎进泰晤士河，然后，由于他是个游泳好手，便完全游过了河去；然后潮水涌了进来，按照他们的说法，正在向西流动，他游到佛肯台阶才靠岸，在那儿上岸，发现没有人，由于是在夜里，他就在那儿的街上跑来跑去，赤裸着身体，跑了好一会儿，到了水位涨高的时候，他又跳进河里，游回到酒厂，登上岸，沿着街道又跑到自己家里，敲开屋门，登上楼梯，又躺到他的床上去了；而这个可怕的尝试治好了他的瘟疫，也就是说，他的手臂和大腿的剧烈动作，让他生了肿块的那些部位，也就是说他的腋下和外阴部得到了伸张，导致它们化脓和破裂；而冰冷的河水减轻了他血液中的热病。

我只想补充一点，我讲这件事情不过是跟讲其他有些事情

一样，作为我自身了解范围内的一种事实，我才可以担保它们的真实性，尤其是此人被恣纵的冒险所治愈那件事的真实性，而这坦白说来，我并不认为是很有可能的，但它或许有助于确证那些灾难深重的人所做出的许多不要命的事情，谵妄，还有我们所谓的躁狂，那个时候屡屡可以撞见，如果这种人没有通过关闭房屋而被关起来，那样的事情不知道还要会多成什么样子呢；而我认为，如果不算是仅有的好事，这也算是那种严酷措施所做成的最好的事情了。

另一方面，那些牢骚和怨诉对这件事情则表示了极为激烈的反对。

所有过路人听到那些被传染的人发出的惨叫，会让他们的心为之破碎，而那些人像这样让剧烈的疼痛或是血液里的热度弄成了痴呆，不是被关进屋里，就是多半被绑在床上或椅子上，以防他们对自己作出伤害，而那些人对于自己被监禁，对于不让他们无拘无束地去死，就像他们所说的那样，就像他们以前会做的那样，则会发出怕人的号叫。

害上瘟病的人这样在街上跑来跑去是非常惨淡的，而行政长官尽了最大努力加以防范，但由于这种举动实施之时，通常都是在夜里而且一向是来得突然，那些公务员没法就近加以防范，而就算是有人大白天跑出来，那些被指派的公务员也不想去干涉，因为，他们到了这样起劲的时候，他们诚然都是被严重传染上了，因此他们的传染性非同一般，跟他们接触就会成为最危险的一件事；另一个方面，他们跑着跑着，通常并不知道他们是在干什么，等到他们倒下全然死去，或是等到他们耗干了精神，这个时候他们就会倒下，说不定是在半小时或一小时里死去，而这听起来最为凄惨，他们肯定要在那半小时或一小时里不屈不挠地苏醒过来，在对其所处境况创剧痛深的感觉之中，发出最撕心裂肺的哭喊和悲叹。在将房屋关闭起来的法规严格执行之前，事情大半就是这样，因为起初那些看守人并没有那么苛刻和严厉，像他们后来把人们关住不放时所做的那样；也就是说，是在他们，我是指他们当中的某些人，为其玩忽职守而受到严厉惩罚之前，因为未能尽责，让他们监视下的那些人偷偷溜出去，或是对那些人的外出睁一只眼闭一只眼，不管他们是有病还是没病。但是他们看到公务员被派来检查他们的行为，决心要让他们尽到职责，否则要让他们因为疏忽而受到惩罚，这之后他们才做得严密了些，人们才受到严格约束；而这件事情他们觉得是那样缺德，那样烦不胜烦，因此他们的不满几乎难以描述：但是这样做存在着一种绝对的必要性，这是必须要承认的，除非有其他某种措施已经及时投入，而这对于那种情况来说是为时过晚了。

　　病人如上所述被禁闭起来，这一点如果当时没有成为我们的现实，那么伦敦就会成为这个世界上曾经有过的最可怕的地方了，死在街上的人岂不就会跟死在屋里的人一样多了；因为当瘟病处在高峰的时候，它通常会让人们变得谵妄发狂，而一旦他们变成那个样子，那么除了通过武力之外，他们是绝不会经人劝说而待在床上的；而许多没有被绑起来的人，一旦发现没法获得许可出门，他们自己就从窗口掷身跳出去。

正是由于值此灾难之时人们缺少彼此交往，才使得任何单独的个人不可能去了解发生在不同家庭里的所有特别事件；尤其我相信这在今天根本是无从知晓，有多少神经错乱的人将他们自己淹死在泰晤士河里，还有淹死在从哈克涅附近沼泽地流过来的河里，通常我们把那段河叫做是维阿河，或哈克涅河；至于说那些被记录在每周的《死亡统计表》上的人，他们其实是寥寥无几；也无法知晓那些人当中，有谁究竟是否出于意外而溺毙：但我相信我可以统计出来，在我了解或观察的范围内，那一年里确实是将他们自己淹死的那些人，比记录在《统计表》上的人全部加起来还要多，因为有许多尸体根本找不到了，可人们知道，那些人就是那样失踪的；还有那些用其他方法自我毁灭的人。在怀特克劳斯街或那儿附近还有一个人，在床上把自己给烧死了；有些人说这是他自己干的，另一些人说这是照看他的护理员背信弃义所致；但是他有瘟疫在身，这一点大家的意见是一致的。

这也是出于上天仁慈的安排，而那个时候我多次想到这一点，就是那一年的城市里没有发生火灾，至少是没有发生相当规模的火灾，而如果情形正好相反，那就会非常的恐怖了；人们想必不是任由它们烧个不熄，便是成群结队大批聚在一起，无视传染病的危险，对他们进入的屋子，他们触摸的物品，或是他们置身其中的人员或居民漠不关心：可事情倒是那样，除了克里普尔盖特教区有两三起突发的小火灾，而它们被当场扑灭了之外，整个那一年里都没有发生那类灾难。他们给我们讲了一个故事，说是有座房子在一个叫做斯旺胡同的地方，这条胡同是从奥尔德街末端附近的戈斯韦尔街通入圣约翰街，那儿有户人家受到传染，情形是那样可怕，结果那座房子里的每一个人都死了；最后那个人是躺在地板上死的，而且根据猜测，是让她自己一直刚好是躺在那个壁炉前面死去的；那个壁炉，看来是从它的那个地方塌落下来，由于烧的是木头，便烧着了他们躺卧的那些木板和托梁，刚好是烧到那具尸首，但是没有将死尸给烧着，尽管她身上只穿了一件汗衫，然后便自己熄灭了，并没有伤及屋子的其余部分，尽管这是一座薄薄的木板屋。这件事情会有多少真实，我不确定，但是由于这个城市要在次年惨遭大火蹂躏，它在这一年便极少感觉到那种灾害。

事实上，考虑到极度的痛苦让人们陷入的神志错乱，还有我讲到过的他们那种癫狂状态，当他们独自一人时，他们做了许多不要命的事情；这一类的灾难没有更多地发生，这是非常奇怪的。

屡屡有人问起我，而我从来不知道究竟应该如何给它一个正面的答复，就是何以会出现那种事情，那么多被传染的人在外面的街上抛头露面，与此同时那些被传染的房屋，它们是受到那样小心警惕的搜查，而且它们实际上是统统被关闭起来并且受到了警戒。

坦白地说，我不知道如何回答这个问题，除非这么说，在

她离得太近了，被他一把抓住，也被拉倒在地

这样一座人口那么稠密的大城市里，不可能是一出现那种情况就立刻发现每一座被传染的房子，或是将所有被传染的屋子都给关闭起来；因此人们才有了在街上四处走动的自由，甚至是爱去什么地方就去什么地方，除非让人知道他们是属于某某被传染的屋子。

确实，正如有好几位内科医生对市长大人说过的那样，传染病在某些特定的时段里闹得那样凶，人们病得那么快，死得那么快，因此要四下里去查询哪个人得了病，哪个人没得病，或是照事情要求的那样，将他们那样严格地关闭起来，这么做是不可能的，事实上是徒劳的；整条街上几乎每座房屋都受到传染，而在许多地方，有些房子里每一个人都受到传染；而更为糟糕的是，到了那些房子让人知道是被传染的时候，绝大部分被传染的人就会让人用石头砸死，剩下的人因为害怕被人关闭起来而逃走了；因此，把它们叫做被传染的屋子，然后关闭起来，这将是非常徒劳的；等到确实弄清楚，这户人家无论如何是被传染上了，这个时候传染病都已经劫掠了这座屋子，并且已经向它告辞了。

这也许足以让任何有理性的人相信，防止传染病蔓延，由于这件事情并不在行政长官的掌握之中，也不在任何人性化的措施或政策的掌握之中；因此这样将房屋关闭起来是完全不足以胜任这个目标的。事实上此中所得到的公共利益，与那样被关闭起来的各个家庭所承担的苦痛相比，看来完全是抵不上的，或者说是完全不相称的；就我被社会雇佣而去奉行这种严酷的指令而言，我屡屡有机会看到，它是无力达成这个目标的。例如作为来访者或检查员，我很想去调查几户被传染的家庭的详情，这个时候我们很少到任何一户家里明显出现瘟疫的屋子里去，而是到某几户人家已经逃走和消失不见的屋子里去；行政长官对此会非常不满，责备检查员在其检查或视察时疏忽怠慢：但是那么做，那些屋子在为人知晓之前早就已经被传染上了。眼下，由于我在这个危险的职位上只有一半任期，任期是两个月，这点时间长得足以让我本人知晓，我们没有办法可以去了解任何家庭的真实状况，只是站在门口问一问，或是向左邻右舍打听情况；至于说要进入每一间屋子搜查，则是没有任何当权者会主动提出让居民勉强接受，也没有任何市民会去承担的一个任务，因为这会让我们招来某种传染病和死亡，让我们自己的家庭还有我们本人招来毁灭，也不会有任何廉洁正直的市民，如果他们变得容易陷入这样一种严酷情形，他们能够靠得住，能够在城里坚守得住的。

我们所能掌握的事情的那种确定性，不是通过别的什么方法，而只是通过向左邻右舍去打听，或是向那种我们没法严格依靠的家庭去打听，那么从这一点看，除了这个问题的那种不确定性会如上所述的那样遗留下来，其他是没有可能的。

确实，那些户主受到法规限制，一旦屋子里有人得了病，也就是说，有了传染病的迹象，在发现之后的两小时内，要向检查员报告他所居住的那个地方，可是他们找到了那么多的办法对此加以回避，并为他们的疏忽大意而辩解，因此他们很少那样去报告，直到他们采取措施让每一个想要逃跑的人都从屋子里逃出来，不管他们是有病还是没病；而当这种情况发生的时候，这就让人不难看到，作为一种遏止传染病的有效方法，将房屋关闭起来是根本靠不住的，因为，正如我在别处说过的那样，从那些被传染的屋子里那样跑出来的人，不少人真的是有瘟疫在身，尽管他们真的会认为自己并没有病：这些人当中有一些便是走在街上最终倒毙的人，这倒不是说他们突然让瘟病给击中了，像是被子弹一下给射死了，而是确实在很久前就让他们的血液里得了传染病了，仅仅在于，当它在暗中损害着重要器官时，它并未显示出来，直到它以致命的力量袭击了心脏，病人便在片刻之间死去，像是由于突然的昏厥或是中风发作而死去那样。

我知道有些人，甚至我们有些内科医生，一度认为，街上那样死去的人，只是在他们倒下的那个时刻受到了袭击，仿佛是来自上天的一击将他们打中，像雷电的一闪将人杀死一样；但是他们后来找到修正自己观点的理由；因为对这些人死后的尸体进行检查，他们总是要么有标记在身，要么有瘟病的其他明显证据在身，比他们本来料想的还要时间长一些。

这常常就是那种原因之所在，正如我说过的那样，我们，这些检查员，没有能力去了解传染病进入一座屋子的情况，直到为时已晚将它关闭起来；而有时候是直到留下来的人全都死去了才知道。在帕蒂科胡同有两座房屋一起被传染上了，有好几个人得了病；但是瘟病被隐藏得那么好，那位检查员，他是我邻居，对此并不知情，直到有人被派来向他报告，那些人全都死了，应该叫运尸车到那儿去把他们弄走。这两户人家的主人采取协调一致的步骤，那样来安排他们的事务，当检查员出现在邻近一带时，他们通常是一次出现一个人，然后答复一下，也就是说，替对方撒个谎，或让邻居的某个人说他们全都是健康的，而且说不定知道是不好的，直到死亡不可能将它作为秘密隐藏得更久了，运尸车便在夜间被叫来，两户人家的家里都到了：可是当检查员命令警察将房子关闭起来时，它们里面除了三个人之外没有剩下什么人，两个是在一间屋里，一个在另一间屋里，刚好都快要死了，而两间屋子里各有一个护理员，她们承认此前已经埋了五个，屋子受到传染已经有九到十天，而两户人家所有剩下来的人，人数有不少，他们全都逃走了，有些有病，有些没病，或者说，到底有病还是没病没法弄得清楚。

同样，这条胡同里的另一户人家，有个人让他家里传染上了，但是极不情愿让人给关闭起来，到了他再也没法隐瞒的时候，就把他自己给关闭起来；也就是说，他在门上涂了一个大大的红十字，边上有一行字**上帝怜悯我们**；那样就把检查员给蒙蔽了，而那个人以为这是那位警察在另一个检查员的命令下干的，因为每一个地区或辖区有两个检查员；这么一来他又有了自由进出屋子的机会，尽管屋子被传染上了，可只要喜欢他仍然出门哩；直到最后他的计谋被人发现，然后他便带上那部分健康的仆人和家眷，拔腿逃走；因此他们根本就没有被关闭起来。

通过将房屋关闭起来而阻止传染病蔓延，正如我说过的那样，这些事情如果不是让它变得不可能，也会让它变得非常困难，除非人们会认为将他们的房屋关闭起来无可抱怨，而且是那样心甘情愿地让它给关闭起来，正如他们一旦知道他们自己被传染上了，就会及时将其病情向行政长官如实报告：但是由于这种事情不能指望他们去做，而那些检查员，如上所述，不一定非得要进入屋子去查访，因此将房屋关闭起来的所有好处就会被勾销，而极少有屋子会被及时关闭，除了没法隐瞒病情的穷人的那些屋子，还有被这件事弄得恐惧、慌乱，因而被人发现的那些人的屋子。

我用很少一点钱找到另一个人接受我的差事，我一得到这个人的同意，就让我自己从我正在做的这个危险职位上脱了身；那样我非但没有做到规定的两个月，而且在这个岗位上还没有超过三周；考虑到这是在八月份，当时瘟病在城里我们这一边开始迅猛猖獗起来，这也算是很长一段时间了。

在履行这个职位期间，我在我的邻居中间说到把人们关进屋里这种事情，忍不住要说出我的意见；我们从中极为清楚地看到，那些严酷的手段尽管本身令人痛心却被加以运用，可还是有着这样一层反对它们的理由，也就是说，除了染上瘟病的人日复一日在街上走来走去之外，正如我说过的那样，它们并没有达到目的；而我们联合一致的观点是，万一有个别房屋被传染上了，让健康人从病人中间迁移出来，这个措施从很多方面讲是要合理得多，不让任何人和那些病人在一起，除了诸如此类的人之外，他们按照要求应该在这样的时候留下来，并且宣布说自己乐意跟他们一起被关闭起来。

我们用来把健康人从病人中间迁移出来的那个计划，仅用于那种被传染上了而且将病人禁闭而非监禁起来的屋子；那些动弹不得的人，在他们精神正常的时候，在他们具有判断力的时候，不会发出抱怨；事实上，当他们变得谵妄和躁狂时，才会因为那种冷酷的禁闭而哭诉；但是说到这些健康人的迁移，我们认为是高度合理和公正的，为了他们自身的缘故，他们应该从病人当中被迁移出来，而且，为了其他人的安全，他们应该被私下隔离一段时间，以便确认他们是健康的，不会给他人造成传染；而我们认为这样做二十天或三十天就够了。

那么毫无疑问，如果有意将房屋提供给那些健康人，用来实行这种半隔离，他们在这样一种拘禁之中，比起跟传染病人关在一起，关在他们所居住的那些房子里，就不会有那么多的理由认为自己是受到伤害了。

不过，此处可以让人看到，葬礼变得那么多之后，人们因此就没法敲钟、悲悼或哭泣，或是为对方穿上丧服了，正如他们从前所做的那样；就连为那些死者做的棺材也都不做了；那样过了一阵之后，传染病的增长显得那么凶猛，因此简单说来，他们是什么屋子都不关闭了；所有那种类型的补救措施看来明显都已经用上了，直到发现它们无济于事为止，而瘟疫以一种不可抗拒的凶暴之势蔓延开来，因此，就像来年那场大火，蔓延开来并且是烧得那样猛烈，因此市民们在绝望之中，放弃了扑救的努力，在这场瘟疫中也是那样，它最终变得那样猖獗，结果人们静静地坐着，你看我，我看你，完全像是自暴自弃了；整条整条的街道显得荒凉枯寂，非但要被关闭起来，而且要将其居民清空；那些门开着，空屋里的窗子被风撞碎，因为没有人将它们关上；总之，人们开始被他们的恐惧降服，而且开始认为一切管理条例和措施都是白费力气，除了普天之下的荒芜枯寂之外，什么都指望不上；而事情正是在这样一个前所未有的普遍绝望的顶点，才让上帝满意地停住手，正如它开始之初以那种出人意料的方式，甚至减缓传染病的凶猛势头，将它单单显示为他自己那只手，即便是上天那只手并非不通过中介起作用的，正如我在适当的地方会加以理会的那样。

可我还是得要谈到这场瘟疫，当其顶点之时，狂暴肆虐之处一片荒芜枯寂，人们处在最可怕的慌乱之中，甚至，正如我说过的那样，到了绝望的地步。在这瘟病的极端状况中，人们负有的那种过度激情几乎令人难以置信；而这个方面，我认为，和其余的一样打动人心；有什么能打动一个思考力健全的人；有什么比看见这样一个场景能让灵魂产生更深的触动，看见一个几乎赤身裸体的人，从自家屋子里跑出来，或者说不定是从他的床上跑到了街上，从怀特夏普尔那条屠户街的一个人烟稠密的会合处，或者说是胡同、短巷和通道的汇集处，从哈鲁胡同里跑了出来？我是说，有什么能比这更让人打动的，看到这个可怜的人跑出来，跑到了大街上，一边跑一边跳舞唱歌，还做出千百个滑稽动作，身后有五到六个女人和孩子追赶，哭着，喊着让他务必回家去，恳求别人帮忙把他带回去，但是全都白费力气，没有人敢把手放在他身上，或者说敢去靠近他。

从我自己的窗户里全然看见这一幕，这是一件最让我痛心疾首的事情；因为自始至终，这个备受折磨的可怜人，照我看来，当时甚至是处在无以复加的剧烈疼痛之中，他的身上，正如他们所说，有两个肿块，而它们无法溃烂或化脓；但是通过给它们敷上强烈的腐蚀剂，那些外科医生，看来是有希望让它们溃烂，而这种腐蚀剂当时就敷在他身上，就像是用炽热的烙铁烧灼着他的肉体；我不知道这个可怜的人结局如何，但我想他是不停地那样四处游荡，直到他倒下然后死去为止。

难怪城市本身的面目叫人害怕，人们在街道上的那种寻常会集，城里我们这边过去常常提供的那种会集减少了；交流事实上并没有隔绝，只是没有更加频繁罢了；那些大火是消失了；它们在几天之内被一场相当迅猛的骤雨几乎给浇灭；但是事情还没有完，有些内科医生坚持认为它们不仅没有好处，而且还对人们的健康有害；他们吵吵闹闹地大声发布这个观点，还拿它去跟市长大人申诉；另一个方面，这同一个行会中的其他人，而且也都是杰出人士，反对他们的观点，说明大火对于减缓瘟病的暴虐为何有用而且为何必定有用的理由。我无法把双方的论点完整记录下来，只有这一点我还记得，他们彼此之间相当吹毛求疵；有些人赞成用火，但必须是用木材而非煤块生出来的火，而且还必须是用特殊种类的木材，特别是用冷杉或者雪松之类，因为有呛人的松脂气味；其他人赞成用煤块而非木材，因为有硫磺和沥青；而另外的人既不赞成这个也不赞成那个。①着眼于大局，市长大人便下令不可以再用火，尤其是为了这个缘故，也就是说，瘟疫是那样凶猛让他们看到所有的办法都不管用，而针对任何用来遏止和减轻它的那种措施，它更像是在增长而不像是在降低；可是行政长官的这种惊骇诧异，更多是缘于他们无力采用任何成功的手段，而不是缘于他们不愿让自

---

① 1665 年 9 月 2 日，市长大人下令在所有街道、胡同、短巷和小街焚火三日，依照 1503 年应对瘟疫的传统做法，基于希波克拉底和雅典瘟疫作斗争的故事，据说他点燃的火净化了空气。H. F. 详述内科医生中间发生的大辩论，有关各种燃料发出的烟气那种相对效应。

已招致危险，或是承担工作上的操心和重负；因为，要给他们说句公道话，他们是既不惜劳苦也不惜人手的；但是一切都毫无结果，传染病猖獗肆虐，而人们眼下是恐惧害怕到了极点，因此，正如我会说的那样，他们投降了，而且正如我上面说到的那样，他们自暴自弃到了绝望的地步。

不过让我在这里说一下，当我说人们自暴自弃到了绝望的地步，我并不是指人们所谓的那种宗教绝望，或者说是对他们永恒审判的那种绝望，而是指对于他们逃脱传染病，或是比瘟疫活得更长久的那种能力的绝望，而他们看到瘟疫在其大举进攻之时是那样猖獗，那样不可阻挡，因此其实是极少有人在它八月和九月左右的高峰中被传染上而得以逃脱；而且，它非常特别，跟它在六月、七月，还有八月初的那种平常的运作相反，当时，正如我所看到的那样，许多人被传染上了，接着活了那么多天，是在让他们的血液毒害了很久之后，然后才丧命的；可眼下却正好相反，绝大多数人在八月的最后两周，还有在九月的最初三周里得病，一般最长是两到三天就死了，而不少人恰恰是在得病的同一天里死的；是不是三伏天的缘故，还是由于像我们的星相学家妄图声称的那样，是天狼星的影响带来那种不吉利的后果①；还是由于所有那些人此前体内所携带的传染病种子，到了那个时候一起发育成熟了的缘故，这我不知道；不过正是在这个时候有报道说，有3 000多人在一夜之间死去；

---

① "三伏天"是与天狼星（大犬星座中最明亮的恒星）的上升有关；从七月初到八月中旬，各种算法不同；长期以来被认为是一年当中最炎热和最不健康的时候。

而他们是要让我们相信，他们对这件事情观察得更为精密，妄图声称，那些人全都死在两小时的区间之内，（亦即）死在了凌晨一点至三点之间。

说到人们那种死去的突然性在这个时候多于从前，这一点有着不计其数的例子，而我可以从我的近邻当中说出若干例；栅栏外面有一户人家，住得离我那儿不远，家里有十口人，星期一看上去全都好好的，那个傍晚，一个女仆和一个徒弟得了病，次日凌晨就死了，这个时候另一个徒弟和两个小孩被传染上了，其中一个是死在了同一天傍晚，而另外两个是在星期三死去；总之，到了星期六中午时分，主人，主妇，四个孩子和四个仆从全都一命呜呼，而那座屋子整个都空了，除了一位年老的女人，她是来替这个户主的兄弟看管货物的，她住得不远，而且一直没有得病。

许多房屋因而就被遗落在了荒凉之中，人都死掉被送走了，特别是在栅栏外的同一边，更远的一条胡同里，从摩西和亚伦招牌那儿走进去：那儿有好几座房屋在一起，而在那些屋子里面（他们说）没有一个人活着留下来，而那些屋子当中有好几户，有些人死在了最后，他们在被人弄走埋葬之前，留下的时间稍微太长了些；其原因并不像有些人很不真实地写的那样，活人不够人手埋葬死人；而是院落或胡同里的死亡率那么高，弄得没有人留下来通知下葬人或教堂下级执事，说那儿还有死尸要埋葬。据说，有多少真实性我不知道，那些尸体当中有些是那样的腐败不堪，那样的糜烂，结果是好不容易才将它们搬动；由于那些运尸车再怎么弄也只能是靠近大街的胡同口，要把它们一路弄出来就更是难上加难了；但是我说不准有多少尸体因此而被留了下来，我相信一般情况下事情倒不至于那样。

正如我说过人们是如何陷入对生活的绝望和自暴自弃的境地，因此在三到四个星期里，这件事情本身在我们中间产生了某种奇怪的影响，也就是说，它让他们变得大胆和鲁莽起来，他们不再是彼此规避或足不出户了，而是任何地方都去，每个地方都去，并且开始了社交；有人会对另一个人说，我不问你过得怎么样，也不说我怎么样，反正我们都是要走的，因此谁病了或谁没病，这个无关紧要，于是，他们便不顾一切地闯入任何地方或任何交际圈里。

正如这件事情把人们带入公共交往，同样让人吃惊的是它如何让他们拥挤着进入教堂，他们再也不问坐在自己旁边的人是谁，或者根本不管扑鼻而来的难闻气味是什么，或者并不在乎那些人看来是处在什么样的状况当中，而是把他们自己全都看作是那么多死去的尸身，他们来到教堂，丝毫没有戒备，而且挤在一起，较之于他们在那儿的所作所为，仿佛他们的生命是无足轻重：事实上，他们的到来所显示的热情，还有他们的专心听讲所显示的认真和动情都清楚地表明，假如人们觉得自己进教堂的每一天是他们的最后一天，那他们全都会把祭拜上帝看得何其郑重啊。

它也不乏其他方面的奇怪影响，因为当他们来到教堂时，对于宣讲坛上站的是什么人，他们的各种偏见和顾虑都被消除了。无可怀疑的是，在那样共通又那样可怕的一场灾害中，其中就有不少教区教堂的牧师断送了性命；而其他那些牧师没有足够的勇气抵挡灾害，只是在他们找到了逃生的办法时迁入乡下，由于当时有些教区教堂是相当的空落萧索，人们便毫不计较，很想让那些反对英国国教者在教堂布道，这些人在几年前因为那部名曰《统一宣誓法案》①的法令而被剥夺了牧师俸禄，而教堂牧师在那种情况下对于接受他们的协助也没有表示什么异议，因此那些他们称之为哑巴牧师的人，其中有许多在这个时节将他们的嘴巴张了开来，公开向人们布道了。

在此我们可以看到，而我希望对此加以理会并没有不适当，那就是近在眼前的死亡会让严于律己的人彼此很快调和起来，而主要正是由于我们生活环境的舒适，我们把这些事情束之高阁的缘故，我们的那些仇隙才得以酿成，恶感才得以持续，种种偏见，对博爱和基督教团结的背离在我们中间实际上是那样盛行，迄今为止仍在我们中间流布：另一个瘟疫年会将这些分歧全都调和起来，与死亡密切交谈，或是与那些有死亡威胁的疾病密切交谈，会滤去我们性情中的毒汁，消除我们中间的种种怨怼，并让我们换一种眼光看待世界，不同于从前我们对待事物的那些看法；如同那些已经习惯于和教会站在一起的人，这个时候排解了争端，允许那些反对英国国教者对他们布道：那些反对英国国教者也是那样，他们抱有某种不寻常的偏见，已经与英格兰教会团体断绝了关系，眼下心甘情愿到他们的教

---

① 《统一宣誓法》施行于 1662 年，要求宣誓效忠于英国教会的三十九条规定。许多牧师拒绝宣誓，因此被称为反对英国国教者或非国教教徒。笛福的家庭牧师塞缪尔·安纳斯利，克里普尔盖特的圣迦尔斯教堂牧师，便是一位重要的非国教教徒。

区教堂里来，遵从那种他们此前并不赞成的礼拜仪式；但是随着传染病的恐怖消退下来，那些事情又全都回到了它们不太值得向往的渠道之中，回到它们从前所在的轨道上去了。

我只是从历史的角度讲到这一点，我可无心去加入那种争论，试图把这一方或那一方，或是把双方都推到彼此更加慈悲为怀的顺从之中；我并没有看到这样一番说教可能会是适宜或成功的；仇隙似乎在加大，倾向于继续加大，而不是弥合，而我算什么人，会想到自己有能力去影响这一方或那一方？但这一点我还会再讲一遍，显而易见的是，死亡会将我们所有人都调和起来，另一面的坟墓会让我们所有人再次亲如兄弟。在天堂里，我希望，不管我们是否来自各种党派和信仰，我们将找不到偏见或顾虑；那儿我们会成为一种原则和一种观点，为什么我们不能手拉手高高兴兴到那个地方去，在那儿我们会心手相连，没有一丝一毫的犹豫，并且怀着最为圆满的和谐与柔情；我是说，为什么我们在这里不能那样做，对此我什么都说不上来，而除了让它留作悲叹，我也不会再多说什么了。

我能够对这个可怕时期的灾难进行长久思量，继续描述每一天出现在我们中间的景象，病人的精神错乱所导致的他们那些可怕而出格的举动；街上眼下如何开始出现更多的吓人的景象，而那些家庭甚至成为他们自身的一种惊吓：但是在我跟你讲了之后，正如我在上面告诉你的那样，有个人被绑在他的床上，找不到别的办法脱身，他就用蜡烛把床给点燃了，而不幸的是，那支蜡烛就搁在他够得着的地方，然后在床上把他自己给烧死了。而另一个人，如何忍受不了他身上的那种折磨，在街上赤身裸体地跳舞和唱歌，并不知道一种兴奋忘形和另一种兴奋忘形的区别，我是说，在我讲了那些事情之后，还能够再增添些什么呢？要向读者更为生动地描述那些时刻的悲惨，或是让他更圆满地理解那种复杂纠结的苦难，还能够怎么说呢？

我得承认这个时期是恐怖的，我有时候是什么决心都下不了，我没有了最初有过的那种勇气。当这种穷途末路的状况把

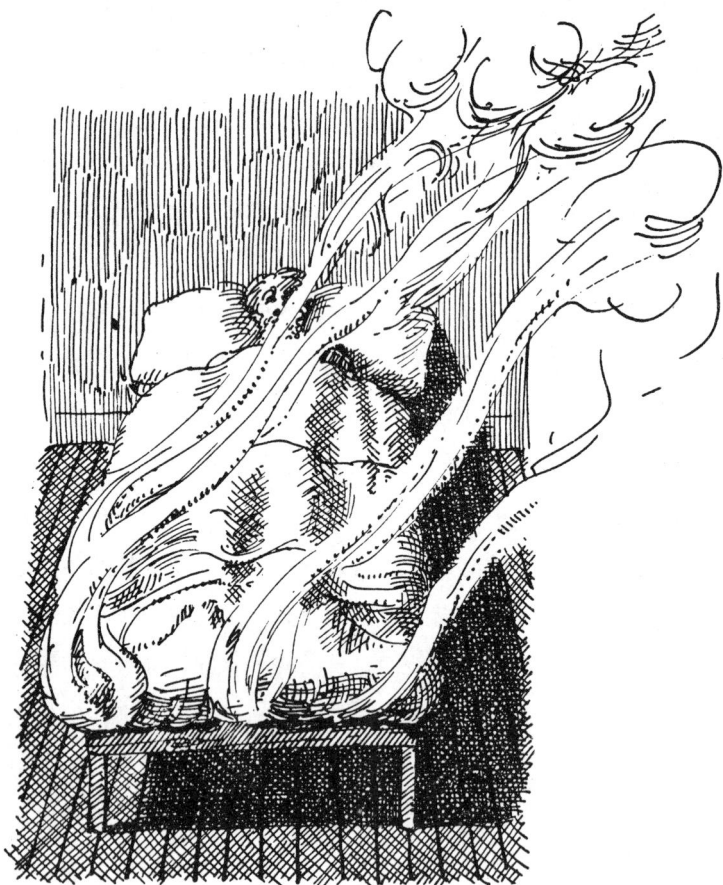

别人带到户外时，它驱使我回到家里，除了到布莱克沃尔和格林尼治做了航行，正如我讲述过的那样，是一趟短途旅行，我后来大半时间都是足不出户，像我以前那样大概有两星期都不出门；我已经说过，有好几次我都后悔冒险留在城里，没有跟我的兄长和他全家一起走掉，可眼下悔之晚矣；而在我退到室内待了很长一段时间之后，在我耐不住性子来到户外之前，那时他们任命我，正如我说过的那样，去做那种丑陋而危险的工作，而它又把我带到了外面；但是在期满退职之时，瘟病的尖峰正在持续，我又退隐了，继续把门关了十到十二天以上。期间有许多惨淡的景象呈现在我眼前，是透过我自家的窗户看到，在我自己的那条街上，正如特别是从哈鲁胡同里出来的那个荒谬绝伦的可怜虫，一边痛不欲生，一边跳舞唱歌，还有许多其他这样的事情：几乎只才过了一天或一夜时间，就有这样或那样的惨事在哈鲁胡同的那一头发生，而那个地方住满了穷人，他们绝大多数人是属于那些屠户家的，或者说，做的是依靠屠宰业为生的工作。

有时候人们成群结队会突然从那条胡同里蜂拥而出，他们绝大多数是妇女，发出吓人的吵吵嚷嚷，是尖叫、哭泣和彼此呼喊的混杂或组合，让人简直难以想象这是怎么弄出来的；几乎整个夜里寂静无声的时分，那辆运尸车都停在那条胡同的末端，因为如果它驶进去的话，就没法再好好地掉过头来，只能够进去那么一点点路。在那儿，我是说，它伫立着接收死尸，而由于离教堂基地只有一点点路，如果它满载而去，很快就会再回来：那些可怜的人一边把他们的孩子和亲友的尸体弄出来放到运尸车上，一边发出那种语言难以形容的最为恐怖的哭喊和喧闹，而尸体的数目让人会以为，那儿一个都没有被落下，或者说住在那些地方的人足以用来组成一个小城市：有好几次他们叫喊杀人了，有时候叫喊起火了；但是轻易即可得知，这全都是错乱发狂，是受苦受难和身患瘟病的人发出的怨诉。

我相信那个时候到处都是这样，因为瘟疫大肆流行了六到七周，超过了我所说的一切；甚至到达了这样一个极点，在这种穷途末路的状况中，他们开始强行侵犯那项卓越的法规，而那项法规我已经说了那么多，代表那些行政长官，也就是说，大白天在街上或墓地里不得见到任何一具尸体，因为在这种穷途末路的状况中，对于短时间里不按照法规行事，有必要加以宽恕。

有一件事情我不能在这里漏掉不提，而事实上我认为它非同寻常，至少，它显示了那只引人瞩目的神圣正义之手，（亦即）凡是预言家、星相家、占卜师，还有他们所谓的智多星、魔法师，等等之类；根据天宫图算命，还有根据梦境解梦的那类人物，全都消失不见，他们一个都找不到：我真的相信，他们很多人是在这场灾难的热潮中倒下了，因为冲着获取大宗家产的前景而冒险留下来；而通过人们的疯狂和愚蠢，一时间他们的进账确实是不可胜数；可是眼下他们却悄无声息了，他们很多人是到永久的家园去了，没有能够预言他们自己的命运，或是计算出他们自己的天宫图；有些人说得非常精确，说他们每一个人都死了；这种说法我不敢肯定；不过这一点我必须承认，灾难结束之后，我从未听说他们有人曾经露过面。

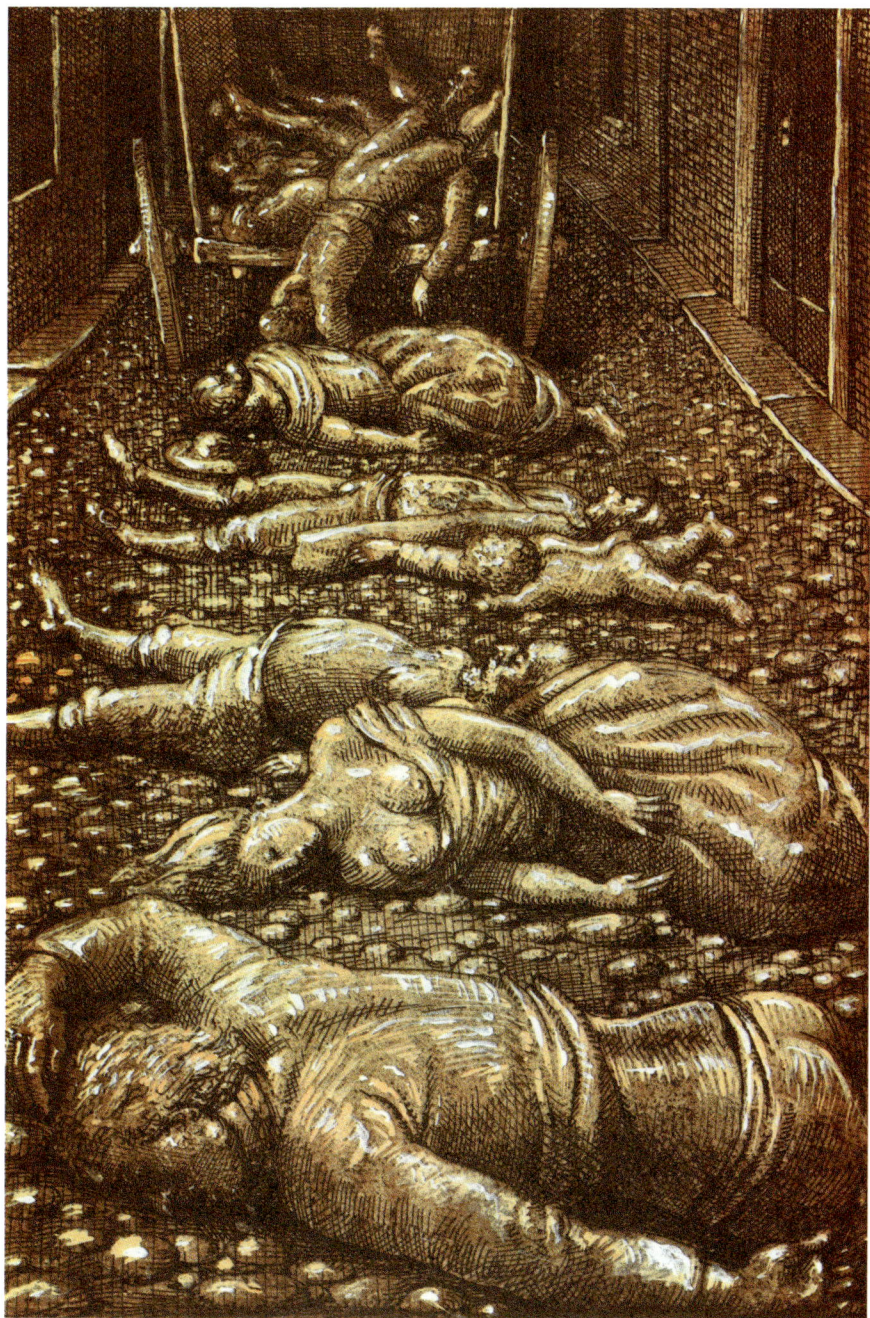

那些运尸车再怎么弄也只能是靠近大街的胡同口

但是回头来讲我对这场劫难当中这一段可怕时期的具体观察：我现在是回到，正如我说过的那样，那个九月份，我相信，这是伦敦有史以来见到过的最可怕的月份；因为在我见到的此前伦敦出现过的那些劫难的所有记录中，没有哪一次是像它那样；从八月二十二日到九月二十六日，不过是五周时间，每周的《统计表》上的数目总计将近 40 000 人，《统计表》的细则如下，（亦即）

从八月二十二日到二十九日　7 496

到九月七日　8 252

到十二日　7 690

到十九日　8 297

到二十六日　6 460

————

38 195

这个数字本身是高得惊人了，但是我不得不认为这个记录是不完整的，如果我补充说明这样认为的理由，说明这个记录有多少不完整，那么你就会和我一样，毫不迟疑地相信，所有那几个星期当中，平均每星期死亡一万人以上，而此前和此后的好几个星期都是这个比率：人们中间所出现的那种混乱，尤其是那个时候在城市范围内所出现的混乱，是难以言表的；那种恐怖最终变得那样厉害，以至于被派去运送尸体的那些人，开始吓破了胆；不仅如此，他们当中有好几个人，虽然他们以前得了瘟病，然后恢复过来，可还是死掉了；他们当中有些人甚至将那些尸体已经运到了坑边，正待将它们扔进去，这个时候他们却一头栽倒下去；而在城市里这种混乱更大一些，因为他们自以为有望逃脱：并且认为死亡的酷烈已经过去：有一辆运尸车，他们告诉我们说，去往肖迪契，让那些车夫给遗弃了，或者说是留给了一个人赶车，他在街上死去，而那些马儿继续前行，把车子翻倒，然后把那些尸体丢下，有些是在这儿扔出来，有些是在那儿扔出来，以那种惨淡的模样；另一辆车据说是在芬斯伯利田野的那个大坑里让人找到的，车夫死了，或是弃车逃走了，而那些马儿跑得离那个坑太近了点，结果车子掉进了坑里，把那些马儿也拽了进去：有人暗示说车夫是和车子一起掉进去的，而那辆车子压在了他身上，理由是有人见到他的鞭子夹在坑里那些尸体中间；但这个，我想，是无法确定的。

在我们埃尔德盖特教区，运尸车有好几次，正如我听说的那样，让人发现停在教堂墓地门口，载满死尸，但是既没有更夫也没有车夫，也没有任何其他人跟它在一起；在这些情形中，或是在其他许多情形中，他们都不知道自己的车上有多少尸体，因为有时候死尸是从阳台上和窗户里用绳子给放落下来的；而有时候是搬运工把尸体弄到车上，有时候是其他人把尸体弄到车上；他们也并没有，正如这些人自己说的那样，让他们自己费心将那些数目给记录下来。

行政长官的那种小心警戒眼下是受到了最大的考验，而必须承认的是，在此节骨眼上也绝不会充分得到认可的是，不管他们遭到的损失是什么，麻烦是什么，有两件事情在城市里根本没有被忽略，在郊区也同样没有被忽略。

1. 到手的食品总是十分充足，而且价格上涨也不多，几乎不值一提。

2. 没有死者躺着未被掩埋或未被覆盖；如有人从城市一头步行至另一头，日间则是看不到有任何葬礼或葬礼的迹象，除了有少数几起，正如我在上面说过的那样，出现在九月的头三周里。

后面这一项说不定会让人几乎难以相信，当时有些记录别人已经发表，在这之后会让人看到，而他们在那里面说，死者躺着未被掩埋，而我相信这是一派胡言；至少，如果有什么地方是那样，这也肯定就是在那些房屋里面，那儿的活人从死者身边离开，已经找到办法，正如我讲到过的那样，得以逃脱，而且那儿没有人去向公务员报告；而在目前的情形中完全不是那么一回事；因为这一点我是断然相信的，由于在我居住的教区那一带本人被雇用过一小段时间，而那个地方跟任何地方一样，它所造成的荒凉枯寂的程度之大是跟居民的数量成正比。我是说，我确信没有任何死者的尸体留下来未被掩埋；也就是说，那些正式的公务员知道的一个都没有；找不到人将他们运走，找不到下葬人将他们埋入土中然后将他们覆盖的一个都没有；这个方面的论据是充足的；因为像在摩西和亚伦胡同里那样会躺在房屋和陋室里的情况根本就没有；因为基本上可以肯定，他们一经发现就被掩埋了。至于说第一项，也就是说，关

于食品，那种稀缺或昂贵，尽管我在前面已经提到过了，而且会再一次说到的；可我还是必须在这里讲一下，

1. 单是面包价格上涨并不太多；因为在这一年的开初那个时候，（亦即）在三月的第一周，一便士的小麦面包是十盎司半；而在传染病的高峰时刻，就要卖到九盎司半，不会再贵一点了，整个那个季节里都是那样；而大约在十二月初那个时候，它又卖到十盎司半；类似这种情况，我相信，在以前遭受那样可怕劫难的任何城市里，都根本没有听说过。

2. 也不缺（对此我是相当惊奇）向人开张供应面包的任何面包师或烘炉；不过，这种说法事实上是某些家庭所断言，亦即，他们的女仆拿着面粉去面包店让人烘烤，这是当时的习俗，有时候带着那种疾病回到家里，也就是说，她们身上带着瘟疫。

在整个这场可怕的劫难之中，只有，正如我在前面说过的那样，两家传染病隔离所派上了用场，亦即，在奥尔德街外头田野上的一家，还有在威斯敏斯特的一家；在把人们送去那些地方的过程中也并没有使用任何强制手段：这种情况下其实没有任何必要使用强制手段，因为有成千上万灾难深重的穷人，除了慈善之外他们得不到任何帮助，得不到任何便利设备或供应，会非常乐意让人送去那种地方，受到照顾，而在城市的整个公共管理中，我认为，事实上这是唯一欠缺的事情；因为这

儿没有人被允许带去传染病隔离所，除了那种有人给钱或是担保给钱的地方，不是用于介绍入院，便是用于治愈和出院；因为有很多人又安然无恙地被送了出来，而非常优秀的内科医生被派去那些地方，因此许多人在那儿过得很好，而这一点我会再讲到的。送到那儿去的人的主要种类，正如我说过的那样，是仆人，而这些人是在给他们主人家当差去购买必需品时得了瘟病；而在那种情况下，要是他们回到家里生病了，就会被人送走，以保护家中其余成员；而在这场劫难的所有时间里，他们在那儿受到了那么好的照顾，结果在伦敦的传染病隔离所里总共只埋葬了 156 人，而在威斯敏斯特那一家只埋葬了 159 人。

说是要有更多的传染病隔离所，我的意思绝不是说要迫使所有人都到那种地方去。如果将房屋关闭起来这件事情忘记做了，而病人都急急忙忙离开住处去往传染病隔离所，正如在那个时候还有从那之后，有些人看来会提议的那样，那么事情肯定会比实际情况糟糕得多；恰恰是搬迁病人这件事，会让传染病蔓延开来，由于搬迁无法有效清理屋子，那儿病人患的是瘟病，而家中其余成员当时随意留下来，肯定会在其他人中间将它蔓延开来，事情就会变得愈发不可收拾。

平民家庭也用到的那些方法，会普遍得到使用，用来隐瞒瘟病，并将生病的人藏匿起来，会造成这样的结果，还没等来访者或检查员掌握有关情况，瘟病有时候便侵害了整个家庭：另一个方面，同时患病的那些人的数量极大，会超出公共传染病隔离所接纳他们的整个容量，或是超出公务员发现并送走他们的全部能力。

这一点在那些时候考虑得相当多，而我听到他们经常谈起它：行政长官好容易才让人们服从，将他们的房屋给关闭起来，而他们用许多办法蒙蔽看守人，从屋里跑出来，正如我讲过的那样；但是这种困难使它变得清清楚楚，他们会发现用别的办法工作是办不成的：因为他们根本就没法把病人从他们的床铺和住处赶出去；这恐怕就不是市长大人的公务员，而是一大群公务员才会试着去做一做的；另一个方面，人们会受到激怒而不顾一切，会将那些想要干涉他们或是干涉他们孩子和亲戚的人杀死，不管因此而受到什么样的处罚；因此他们就会使得人们处在可以想象的最可怕的精神错乱之中，而那些人实际上就是那个样子；我是说，他们就会让那些人变得十足疯狂起来；而行政长官在好些方面都发现这么做才是恰当的，用宽大和同情对待他们，而不是用暴力和恐怖，诸如将病人从屋子里拖出来，或是逼他们自己搬迁之类。

这又让我讲起那个时候，当时瘟疫才刚刚开始，也就是说，它会在整个市区蔓延这一点变得确定下来，当时，正如我说过的那样，那些优渥之人才刚受到惊吓，便开始让他们自己急急忙忙跑出城去：确实，正如我在适当之处讲到的那样，人群是那样拥挤，大马车、马匹、运货马车、轻便马车是那样多，在把人们拉走和拖走，看上去仿佛是整个城市在逃走；而要是那个时候有什么吓唬人的法规颁布出来，尤其是那些自以为要对人们进行整顿，而非自我整顿的法规颁布出来，就会让市区和郊区同时陷入混乱不堪的状况之中。

但是行政长官明智的做法让民心得到振作，在管理市民方面制定了很好的细则，在大街上维持良好的秩序，每件事情尽可能做得对所有人都无所偏颇。

起初，市长大人和治安官、全体市参议员，还有一定数量的市会成员或是他们的代表，达成一项决议并加以颁布，亦即，"他们不会让自己退出这个城市，而是会始终待在就近的地方，为了在各处维持良好秩序，为了随时随地主持公道；也是为了将公共慈善分布给穷人；一言以蔽之，为了履行职责，尽其最大努力践行市民委托给他们的义务。"

为了实行这些规定，市长大人、治安官等人每天多少都要召开市政会议，为了制定那些在维持市民和平方面他们认为是不可或缺的部署；虽说他们尽量以慈爱和宽厚待人，可是各类不法之徒，诸如窃贼啦，私闯民宅者啦，抢劫死人的人啦，或是抢劫病人的人啦，却都及时得到了惩处，而由市长大人和全体市参议员制定的针对此类案件的好几则公告陆续得以颁布。

所有的警察和教会执事也都被责令留在城里执行严厉刑罚，或是在辖区代理参议员或市会成员的认可之下，把权力委托给那些得力而能干的房屋管理人，并要为这些人做出担保；还要保证万一有所伤亡，他们会立刻指派其他警察来代替这些人。

这些事情又使得人心大为安定下来，尤其是在人们开始感到恐慌之际，那个时候他们谈到要进行那样盛大的一场逃亡，要让这个城市处在被其居民全盘抛弃的危险之中，除了那些穷人不会那么做之外；而乡村便会遭到无数人的洗劫和践踏。而行政长官也并没有什么不称职的地方，在执行任务时就像他们承诺的一样大胆无畏；因为市长大人和治安官不停地出现在街上，出现在危险最大的地方；虽说他们并不想要有太大的一群人将他们团团围住，可是，在紧急情况下，他们却丝毫没有拒绝人们靠近，并耐心听取他们所有的委屈和申诉；市长大人特意在他的大厅里修建了一个低矮的会堂，那些人前来诉苦时，他便站在那儿，稍稍移开一点儿距离，那样他就会尽量安全地露面了。

那些正式的公务员，叫做市长大人的公务员，同样是一刻不停地在值班，就像他们是在伺候着；而要是他们有人病了或是被传染上了，正如他们当中有些人是病了或是被传染上了那样，其他那些人就立刻被雇来填补上，代替他们行使职务，直到弄清楚对方究竟是活着还是死了为止。

同样，那些治安官和市参议员分别驻守在他们的警备区和选举区，他们是出于职分而被安排在那些地方；治安官手下的官吏或军曹获得指派，接受各自的市参议员值班时发来的命令；因此在任何情况下都可以毫无妨碍地执行公道了。其次，要去查看那些维护集市自由的法令遵循情况，这是他们特别关心的一件事情；而这个方面，不是市长大人，就是一名治安官或者就是两名治安官，每逢赶集日骑马去查看法令的执行情况，去查看乡下人的赶集是尽量得到了鼓励并且来去自由的；在街上不会见到各种可怕的景象，把他们给吓住，或是让他们不愿意来了。那些面包师同样也要处在具体法令的监管之下，而那位面包师行会的主人，在其董事会的协助下，奉命查看市长大人为管理他们而制定的法规付诸实施，还有正当的面包法定价格 [①]

[①] 规定大众消费的面包的称重和大小以及称重和价格的条令。并非所有的家庭都有烤炉，因此烤面包店行业按照文件规定要向所有家庭提供面包。

的执行情况，这些价格每周由市长大人指定，而所有的面包师不得不让他们的烤炉一刻不停地燃旺，违者要被革除作为伦敦市区的自由民的权利 [1]。

通过这种措施，面包的供应始终是十分充裕，而且跟平时一样便宜，正如我在上面所说的那样；而市场上的食品根本就不匮乏，甚至到了那样一个地步，弄得我经常为之啧啧称奇，并且责备自己在出门活动时是那样胆怯和警惕，而这个时候那些乡下人倒是爽朗而无畏地来赶集，仿佛城里一点儿都没有过传染病，或者说是一点儿都没有染上它的危险。

确实是由于上述行政长官可钦佩的操守，那些街道才连续不断地得到了清除，全然没有各种可怕的景象，没有死尸，也没有任何诸如此类不体面或不愉快的东西，除非是有人在街上突然倒下或死去，正如我在上面说过的那样，而这些人一般都会被盖上布片或毯子，或是到了夜里，被送进邻近的教堂墓地：所有那些必不可少的工作，其中含有恐怖，惨淡而危险，都是在夜里做下的；要是有什么病态的尸体搬迁，或是有什么死人掩埋，或是有什么传染病的布料焚烧，这也都是在夜里做下的；而所有那些尸体，让人扔进各自教堂墓地的大坑，或是扔进各自掩埋地的大坑，正如已经讲到的那样，同样也是在夜里搬运

---

[1] 所谓伦敦市的自由民的权利就是在城市里营业的权利。自由民拥有居住"城市的自由"，源于古老的手艺行会，它保护个别手艺和行业的利益，让它们自己负责学徒的培训和从业质量。一个手艺行会成员的年轻学徒，为他服务若干年，然后在相关的行会董事会面前露面，证实其手艺合格。如果能够合格，他就从行会中"获得了自由"，可以做他的营生。然后他必须获得居住这个城市的自由，以便在那儿工作。

的，而在天亮之前每样东西都被盖上和封住：因此除了从街道的那种空虚，而有时候是从人们窗口传出的恸心号叫和悲叹，还有从许多被关闭的房屋和店铺中让人注意到的那种情况之外，大白天是丝毫没有那种灾害的迹象让人看到或是听到。

　　甚至街道的那种寂静和空虚在城市里也不及在那些外围地区，除了恰好是在一个特定的时间，当时，正如我说过的那样，瘟疫朝东边过来，然后蔓延至整个市区：确实是由于上帝那种仁慈的安排，随着瘟疫最初在城里的一头开始，正如已经详细讲到的那样，于是它逐步向其他地区推进，直到它在城市的西部耗去了凶猛势头，才朝着这边或者说朝着东边过来；于是当它朝着一边过来时，它在另一边减退下来。举例来说：

　　它在圣迦尔斯和城里的威斯敏斯特那边开始，然后到了大约七月中旬，它在整个那片地区达到了高峰，亦即，在菲尔兹的圣迦尔斯，圣安德鲁-霍尔伯恩，圣克莱门特-但恩斯，菲尔兹的圣马丁斯，还有在威斯敏斯特：到了七月末它在那些教区减退了，然后朝着东边过来，在克里普尔盖特、圣塞浦尔科斯、圣詹姆斯-克拉克威尔，还有圣布莱德斯，还有埃尔德斯盖特，它得到惊人的增长；当它在所有这些教区出现时，市区以及索斯沃克河岸的所有教区，还有整个斯台普涅、怀特夏普尔、埃尔德盖特、瓦平和拉特克利夫极少受到沾染；因此人们漫不经心地在忙乎他们的事情，做他们的交易，开他们的店铺，在城里各处，在东部和东北部的郊区，还有在索斯沃克，彼此爽快地交往，简直就像瘟疫没有在我们中间出现过似的。

　　即便是北部和西北部的郊区，亦即，克里普尔盖特、克拉

肯威尔、毕晓普斯盖特及肖迪契，完全被传染上的时候，其他所有地区却都仍然还是相当过得去的。举例来说，

从二十五日到八月一日，《统计表》中死于各项疾病的数目如下：

圣迦尔斯的克里普尔盖特 ———————————— 554

圣塞浦尔科斯 ————————————————— 250

克拉肯威尔 ————————————————— 103

毕晓普斯盖特 ————————————————— 116

肖迪契 ——————————————————— 110

斯台普涅教区 ————————————————— 127

埃尔德盖特 ————————————————— 92

怀特夏普尔 ————————————————— 104

城墙内全部97个教区 ——————————————— 228

索斯沃克的所有教区 ——————————————— 205

———————

1 889

因此那一周在克里普尔盖特和圣塞浦尔科斯两个教区里死掉的人数，总之比整个市区和整个东部郊区，以及索斯沃克所有教区加起来还要多出48个：这就使得这个城市健康状况的名声在英格兰各地，尤其是在毗邻的乡村和集市持续传播开来，而我们的食品供应主要是来自那些乡村和集市，其持续时间甚至比那种

健康状况本身还要长得多；因为当人们从乡下来到街上，经过肖迪契和毕晓普斯盖特，或是经过奥尔德街和史密斯菲尔德，这个时候他们会看到那些外围的街道都是空荡荡的，而房屋和店铺都门窗紧闭，而在那儿活动的寥寥几个人走在街道的中央；可是一旦他们到了市区里面，那儿的情况看上去要好一些，集市和店铺都在开张，人们像往常一样在街上四处走动，虽说不是那么的太多；而这种状况一直持续到八月末和九月初的时候。

但是接下来那种情况大为改观，瘟病在西部和西北部的那些教区消退下来，而传染病的重心落到市区和东部郊区以及索斯沃克那边，而且情形来得令人害怕。

然后城里才真正开始显得惨淡了，店铺关掉，街上一片荒凉；许多情况下人们其实都是不得已才到外面的大街上活动的；到了正午时分才会有相当多的人，而在早晨和傍晚几乎看不到什么人，即便在那些地方，在康西尔和齐普塞德也不例外。

通过那些个星期每周的《死亡统计表》，通过它的一份摘要，我的那些观察极大地得到证实，由于它们涉及我讲到过的那些教区，而且是把我说到的统计结果做得一目了然，因此便抄录如下。

这份每周的《统计表》，它证明城市西边和北边的葬礼数量的下降，如下所示。

从九月十二日到十九日

圣迦尔斯的克里普尔盖特 —————————— 456

圣迦尔斯-菲尔兹 —————————— 140

这里事情其实出现了一种奇怪的变化，而且实为一种可悲的变化，而要是它持续的时间比实际情况再多上两个月，那就极少会有人活着留下来了：但是接下来，我是说，上帝做了那样一个仁慈的安排，那个时候，起初那样可怕地遭到侵袭的西部和北部地区，正如你所见的那样，变得好多了；而当时在这儿消失不见的那些人，又开始在那儿向外张望了；而在接下来的一到两个星期里更是有所改观，也就是说，更是到了让城里其他地区欢欣鼓舞的地步。举例来说：

圣塞浦尔科斯 ———————————— 193

圣列奥纳德-肖迪契 ———————————— 146

斯台普涅教区 ———————————— 616

埃尔德盖特 ———————————— 496

怀特夏普尔 ———————————— 346

城墙内 97 个教区 ———————————— 1 268

索斯沃克沿岸 8 个教区 ———————————— 1 390
                                    ————————
                                    4 900

从九月二十六日到十月三日：

圣迦尔斯的克里普尔盖特 ———————————— 196

圣迦尔斯-菲尔兹 ———————————— 95

克拉肯威尔 ———————————— 48

圣塞浦尔科斯 ———————————— 137

圣列奥纳德-肖迪契 ———————————— 128

斯台普涅教区 ———————————— 674

埃尔德盖特 ———————————— 372

怀特夏普尔 ———————————— 328

城墙内 97 个教区 ———————————— 1 149

索斯沃克沿岸 8 个教区 ———————————— 1 201
                                    ————————
                                    4 328

眼下城里以及上述东部和南部地区，实在是悲惨到家了；因为正如你所看到的那样，瘟病的重心落到了这些地区，也就是说，落到了市区，河对岸的那八个教区，还有埃尔德盖特、怀特夏普尔和斯台普涅的那些教区，而在那样一个时候，《统计表》上升到了那种吓死人的高度，正如我在前面讲到过的那样；每周有 8 000 或 9 000 人，甚至，照我的料想有 10 000 或 12 000 人死去；因为这是我坚定不移的看法，基于我已经说明过的那些理由，他们根本就不可能弄到任何正确的数字记录。

更有甚者，有一位最著名的内科医生，他后来用拉丁文发表了一篇报告 [1]，记录那些时候的情况以及他所做出的观察，说是一周之内死了 12 000 人，尤其是一夜之间死了 4 000 人；虽说我并不记得曾经有过那种特别的夜晚，那样引人注目地在劫难逃，结果有那样一个数量的人死于其间；不过这一切倒是证实我在上面说过的那种情况，有关《死亡统计表》的那种不确定性，等等之类，而关于这一点我在后面会更多地谈到。

这里请允许我再去写一写城市本身，还有我所居住的那些地区，在此特定时刻里的悲惨状况，尽管这会显得是在对那些情景作重复描述：城市，还有其他那些地区，虽然有大量的人去了乡下，可还是人满为患，而且说不定是更满了呢，因为人们拥有一种为时已久的强烈信念，瘟疫不会进入市区里来，也不会进入索斯沃克，根本不会进入瓦平，或拉特克利夫；不仅如此，而且在那种节骨眼上人们是那样的确信无疑，结果许多

---

① 纳撒尼尔·霍奇斯的《伦敦 1665 年瘟疫历史记录》（1671）。

从西边和北边的郊区迁移的人，由于为了安全而到了东部和南边的那些地方，而正如我确实相信的那样，把他们中间的那种瘟疫带到了那儿，说不定是比他们用别的方式传染上要来得更快一些呢。

这里为了对子孙后代有用我还应该再提上一笔，说的是各色人等互相传染的那种方式；换言之，事情不仅仅在于那些病人，瘟疫是从他们那里立刻被其他那些健康人所接受，而且还在于**那些身体好的人**。把话说明白了；我说那些病人，意思是说那些已经让人知道有病的人，已经被弄到了床上，处在监督之下，或是身上有了肿块和肿瘤，等等之类；这些人个个都是可以提防的，他们不是在自己的床上，就是在诸如此类难以隐瞒的处境之中。

我说那些身体好的人，意思是说那种已经接受了传染病的人，而且确实是将它染上了身，让它进入了他们的血液，却还没有在容貌气色上将它的后果显示出来，不仅如此，而且甚至在好

· 272 ·

些天里他们自己都还没有发觉，正如不少人都没有发觉那样：这些人到处喷吐死亡气息，喷吐在每一个靠近他们的人身上；不仅如此，而且就连他们的衣服里也都留着那种传染病，特别是如果他们浑身发热并且多汗的话，他们的手就会将他们触摸过的东西传染上病，而这些人一般也都是动不动就要出汗的。

由于不可能知道这些人被传染上，而他们有时候，正如我说过的那样，也并不知道自己被传染上：这些便是那样经常地在街上倒下并昏死过去的人；因为他们常常是到了最后都会在街上走来走去，直到突然间他们会冒汗，变得虚弱起来，在门口坐下然后死去为止；确实，发现自己这个样子，他们会努力挣扎着回到自己家门口去，或者通常正好是能够踏进自己的屋子然后立刻死去；通常他们会走来走去，等到他们恰恰是有了那些标记出现在他们身上，却不知道有这回事，会在他们回家之后的一到两个小时里死去，但只要是在户外他们就会好好的：这些是危险的人，这些是健康人应该感到害怕的人；但是那时在另一边要知道他们是不可能的。

而在一场劫难之中要通过最大限度的人为警戒去防止瘟疫蔓延是不可能做到的，其原因盖在于此，（亦即）不可能知道谁被传染上了而谁还没有被传染上；或者说那些被传染上的人会完全知道他们自身的状况：我认识一个人，此人在 1665 年伦敦瘟疫流行的所有季节里都是在爽爽快快地社交，而且始终随身携带着一种解毒剂或补剂，有意在他觉得自己身处危险时服用，而且他懂一个规律可以知道，或者说是可以获得近旁险情的警告，由于我在此前和此后实际上都从未碰到过，因此它在多大程度上可以靠得住，我并不知道：他的腿上有个伤口，无论什么时候他来到那些不健康的人中间，而且那种传染病开始要影响他了，他说他都可以根据那个信号知道，（亦即）他腿上的伤口会刺痛起来，而且显得灰暗和苍白；于是他只要一觉得伤口作痛，他便立马要抽身引退了，或是要照顾他自己，喝他的饮料了，为此他总是随身携带着那种饮料。眼下看来他觉得他的伤口会痛上好多次，当他和那样一帮人在做伴的时候，那些人认为自己是没病的，而且他们彼此都显出没病的样子；可他会立刻站起身，并且当众说道，朋友们，这房间里有人带着瘟疫，于是就会立刻将那帮人给解散。这实际上是对所有人发出忠实警告，瘟疫是由于人们在一个被传染的城市里杂乱交往而难以避免的，人们是在对它并不知情的时候染上它的，而在他们不知道自己被染上的时候，同样也会把它传染给别人；那么在这种情况下，将**那些身体好的人**给关闭起来，或是将**那些有病的人**给迁移出去，都将是无济于事的，除非他们能够回过头去把那些和病人交往过的人全都给关闭起来，甚至能够赶在他们知道自己得了病之前，而没有一个人知道那种事情在多大程度上可以拨乱反正，或是在什么地方适可而止；因为没有一个人知道，他们是何时、何地或是如何沾上传染病，或是从何人身上沾上传染病的。

　　这我把它看作是这种事情的缘由，让那么多人谈论空气遭到败坏和传染，说他们没有必要提防自己和什么人交往，因为传染病就在空气当中。我见过他们用不可思议的激动和惊诧的语气谈到这个方面，我从未靠近过什么传染病人呀！那个忐忑不安的人说道，除了那些好端端的健康人，我和什么人都不打交道，可我还是得了那种瘟病！我相信我是遭到了上天的打击，另一个人说道，然后他开始谈起那种严肃的方面；第一个人又接着发出惊呼，我没有接近过任何传染病，或是任何传染病人，我相信它是在空气当中；我们呼吸时把死亡给吸了进来，因此，这是上帝之手在起作用，挡也挡不住的；而这最终使得许多人，对危险变得麻木了，对它变得不那么关心了，对这个时期的末尾不那么警惕了，而当它达到顶点时，他们便首当其冲；然后他们便会用一种土耳其人的宿命论①语气说道，如果上帝乐于打击他们的话，他们不管是跑到外面还是待在家里都一样，他们都逃脱不了，因此，他们大胆地走来走去，甚至走进那些被传染的房屋，还有被传染的人群当中；探望病人，还有总而言之，是和他们当时染上了瘟病的妻子和亲属同床共枕；那么结果如何呢？无非就是和土耳其的那种结果一样，和那么做的那些国家里的结果一样；换言之，他们也被传染上了，而且死了成千上万。

　　我绝不是想要削弱对上帝审判的敬畏之情，还有对其旨意的虔敬之心，在那样一些时刻，他的审判和旨意应该始终铭记在我们心里；这场劫难本身毫无疑问是上天落在一座城市，一个国家，或是一个民族头上的打击；是他的一个复仇使者，是对那个民族，那个国家，或是那个城市的响亮召唤，令它谦卑和忏悔，据《耶利米书》第18节第7、8段那位先知所言，我

①　土耳其人的宿命论：那个时代英国人所理解的伊斯兰教宿命论，认为安拉为每个人指定了死亡的特定时间和地点，每个人都无法避免。

何时论到一邦或一国说：要拔出、拆毁、毁坏，我所说的那一邦，若是转意离开他们的恶，我就必后悔，不将我想要施行的灾祸降与他们。眼下正是为了在人们此时此刻的心中激起对上帝应有的敬畏之情，而不是为了削弱它们，我才把这些情况详细记录下来。

我是说，因此我便反思，没有人可以把那些事情的缘由归为上帝之手的直接打击，归为其旨意的派定和指令；不仅如此，而且相反是有许多神奇的拯救让人免于传染病，让被染上的人得以拯救，而那种奇异而非凡的奥秘旨意，存在于他们所说的那些特定事例之中，而我把我自身的拯救看作是近乎奇迹般的一例，而且确实是以感恩戴德的心情将它记录下来的。

可是当我在谈论瘟疫的时候，作为产生于自然原因的一种瘟病，我们必定认为它实际上是按照自然的手段传播的，而由于它处在人类行为的因果关系支配下，它也并非完全不能说是一种审判；因为神的力量形成了自然的整体结构，并让自然在其轨道上得以运行；因此这种力量认为极应该让它自身涉及人类的种种行为，不管是出于怜悯还是出于审判，都是在自然原因的平常轨道上进行，而他乐于遵照作为普通手段的自然原因而行动；但是在他认为有必要的时候，此外仍然给他自己保留一种按照超自然方式行动的权力：眼下显而易见的是，在传染病的状况中，并没有明显而特别的理由行使超自然手段，仅仅是事物平常的轨道似乎就足以装备，使得上天经常通过传染病而支配的所有结果都有能力产生。在这些因果关系当中，传染病的这种难以觉察而又不可避免的隐秘传送，用来执行神圣复仇的那种狂暴绰绰有余，无需再给它加上种种超自然现象和奇迹了。

这种疾病的尖锐透入的性质是那样难以阻遏，而传染病的接受是那样难以察觉，使得最严格的警戒措施虽则到位也无法确保我们的安全；但是我得允许自己认为，而且我记忆中有那么多鲜活的事例，让我相信这一点，我认为没有一个人能够抵挡它们的行迹；我是说，我得允许自己认为，除了是从传染病的平常途径沾上它，从某个人，或是从衣服，或是从触摸，或是从此前被传染上的某个人的臭气之中沾上它之外，举国上下还没有人沾上过这种疾病或传染病呢。

它最初到达伦敦的那种方式，也证明这一点，（亦即）是通过从荷兰带来的货物，而且是从列文特①带到那儿；它最初的爆发是在朗埃克的一座屋子里，那些货物被摆在那儿，而且是最先被打开；通过和那些病人交往的明显不慎重行为，通过传染给那些被雇来处理死者的教区公务员，等等之类，它从那座屋子蔓延到其他屋子；这些都是作为这样一个重要的基本点而为当局所知，它继续蔓延，是在人和人之间，在房屋和房屋之间不断推进，无有例外；最初被传染的那间屋子里死了四个人，有个邻居听说最初那间屋子的女主人病了，去探望她，然后回到家里，把瘟病带给了她的家人，然后她和她全家人都死了。有个牧师被叫去和第二户人家最先得病的那个人一起祈祷，据说是立刻就病倒了，然后和他家里好几个人一起死了；接下来那些内科医生便开始估量，因为他们起初是做梦都没有想到过

_____

① 列文特地区是指地中海东部地区。

一场大规模的传染病。但是被派去检查尸体的内科医生，他们向那些人保证说这是一场不折不扣的瘟疫，带有它所有可怕的细节特征，而且它有成为一场大规模传染病的危险，由于那么多人已经和病人或是得了瘟病的人打过交道，而且正如可以料想的那样，已经从他们那里害上了传染病，要将它遏制住将是不可能的。

内科医生在这里发表的意见和我后来的观察是一致的，换言之，危险是在不知不觉之中蔓延开来的；因为病人没法传染给任何一个人，除了传染给那些人，他们处在和那个病人接触的范围之内；但凡有一个人，此人或许真的是接受了传染病，对此并不知情，只是走到户外，就像没病的人那样走来走去，就可以把瘟疫带给 1 000 个人，而他们可以把它带给比例更大的一群人，而无论是带来传染病的那个人，还是得病的那些人，对此都是一无所知，说不定是在好些天之后都还感觉不到它的后果呢。

举例来说，在此劫难期间许多人根本就没有察觉到他们是被传染上了，直到他们感到有说不出的惊讶，发现身上出现了那些标记，而在此之后他们鲜有活过六个小时；因为他们称之为标记的那些斑点，其实是坏疽斑点，或者说是坏死了的肉，结成一颗颗小瘤，宽如一便士小银币，硬如一块茧子或尖角；因此疾病一旦到了那种程度，结果是除了必死之外就没有其他可能了，可是正如我说的那样他们对自己被传染上了还一无所知，就连自己出了毛病都还没有发现，直到那些要命的记号出现在他们身上为止；但是每个人都必定承认，他们此前受了严重感染，而且那个样子想必是有段时间了；因此他们的呼吸，他们的汗水，他们的衣服本身，此前的许多天里都是具有传染性的。

层出不穷的各种病例便是由此发生，而内科医生会比我有更多机会记住那些病例；不过一些是在我所见或所闻的范围之内，对此我可以说上几例。

某个市民过得安全，不曾有所沾染，等到九月份，当时瘟病的重心从它以前所在的地方更多是转移到了城里，他便欣喜异常，谈到他自己如何安全，如何谨慎，还有如何从未靠近过任何有病的人，他的话里面有某种太过吹嘘的味道，正如我所认为的那样：另一个市民，他的邻居有一天便对他说道，先生不要过于自信了——谁有病，谁没病，这个很难说；因为我们看到人家活着，从外表上看活得好好的，而接下来一小时就死了。那倒没错，第一个人说道，因为他不是那种自恃安全的人，只是在很长一段时间里幸免于难罢了，而人们，正如我在上面说的那样，尤其是在城里，开始在这一点上变得过于安心了。那倒没错，他说道，我倒并不觉得自己是安全的，但我希望自己没有跟任何有了危险的人做过伴。没的事！他的邻居说道，在格蕾丝丘奇街的布尔海德酒馆你不是跟某某先生在一起嘛——前天晚上：没错，第一个人说道，我是在那儿，可是那儿没有一个人，我们有任何理由认为是危险的：对此他的邻居没有再说什么，不想去吓唬他；但是这让他变得更加好奇起来，而由于他的邻居显得畏缩迟疑，他就变得更加急躁了，然后用一种激昂的语气，大声说道，为什么他没有死呢，他真该死！对此他的邻居仍旧一声不吭，只是狠狠瞪了一眼，然后对他自己说了句什么话；听到这句话，第一位市民的脸色发白了，没有多说什么，只说了这句话，那么我也是一个死人了，然后立刻回家去，派人去找邻近的药剂师给他弄点预防药，因为他还没有发现自己得了病；但是那位药剂师将他胸口的衣服打开，发出一声叹息，没有多说什么，只说了这句话，乞求上天吧；那个人便在几小时之后死去了。

现在让人根据这样一个事例判断一下，行政长官的那些管理措施，不是把病人关闭起来，就是将他们迁移出去，是否有可能阻止那样一场传染病，它在人和人之间自行蔓延，甚至是在他们身体相当好的时候，而且觉察不到它的到来，这种状态会持续好多天。

这里来问一问也许是适当的，从人们体内有了传染病种子，到它自身以这样一种致命的方式出现，大概应有多长时间；人们会貌似健康地走来走去，可对所有那些接近他们的人却具有传染性，这有多长时间？我相信即使是最有经验的内科医生，也不会比我更能够正面回答这个问题；而一个普通观察者会注意到的东西，也许在他们的观察中会忽略过去。国外那些内科医生的观点似乎认为，它会在元气中，或是在血管中，潜伏相当长时间；那他们何必还要对那些人，那些来自可疑地方，进入他们港湾和口岸的人实施隔离呢？人们会认为，本然的力量要和这样一个敌人作斗争，既没有战胜它，也没有屈服于它，四十天是太长了些；但是我根据自己的观察却没法认为，他们能够那样被传染上，正如他们对别人具有传染性，最多不超过十五天或十六天以上；正因为是这个缘故，一旦城里有座房屋

被关闭起来，已经有人死于瘟疫，但是十六天或十八天之后，家中并没有人像是生病的样子，他们就不是那样的严格了，而是会对他们私自走到户外睁一只眼闭一只眼；而人们后来也不会特别害怕他们，反倒是觉得他们更其强健，由于那个敌人在他们自己屋里时，他们并没有那么容易受到伤害；不过我们有时候发现它隐匿潜伏的时间要长久得多。

　　基于所有这些观察，我得说，尽管天意似乎把我的行为引向了反面；但这一点却是我的意见，而我必须把它当作一份医嘱留下来，（亦即）治疗瘟疫最好的药物就是从它身边逃走。我知道人们通过这些话来鼓励自己，说什么上帝有能力在险境之中保护我们，在我们觉得自己脱离险境时有能力打垮我们；而这让成千上万的人留在了城里，他们的尸首让一车一车的运尸车扔进了大坑，而这些人，要是从那种险境中逃跑，我相信，他们就会免受疾病的侵袭；至少是有可能变得安全的。

只要人们对这个最为根本的问题适当加以考虑，将来一旦碰到这种情况，或类似性质的情况，我相信这就会让他们采取完全不同的措施来管理人们，跟他们在 1665 年采取的那些措施，或是跟我听说的国外采取过的任何措施都完全不同；简言之，他们会考虑把人们分割成较小的团体，而在将他们迁移时，时间上彼此相隔得远一点，不要让这样一场传染病，而对于聚集成堆的人群来说，它确实是具有极大的危险，发现有百万群众聚成一体，正如非常接近于以前的那种情形，而要是传染病再次出现的话，情形肯定会是那样的。

瘟疫像一场大火，如果起火的地方只有几座房屋受牵连，那就只会烧毁几座房屋；如果是在单幢房，或者按我们的叫法是在孤房里烧起来，那就只会烧毁那座起火的孤房；但如果是在一座建筑密集的市镇或城市里烧起来，到了紧急关头，火势越来越猛，那它就会在这整个地方蔓延开来，然后将所到之处吞噬殆尽。

我可以提出不少方案，基于这个城市的政府部门的立场，如果他们对另一个这样的敌人有过畏惧（惟愿他们不要这样），就会把他们最为庞大的那部分危险子民处理得让他们自己感到安心；我是指诸如乞讨、挨饿、劳作的穷人之类，而他们主要是那些在遭遇围城时被称为无用之口的人；让这些人随后获得对他们自身有利的明智的安排，而那些富裕的居民给他们自己，给他们的仆人和儿女作出安排，这个城市及其邻近地区，就会那样有效地得到疏散，结果是总共不超过十分之一的人会被留下来，让那种疾病给抓住；但就算他们是五分之一，就有二十五万人留下来，而那种疾病真要是袭击他们，较之于同样数量的人口一起密集居住在一个更小的城市，诸如都柏林或阿姆斯特丹之类，他们由于过得那样宽松，就会做出更好的准备，保护自己不受传染病攻击，就会更不容易承受它的种种后果了。

确实，在最近这场瘟疫中，成百上千，其实是成千上万的家庭逃走了，但那个时候他们当中的许多人逃得太晚，不仅死在了逃亡途中，而且还把自身的瘟病带入他们所到的乡村，传染给了他们从中求得安全的那些人；而这就把事情给搞糟了，使它变成了瘟病情况的普及，这本是阻止其发展的最好办法；而这也是它的一个证据，让我回到此前只是暗示过的那种说法，但这里必须说得更充分些；换言之，在人们的重要器官受到疾病毒害，在他们的元气是那样无从逃脱地遭遇侵袭之后的许多天里，他们四处走动显得好好的；而在他们那么做的时候，他们始终对别人造成危害。我是说，这就证明，事情就是那样的；因为这种人正是把他们所经过的市镇，还有他们所进入的家庭给传染了，而正是通过这种途径，英格兰几乎所有的大市镇中多少都有些瘟病；而他们总是会告诉你说，是这个或那个伦敦人把它给招来的。

不可忽略的是，我说起那些确实是这样危险的人，这个时候我估计他们对于自身的状况是全然无知的；因为他们如果确实知道自己的情形这个样子，他们想必就成了那种故意杀人犯了，而如果他们跑到外面和那些健康人混在一起，事实上这就证实了我在上面提到的那个暗示，而我认为这好像并不真实，

（亦即）那些受到传染的人对于把传染病带给别人全然漠不关心，是冲动有余而收敛不足；我认为他们多少是单凭这一点才提出了这个暗示，而我希望事实上真的不是这样。

我承认，个别事例并不足以用来证明普遍性，但我可以说出好几个人，照他们的邻居和家庭中仍然活着的某些人了解，他们的表现是截然相反。有一个人，是住在我家附近的一户人家的主人，染上了瘟病，他觉得是他雇用的一个穷苦工人让他得病的，他到他家里去看他，或是去拿他想要完工的某件活计，他甚至在那个穷苦工人的家门口时，就有些担忧了，但是并没有完全发现有病，而是到了次日它自己暴露出来，然后他就病得非常厉害；为此他立刻让人把他抬进他家院子里的一间外屋，里面有个卧室紧靠着济贫院，这个人是一位黄铜匠；他在这里躺着，然后他在这里死去，不愿让任何一个邻居照顾他，只是让外面来的一位护理员照顾他，而且不许他的妻子、孩子或仆人跑到这个房间来，免得他们会被传染上，只是把他给他们的祝福和祈祷通过护理员给他们送去，那位护理员隔着一段距离把话说给他们听，这一切都是害怕把瘟病传染给他们，而他知道由于他们都被隔离开了，不如此，他们就得不到信儿了。

这里我还必须讲一下，瘟疫，照我看来所有的瘟病都是这样，在不同的体格中是以不同的方式运作的；有些人是立刻被它压倒，然后出现剧烈高烧、呕吐、头痛欲裂、背痛，因这些疼痛而至于谵妄发狂；其他那些人是在脖子或外阴部或腋窝，出现肿块和肿瘤，那些肿块和肿瘤把他们折磨得死去活来，直到它们能够溃烂为止；而另外一些人，正如我说过的那样，是悄无声息地受到传染，热病不知不觉地损耗着他们的元气，而他们几乎是一点都不知道，直到他们昏厥过去，不省人事，然后毫无疼痛地死去为止。

对同一种瘟病的这些不同结果，以及它在各个人体内的不同运作，要像内科医生那样开始谈论其具体的原因和种类，我是不够格的；此处要来记录确实是由我做出的种种观察，这也并不是我的事，因为这个方面医生做的比我能够做的是有成效得多了，还因为在某些事情上面我的意见也许跟他们的有所不同：我只是在讲述我所知道的，或是我所听到的，或是我所相信的个别事例，还有进入我所见范围内的事物，还有传染病的不同性质，正如我讲述的个别事例中所显示的那种；但是这一点还可以做个补充，虽说前一种类型的那些病例，也就是说那些公开遭到侵袭的人，就其自身的痛楚而言是最糟糕的，我是指出现这些热病、呕吐、头痛、阵痛和肿块的那些人，因为他们是以那样一种可怕的方式死去，可是后一种类型却有着最为糟糕的疾病状态；因为在前一种类型中他们屡屡得以康复，尤其是如果肿块溃烂的话，可后一种类型却是无可避免的死亡；没有治愈，没有获救的可能，随之而来的只能是死亡；而它对于别人来说也是最糟糕的，因为如上所述，由于它把死亡秘密传播给那些他们与之交往的人，不为别人所察觉，或是不为他们自己所察觉，那种有渗透力的病毒便是以那样一种难以描述，实质也是难以想象的方式，暗暗进入他们的血液。

从两种类型的病例可以看得很清楚，这种传染和被传染；甚至没有一方是弄得明白的，而这种情况在那个时候屡屡发生；

传染病期间在伦敦活着的人当中，想必几乎是没有人不知道几件有关这两种类型的病例。

1. 那些为人父母的四处走动，好像他们都是好好的，而他们自己也是那样认为，直到他们不知不觉被传染上，毁了自己全家人为止：如果他们对自己的不健康和危险有过一点点担忧，他们就根本不会弄到那个地步了。有一户人家，我听说了他们的故事，就是像这样被那个做父亲的给传染上，甚至还没等到他发现他本人身上出现瘟病，它就开始在他们几个人身上出现了；但是更严格地调查之后，事情好像是他被传染上还没几天，而他一发现他自己的家人被他毒害，就变得精神错乱，要对他自己下毒手，但是让那些看护他的人给阻止住了，过了几天他就死了。

2. 另外一点是，很多人尽其自身的判断，或者说从他们对自己尽力做出的观察来看，好些天里都是好好的，只是觉得胃口变差了，或者说胃里有轻微的恶心感；不仅如此，而且他们有些人的胃口还很大呢，甚至还馋得很，只是有轻微的头疼；便派人去叫内科医生来看他们得了什么症状，而让他们大吃一惊的是，他们让人发现已经濒临死亡，身上出现了那些标记，或者说瘟疫发展到了不可救药的高度。

想起来让人非常悲哀，这样一个人，像上面最后讲到的这种人，在其病入膏肓前的大概一周或两周内是怎样成为行走的煞星；他是怎样把那些他本来会拼死相救的人毁灭，把死亡的气息喷吐在他们身上，甚至说不定是在他温柔地亲吻和拥抱他自己的孩子的时候：然而事情的确是这样发生了，而且是经常这样发生，而我可以举出不少具体事例，说明事情是那样发生的；如果当时打击是像这样不知不觉地袭来；如果箭矢是像这样看不见地飞射，而且难以发现；那么将房屋关闭起来或是将病人迁移出去，所有这些计划有什么用呢？除了针对看似有病或看似被传染的人之外，那些计划没法执行；反倒是那么做的同时，他们中间有着成千上万的人，而这些人看上去都好好的，但是自始至终都随身携带着死亡，进入所有他们与之交往的人群之中。

这让我们那些内科医生屡屡感到迷惑不解，尤其是那些药剂师和外科医生，他们不懂得怎样从健康人中间发现病人；他们全都承认事情确实就是那样，很多人恰恰是在他们的血液里得了瘟疫，让它损耗着他们的元气，他们本身不过是行走的腐烂化脓的尸首而已，他们的呼吸是有传染性的，他们的汗液是有毒的；可还是要被看成是跟其他那些人一样，甚至连他们自己都不知道这一点：我是说，他们全都承认事实上确实是那样的，但是他们不懂得怎样去求得发现。

我的朋友希斯医生的观点是，也许可以通过他们呼吸的气味弄清楚；但是另一个方面，如他所言，谁敢为了获得资讯而去嗅那种呼吸呢？既然是为了弄懂它，他就得把那种瘟疫的臭气都吸进自己的脑子里，以便辨别那种气味！我听说，其他那些人的观点是，当事人只要把呼吸呵在一块玻璃上，就可以辨别得出来，呼吸在玻璃上凝结起来，那儿通过显微镜可以看见奇形怪状的吓人活物，什么龙啦，长虫啦，大毒蛇啦，还有魔鬼啦，诸如此类，看着都让人心惊肉跳；但我对这种事情的真实性是大为质疑的，而那个时候我们并没有什么显微镜，照我所记得的那样，可以拿它来做实验。①

另一位有学问的人还提出这样的观点，那种人的呼吸会将一只鸟儿顷刻间毒死；不仅是小鸟，甚至还有公鸡或母鸡，而后者如果没有立刻被毒死，也会因此患上他们所谓的哑声病；尤其是如果那个时候它们生了蛋，那些蛋就会统统烂掉；但这些都是我从未发现有任何实验加以证明的观点，也从未听到其他见过这种事的人说起过；于是我就照我发现的那样把它们记录下来；换言之，我认为它们的可能性还是很大的。

有人提议说，那种人对着温水用力呵上一口气，就会在水面上留下一种稀有的浮沫，或是呵在另外几种东西上面也行，尤其是像黏性物质这类东西，易于吸纳并留住浮沫。

但是总的说来我觉得，这种传染病的性质是那样难以察觉，因此要完全发现它，或是要通过人为的手段阻止它在人们中间蔓延，这是做不到的。

这里确实有一个难题，而我到现在都根本没法真正解决，我所知道的解答途径只有一条，它是这样，亦即，第一个人死于瘟疫是在1664年十二月二十日或二十日左右，在朗埃克，或是朗埃克附近，而第一个人患上瘟疫的根源，一般都是说，来自一包从荷兰进口的丝绸，而且是在那座屋子里最先被打

---

① 瘟疫发生的那个时代，显微镜变得可以弄到手而且广受欢迎。罗伯特·胡克的《微物志》在1665年已经出版，而微生物的一整个纷繁蠕动的世界开始令大众感到着迷和害怕。但是直到十七世纪晚期妇女才会在其手镯上佩带显微镜，可以说，显微镜才进入千家万户。

瘟疫像一场大火

开的。

但是在这之后我们再也没有听说在那个地方有人死于瘟疫或瘟病，直到二月九日为止；这大概是过了七周，然后同一座屋子里又有一个人被掩埋；随后便沉寂下来，由于再也没有人因死于瘟疫而被记入每周的《统计表》；很长一段时间里，说到公众我们都是极为放心的，直到四月二十二日为止，这个时候又有两个人被掩埋，不是同一座屋子里的人，而是同一条街上的人；像我记得的那样很近，是第一座屋子隔壁的人；这相隔有九周时间，在此之后我们再也没有人死于瘟疫，直到两周之后为止，它在好几条街上爆发出来并且四处蔓延。现在问题看来是在这里，整个这段时间里传染病的种子潜伏在何处？它如何中止那么长时间，而中止的时间又没有再长一点？要么是瘟病没有通过身体与身体之间的传染即刻到来，要么是它如果到来的话，那么身体也许有能力持续被传染上数日而不让疾病显示出来，不仅如此，而且还延续数周，甚至不止是一次检疫期的天数，而是追加隔离日的天数[①]，不止是 40 天，而是 60 天或者更长。

确实，正如我最初讲到的那样，正如许多仍然活着的人清楚地知道的那样，有过一个非常寒冷的冬天，还有一次漫长的霜冻，持续了三个月，而那些医生说，这一点也许是抑制了传染病；可是另一个方面，那些有学问的人得允许我说，如果根

---

① 正如 H. F. 即刻加以澄清的那样，是 60 天而非 40 天的隔离期。该期限原先是来自法律规定有潜在传染病的人（或旅行者）与社团其余成员隔绝的天数，或者是禁止进入社群的天数。

据他们的想法，疾病，容我说，只是冻结了起来，那么它就像是一条冰冻的河，一旦坚冰消融，就会回复它平素的力量和激流，而这场传染病的主要暂停期，从二月到四月，却是在霜冻消解，天气变得和煦温暖之后了。

但是有另一条途径解决这整个难题，我认为我本人对事情的记忆将提供这条途径；而这便是，事实并没得到认可，换言之，在那些长长的间歇之中一个都没有死，亦即，从十二月二十日到二月九日，还有从那时起到四月二十二日。每周的《统计表》是另一面的唯一证据，而那些《统计表》的可信度，至少在我来看来，不足以用来证明一种假说，或是用来确定这样重要的一个问题；因为这是我们在那个时候接受的观点，而我有非常充分的理由认为，弄虚作假的行为存在于教区公务员、搜查员和奉命汇报死者及其死于何种疾病的那些人中：由于人们起先非常讨厌让邻居认为他们自己的房屋遭到传染，他们便通过塞钱或是通过别的办法，用死于其他瘟病的名目而将死者呈报；我知道这种做法后来在不少地方，我相信可以说在瘟疫到达的所有地方都习以为常，正如通过《每周统计表》大幅增长的人数会看到的那样，在传染病流行期间，这些人数被放到了其他疾病的栏目中：例如，在七月和八月间，瘟疫正接近于它的高峰；每周死于其他疾病的人数从1 000到达1 200，甚至几乎到达1 500，这是极为常见的；倒不是说那些瘟病的数目真的到达那样一个程度；而是确实被染上传染病的大量家庭和房屋，获准用其他瘟病的名目而将死者呈报，以防他们自己的房屋遭到关闭，例如，除瘟疫外还死于其他疾病的人数。

从七月十八日到二十五日 ———————————————	942
到八月一日 ———————————————	1 004
到八日 ———————————————	1 213
到十五日 ———————————————	1 439
到二十二日 ———————————————	1 331
到二十九日 ———————————————	1 394
到九月五日 ———————————————	1 264
到十二日 ———————————————	1 056
到十九日 ———————————————	1 132
到二十六日 ———————————————	927

现在毋庸置疑的是，这些数目的最大一个部分，或者说它们很大一个部分，全都是死于瘟疫，只不过是那些公务员普遍以上述方式呈报，而若干被查明的瘟病的名目，如下所示；

从八月一日到八月八日	到十五日	到二十二日	到二十九日
热病 314	353	348	383
斑疹伤寒 174	190	166	165
饮食过量 85	87	74	99
牙病 90	113	111	133
————	————	————	————
663	743	699	780

从八月二十九日到九月五日	到十二日	到十九日	到二十六日
热病	364	332	309	268
斑疹伤寒	157	97	101	26
饮食过量	68	45	49	65
牙病	138	128	121	112
	728	602	580	481

其他有好几项人数与此相当，让人不难察觉到，是基于同样的理由而增长，诸如老死、肺病、呕吐、脓疮、疝气，等等之类，其中很多人毫无疑问都是传染病人；但是由于对那些家庭来说，受到传染而不为人所知是非常重要的，因此只要能够避免，他们便竭力采取一切措施不让人家认为他们是被传染的；如果他们屋子里有人死了，他们便以死于其他瘟病的名目，通过搜查员，向检查员呈报死者。

这一点，我是说，会对那个长长的间歇期作出解释，而这个间歇期，正如我说过的那样，是处在这两者之间，从第一个人的死亡在《统计表》上作为死于瘟疫呈报，到这场瘟病公开蔓延而难以隐瞒的那个时候。

此外，那个时候的每周的《统计表》显然是在泄露这一真相；因为尽管在提到了瘟疫之后，就没有再提到它，而且不再有所增长，可与它最为接近的那些瘟病却明显有所增长，例如在没有瘟疫或几乎极少有瘟疫的时候，每周有八例、十二例、十七例斑疹伤寒；而前面提到的一例、三例或四例，却是那种瘟病通常的每周统计数字；同样，正如我在前面讲到的那样，单单是在那个教区以及邻近那些教区，每周葬礼数目的增长比其他任何教区都要多，虽然登记下来的没有一件是瘟疫；所有这些都告诉我们，传染病是在依次传递，而且瘟病的连续性确实是得以维持，尽管当时在我们看来它是停止了，却会以一种惊人的方式再来。

也有这样的可能，传染病也许是留在了它最初进来的那包货物的其他物品当中，而那包货物说不定没有被打开，或者至少是没有被充分打开，或是留在了最初被传染的那个人的衣服上面；因为我难以设想，有人接连九周受到那种传染病致命的侵袭，却还可以维持那样良好的健康状况，甚至连他们自己都没有发现；可如果真是那样的话，赞成我的说法的那种论据就变得更加有力了；换言之，传染病留在外表健康的那些人身上，从他们身上传递到他们与之交往的人身上，而在此期间双方都不知道有这回事。

当时那种极大的慌乱正是出于这个缘故；人们开始相信传染病是以这样一种出人意料的方式从外表健康的人身上接受的，这个时候他们对每一个靠近他们的人就开始变得过分谨慎和多疑了。有一回在一个公共日，是不是安息日我记不清了，在埃尔德盖特教堂挤满了人的席位上，突然间，有人觉得她闻到了一种难闻的气味，她立刻觉得瘟疫是在席位当中，就把她的想法或怀疑悄悄告诉了邻座，然后起身离开了席位，邻座立刻如法炮制，然后他们全都那么做了；他们每一个人，还有两三拨邻近席位上的人，都起身离开了教堂，没有人知道是什么东西触犯了他们，或是谁触犯了他们。

这就立刻使得每一个人的嘴里塞满了这种或那种配制品，那些老妇人指示的诸如此类的配制品，有一些说不定是遵照了内科医生的指示呢，以防他人的呼吸带来传染病；甚至到了那样的地步，如果我们快要走进一座教堂，只要里面挤满了人，门口就会闻到那样一种混合气味，尽管说不定是没有那么健康，却是比你走进药剂师或药材商的店铺闻到的要浓烈许多；简言之，整个教堂就像是一只醒药瓶，一个角落里全是香水，另一个角落里是香料、香膏和各色各样的药剂和草药；另一个角落里是盐剂和精剂，正如人人为了保全自身而装备的那样；可我却看到，自从人们被那种意见，确切地说是被那种确信无疑的念头迷住了心窍，正如我说过的那样，传染病是像这样由外表健康的人带来的，后来到教堂和礼拜堂去的人，比他们从前经常去的那些时候要稀少多了；因为这里说的正是那些伦敦人，在整个疫疾流行期间，教堂和礼拜堂根本就没有全部关闭起来，人们也并没有拒绝外出参加公开的礼拜仪式，例外只在于某些教区，是当瘟病在那个教区格外猖獗的时候；甚至在它再也不那样继续猖獗的时候。

事实上没有比这更奇怪的了，看到人们怀着怎样的勇气去参加公开的礼拜仪式，甚至是在那种时候，出于其他缘由他们无论如何都是害怕走到他们自己屋子外面；我指的是在那个绝望的时期之前，而那个时期我已经是讲到过了；这是传染病期间城市人口过分稠密的一个证据，尽管为数众多的人刚开始接到警告就去了乡下，在瘟疫大肆增长之时进一步受到惊吓，他们便逃出城去，逃进森林和树林。因为当我们终于看到人们蜂拥云集，而这种场面出现在安息日教堂，尤其是出现在城里那些地区，那儿瘟疫消退下来，或是还未达到其顶点，这个时候是令人感到诧异的。但这一点我马上会再讲到；我花片刻工夫回到起先彼此传染的那个关头；在人们对传染病，还有彼此传染的事情获得正确认识之前，人们只是小心提防那些确定有病的人，头上戴着头巾，或是脖子上裹着布条的人，而那种地方生肿块的人便是如此；这种人确实是让人毛骨悚然：但是一旦我们见到某个衣冠楚楚的绅士，手上戴着戒指还有手套，头戴帽子，头发梳得整整齐齐，对这种人我们是没有过丝毫担心；人们爽爽快快地聊上很久，尤其是和他们邻居以及他们认识的那些人聊天。但是一旦内科医生向我们保证说，危险既来自病人，同样也来自健康人，也就是说那种貌似健康的人；而那些觉得自己完全是幸免的人，常常是最为不祥的人；然后事情终于有了广泛的理解，人们对此便有所觉察，并且觉察到其原因所在：然后我是说他们开始对每个人都疑神疑鬼，而且大量的人把他们自己给锁闭起来，以杜绝出门社交，也不允许任何人，在外面有杂七杂八交往的人到他们自己屋里去，或是靠近他们；至少是不要那样靠近，因此而处在他们呼吸可及的范围内，或是他们身上任何气味可及的范围内；而一旦他们迫不得已要和陌生人隔着一段距离交谈，他们总是会在嘴里含着预防药，而且在揩布上面洒上预防药，以便将传染病击退，使它不得近身。

必须承认的是，一旦人们开始使用这些预防措施，他们就较少招惹上危险了，而传染病在这种人的家里就没有像它以前在其他人家里那样狂暴地破门而入，而成千上万的家庭，以应有的讳莫如深说起神意的指点，通过这种手段活了下来。

但要将任何东西灌输到穷人的头脑中去是不可能的，他们一旦被传染上了，便带着惯有的性急鲁莽的脾气过日子，满是怒号和悲叹，可在他们身体健康时，却是对自己毫不顾惜、有勇无谋而且顽固不化；什么地方只要找得到工作做，他们就一头扎进去，任何最危险和最容易患上传染病的工作都去做；而如果他们受到责备，就会回答说，我必须把那种事情托付给上帝；要是我被传染上了，那我就是指定被传染上的，我就有了一个了结的时候了，等等之类；**或是这样**，那么，我应该做什么呢？我不能挨饿呀，我染上瘟疫死掉跟我饿肚子死掉还不是一回事？我没有活干，我可以做什么呢？我必须做这个，否则就得去讨饭。设想这种工作是掩埋死人，或是照顾病人，或是看守被传染的屋子，而这些全都是极其冒险的，他们的说法大体上是一模一样。必要性确实是一个十分正当而说得过去的理由，而且丝毫不会有更好的了；可在种种必要性并不相同的地方，他们说话的方式却大体上一模一样：穷人的这种冒险行为，把瘟疫以最为狂暴的方式带到了他们中间，而这一点加上他们境遇的穷困，就成了他们一旦被传染上之后，何以那样堆积如山地死去的原因；因为他们这些人，我是指那些穷苦劳工，我可是一点儿都看不到，在他们身体好又挣到钱的时候，较之于从前当家当得更好，而是一如既往地浪费，一如既往地挥霍，一如既往地不顾明天；因此一旦他们终于病倒，他们便立刻处在最为深重的苦难之中，不仅是由于生病，也是由于匮乏，不仅是由于缺少健康，也由于缺少食物。

穷人的这种悲惨我有不少时刻得以成为见证人，有时也成为某些虔诚之士每天给这些人慈善援助的见证人，他们看到他们的匮乏，给他们送去救济和补给，既有食物又有药品，还有其他帮助；事实上正是由于那些日子里人们的脾性有欠公道在这个时候受到关注，才不仅使得大宗善款，数额非常大的善款送到了市长大人和市参议员的手上，用来救济和援助那些染上瘟病的穷人；而且还使得许多民间人士每天分发大笔救济款，派人四处调查遭受灾难和侵袭的各个家庭的情况，给他们救助；不仅如此，还有某些虔诚的女士在那种善行中是那样热情冲天，在天道庇佑下是那样满怀信心地履行慈善重任，因此她们四处奔走亲自向穷人分发救济品，甚至还登门造访穷苦家庭，尽管疾病和疫情恰恰就在那些人的屋子里面，指派护理员照看那些无人看顾的人，安排药剂师和外科医生，前者供给他们药品和膏药，以及诸如此类他们缺少的东西；后者用刀切开肿块和肿瘤并进行包扎，在这种手术缺乏的地方；给穷人送上祝福，给他们以莫大慰藉，还把真心诚意为他们所作的祈祷送上。

我不像某些人那样，会担保说，这些好心人一个都没有在这场灾难当中倒下；但我可以这样说，我根本不知道他们当中有哪个人是失败的，我说这个是为了鼓励万一遭受类似苦难的其他人；毫无疑问，怜悯贫穷的，就是借给耶和华，他的善行，耶和华必偿还[①]；那些冒着生命危险怜悯穷人的人，在这样一种

----

① 见《旧约·箴言》（19.17）。

悲惨之中安慰和救助穷人的人，会有望在这种举动中受到保护。

这种善行也并不仅仅是在几个人当中是那样卓越不凡；而且（因为这一点我不能轻率地置之不顾），城市和郊区以及乡下的富人，他们的善行也是那样伟大，因此总的说来，有为数极多的人，他们本来会由于匮乏和疾病而不可避免地灭亡，藉此却得到了援助和供养；尽管我对那样捐献出来的数目根本没法获得充分了解，也不相信别人会获得充分了解，可我确实相信，正如我听某人所说的那样，而他是这个方面的一个精细观察家，不仅有数万英镑，而且有数十万英镑捐献出来，给这个困苦煎熬的城市中的穷人带来救助；不仅如此，而且有人还对我发誓说，他可以算出每周有超过十万英镑的款子，而这笔钱在各个教区的会议室由教堂执事分发，在各个选区和辖区由市长大人和市参议员分发，是在法官和推事各自所在地区按照他们特别的指令分发；加之私人捐款是以我所说的那种方式由虔诚之士分发，而这种情况一共延续了数个星期。

这实在是一笔非常大的数额了；但如果这件事情是真的，克里普尔盖特教区仅在一周内就分发了 17 800 英镑用来赈济穷人，正如我听到的传言所说的那样，而这我确实相信是真的，那么别的情况就恐怕不是不可能的。

在光顾这个大城市的许多天佑神助的大好事当中，这一点毫无疑问是要被列入其中，而在这些大好事当中有其他不少值得记录的东西；我是说，这是一件非常了不起的事情，它使得上帝欢悦，致使王国的各个地区人心感动，那样欢喜雀跃地捐献，用来救济和支援伦敦的穷人；它的那些良好的结果在许多方面都感觉得到，尤其是让那么多成千上万的人保住性命并恢复健康，让那么多成千上万的家庭免于灭亡和饥馑。

眼下我谈到的是上天在这灾难期间的仁慈安排，我只能再来谈一谈，虽说因为别的缘由我已经讲过好几次了，我是说瘟病进展的情况；它是如何在城里的一头开始，然后逐渐从一个地区慢慢推进到另一个地区，像一片乌云经过我们头顶，当它在这一头密集起来遮蔽天空时，在另一头廓然放晴：因此当瘟疫从西到东一路肆虐，在它朝着东部行进时，它在西部便消退下来，那样一来城里那些地区，未被侵袭或是它丢下的那些地区，还有它耗去了势头的地方，便（可谓）有余力去救治和帮助别的地区；而如果这场瘟病同时蔓延至整个城市和郊区，在所有地方都是一样猖獗，像它后来在国外一些地方所发生的那样，那么这整个一群人想必就会被压垮，会一天死掉 20 000 人，正如他们说的在那不勒斯发生的那种情况，人们也就不能够彼此救治或彼此援助了。

因为必须看到的是，凡是瘟疫充分发挥其威力的地方，那儿的人们事实上便非常悲惨，而那种恐惧惊慌是难以言表的。但在它恰要到达那个地方之前的片刻，或是在它离去之后的瞬间，他们却完全是另一种类型的人，而我只能承认，那个时候在我们所有人中间，人类的那种共同脾性有太多可以找到；也就是说，一旦险情过去，便忘记了解救：不过我会再来谈到这个方面的。

这里不可忘记的是，要对这个共同灾难时期里的贸易状况有所理会，这是针对国外贸易而言，正如也是针对我们的国内贸易而言。

　　说到国外贸易，毋庸讳言；欧洲的那些贸易国家全都对我们感到害怕，法兰西、荷兰、西班牙或意大利的港口没有一个允许我们的船只进入，或是跟我们有书信往来；事实上我们跟荷兰人的关系不好，跟他们处在激烈的交战之中，但是尽管在国外作战处境不利，我们在国内却还有这样可怕的敌人要与之斗争呢。

　　我们的贸易商于是便完全裹足不前，他们的船哪儿都去不了，也就是说去不了国外任何地方；他们的制造品和货物，也就是说，我们生产的制造品和货物，在国外不会被人碰一碰；他们跟害怕我们的人一样，害怕我们的东西；而事实上他们是有道理的，因为我们的毛纺制品和人体一样易于留存传染病，而假如是由传染病人打的包，那就会接受传染病，而跟它们接触就像是跟传染病人接触一样危险；因此一旦有英国船舶抵达外国，要是他们真的把物品搬上岸，他们便总是让人把货物打开，在为此目的而指定的地方将它们晾晒；但是从伦敦来的船舶他们不允许进入港口，更不用说是卸货了，无论是按照什么样的约定；而在西班牙和意大利，在土耳其和事实上是叫做阿基斯的群岛①，既属于土耳其人也属于威尼斯人的那些地方，这种针对它们的措施尤其被严格加以行使，它们并不是那样的全然不可通融；起初根本不存在任何阻碍；有四艘船，当时在河里装货驶往意大利，也就是驶往莱亨②和那不勒斯，由于他们所谓的产品被拒收，便去了土

－－－－－－－－－－－－－－－－－－－－

① 阿基斯群岛即希腊半岛。
② 莱亨在意大利托斯卡纳地区。

耳其，并爽快地得到卸货许可，没有任何麻烦，只是由于它们到达那里时，有一些货物在那个国家不适合出售，而其他那些货物是寄售给莱亨的商人的，那些船上的船长没有权力也没有任何规定处置这些货物；因此极大的不便就跟随商人而来。但这只是业务所需的不可避免的状况而已，莱亨和那不勒斯的那些商人收到给他们的通知，从那里再被派去照管那些专门寄售给那些港口的货品，将诸如此类不适合在斯麦纳和斯坎德隆 ① 市场上销售的东西，在别的船上带回来。

在西班牙和葡萄牙出现的种种不便还要更严重些；因为他们决不允许我们的船只，尤其是从伦敦来的，进入他们任何一个港口，更不用说是卸货了；有一则传言说，我们有一艘船偷偷摸摸交了货，这当中有几包英国布料、棉花、粗绒布以及类似的货物，那些西班牙人便让人把所有货物都给焚烧了，把涉及将它们带上岸的人处以死刑。这件事情我认为部分是真实的，尽管我并不确定：但这并非完全不可能，因为危险确实是非常大，传染病在伦敦是那样猖獗。

我同样听说，瘟疫通过我们一些船只被带进了那些国家，尤其是被带进了阿尔加维王国的法罗港 ②，属于葡萄牙国王管辖，那儿有好几个人死于瘟疫，但这一点没有得到确认。

另一个方面，尽管西班牙人和葡萄牙人对我们是那样提防，但大可确定的是，这场瘟疫，正如已经说过的那样，由于起初

① 斯麦纳是土耳其的重要港口。斯坎德隆，或者叫做伊斯坎德伦，是叙利亚的一座海港。
② 法罗是阿尔加维的贸易中心，位于葡萄牙南部沿海地带。

大半是留在城里靠近威斯敏斯特那头，而城里做买卖的地区，诸如城区和河滨之类的地方，至少到七月初为止，是非常安全的；河里那些船只直到八月初为止是非常安全的；因为到七月一日那天，整个城市范围内只死了 7 个，而在管辖地之内只死了 60 个；斯台普涅、埃尔德盖特和怀特夏普尔所有那些教区只死了 1 个；而索斯沃克所有八个教区只死了 2 个。但这在国外是一回事，因为噩耗传遍了整个世界，说伦敦城染上了瘟疫；而对那儿的情况并没有做出调查，传染病是如何推进的，或是它始于城里哪个地区，或是到达哪个地区。

此外，在它开始蔓延之后，突然之间，它增长得那么快，《统计表》的数据变得那么高，因此要减轻其传闻，或是竭力让国外那些人相信实际情况是要好一些，这都是无济于事的，《每周统计表》所呈报的记录是足够了；一周死掉 2 000 到 3 000 或 4 000 人，足以让这个世界的整个贸易区恐慌起来，而接下来的时间是那样怕人，也正好是发生在这个城市里，使得整个世界，我是说，对它采取了戒备。

你还可以确信，有关这些事情的流言在运输当中丝毫未曾丢失，这场瘟疫是非常可怕的，人们的苦难是非常深重的，正

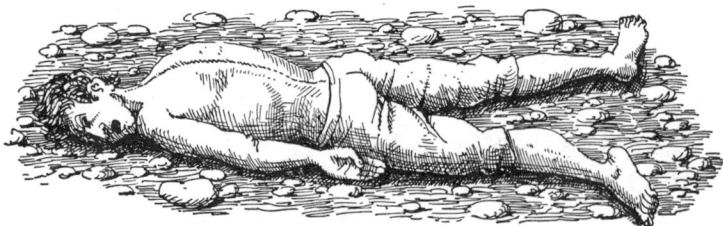

如通过我所说的那些事情你可以看到的那样；可谣言却更是大得惊人，这一点不必感到奇怪，我们那些外国朋友，正如我兄长那些通信人在那儿被详细告知的那样，也就是说在葡萄牙和意大利，他主要是在那些地方做生意，说是伦敦一周之内死掉20 000人；说是那些未被掩埋的死尸成批堆积起来；说是活人不足以埋葬死人，或健康人不足以看顾病人；说是整个王国同样遭到了传染，因此这是一场普遍流行的疾病，诸如此类是这个世界上的那些地区闻所未闻的；而一旦我们把真实情况讲给他们听，说那些死掉的人并没有超过十分之一；说有500 000人留下来一直住在城里；说眼下人们又开始在街上走动了，而那些逃走的人，他们开始回来了，除了家家户户要怀念其亲友和邻居的时候之外，街上不会看不到往常熙熙攘攘的人群，等等之类，他们几乎没法相信我们；我是说他们没法相信那些事情；要是眼下在那不勒斯，或是在意大利的其他沿海城市做个调查，他们就会告诉你说，很多年前在伦敦有过一场可怕的传染病；而这当中，如上所述，一周之内死掉20 000人，等等。恰如我们在伦敦曾经报道说，那不勒斯城里发生了一场瘟疫，在1656年，这当中一天之内死掉20 000人，对此我是相当信服的，而这是大错特错了。

但那些夸大无稽的传言对我们的贸易却极为不利，它们本身同样是不公正和有害处的；因为在这场瘟疫彻底结束之后，我们的贸易在这个世界的那些地区得以恢复之前，这是一段漫长的时间；那些佛兰德斯人和荷兰人，但尤其是后者，趁此大大地捞了一票便宜，把整个市场都占为己有，甚至在英格兰好些没有瘟疫的地区购买我们的制造品，把它们运到荷兰，以及佛兰德斯，然后从那些地方将它转运到西班牙和意大利，好像这些是他们自己制造的产品似的。

但他们有时候被人识破而且遭到惩罚，也就是说，他们的货物被没收，还有船只；因为如果这是真的，我们的制造品，和我们的人一样，染上了瘟疫，而去接触或打开，吸纳它们的气味，是有危险的；那些人就是在通过这种秘密交易而冒风险，不仅是将传染病带入他们自己的国家，而且还对那些他们用货物做生意的国家进行传染；而这，考虑到这样一种行为的后果会造成多少人死于非命，必定是任何有良知的人都不会允许自己涉足的一场贸易。

我并没有贸然声称，有什么危害已经造成，我是指由那些人造成的那种危害；但我疑心，就我们自己的国家而论，我没有必要附加任何这类限制条件；因为要么是通过我们伦敦的人，要么是通过买卖，让跟每一州和每一个大城镇的各色人等打交道成为必要，我是说，瘟疫通过这种途径迟早蔓延到整个王国，包括伦敦，也包括所有城市和大城镇，尤其是那些从事制造业贸易的市镇和海港码头；因此或早或晚，所有英格兰的大地方多少是遭到了侵袭，还有爱尔兰王国的一些地方，只是没有那么普遍罢了；它对苏格兰那些人造成怎样的后果，我并没有机会做调查。

可以看到的是，当瘟疫在伦敦那样持续猖獗的时候，那些所谓的外港，大笔生意做得不亦乐乎，尤其是跟邻近那些国家，还有跟我们自己的殖民地；举例来说，在英格兰这边，科切斯特、雅茅斯、赫尔那些城镇，在跟伦敦的贸易可以说是完全切断之后，有好几个月，将邻近各州的制造品出口到荷兰和汉堡；同样布里斯托尔的那些城市和埃克塞特的港口普利茅斯，也得到相似的便利，向西班牙，向加那利群岛，向几内亚，向西印度群岛；尤其是向爱尔兰出口；但是随着这场瘟疫从伦敦向各处蔓延之后，到了像它在八月和九月里蔓延的那样一个程度；因此所有的城市和城镇，或是绝大多数的城市和城镇先后都被传染上了，于是贸易便可以说是处在全面禁运之中，或是完全陷于停顿，正如我在谈及我们国内贸易时，会进一步谈到的那样。

可有一件事情必须注意到，说起从国外归来的船只，正如你肯定会注意到的许多船只，有一些，它们以前是在世界各地出航很长一段时间了，而有一些是它们出去时根本不知道有传染病，或是至少不知道有那样可怕的一场传染病；这些船只便无所畏惧地来到河里，然后交货，正如它们不得不要做的那样，只是除了八月和九月这两个月，当时传染病的重心正如我会说的那样，落在了整个大桥下面，没有人敢花片刻工夫出面做生意；但由于这种情况只持续了几星期，那些归国的船只，尤其是货物不容易腐败变质的那种船只，一度抛锚停泊，就在**河浦**①或是河的淡水河段不到一点的地方，甚至是在梅德威河下游那样的地方，它们当中有好些船便是从梅德威河进来的，而其他那些船停泊在诺尔，还有格雷夫桑德下游的霍普：因此到了十

---

① 船只归来时停泊的那段河道，叫做河浦，包括从塔瓦到卡科尔德岬角和莱姆豪斯的两岸所有河面。——作者注。

月末尾，有相当多的归国船队到来，许多年里都不为人所知的那种船队。

整个传染病期间有两种贸易是通过水上运输得以运营，几乎很少中断，或者说是没有任何中断，对这个城市受苦受难的穷人极为有利，给他们带来救助，而那便是沿岸的谷物贸易和纽卡斯尔的煤炭贸易。

这些贸易中的第一种具体是由那些小船运营，小船来自赫尔的港口，还有杭贝尔的其他地方，大量谷物就是这样从约克郡和林肯郡被带进来；这种谷物贸易的其他部分来自诺福尔克的里恩，来自威尔士和本恩汉姆，还有雅茅斯，全都在同一个州；第三个分支来自梅德威河，来自米尔顿、费福斯汉姆、马尔盖特和桑德威治，还有肯特郡和埃塞克斯郡沿岸所有其他小地方和港口。

还有来自苏福尔克沿岸的一种极好的贸易，带来谷物、奶油和干酪；这些船只保持稳定的贸易航线，毫无阻碍地来到那个仍以贝阿基闻名的市场，在那儿它们给这个城市提供充裕的谷物，在陆地运输开始衰退的那个时候，在人们开始讨厌从这个国家的许多地方过来的那个时候。

这也多半是要归功于市长大人的明智审慎和指挥有方，他煞费苦心地让那些船主和船员免于危险，当他们到来的时候，只要他们想要销售，便随时让人把他们的谷物买下来（不过这可是非常少有的），让粮食捐客立刻将载有谷物的船只卸货并交付，因此他们极少有机会从大船或小船中出来，钱一向是被搁在木板上交给他们，而且是被放进一个醋桶里，然后才被拿走的。

第二种贸易，是来自泰恩附近纽卡斯尔的煤炭贸易；这个城市缺少了它就会苦恼不堪；因为当时焚烧大量煤炭，不仅是在街道上，而且还在私人住宅和家庭中，甚至长达整个夏天，以及天气最热的那个时候，而这是在内科医生的劝告之下才那么做的；有些人事实上反对那么做，坚持认为，让屋子和房间保持暖热，是瘟病繁殖的一个途径，而瘟病是已经进入血液中的一种骚动和火气，都知道它要在炎热的天气里蔓延和增长，在冷天里消退，因此他们断言，所有传染性瘟病遇上热力是最恶劣的，因为传染病是在热天里滋养，获得力量，并在炎热之中可以得到繁殖。

　　另外那些人说，他们承认，气候中的热量会繁殖传染病，由于潮热天气让空气充满害虫，滋养数不胜数的各类有害生物，它们在我们的食物中，在植物中，甚至在我们的体内孵化，恰恰是通过它们那种臭气，传染病才会得以繁殖；加之，空气里的热量，或者按照我们一般的说法是气候的炎热，使得身体松弛无力，消耗元气，张大毛孔，使我们更容易接受传染病，或是任何有害影响，假设它是来自传染病的有毒气体，或是空气中的任何其他东西：但是那种火的热力，尤其是煤炭之火的热力，在我们的屋子里，或是在我们身旁燃烧，却是有着完全不同的效力，它并不是同一种热力，却是迅疾而猛烈，不是趋于滋养而是趋于消耗，将所有那些有毒气体驱散，而另外那种热力与其说是将它们分离和烧掉，还不如说是将它们散发并使它们停滞不动；此外有人断言，煤炭中经常发现的硫磺和亚氮分子，和那种燃烧的沥青物质一起，全都有助于澄清和净化空气，并在如上所述的有毒分子被驱散和烧掉之后，使得空气卫生，可以安全吸入。

后一种观点在那个时候占据上风，正如我必须承认的那样。我有充分理由认为，而且市民的经验证实了这一点，让火在房间里始终不停地燃烧的许多屋子，根本就没有被传染上过；而我必须在这一点上加入我的经验，因为我发现，始终将火烧得很旺，让我们的房间更芬芳更卫生，让整个家里变得更好了。

但我回头讲那种作为贸易的煤炭，这种贸易正是费了一番不小的周折才得以始终不停地开展，尤其是因为那个时候，我们在同荷兰人开战，那些荷兰私掠船起初将我们大量的煤船扣下，而这让其余那些煤船警惕起来，使它们留下来以便集结成队；但是过了一段时间之后，要么是那些私掠船害怕扣留它们，要么是他们的主子，那些国家，怕他们那么做，便对他们加以禁止，免得瘟疫在他们中间出现，而这倒使它们进展更为顺利了。

为了那些北方贸易商的安全，市长大人下令，煤船暂时超过一定数目不得进入河浦，并命令驳船和其他船只，诸如木材商之类的人，也就是码头主人，或是煤炭贩子所装备的船只，沿河而下，到戴普特福特和格林尼治那样下游的地方，还有某些更下游的地方，将那些煤炭取出来。

其他船只是将大量煤炭在船可以靠岸的特定地点交付，就像在格林尼治、布莱克沃尔和其他那些地方，堆积如山，仿佛是为了销售而存放；但在那些把它们运来的船只走了之后，接着就被取走了；因此船员与河上人没有交流，就连彼此靠近的机会也没有。

可所有这些警戒措施，却根本无法有效阻止瘟病在煤炭业工人中间，也就是说，在船只中间蔓延，因此有相当多的船员死于瘟疫；更糟糕的是，他们把它带到了伊普斯维奇和雅茅斯，带到了泰恩附近的纽卡斯尔，还有沿海的其他地方；在那里，尤其是在纽卡斯尔和桑德兰，它夺走了许多人的生命。

如上所述那么多的火生起来，确实是耗费了数量可观的煤炭；就在船只到来的一到两次受阻期间，是由于逆风天气，还是由于敌人干扰，我记不起来了，但是煤炭的价格贵得要命，甚至高达每查尔德隆①4 英镑，但是一旦那些船只进来，它很快就降下来了，而随着后来它们有了更自由的航道，在那一年余下的时间里价格是非常合理的。

在那些场合生起的公共火堆，照我计算过的那样，想必是让这个城市耗费大约每周 200 查尔德隆的煤，要是它们持续下去的话，事实上这就是非常大的一个量了；但实际上，出于必要考虑，没有什么东西节省得下来；可是由于某些内科医生的口诛笔伐，它们持续烧着的时间并没有超过四到五天；火堆安排如下：

一堆在海关，一堆在比林斯盖特，一堆在昆-西斯，而一堆是在梭里-克莱恩斯，一堆在布莱克-弗莱厄斯，而一堆是在布莱德威尔门口，一堆在莱登荷街和格蕾丝丘奇转角，一堆在伦敦交易所的北门，而一堆在它的南门，一堆在基尔特荷，而

----

① 查尔德隆（chalderon）：煤量名，英国为 32 至 36 蒲式耳（一蒲式耳为 36 公斤）。——中译者注。

一堆在布莱克威尔荷门口，一堆在市长大人家门口，在圣海伦斯，一堆在圣保罗教堂西边入口处，而一堆在波厄教堂入口处：我不记得城门口到底是有还是没有，但在大桥脚下是有一堆的，正好挨着圣马格纳斯教堂。

我知道，自从这件事投入试验之后，有些人一直在吵闹，并且说，由于那些火堆的缘故，有更多的人死掉了；可我相信，说这些话的那些人拿不出什么证据，可以用来证实这种说法，而我无论如何也无法相信这种说法。

同样还要来讲一讲在这个可怕时期英格兰国内贸易的状况，尤其是当它跟制造业及这个城市的贸易有关时的状况：在传染病最初爆发的当口，不难设想，人们中间存在着一种极大的恐慌，结果便是贸易的普遍停顿；除了食品和生活必需品的贸易之外，而即便是在这些事情中，由于有大量的人逃亡，还有为数极多的人总是生病，加上那些死掉的人数，因此就算是城里的食品消耗量是过去的二分之一以上，也无法超出过去的三分之二。

承蒙上帝恩典，送来谷物和水果非常丰裕的一年，但是干草或青草并不丰裕；那样一来，面包是便宜的，由于谷物丰裕的缘故；肉类是便宜的，由于青草匮乏的缘故；但出于同样的原因，奶油和干酪是昂贵的，而就在怀特夏普尔栅门外的集市上，干草卖到每担4英镑。不过这种情况并没有影响到穷人；各类水果有着最为过量的丰裕，诸如苹果、梨子、梅子、樱桃、葡萄之类；而它们较为便宜，由于人口缺少的缘故；但这使得穷人吃水果吃得过多，让他们患上痢疾、肠胃痛、饮食过量症，等等之类，而这经常导致他们患上瘟疫。

再来谈谈贸易的情形；首先，对外出口遭到阻拦，或者至少是受到极大的干扰，因此变得困难了；随之而来的自然是所有那些工厂的大停顿，其产品收购通常是为了出口；尽管国外的商家有时候再三索要货物，可由于航道是那样普遍遭到阻拦，英国的船只如上所说，不被允许进入他们港口，因此极少有货物派送出去。

这就使得英格兰绝大部分地区用于出口的生产陷于停顿，除了某些外港之外；而即便是那些地区不久也都停顿下来，因为轮到它们全都染上了瘟疫；然而尽管这一点整个英格兰都感觉得到，可雪上加霜的是，所有用于国内产品消费的贸易往来，特别是那些通常在伦敦人手上周转的贸易往来，都一起停顿下来，这个城市的贸易就被中止了。

城里以及其他地方的各类手工业。工匠和机械匠，正如我在前面说过的那样，都失业了，鉴于与这些行业相关，但可以说是绝对必不可少的工作已经无事可做，这就使得不计其数的各类学徒期满的职工和工人遭到排斥和解雇。

这就使得伦敦许许多多的单个之人无人抚养；还有许许多多的家庭也是一样，他们的生计有赖于这些家庭主人的劳作；我是说，这让他们都沦为赤贫；而为了伦敦这个城市的信用，为了将来世世代代，只要有人讲起这一点，我得照实说，他们有能力提供救济食品，给那么多成千上万缺衣少食的人，正如给后来那些病倒的人，受苦受难的人那样；因此可以确切断言，没有人因为饥寒交迫而灭亡，只要那些行政长官收到给他们的报告。

我们国内产业贸易的这种死水一潭的状况，会让那些行业中的人经受更大的困难，但是名工匠、呢绒商和其他那些人，尽其本钱和力量，不停地制造产品以便让穷人工作，相信只要疫情一消退，他们就会拥有与当时的贸易衰退相称的那种旺盛需求；但由于除了有钱的雇主之外没有人能够这样做，而很多人是贫穷而没有能力做，英格兰的产业贸易便遭受重创，而英格兰各地的穷人只是由于伦敦这个城市的灾难而举步维艰。

　　确实，次年由于另一场降临该市的可怕灾难而让他们获得充分补偿；因此这个城市通过一场灾难而弄穷并削弱这个国家，通过另一场性质甚至同样可怕的灾难，养肥这个国家并使他们又得到补偿：因为有无数的家当、衣物和其他物件，加之所有那些堆满商品和产品的仓库，诸如此类来自英格兰各地的商品和产品，在伦敦的大火中付之一炬，在这场可怕劫难过后的次年：这就让整个王国做了一场多么奇怪的贸易，去弥补那种不足，去填补那种损失：因此，简言之，这个国家的制造业人员全都着手工作起来，而在好几年里，并不足以供应市场和满足需求；所有国外市场，由于瘟疫导致的停顿，在公开贸易又得到允许之前，我们的产品同样也是空空如也；国内的巨大需求与各类商品的快速产出联合一致；因此正如在瘟疫以及伦敦大火之后的最初七年里那样，这样一场遍及英格兰各地的贸易活动暂时根本不为人所知。

　　眼下我还得来说一说，这场可怕判决的慈悲方面：九月的最后一周，瘟疫到了危急关头，其凶猛势头开始缓和下来。我记得我的朋友希斯医生在这周之前过来看我，告诉我说，他确信它的狂暴不出几天就会缓和下来；可当时我见到的那一周《统计表》，其统计数字是全年之中最高的，死于各种疾病的有 8 297 个，我拿它来驳斥他，并且责问他，他的判断是从何得来？而他的回答，倒并不是像我认为的那样难以索解；你看，他说，根据这个时期的患病和被传染的人数，上周应该是死掉20 000，而不是 8 000，如果这场已成痼疾的致命传染病是像它两周前的那个样子；因为当时它照例是在两到三天里致人死命的，眼下是不低于八到十天；当时是不超过五分之一的人康复；然而我却看到，眼下是不超过五分之二的人不保；在我看来，下一周的《统计表》会下降，而你会看到比过去多得多的人恢复健康；因为尽管眼下到处都有大量的人受到传染，每天都有很多人病倒；但是不会有那么多人像过去那样死掉了，因为瘟病的有害性减弱下来了；他补充说，眼下他开始希望，仅仅是希望，传染病已经过了危急关头，正处在消退之中；而结果还真是那样，因为接下来这一周，正如我说的，是九月的最后一周，《统计表》减少了将近 2 000 人。

确实，瘟疫仍处在一个骇人的高峰，而接下来的《统计表》不低于 6 460 个，再接下来是 5 720 个；但我朋友的观点仍然是有道理的，人们确实好像是康复得更快了，而且比他们过去康复的人数更多；如果事情真的不是那样的话，伦敦城会是怎样一种状况呢？因为照我朋友的说法，那个时候有不少于 60 000人被传染，其中如上所述，死了 20 477，有将近 40 000 人康复；如果事情是像它从前的那种样子，那个数字中的五万人就会非常有可能死掉，如果不是死掉更多的话，而且 50 000 多人就会病倒；因为总而言之，整个一大群人开始得病了，而且看起来好像没有人会逃脱似的。

但在几个星期多一点的时间里我朋友的这番话就显得更清楚了；因为数字在不断下降，而在十月的另一周里下降了1 849人。因此死于瘟疫的人数只有2 665，而接下来那一周里下降了1 413多人，可显而易见的是，仍有大量的人生病，甚至是超过常规的大量人数，而且每天都有大量的人病倒，但是（如上所述）瘟病的有害性是减弱下来了。

我们人民身上的那种轻率的性情，是否世界各地都是那样，这根本就不是我想要去调查的事情；但在这里我是清清楚楚地看到，当对传染病最初的恐惧出现时，他们相互躲避，怀着一种莫名其妙，而且照我看来，是毫无必要的恐惧感，逃离彼此的屋子，逃离这个城市；眼下也是那样，当这种意见流传开来时，（亦即）瘟病不像以前那样有传染性了，即便是被传染上了，它也不是那么致命了，眼看大量确实病倒的人，每天又恢复过来；他们便萌生出那种轻率的勇气，对他们自己，还有对传染病都变得那样全然漠不关心，结果是他们对瘟疫的看法就跟对普通热病的看法差不多，事实上也并没有那么当回事；他们不仅是跟那些人大胆交往，那些人身上有肿瘤和痈疗，它们正在化脓，结果是有传染性的，而且还跟他们一起吃吃喝喝，甚至于跑到他们屋子里去拜访，如我所知，甚至还走进他们卧病的那些房间里去。

这个我没法觉得是合乎理性的；我的朋友希斯医生认为，而凭经验也可以清楚地知道，瘟病照常是有传染性的，而且照

　　常有很多人病倒，只不过是他声称那些病倒的人当中没有那么多人死掉罢了；可我认为那段时间有许多人确实是死掉了，而事情充其量不过是，这场瘟病非常吓人，疮口和肿块让人痛不欲生，死亡的危险并没有脱离疾病的环境，虽说没有像从前那样频繁，所有这些事情，加上极度冗长乏味的治疗，对疾病的憎恶，以及其他许多因素，足以用来阻止任何人跟病人危险地生活在一起，使得他们像从前那样几乎是急于避开传染病了。

　　不仅如此，而且还有另一件事情，使得瘟病的传染够让人害怕的，这就是腐蚀剂的可怕烧灼，是外科医生敷在肿块上面使之破裂化脓的那种腐蚀剂；不用它，死亡的危险非常大，甚至是到死为止；还有肿块的难以忍受的剧痛，虽说不会像从前那样，而且不会像我在好几个事例当中已经描述过的那样，痛得让人谵妄和发狂了，可那些肿块却让病人经受难以言表的痛苦折磨；而那些受到折磨的人，虽说他们确实是逃脱了性命，却对告诉他们没有危险的那些人发出激烈控诉，对自己胆敢自投罗网的轻率和愚蠢追悔莫及。

人们也并没有在这一点上终止这种轻慢行径，因为许许多多像这样放弃了警惕的人仍在遭受更深的痛苦；虽说许多人是逃脱了，可许多人却死掉了；而且它至少具有这种伴随着它的公共危害，它使得葬礼的减少比本来应该有的要慢一些；因为当那种想法像闪电一样传遍城市，人们的头脑被它迷住，甚至当最初的大减退在《统计表》上一出现，我们就发现，接下来两周的《统计表》并没有出现相应的减少；我认为，原因在于人们那样鲁莽轻率地陷入危险之中，将他们此前的警惕和关注，还有他们过去习以为常的小心规避全都放弃了；相信疾病是不会传染到他们身上，或者说即便是传染上了，他们也不会死掉。

内科医生尽其所能反对人们这种掉以轻心的态度，发布印刷成文的指示，将它们散布在城市和郊区的各个地方，劝告人们继续保持检束，虽说瘟病减退，但也仍要在他们平日的行径中采取最为慎重的警戒措施，并用吓唬他们说整座城市有故态复萌的危险，告诉他们说，那样一种故态复萌何以比已经有过的整个劫难更为致命和危险；在这个方面用了许多论证和理由对他们作出解释和证明，而这些论证和理由太冗长这里就不重复了。

但这一切都毫无用处，那些无所畏惧的家伙是那样着迷于最初的喜悦，看到《每周统计表》上令人满意的大减退是那样惊奇，以至于他们对新的恐怖无动于衷，听不进劝告，只是认为死亡的严酷过去了；而对他们说话，比对东风说话更不起作用；他们只是开店，逛街，办事，跟路上碰见的任何人交谈，不管是否有事情要谈，也不去调查一下他们的健康，就连对他们的危险感到害怕的心理也没有，虽说他们知道那些人并非安然无恙。

这种粗心大意的轻率行径让他们许许多多人付出了生命代价，而这些人曾经怀着极大的小心警惕将自己关在屋里，跟可以说是整个人类都一直断绝往来，而且是通过这个办法，在老天的关照下，在这场传染病的整个热潮当中保全了性命的。

人们的这种轻率和愚蠢的行径，我是说，程度是那么深，弄得政府最终就此对他们发出警告，将事情的愚蠢和危险都说给他们听；这样做对事情稍稍有所抑制，于是他们变得更加小心一些，但事情还有另一种结果，是他们没法加以抑制的；因为当最初的谣言不仅是在城市里流传开来，而且还传到了乡下时，事情的结果是差不多的，人们对离开伦敦那么久感到厌倦，渴望回来，结果他们便蜂拥入城，没有恐惧也没有预报，开始在街上露面，仿佛所有的危险都结束了似的；看到这种场面确实令人惊讶，因为尽管死掉的人数每周仍有 1 000 到 1 800，可人们却还是蜂拥入城，仿佛一切都安然无恙似的。

这样做的结果是，就在十一月的第一周，《统计表》又增加了 400 人；要是我可以相信那些内科医生，那么这一周就有超过 3 000 人病倒，他们当中绝大多数也是刚刚回来的人。

圣马丁斯·勒格朗有个叫**约翰·科克**的理发师，便是这方面的著名例子；我是指瘟疫消退时人们急于返乡的例子：这位约翰·科克带领全家离开城市，将他的房子锁闭起来，便去了乡下，正如其他许多人所做的那样，然后看到瘟疫在十一月减退得那么厉害，所有疾病加起来每周只死掉 905 个，他便又大着胆子回家了；他家里有十口人，也就是说，他本人和妻子，五个孩子，两个徒弟，和一个女仆；他回家没有超过一个星期，便开始打开店门，做起了生意，但是瘟病在他家里爆发出来，大约在五天之内他们全都死了，除了一个人之外，也就是说，他本人，他的妻子，他的全部五个孩子，还有他的两个徒弟都死了，只有那个女仆还活着。

　　但对其余那些人来说，上帝的仁慈比理当期盼的是要更大一些；因为正如我说过的那样，瘟病的那种有害性耗尽，传染病气势衰竭，加上冬季来得快，空气清澈而寒冷，有几场凛冽霜冻；而这种情况仍在增强之中，那些病倒的人绝大多数都康复了，城市的健康开始回归：瘟病确有几次回复，甚至在十二月这个月里，《统计表》上的数字增长了将近 100，但它又消退了，因此在一个短时期内，事情开始回到其自身的轨道。看到城市眨眼之间人烟又是何其稠密，这令人惊叹；因此陌生人是没法不惦记那些送了命的人，而说到那些人的住所，也并不存在什么缺少居民的状况：几乎很少看到或是根本看不到空房子，或者说即便有几座空房子，也是并不缺少它们的房客的。

　　但愿我能够说，随着城市有了一张新的面孔，人们的生活方式也就有了一番新的面貌：我只是怀疑许多人身上保留着的一种真诚的得救之感，衷心感谢那只至高无上的手，它在那样危险的一个时候保护了他们；而在一个人口那样稠密的城市，住在里面的人是那样虔敬，正如在这劫难期间他们在这儿所表现的那样，另作评判那就太不仁慈了；但这种情况除了是在个别家庭中，还有在个别面孔上可以让人看到之外，必须承认，人们总体的行为跟它从前恰恰是一样的，极少让人看得到区别。

有人确实是说，事情更糟糕了，人们的品行正是从这个时候开始堕落的；人们在他们所处的危险之中变冷酷了，像是风暴过去之后的海员，其恶行恶状较之于从前更邪门和更愚蠢，更大胆和更冷酷；可到目前为止我一点儿也不想对此加以报道：要将所有变化过程具体描绘出来，而通过这些变化，事物的进程又在这个城市里得以恢复，得以在其自身的轨道上运行，正如它们从前那样，这会占据一个不小的历史长度。

英格兰有些地区眼下是被传染上了，和伦敦有过的一样猖獗；诺维奇、彼得伯勒、林肯、科切斯特的那些城市，还有其他那些地方眼下是遭到了侵袭；说到与这些城市的通信往来，伦敦的行政长官开始为我们的行为制定规范：确实，我们没法妄图禁止他们那些人来到伦敦，因为不可能分别知道他们，于是经过多次审议，市长大人和市参议院不得不丢下这个方案：他们所能做的，只是警告和提醒人们，对于任何他们知道是来自这些被传染地区的人，不要在自己家里招待他们，或是与他们交往。

但他们等于是在和空气说话，因为伦敦那些人眼下觉得他们自己与瘟疫是那样沾不上边，以至于他们把所有的忠告都当做耳边风；他们似乎相信这种观点，空气焕然一新，而且空气就像患过天花的人，没有能力再受到传染了；这又让那种想法流行起来，传染病全都在空气当中，在病人和健康人之间不存在那种传染物之类的东西；而这种怪念头在人们中间是那样甚嚣尘上，以至于他们群集杂处，有病的人和健康的人，并不是穆斯林，那些人，满脑子的决定论原则，对于传染病满不在乎，无论怎样都是听其自然，可以比伦敦的那些人还要固执；他们是极为健康的人，从我们所谓的新鲜空气当中出来，到城市里来，到上述那些屋子和卧室里去，甚至还到上述那些床铺上去，和那些身染瘟病并且没有恢复过来的人在一起，完全不以为然。

有些人确实是为他们的大胆鲁莽付出了生命代价；不计其数的人病倒了，而内科医生做的工作比从前任何时候都要多，只是有这样一个区别，他们有更多病人恢复过来；也就是说，他们多半是恢复了健康，但眼下毫无疑问有更多的人被传染上，而且是病倒了，跟一周死掉 5 000 到 6 000 的那个时候相比，这个时候一周死掉的并没有超过 1 000 或 1 200；处在重大而危险的卫生和传染病的状况中，人们在这个时候全然是那样疏忽大意；他们是那样听不进或是接受不了那些为了他们好的人所提出的警告。

像这样返乡的那些人，在他们的查询之中，可以说大体上是非常奇怪地发现，在他们的朋友、某些家庭全家被彻底扫荡之后，并没有任何他们的纪念物留下来；他们留下来的那点东西，也找不到任何人拥有或出示所有权的任何证明；因为在这种情形下，可以让人找到的东西多半是被人侵吞和盗窃了，有些是以这样的方式，有些是以那样的方式。

据说这些遗弃的资产，落到了作为全体继承人的国王手中，关于这一点我们被告知，而我觉得它部分是真实的，国王把这些所有东西当做谢神之物转让给了伦敦的市长大人和市参议院，以供穷人之用，而穷人是非常多的：因为可以看到，虽说赈济的种种理由，还有水深火热的场景，在瘟疫猖獗之时要比一切都结束之后的现在多很多；可穷人的苦难不幸眼下却比那个时候多了许多，因为所有那些大布施的来源眼下都关闭了；人们眼中的主要布施理由不存在了，于是便停住了他们的手；而个别那些场景却仍然让人非常动容，穷人的苦难不幸，其实是非常深重的。

尽管城市的健康状况眼下多半得以恢复，可是外贸却并未开始活动起来，而那些外国人在很长一段时间内也不允许我们的船只进入他们港口；至于说荷兰人，我们的朝廷和他们之间的误解在前年引发了战争；因此我们那一路的贸易整个儿被阻断了；但是西班牙和葡萄牙，意大利和北非，还有汉堡和波罗的海的所有港口也一样，这些全都是长时间小心避开我们，好多个月里都不愿和我们恢复贸易。

瘟病扫荡着那样众多的人群，正如我说过的那样，许多外围教区，如果不是说全部教区，便不得不开辟新的坟场，加上我讲到过的在邦西尔－菲尔兹的坟场，其中有些还在继续使用，沿用到现在；但另一些是弃置不用了，而它们，说起来我实在是带着点儿非难，被改造成了其他用途，或是后来在它们上面被盖上建筑，那些死尸受到打扰，遭到虐待，又被挖了出来，有些甚至连骨头上的肉都还没有烂掉，像粪土或垃圾那样被搬到其他地方去了；这当中有些是在我了解的范围内，如下所述：

1. 高斯维尔街外的一块地，靠近蒙特－米尔，是这个城市的古旧野堡或要塞的某个遗址，大量尸体从埃尔德斯盖特、科勒肯威尔那些教区运来，甚至从城内运来，被乱七八糟地掩埋在那里。这块地，据我所知，后来成了一座草药园，而且在这之后被盖上了建筑。

2. 布莱克·迪契，正如当时的称呼那样，正对面有一块地，在哈罗威胡同的尽头，在肖迪契教区；后来成了一家养猪场，还用于别的普通用途，只是极少作为坟地使用。

3. 毕晓普斯盖特街汉德巷的上头，当时是一片绿色田野，被认做是专属于毕晓普斯盖特教区，虽说从城里来的许多运尸车，尤其是从城墙边的圣奥尔－海鲁斯教区来的运尸车，也把尸体带到那儿；这个地方，说起来我是没法不大为叹息的，如我所记得的那样，正是在瘟疫停止后大约两三年，罗伯特·克莱顿爵士 ① 才占得了这块地；据说，有多少真实性我不知道，它因为缺乏继承人而落到国王手里，所有那些有权拥有它的人都被疫疾夺走了性命，而罗伯特·克莱顿爵士从国王查理二世那里获得了一份转让证书。不管他是怎么弄到手的，可以肯定的是，这块地是在他的命令之下被租出去盖房子或是被盖上了房子的：盖的第一座房子是一座仍然矗立着的漂亮大房子，面朝着那条街道或道路，眼下是叫做汉德巷，而它尽管被叫做巷子，却像街道一样宽阔；和那座房子朝北同一排的那些房子，正是在穷

---

① 罗伯特·克莱顿爵士是著名的辉格党商人（1629—1707），曾任市参议员、市长和议会成员。他作为一名仁慈的金融顾问，同样出现在笛福的另一部小说《罗克珊娜》（1724）当中。

人被掩埋的那块地上建造起来的，而在将那块地挖开来建造地基时，那些尸体被掘了出来，其中有些仍然让人看得一清二楚呢，就连女人的头盖骨都可以通过它们长长的头发分辨出来，而另外一些，肉还没有完全烂掉呢；于是人们开始惊呼着指责，而有些人提出来说，这也许会有传染病复发的危险：这之后那些骨头和尸体，被他们尽快抓起来，送到这块地的另一处，统统被扔进一个特意挖好的深坑，而这块地眼下为人所知，是因为它上面没有盖房子，而是一条通向另一座房子的通道，在罗斯巷上头，正对着一座礼拜堂的大门，那座礼拜堂是多年以后建造的；这块地被栅栏圈起来与通道的其余部分隔断，形成一个小小的正方形，那儿躺着近两千具尸体的骨头和残骸，都是那一年被运尸车送到他们的坟墓里去的。

4. 除此之外，在摩尔－菲尔兹有一块地，在眼下叫做奥尔德·贝斯兰姆街入口处旁边，而它被扩大了许多，尽管出于同样的缘由而没有完全被理会。

注意：本篇纪事的作者，正是出于他自己的意愿，埋葬在那块地里的，而他姐姐是几年前埋葬在那里的。①

5. 斯台普涅教区，从伦敦东部向北扩展，甚至恰好扩展至肖迪契教堂墓地边缘，有一块地被收受掩埋他们的死者，靠近上述的教堂墓地；而它正是为了那个原因而被闲置起来，在这之后，我想，是被纳入那个教堂墓地中；他们还有另外两处下

---

① 文中出现的一座怪怪的小墓地，仿佛叙事人正在埋葬他本人似的。在摩尔－菲尔兹的东侧，这处掩埋地是以伯利恒教堂墓地而著称。

葬地在斯皮特尔－菲尔兹，一处是在后来为抚慰这个大教区而建造的一座教堂或曰礼拜堂的地方，另一处是在佩蒂寇胡同。

另有不少于五块地被用于那个时候的斯台普涅教区；一块是在眼下矗立着圣保罗的肖德维尔教区教堂的那个地方，而另一块，是在眼下矗立着瓦平的圣约翰教区教堂的那个地方，而这两个地方当时都没有教区的名字，但都属于斯台普涅教区。

我还可以说出更多，但这些是在我具体了解的范围内的，我认为是那种环境使它们具有记录的价值；从整体上讲，这可以让人看到，他们在这灾难深重的时候，不得不在大部分外围教区收受新的下葬地，为了掩埋在那样短的时间内死掉的为数甚多的人；但为什么没有采取措施把这些地方和普通的用途分隔开来，使得那些死尸可以静静地长眠，这我答不上来，而我得照实说，我认为那样做是错误的；谁该负责，我不知道。

我应该提一下，当时也有单独一块下葬地①供贵格会教徒使用，这块地他们仍在使用，他们还专门有一辆运尸车，把尸体从家里运过来；那位著名的所罗门·伊戈尔，他正如我在前面讲到的那样，把瘟疫预告成一场审判，赤身裸体跑过大街，告诉人们，它对他们发动突然袭击，是为了他们的罪孽而惩罚他们，而他自己的妻子正好是在瘟疫的第二天死掉的，是第一批被贵格会教徒运尸车运到他们新的下葬地中的一员。

我本可以让传染病期间发生的许多更引人注目的事情塞满这篇纪事，尤其是市长大人和当时在牛津的宫廷之间的往来磋

---

① 在邦西尔的野地。

商，以及那些时不时从内阁收到的指令让他们在这紧急关头指挥调度。但是宫廷让其自身参与的事情确实是那样少，而他们做过的那点事情其重要性是那样小，因此我不觉得太有必要在这里说得面面俱到，除了规定城里按月举行斋戒那件事，还有为救济穷人发送皇家布施那件事之外，而这两件事情我在前面都说到过了。

谴责的话语朝那些内科医生劈头盖脸扔过来，他们在这疫疾期间遗弃了自己的病人，而眼下他们又回到城里来了，没有人想要雇用他们；他们被人叫做是逃兵，并屡屡有传单张贴在他们家的大门上，写道，这里有医生出租！因此那些内科医生中有一些人，只好呆坐片刻，环顾左右，或者至少将他们的住处搬迁，然后在新的地方和新的熟人中间开张营业；牧师的情况如出一辙，而人们事实上是对他们大加责骂，写了诗句和辱骂他们的坏话，张贴在教堂大门上，这里有布道坛出租，或者有时候写成出售，而这是更坏的坏话了。

这正是我们的大不幸，当传染病停止时，我们那种倾轧和争斗、诽谤和责难的精神并没有停止，而这确实成了从前影响国家和平的主要不安定因素：有人把它说成是那些旧时怨恨的残余，而它近来就是那样将我们全都卷入了激怒和混乱之中。但是由于最近的赦免条例^①平息了那种争吵，因此政府便将家庭和个人的无时不在的和平，推荐给了整个国家。

---

① 1660 年 8 月 29 日所颁布的一项条例，宽恕和赦免绝大多数共和政治时期的叛乱分子。

但这是没法做到的，尤其是在伦敦的瘟疫停止之后，当时有谁看到人们所处的那种情境，人们在那个时候是如何彼此爱抚，保证给未来以更多的宽容，再也不提出非难：我是说，有谁在那个时候看到他们，就会想到他们最终是会以另一种精神相处在一起。然而，我是说，这是没法做到的；争吵还在继续，教会和长老会的人水火不容；瘟疫一旦消除，那些被逐出教门的非国教牧师，当他们填补了那些隐退的在职牧师所抛弃的布道坛，他们就不会有别的盼头了；他们只会立即攻击他们，用他们的刑法①骚扰他们，自己生病的时候让他们布道，一旦恢复健康就迫害他们，即便是我们这些属于教会的人也觉得这样做是很冷酷的，对此根本无法赞同。

但这是政府的事情，我们说什么也都是阻止不了的；我们只能说，这不是我们的作为，我们是没法对此负责的。

另一个方面，反对国教的人谴责那些教会牧师，说他们跑掉了，丢掉了自己的职责，将人们遗弃在险境之中，而那个时候他们是最需要安慰的，等等之类，这我们是根本没法赞同的；因为并不是所有人都有相同的信仰，相同的勇气，而经书要求我们根据博爱原则，给绝大多数人以善意的评判。

一场瘟疫是一个强敌，是用恐怖武装起来的强敌，每个人都还没有强大到足以去抵御它，或是做好足够准备去承受其冲击：千真万确，许许多多身临其境那样去做的牧师，他们退缩

---

① 刑法：有更多的条例通过以限制和惩罚非国教教徒；名曰《克拉伦登法典》，王政复辟时期的大法官克拉伦登签署这些条例而得名。

了，为了自己生命的安全而逃跑了；但这也是真的，他们当中许许多多人留下了，而他们有许多人在灾难中，在履行其职责的时候倒下了。

确实，有些被逐出教门的反对国教的牧师留下了，他们的勇气可嘉，值得高度评价，但这些人并不是数不胜数；不可以说他们全都留下，没有一个到乡下隐退起来，同样不可以说教会神职人员全都跑掉了；而那些跑掉的人，也并不是没有用副牧师代替就走了，而另外那些人也并不是没有在他们的岗位上，履行必要职责，只要可行便尽量去探访病人；因此从整体上看，博爱应该是双方都有份，而我们本该考虑到，像1665年那样一个时期，是史无前例的，处在那些情形中，并不是最坚强的勇气才会始终支撑着人类；这一点我还没有说起过，而是宁愿挑选双方那些人的勇气和宗教热情加以记录，他们冒着自己的生命危险，为水深火热中的穷人服务，并没有去牢记双方有什么失职行为。但是那种坏脾气在我们中间出现，把这种必要性给弄反了；有些留下来的人，不仅过分夸耀他们自己，而且还侮辱那些逃跑的人，骂他们是胆小鬼，抛弃自己的羊群，扮演的是为钱卖命的角色，等等之类：我建议所有慈悲为怀的善人都去回顾一下，恰当反思这个时期的恐怖；不管谁那么做都会看到，可以支撑它的并不是一种普普通通的力量，它不像是在部队的指挥所里露面，或是冲着战场上的一队骑兵发起攻击；而是对灰白马背上的那个死神发起攻击[1]；留下来其实就是去送死，

---

① 灰白马背上的死神：见《新约·启示录》(6.8)。

　而这简直是可以尊敬的，尤其当事情像在八月末和九月初那样出现时，正如那个时候有理由去料想它们的那样；因为没有人料到，而我敢说，没有人相信，瘟病真会采取那样突然的一个转折，一周之内立刻下降2 000人，当时有着那样惊人的一个生病的数目，正如众所周知的那样；而接下来便是许许多多人，以前绝大部分时间里都留了下来，便拔腿逃走了。

　　此外，要是上帝给一些人的力量比给另一些人的更多，难道就可以夸耀他们忍受打击的能力，责备那些没有同等天赋和忍耐的人吗？或者说，要是他们造就得比自己的同胞更有用，难道他们就不应该更显得谦卑和感恩吗？

　　我认为应该把这记录下来向那些人表示敬意，有牧师也有内科医生、外科医生、药剂师、行政长官和各类公务员，而且还有各种发挥作用的人，他们冒着生命危险履行其职责，正如所有那些留下来恪尽职守的人毫无疑问做到的那样，而所有那些人中，有些人不仅冒了生命危险，而且还在那个可悲的时刻失去了生命。

我曾经要给所有那些人列一份表格，我是指所有那些专职和雇用的人，这些人，正如我说的那样，像这样死在履行其职责的时候，但对于个人而言，在细节上做到确凿无疑是不可能的；我只记得，有16名国教牧师、2名市参议员、5名内科医生、13名外科医生死掉，是在九月初之前的城市和管辖地范围内；但这正如我以前说过的那样，是在传染病险象环生和穷凶极恶之时，因此不可能做成完整的表格；至于说那些级别低的人，我想在斯台普涅和怀特-夏普尔两个教区，有46名警察和下级警官死掉；但是我没法将表格做下去，因为九月里瘟病的狂暴猖獗袭击我们的时候，它逼得我们失去了所有的衡量尺度；人们当时确实不再通过清点和计数死掉，他们会发表一份每周的《统计表》，说他们有7 000或8 000，或是随便怎么说；他们毫无疑问是成批死掉，成批下葬，也就是说没有经过统计；要是我可以相信某些人，他们留在户外的时间比我更多，在这些事情上比我更精通，虽说对一个不比我有更多事情要做的人来说，我是够公开的了，我是说，要是我可以相信他们，那么在九月的头三周下葬的人数不会比每周20 000个少很多；不管别人是如何断言其真实性的，我却宁愿选择固守公开的统计数字；每周7 000和8 000是足以用来证明我说的那些时刻的所有恐怖了；而让写作的我，也让阅读的人颇为满意的是我能够说出，每件事情都是以适度的原则记录下来，更多的是在分寸之内而非超出分寸。

基于所有这些缘由，我是说我可以希望，一旦我们恢复了健康，在追忆过去那场灾难时，我们的行为因宽容和仁慈而更加高尚，而不是那样多地夸耀自己留下来的胆魄，仿佛所有的人都是逃离上帝之手的懦夫，或者说，那些留下来的人，不要动辄把他们的勇气归功于他们的愚昧无知和对造物者之手的藐视，这是一种有罪的绝望，并非真正的勇气。

我只能将它留作记录，那些公务员，诸如警察、下级警官、市长大人和治安官的属下，也和教区公务员一样，他们的工作是管理穷人，大抵是怀着和任何人一样的勇气，而且说不定是怀着更多的勇气履行其职责，因为他们的工作伴随着更多的危险，更多地置身于穷人中间，而这些人更易于受到传染，一旦他们患上了传染病，便是处在最可哀怜的困境之中：但随后也必须要补充的是，他们当中大量的人死掉了，事实上也不太可能不是这样。

我在这里一个字都没有说到过那种药物或配制品，我们通常用于这种可怕的场合，我是指我们屡屡出门在街上走来走去，正如我所做的那样；这些多半是在我们江湖医生的书籍和广告中谈到了，而关于那些人我已经说得够多了。可或许还要补充的是，内科医生协会每日颁布好几种配制品，他们在其业务过程中看重这些配制品，而它们会在报章杂志上登载出来，为了这个缘故我就避免重复提到它们了。

有件事情我忍不住要讲一讲，它发生在一个江湖医生身上，他公布说他有一种对付瘟疫的上佳预防药，而谁要是随身携带它们，就根本不会被染上，或者说根本不容易患上传染病；这个人，我们可以适当地猜想，口袋里不带上一些这种上佳预防药是不会出门的，却让瘟病给染上了，两三天之内就一命呜呼。

我不是憎恨药物者或是轻视药物者中的一员；相反，我经常讲到我对我的那个朋友希斯医生的规定所怀有的尊敬；可我也得承认，我是极少使用或者说是根本不使用的，除了正如我说过的那样，始终预备着一种香味浓烈的配制品，以防万一碰上什么气味难闻的东西，或是跟什么下葬地或死尸走得太近了。

而我也并没有做过我知道是有些人做过的那些事情，用甘露酒和葡萄酒，以及诸如此类的东西，让精神始终保持高昂和热烈，而这些东西，正如我所看到那样，有一个博学的内科医生自己用得那么多，以至于当传染病完全消失时，他都没法摆脱它们，在余生变成了酒鬼。

我记得，我那位医生朋友过去经常说，存在着一定种类的药剂和配制品，就传染病而言，它们肯定都是好的和有用的；内科医生可以从它们当中提炼，或是靠它们制造出无限种类的药品，正像敲钟人只用六口钟，通过声音的变化和秩序，敲出数百种不同的乐音；所有这些配制品确实是非常好的；因此，他说，在目前这场灾难中有那么纷繁的药品提供，我是并不觉得奇怪的；几乎每一位内科医生都开列或配置不同的东西，正如他的判断和经验引导他的那样；但是，我的朋友说，让伦敦所有内科医生的所有药方都来检验一下；就会发现，它们全都是从同样的东西里调配出来的，只是有所变化而已，正如医生特别的嗜好引导他所做的那样；因此，他说，每个人对其自身体质和生活方式及其被传染的情况稍加判断，就会在普通的药剂和配制品当中指出他自己的药物：正因为这样，他说，有些人把一种东西说成是最灵验的，而有些人把另一种说成是最灵验的；有些人，他说，认为那种自称为抗疫疾药丸的王牌药丸，是所能制作的最佳配制品；另一些人认为，那种威尼斯糖浆本身足以抵御传染病，而我，他说，跟这两种人想的一样，亦即，后一种药用来事先防治传染病是好的，而前一种药，要是传染上了，可以用来驱除瘟疫。遵照这个意见，我好几次都服用威尼斯糖浆，十足发一身汗，觉得自己和任何一个靠这种药力强身固体的人一样，强得足以抗拒传染病了。

至于说江湖术士和江湖医师，城里面这号人是那样满满当当，我一个都不听他们的，后来我经常怀着某种惊奇注意到，瘟疫之后的两年里，在城里一带我几乎是一个都没有看见或听说。有些人认为他们在疫疾之中统统被扫荡了，赞成将这一情形说成是上帝报复他们的一个特别标志，因为将穷人引入毁灭的深渊，只是为了从他们身上弄到一点钱的那种利益；可我根本没法说得那么极端；他们大量死掉是肯定的，他们有许多人是在我自身了解的范围内；但对他们全都被扫除我是颇为质疑的；我宁可认为，他们逃到乡下去了，试着对那儿的人做他们的营生，而那儿的人在传染病到来之前，处在对它的恐惧之中。

而这一点却是肯定的，在伦敦或伦敦周围，很长一段时间里他们一个都没有露面；事实上是有若干医生，他们颁布药丸，推荐各种医药配制品，照他们的说法，是为了在瘟疫之后净化身体，而且正如他们所说的那样，对于那些受到侵袭然后被治愈的人而言，服用是必不可少的；而我必须承认，我相信这是那个时候最有名的内科医生的意见，瘟疫本身就是一种充分的清洗；那些逃脱传染病的人不需要任何其他种类的药物来净化他们的身体；那些流脓的疮口，肿瘤，等等之类，它们溃烂破裂，而且是遵照内科医生的指示始终开着口子，已经充分清洗了它们；而所有其他瘟病以及瘟病的病因都是那样有效地被对付了；由于内科医生把这一点当作他们的意见提了出来，因此那些江湖庸医不管来到什么地方，他们也都没什么生意可做。

事实上有过几次小小的慌乱，发生在瘟疫减退之后，是否他们要千方百计吓唬人们，把人们给搞乱，正如有些人设想的那样，这我不知道，可是有时候我们被告知，瘟疫会在那样一个时刻回来；而那位著名的所罗门·伊戈尔，我说到过的那位赤身裸体的贵格会教徒，每天都在预言噩耗；而另外有好几个人告诉我们说，伦敦还没有充分受到责罚，而更厉害和更严酷的打击还在后头呢；要是他们就此打住，或者要是他们涉及细节问题，告诉我们说，这座城市次年就要被大火摧毁；那么事实上，当我们看到它发生时，我们对他们的预言精神表示超出一般的尊敬就不会是岂有此理了，至少我们会对他们表示惊奇，而且在追究其意义，在追究他们是从何处得到先见之明时，就会更加认真了；但由于他们是笼统告诉我们说要再度发生瘟疫，我们就对他们并不关心了；可是这些吵吵嚷嚷的声音听得多了，我们就全都和某种不断袭击我们的恐惧保持一致了，而要是有什么人突然死掉，或者要是什么时候斑疹伤寒增加了，我们就立刻恐慌起来；更何况是瘟疫人数的增长，因为到这一年年末，瘟疫人数一向是在 2 个到 300 个之间；处在这些时刻中的任何一个时刻，我是说，我们就重新恐慌起来了。

记得大火之前的伦敦城的那些人，肯定记得，当时并没有我们现在叫做纽盖特集市那样的地方。除了那条街中间的那个地方，而那条街现在叫做布娄－布莱德街，是由于那些屠户而得名，他们过去常常在那里宰杀和煮熟他们的绵羊；（而且他们据说有个惯例，用管子把肉给吹胀，让它看起来比原先厚一些和肥一些，为此而在那儿遭到市长大人的处罚）我是说，从朝着纽盖特那条街的尽头起，那儿矗立着长长的两排卖肉的屠宰场。

正是在这些屠宰场里，有两个人倒毙了，由于他们正在买肉，便引起谣言说肉都被传染了，虽说这会把人们给吓坏，而且是给集市造成了两到三天的损失；可它后来却清楚地显示，这个说法毫无真实可言：但是当恐惧占据心灵时，没有人说得清楚这种鬼迷心窍的恐惧。

幸亏是由于冬天气候的延续，城市的健康得以恢复，到了随后的二月，我们料想瘟病已完全停歇了，随后我们就不那么容易再受到惊吓了。

那些博学的人中间仍然有个问题，而这起初让人们有点儿摸不着头脑，这就是，用什么办法净化那些有过瘟疫的房屋和物品；怎样才可以让它们变得又可以居住，而在瘟疫期间它们被闲置在那里；大量香料和配制品由内科医生开列出来，有些是这一种而有些是那一种，那些听他们话的人，为此而给自己添了许多麻烦，而事实上在我看来，是添了不必要的花费；那些穷一点的人，他们只是日夜将窗户打开，在房间里焚烧硫磺、沥青和火药，还有诸如此类的东西，和那些最好的做得一样好；不仅如此，还有那些归心似箭的人，他们正如我在上面说的那样，冒着一切风险急急忙忙回家，在他们的屋里并没有发现或者说是几乎没有发现任何不便，而在物品当中也没有发现，就对它们做得很少，或是根本就没有做。

不过，总的说来，那些谨慎小心的人确实采取了某些措施，给自己的屋子通风和消毒，在紧闭的房间里焚烧香料、香烟、安息香、松脂和硫磺，然后在空气中引爆火药；另一些人整日整夜让大火燃烧起来，烧上好几个白天和好几个夜晚；而且，有两三个人高高兴兴地把自己的屋子点燃，将它们彻底烧掉，那样就有效地给它们消了毒；正如在拉特克利夫有一个人，在霍尔伯恩有一个人，还有在威斯敏斯特有一个人分别所做的那样；此外有两三个人将火点燃，可那火还没有烧到足以将屋子焚毁之前，又幸运地熄灭了；有一个居民的仆人，我想这是在泰晤士街，为清除屋内的传染病而将那么多火药搬进他主人的屋子，而且处理得那么愚蠢，结果将屋子的一部分屋顶给炸掉了。但是那个时辰还没有完全到来，到时城市将由大火所净化，可也距此不远了；因为在九个多月之内我见到它整个儿卧在灰烬之中；当时，正如我们某些大言不惭的哲学家所吹嘘的那样，正是此时瘟疫的种子全给消灭了；一个太可笑的想法，都不好在这儿说起，既然，要是留在屋里的瘟疫种子，除了大火不会被消灭，那么它们后来没有爆发，这是怎么回事呢？因为所有那些建筑，在郊区和管辖地，在斯台普涅、怀特夏普尔、埃尔德盖特、毕晓普斯盖特、肖迪契、克里普尔盖特和圣迦尔斯那些大教区，那儿大火根本没有出现，那儿瘟疫流行得最为猖獗，仍处在和它们从前一样的境地里。

还是把这些事情只按照我所发现的那个样子记录下来吧，可以肯定的是，那些人，他们对于自己的健康是超出一般的小心谨慎，为了他们所谓的给自己屋子调调味，确实是听取了特别的指导，为了这个缘故而消费了大量昂贵的东西，而这，我只知道，不仅是给那些屋子增添了味道，正如他们所渴望的那样，而且还让空气充满了十分怡人和有益身心的气味，而其他人和那些为此花了代价的人一样，分享到了它的好处。

而尽管那些穷人是十分心急火燎地回到了城里，正如我说过的那样，可我得要说，那些富人却终归是没有赶得那样急；实业家确实是回来了，但是他们中的许多人并没有把他们自己的家庭带到城里，直到春天来临，他们看到了靠得住的理由，瘟疫不会再来了，才将他们带来。

宫廷在圣诞节之后确实是很快就回来了，但是那些贵族和上等人士，除了依附于政府以及在政府手下工作的那些人之外，并没有那么快回来。

这里我该注意到的是，尽管伦敦和其他地方瘟疫猖獗，可非常明显的是，它却从未出现在海军当中；可有一阵子在河上，甚至在街上有一场奇怪的强行征募①，为了给海军补充水兵。但这是在这一年的年初，当时瘟疫几乎还没有开始，根本还没有来到城市的这个地区，他们通常是强行征募水兵的地方；尽管当时与荷兰的战争一点都不讨人们喜欢，那些水兵是怀着一种不情愿入伍的，许多人抱怨被人用武力给拖了进去，可最终的结果却证明，对于有可能在大灾难中丧命的一些人来说，这是一种幸运的暴力，而这些人在夏季服役结束之后，虽说是有理由为自己家庭的荒芜而悲悼，当他们回来的时候，家中许多人已躺在坟墓里了；可他们却有余地表示感谢，他们被带出了它的魔爪之外，尽管是那样的违拗他们的意愿；这一年我们跟荷兰人确实有一场鏖战②，海上的一次非常猛烈的交火让荷兰人被击败；但是我们损失了非常多的人和一些战舰。不过，正如我看到的那样，瘟疫并没有在海军中出现，而当他们将战舰停泊在河上时，它的猖獗的势头开始消退了。

---

① 海军征兵官出于需要任何时候都有权为海军"强行征兵"（通过强制性手段征召新兵）；他们使用的手段常常显得更像是在绑架。

② 第二次英荷战争于 1664 年 6 月爆发，持续到 1667 年；英国在 1665 年 6 月的洛斯托夫特战役中击败荷兰。

如果我能用某些具体的历史事例结束这个忧郁之年的记录，我会感到高兴的；我是指对我们的保护者上帝的感激之情，把我们从这场可怕的灾难中解救出来；毫无疑问，这种解救的情形，和我们从中被解救的那个可怕敌人一样，要求整个国家同仇敌忾；这种解救的情形确实是非常不寻常的，正如我已经部分讲到过的那样，尤其是我们全都置身其中的那种可怕状况，那个时候，让整个城市吃惊的是，我们怀着传染病中止的希望而变得欢欣喜悦。

除了上帝迫近的手掌，除了全能的力量，没有谁能够做到这一点；传染病藐视所有药物，死亡在每一个角落肆虐；而要是按照它当时的样子发展下去，再过几个星期就会把这个城市清除一空，包括每一个有灵魂的东西；人们开始绝望，每颗心都被恐惧所压垮，人们在灵魂的极度痛苦中孤注一掷，而对死亡的恐怖就挂在人们的脸孔和表情上。

正是在那样一个时刻里，我们或许可以非常恰当地说，人的相助是枉然的^①；我是说正是在那样一个时刻里承蒙上帝开恩，以最为可喜的意外，让它凶猛的势头，甚至让它本身得以消退，让恶性的状况减弱下来，正如我说过的那样，虽说有数不胜数的人生病，可死掉的人却没有几个；而正是在第一周的《统计表》上数字下降了 1 843，确实是一个很大的数目！

人们脸上出现的那种变化难以用语言表达，那个星期四早晨，当《每周统计表》发布时；在他们的面貌中可以察觉到，

---

① 见《旧约·诗篇》(60.11)。

一种秘密的惊讶和喜悦的微笑挂在每个人脸上；他们在街上相互握手，而这些人从前几乎不会相互走在道路的同一侧；但凡在街道不太宽阔的地方，他们会将自家的窗户打开，从一家喊到另一家，问他们过得怎样，而要是他们听到好消息，说是瘟疫消退了；有些人就会在他们说好消息时回应，并且问道，什么好消息呀？而当他们回答说，瘟疫消退了，《统计表》下降了将近 2 000 人，这个时候他们就会大叫，赞美上帝；就会喜极而泣，告诉他们说这个消息他们一点都没有听说；而人们是那样喜悦，好像生命对他们而言是从坟墓里来的。我可以把他们在过度喜悦中干下的放纵之事记录下来，几乎可以和他们在悲恸中干下的那些事情记得一样多；但这么做会减少它的价值。

　　说实话，就在这种情况发生之前我自己还是非常沮丧；由于这一周或两周前患病数目很惊人，加上那些人死掉，是那样可怕，而且各处的悲悼叹息是那样沉痛，以至于一个人似乎会做出甚至是违反理智的行为，如果他是那样热切盼望逃命的话；由于在我整个邻里地区，除了我的房子之外，几乎没有一座房子不受到传染；因此如果照此发展下去，用不了多久，就会有更多的邻居被传染上；事实上很难让人相信，最近这三周是造成了多么可怕的蹂躏，因为如果我可以相信那个人，而他的推算我一向认为是非常有根据的，那么在我讲到的这三周之内就有不少于 30 000 人死亡，将近 100 000 人患病；因为生病的人数出乎意料，事实上让人目瞪口呆，那些以前一直是靠勇气支撑的人，眼下承受不住而倒下去了。

就在他们受苦受难期间，当时伦敦市的情形确实是那样悲惨，就在那时承蒙上帝开恩，可以说，是通过他那只迫近的手掌解除了这个敌人的武装；刺里的毒被剔除，让人惊叹的是，就连那些内科医生也对此表示惊异；不管他们造访何处，他们都发现自己的病人好一些了，要么是他们舒服地出了汗，要么是肿疮溃烂了，要么是痈疖消退下去，它们周围发炎的部位变了颜色，要么是热病不见了，要么是剧烈头痛缓和了，要么是在病情之中出现了某种良好症状；因此不出几天，每个人都在康复，那些受到传染而倒下的整户人家，要让牧师和他们一起祈祷，每时每刻等待着死神，都恢复过来而且痊愈了，他们当中根本就没有人死掉。

　　而这也并不是通过新近找到的什么药物，或是新发现的治疗方法，或者也并不是通过内科医生或外科医生在手术中获得的什么经验；而显然是出自他那只秘密的无形之手，起初把这种作为审判的疾病给我们送来的那只手；就让不信神的那部分人对我这番话爱怎么说就怎么说吧，这并非虔信；这是那个时候所有人都承认的；疾病衰弱了，它的有害性耗尽了，让它爱从哪儿来就从哪儿来吧，让哲学家在大自然中寻找解释它的原因吧，让他们尽其所愿地劳作，以减轻他们欠造物主的那笔债吧；那些内科医生，他们这些人身上最少享有宗教感，不得不承认这完全是超自然的，承认这是非同寻常的，而且承认这是没法加以解释的。

　　如果我说，这是一种看得见的召唤，让我们所有人都表示感谢，尤其是处在瘟疫增长的恐惧之下的我们，那么说不定有些人就会觉得，在对这件事情的认识结束之后，这是有关宗教事务的一种装腔作势的空话，是在宣讲布道而非书写历史，是在把我自己变成教师而非提供我对事物的观察；而这一点大大阻止我在这里继续下去，如我否则会做的那样：但是如果有十个麻风病人被治愈了，只有一个回来表示感谢，那么我渴望成为那一个人，而且是为我自己表示感谢。

除此之外我也不会否认，那个时候有许许多多的人显然是非常感谢的；因为他们的嘴巴被堵住了，甚至是那些人的嘴巴，他们的心灵为之感动的时间并不特别长久：但是当时那种印象是那样强烈，以至于最坏的人也都根本无法抗拒。

在街上遇见那些陌生人，我们根本就不认识的陌生人表达他们的惊奇，这是很平常的。有一天经过埃尔德盖特，经过的人和再经过的人是相当多，从麦诺里斯的尽头走出来一个人，对着这条街道来回打量了一下，他把手朝外面一挥，主啊，这里发生了多大的变化！是呀，上个星期我一路过来，几乎是什么人都看不到；另一个人，我听见他补充他的话说，这一切全是奥妙，这一切全是一个梦：感谢主，第三个人说道，让我们对他表示感谢，因为这一切全是他自己所为：人的救助和人的技能到此为止。这些人彼此都是陌生人；但是诸如此类的问候在街上每天经常出现；恰恰是那些沿街行走的普通人，尽管行为放荡，却是为了他们的解救而对上帝表示感谢。

眼下，正如我在前面说过的那样，人们抛开了所有的恐惧忧虑，而这样做太快了；事实上眼下我们不再害怕从一个头戴白帽的人，或是脖子上裹着一块布的人，或是由于外阴部疮口

作祟而一瘸一拐的人身旁经过，但是在这一周之前，所有这一切都是再吓人也没有了；但是眼下满大街都是这些人，而这些正在康复的可怜人，说句公道话，对他们出乎预料的解救显得非常有认识；我认为他们许多人确实是感恩戴德的，如果我不承认这一点的话，我就会大大地冤枉他们；但是我必须承认，对于这些人当中的大部分人，说起他们就像是说起以色列的那些孩子们，这会是非常恰当的，他们从主人法老的身边被解救出来之后，他们通过红海，然后回头张望，看见那些埃及人淹没在海水之中，亦即，他们歌唱赞美他，但是等不多时，他们就忘了他的作为①。

这里我没法再进一步了，如果我要开始这种不愉快的反思工作，不管有什么理由这么做，反思我们中间的忘恩负义和各

① 见《旧约·诗篇》（106.12—13）。

种恶行的回归，而这多半是我本人的一个见证，那我就会被当成是吹毛求疵，而且说不定是不公道了；我要结束这部悲惨之年的记录，为此而用上我自己的一个粗糙却是诚实的节段，我把它放在我普通备忘录的结尾，它们写于同一年：

伦敦发生一场可怕的瘟疫，

在六五年，

把十万人的生命一扫

而光，而我却活了下来！

H. F.①

终。

---

① 第一次和最后一次，也是唯一的一次提到本篇叙事人的姓名缩写字母。笛福的一个叔叔名叫亨利·福（Henry Foe），是一名鞍具商，瘟疫期间居留在伦敦，笛福很有可能是从他那儿了解到了许多事实、故事和印象。

附　录

《瘟疫年纪事》中的伦敦地图

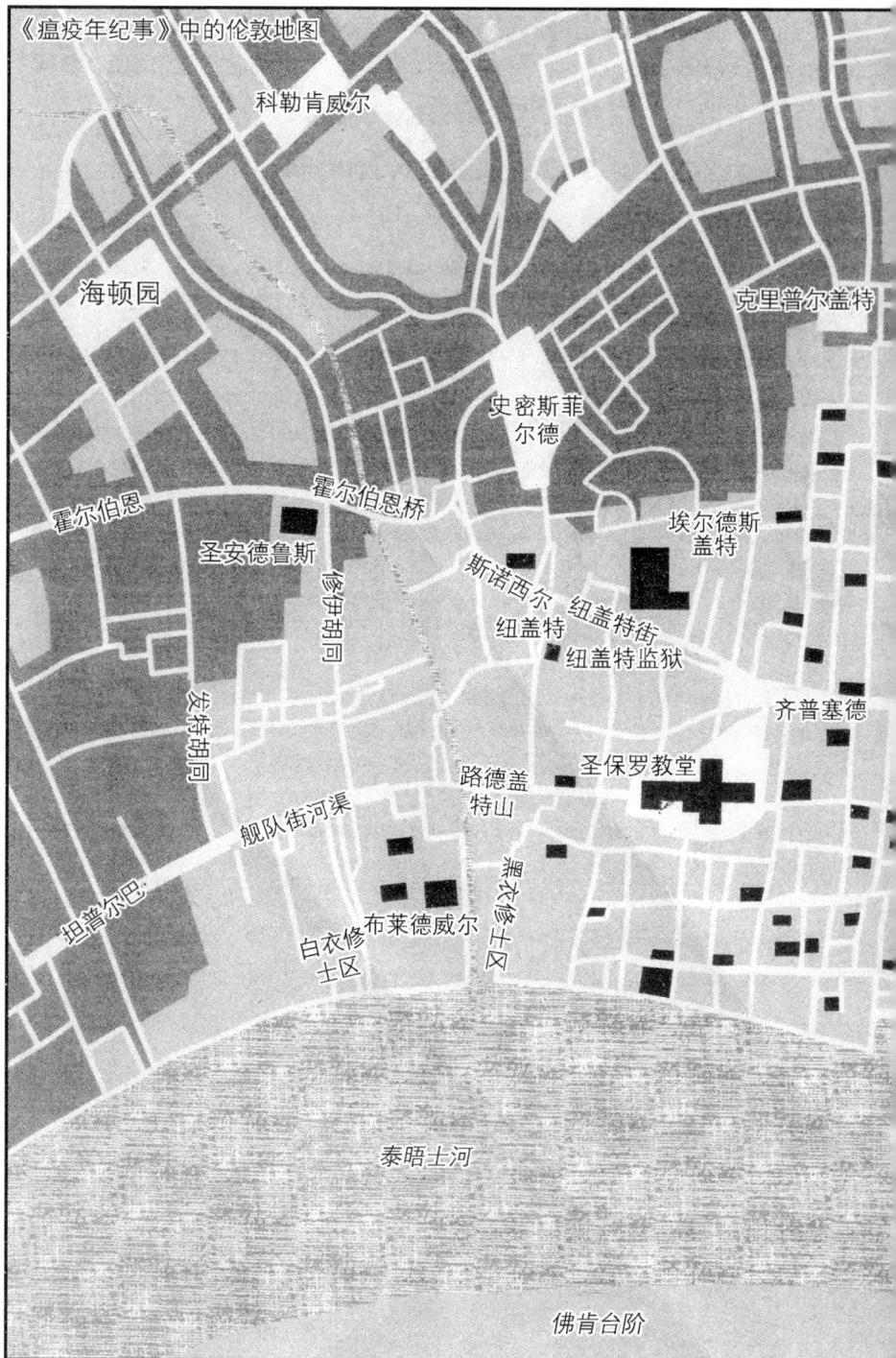

《瘟疫年纪事》中的伦敦地图

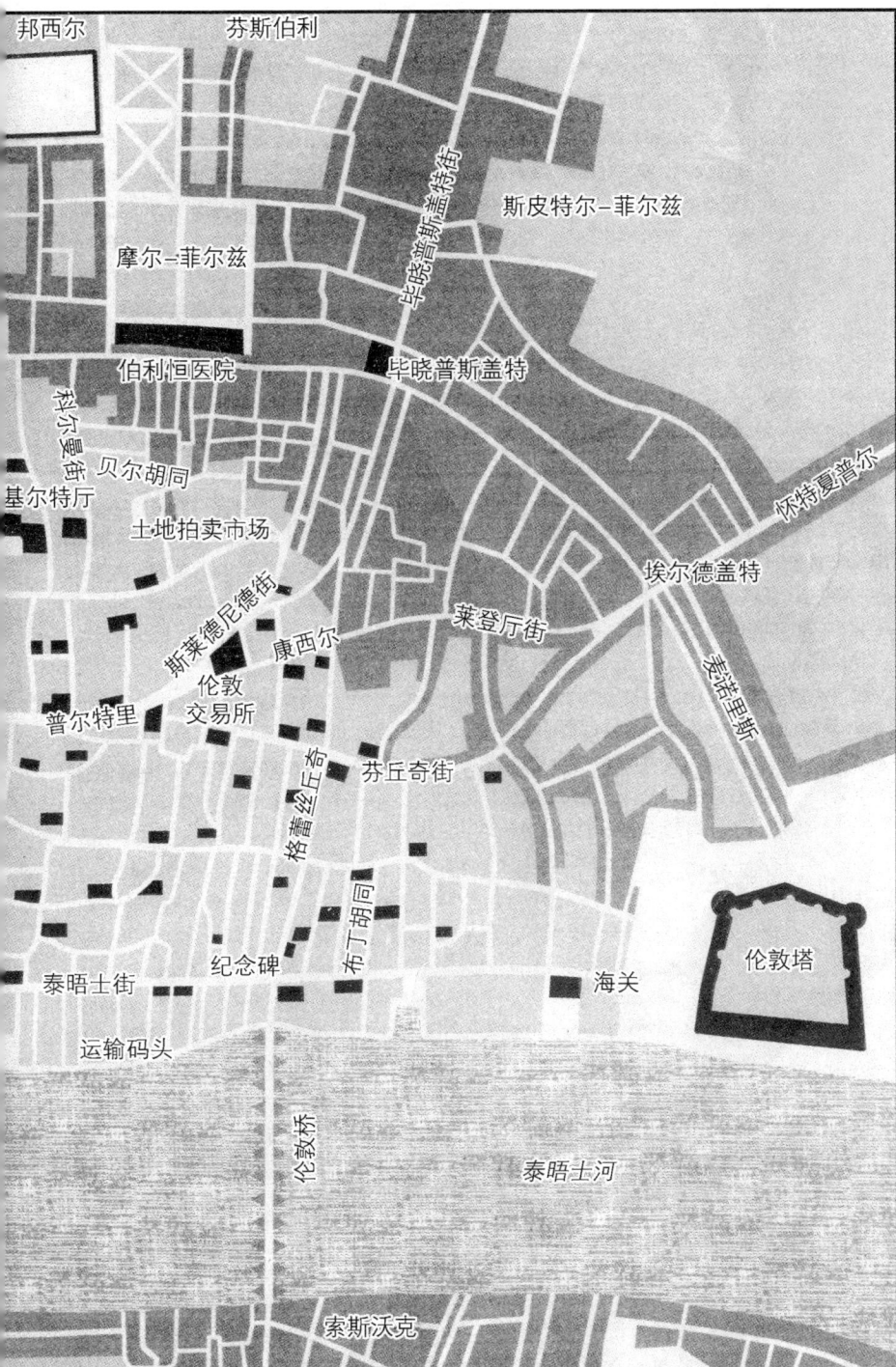

邦西尔　　　　　　芬斯伯利

斯皮特尔-菲尔兹

毕晓普斯盖特街

摩尔-菲尔兹

毕晓普斯盖特

伯利恒医院

科尔曼街

怀特夏普尔

贝尔胡同

基尔特厅

埃尔德盖特

土地拍卖市场

莱登厅街

斯莱德尼德街

康西尔

麦诺里斯

普尔特里

伦敦
交易所

格蕾丝丘奇

芬丘奇街

布丁胡同

伦敦塔

泰晤士街　　　纪念碑

海关

运输码头

伦敦桥

泰晤士河

索斯沃克

笛福的瘟疫伦敦

许志强

一

　　1664 年岁末，伦敦爆发了瘟疫。在伦敦东部的圣迦尔斯教区，起初只有 3 人死于瘟疫，惊惶的谣言却传遍全城。官方发布的每周的《死亡统计表》的数字时高时低，市民的情绪阴晴不定。到次年春季，即 1665 年四月，就在人们认为疫疾几乎消失的时候，传染病已悄悄蔓延至其他两三个教区。随着炎热天气到来，瘟疫逐渐从城市东部朝西部推进。市政当局已无法隐瞒病情，而一直自以为还有希望的市民，再也不愿受蒙蔽了，索性开始搜查房子，发现瘟疫到处都是。在圣迦尔斯教区，好些街道被传染上了，好些人家都病倒了；该教区一周内就被埋掉 120 个人。大街小巷到处听到吊丧的哭喊声；通常是熙熙攘攘的街市，顿时变得荒芜凄凉；法学会门窗紧闭，律师无事可干；为避免街旁房屋飘出来的香臭气味，街上行人走在道路中央，这是一幅奇怪的城市白昼图景。有人在街上大叫大嚷："再过四十天，伦敦就要灭亡了。"有个人赤身裸体在街上跑来跑去，腰间只拴条衬裤，彻夜奔走，彻夜号叫："噢，无上而威严的上帝呀！"

这是伦敦历史上空前的大劫难，让全体居民处在水深火热之中。随着传染病愈演愈烈，有些教区的运尸车几乎通宵奔忙。夜晚的街道上，时而见到满载尸体的运尸车燃着火炬缓缓行进，时而见到黑暗的人群念着祈祷文拥向教堂。不少教堂的牧师都逃走了，留下来的空位被那些非国教牧师占据，而不同教派的人济济一堂，常常在同一个教堂里听取布道。灾难也改变了人们的生活：一方面，宗教生活变得空前团结和虔诚，就连那些铁石心肠的杀人犯也开始大声忏悔，痛哭流涕对人供认隐瞒已久的罪状；另一方面，人们互相提防，偶尔碰面也都绕道避开，怕的是染上瘟病。层出不穷的江湖医生、魔术师、星相家、智多星、预言家，他们信口开河，趁机诈骗穷人和病人的钱财。在瘟疫的痛苦和瘟疫的恐怖达到高峰时，人们多半分不清谣言和真相的区别。《死亡统计表》的数字是不可全信的。护理员用湿布蒙住病人的脸，将他们闷死之后窃取财物，这样的传闻未必是不可信的。市政当局制定严格法规，将染上瘟病的房屋强行关闭起来，事实上常常是将有病的人和没病的人关在同一个屋子里，造成出乎预料的悲惨后果。许多有瘟病在身的人，不知是由于痛苦至极还是由于恐怖难耐，裸身裹着毯子跳进坟坑里，自己将自己埋葬。如果有人因此情景而默默流泪，甚至相信世界末日的预言，这是一点不奇怪的。要是他们知道，这场大规模的传染病结束之后的次年，伦敦还会发生大火灾，将这个城市的四分之三夷为平地，他们大概不得不相信，上帝的审判已经降临，播下时疫和大火，注定要将地球上的这块地方铲除干净。

让伦敦数以万计的人痛不欲生的瘟病，是一种腺鼠疫，和《十日谈》开篇描绘的那种瘟疫症状一模一样。染上此病的人，身上会出现所谓的"标记"（token），然后头痛，呕吐，往往很快死去。有些人甚至不知道自己染上了病，在街上行走或在集市里购物时，突然倒毙，被人扒开衣服，发现身上布满"标记"。患者通常是在脖颈、腋窝和外阴部出现这种"标记"，也就是黑色小肿块，"其实是坏疽斑点，或者说是坏死的肉，结成一颗颗小瘤，宽如一便士小银币"。这是史书中屡屡描述的欧洲"黑死病"症状。因肿块疼痛难忍而变得谵妄发狂，甚至跳楼或开枪自杀的大有人在。有时候痛得发狂，其行状和欣喜若狂倒是并无二致：病人突然从家里冲到街上，边走边跳舞，做出上百个滑稽动作，身后跟着追赶他的老婆和孩子，大声呼救，悲泣号叫。这种可笑又悲惨的情景，让人恍惚觉得是进了疯人院。而在 1665 年伦敦大瘟疫高峰时期，最恐怖的还不是患者谵妄发狂或暴尸街头，而是大量的人被强行关闭在自家屋子里，门上画上红十字，像是活活被关进坟墓。

笛福出版于 1722 年的《瘟疫年纪事》（*A Journal of the Plague Year*），以栩栩如生的笔触描述伦敦大瘟疫的惨象，告诉我们这段黑暗恐怖的历史。这是一部内容翔实的见闻录，是从瘟疫第一线发来的报道。当时伦敦 97 个教区，城市和市郊管辖地，泰晤士河两岸地区，股票交易所和土地拍卖市场，白厅和伦敦塔，格林尼治和索斯沃克，那些城门和栅栏，还有数不清的大街小巷和教堂墓地，是以全景的方式展示在这本书中。我们看到有关欧洲中世纪"黑死病"的插画图片，其描述的灾情给人以深刻印象，但是跟笛福的《纪事》相比就显得颇为有限了。画中建筑物高大坚实的廊柱和尸体模糊堆积的暗影，呈现富于象征意义的透视一角；那些插画图片是语言的助手和历史的注脚，而笛福的《纪事》是历史的还原，是深入现场的报道，让1665年瘟疫猖獗的伦敦城得以在时空中复活。

从历史的角度看，欧洲人对瘟疫并不陌生。欧洲历史上最为著名的三次瘟疫，其中的第三次就是本书所描述的那一次，被冠以"黑死病"的称号，它与十四世纪的第二次大流行间隔300年，疫情在这中间此起彼落未曾中断，到1665年是个高峰，在欧洲造成2 500万人死亡，占当时欧洲人口的四分之一。但当时的伦敦人显然对瘟疫缺乏清楚记忆；和我们现代大都市的芸芸众生一样，正处在某种健康和繁荣的幻觉之中，而非带着历史的教训和记忆生活。从伦敦市政当局的应对措施、医生对于"标记"的辨认及广大市民的行状来看，瘟疫的出现如同是神秘莫测的第一次，令人惊骇万分，猝不及防。这个遭受劫难的城市，它的反应更像是个体对于死亡的某种认知，而不像是那种引领部族突围的古老历史行为。当城市里几十万"个体"面对传染病侵袭，显得惊慌失措，疑神疑鬼时，人们实质是从一种幻觉进入另一种幻觉，使得悲剧的惨象不可避免地伴随着一系列闹剧。而这便是《纪事》的报道所要面对和深入的"现场"。

瘟疫起先是从荷兰被带过来，夹在货物当中，在德鲁里胡同的一座房子里爆发，随后不可遏止地蔓延开来，而伦敦人要在此后近两年时间里和"它"打交道，历经痛苦绝望，直到"它"又神秘莫测地消失。这个伦敦是王政复辟时期的伦敦，当时人口暴涨，市面繁华，泰晤士河畔贸易兴隆，因此尽管在瘟疫之初已经有许许多多人逃离城市，到乡下避难，伦敦城里还是显得人满为患。大量外来务工人员（以纺织工居多），各行会的学徒工，男女仆人，底层贫民和流浪汉，他们是这个城市最为穷苦的人，其境况也最为凄惨。此外便是构成城市主体的普通市民，他们多半无处可逃，困守危城，在疫情此起彼落的蔓延中，处境极为不利。《纪事》讲述的主要是穷人和市民的状况，也就是"黑死病"插画图片中跪在尸首旁边神色茫然或掩面无力的那些人；他们的迷信、恐惧、匮乏、冒险和忧戚，他们值得同情的遭遇和可悲可叹的行为，在书中得到形形色色的描绘。任何一场大灾难只要被如实报道出来，似乎都具有史诗（epic）恢弘不凡的气度。笛福的《瘟疫年纪事》以其严谨忠实的叙述，为十七世纪中叶的伦敦城谱写了一曲史诗。它用编年体的撰写方式记述这场大灾难；从 1664 年九月到 1665 年年底，几乎是逐月报道它的起落和进程，让我们看到，瘟疫改变了城市的面貌，也以特殊的情态呈现其面貌。书中"提到 175 处以上的不同街道、建筑、教堂、酒馆、客栈、房屋、村庄、路标和州郡"，把伦敦及周边地区标志出来，令人身临其境。阅读这本书，如同穿行于城市蜿蜒曲折的街巷，和不计其数的穷人和市民一起经历生死患难。

二

　　《瘟疫年纪事》是笛福创作的一部小说，并非发自第一线的报道。伦敦爆发瘟疫那年，笛福只有五岁，对灾情谈不上有详细的记忆。他写成此书出版时，那场灾难已过去半个世纪。伦敦的中世纪木结构房屋，在1666年的大火灾中付之一炬，早已被砖石房屋所取代。读者打开这本书，多半是把它当做历史读物，甚至是当做"真实的回忆录"。事实上，正如有人指出的那样，这是一个"机巧的艺术品"（a cunning work of art），其栩栩如生的描述主要是出于笛福的想象。

笛福为何要写这样一本书？为何将它做成虚构的回忆录形式？

英国作家安东尼·伯吉斯（Anthony Burgess），曾为该书1966年企鹅版撰写导言，认为笛福不管是作为小说家还是新闻记者，他都丢不开这个题材。1720年，马赛刚好爆发瘟疫，英国报纸对此反响较大，由于当年的瘟疫就是从荷兰传来，人们难免提心吊胆，生怕英格兰再次遭到侵袭；作为新闻记者，笛福善于捕捉热门话题，也总是选择热门话题创作小说；而以瘟疫题材创作一部小说，可以利用公众想象处理私人经验，将他童年的混沌经验组织成形，因此作为小说家，他也会对这个题材感兴趣。至于这篇小说所采取的形式，安东尼·伯吉斯认为，作者是故意让它读来像一篇真实回忆录；在若干种参考书的基础上，他想再写一部像《鲁滨逊漂流记》那样广为流行的小说。

但是读者看到，《瘟疫年纪事》既无主角也无情节，读来不像一部小说。以文学史衡量，"伊丽莎白时代以来的作家，包括像理查德森那样的流行小说家，行文讲究典故暗示，显示古典文化修养，操纵人物和情节如同木偶剧大师，可谓是高度自觉，相比之下，笛福的小说显得缺乏艺术性，语言也不够雅驯"。该书 2003 年企鹅版编辑辛西娅·沃尔（Cynthia Wall），在其《导言》中也说到，"这个作品因其显而易见的东拉西扯，因其'非线性'情节而经常遭受批评；作者往往是一个故事还没有讲完，就开始讲另一个故事，然后回过头来做补充叙述，而那些层出不穷的离题话无疑是分散了读者的注意力。"辛西娅·沃尔把《瘟疫年纪事》的写作形式归结为"介于长篇小说、死亡警告书（a memento mori）和自助读物之间的杂交类型"，认为这是笛福讲述故事的一种模式。

说笛福的叙事缺乏组织，有点东拉西扯，也不算是一种苛评。书中评议伦敦市政府将房屋关闭起来的政策，大有重复累赘之嫌；有关"三人行"的叙述，原文中间隔了五十多页，差点让人以为没了下文；叙事人屡屡交代"……这一点我稍后会详细讲到的"，有时也像是遗忘了似的并未兑现诺言……这种行文倒是适合一个"伦敦鞍具商"的私人札记，有点东拉西扯也无伤大雅。值得注意的是那个"非国教教徒"的观察视角。

丹尼尔·笛福作为非国教教徒，某种意义上讲，这个身份比小说家和新闻记者重要。安东尼·伯吉斯的《导言》用相当篇幅谈这个问题。他说笛福的父亲是一名脂烛商人，既不属于有钱人也不属于地主阶级；身为长老会成员，与复辟的君主政体和英国国教势不两立，其信仰受到外部世界威胁；因此努力工作，从《圣经》中汲取力量，并把这两点基本的生活态度传给儿子。童年的笛福抄写《圣经》，后在长老会的学校读书，接受的不是牛津、剑桥的古典教育，而是偏于现代语言和科学。

斯威夫特曾把笛福说成是"一个大字不识的人，他的名字我忘记了"——语气轻蔑得很。笛福的兴趣的确是偏向于实际；他对政治比对神学感兴趣，而他最感兴趣的还是现世成功。安东尼·伯吉斯指出："笛福在《纪事》中把他成年后的身份——非国教教徒、商人、业余作家——派给了笔下的叙事人，让这个角色出现在他童年的世界里，以成人的控制力处理他儿时的可怕经历。"

书中名叫 H. F. 的叙事人，伦敦小有资产的鞍具商，把性命托付给上帝，独自留在瘟疫蔓延的城市，把他的所见所闻记录下来。他说写作此书的宗旨是要给后人留下一份"备忘录"，万一再有类似的灾难发生，也好给人提供指导。他把瘟疫看作是"上帝的复仇"，把自己的侥幸存活视为"上帝的赐福"，活脱脱一副非国教教徒口吻。和笛福父亲一样，叙事人被他内在的宗教情感支配，认为自己是在一个堕落的世界里，充当上帝的"复仇"和"赐福"的见证人。因此，阅读瘟疫有时也等于是在阅读上帝的"征象"（signs），——生与死、征兆和启示、毁灭和救赎……离开对"征象"的理解，这个世界是不完整的。可以说，正是这种对"征象"的潜心阅读，而非通常所谓的客观记录，构成此书叙述的视角。

乔治·奥威尔谈到英国清教传统时说，清教徒所属的阶级"在政治上没有权力"；"对这个阶层的人来说，政府不是意味着干预，就是意味着迫害"，"因此，这个阶级缺少服务公众的传统，对社会也殊属无用"；"他们从个人成功的角度看待一切，几乎没有任何社会意识"。这是奥威尔在评论狄更斯的那篇文章里下的结论。说英国清教徒"几乎没有任何社会意识"，这是言之过甚了，但是我们看到，《纪事》中的叙事人谈到自己被任命为教区检查员时，他是如何竭力抗拒政府的任命，——既不愿承担检查员一职的风险，也不赞同将房屋关闭起来的政策，并且毫不讳言他个人的权利和福祉，从这个细节看，奥威尔的说法是有点道理的。功利思想和现代个体主义，在笛福笔下确实是表现得很鲜明了，而这些思想的表达倒是合乎情理的，而且是诚恳的，是一个真实的声音在说话，——没有一点迂腐和怯弱。

笛福以非国教教徒的立场组织材料和叙事，也是以现代小说家的精神进行想象和观察。从 H. F. 这个叙事人身上，我们时时能够读出和笛福非常接近的精神气质，即，政治上受压制的流亡状态，抗拒主流和权威的态度，对现世利益的浓厚兴趣，对死亡和恐惧的好奇心，……这些都渗透在叙述中。我们看到的是一个正直的教徒，新教传统中那类富于激情的"小先知"和"道德家"，生来是要教训人的，要在不屈不挠的布道中匡扶世道人心；同时我们也看到，此人万般顾惜自身福祉，是个清醒的现实主义者和个人主义者，对于受到"赐福"不免有些沾沾自喜；他身上那种趋利避害的本能，其灵敏程度和一个金融投机分子差不多。叙事人的这个形象跃然纸上，实在也是不乏生动有趣。他让人想起《鲁滨逊漂流记》的主角，把当下的灾难当做上帝的"征象"阅读，在孤立的处境中靠宗教和反思的力量生活，而其诚挚孤独的反思给叙述注入一种活力。这种我们可以称之为"反思的戏剧性"的力量，推动《纪事》的叙述，使这部既无主角也无情节的小说，读来照样引人入胜，有着潜移默化的感染力。书中有关"三人行"（老兵、海员和小木匠）的叙述，算是最完整的一段故事了，也是十足的笛福写法，包含道德训诫的意图；那种乌托邦的光晕，凄凉而温暖的调子，构成此书美丽而不乏幽默的篇章。

随着时间推移，人们对笛福写作艺术的关注越来越多。南非作家安德烈·布林克在其《小说的语言和叙事》一书中，对笛福作品做了颇具现代色彩的解读。弗吉尼亚·伍尔夫、安东尼·伯吉斯等人，对笛福的叙事艺术赞赏有加。这位英国现代小说鼻祖是个热衷于技巧实验的人。我们固然不能把《瘟疫年纪事》说成是魔幻小说，但它那种纪实和虚构的融合，造就了一个艺术上颇具原创性的文本。笛福模仿业余作者的口吻讲故事，并将大量统计数字、图表、符箓、广告和政府公告编织在文本之中；他的小说看起来不像小说，主要是因为他对艺术作为人工制品的性质有不同理解；他不仅要让小说读起来像一篇真实的回忆录，而且要让它显得像一个匿名的抄本，仿佛它是撰写于瘟疫流行时期的伦敦，在大火灾中幸存下来，终于交到读者手中；而读者翻阅这本书，正如十九世纪一位批评家说的那样，"……还没有翻过二十页就完全信服了，我们是在和那样一个人交谈，此人经历了他所描写的种种恐怖并且存活了下来"。

三

笛福的故事令人刻骨铭心。弗吉尼亚·伍尔夫谈起《鲁滨逊漂流记》，认为这类作品是"在那些事实与虚构融为一体的童年岁月里口述的故事，所以也属于生活的追忆和神话，而不是生活的审美体验"。这些作品有着经久不衰的影响，仿佛是以生活本身的面目在说话，以其口述的"事实"在岁月长河里复活，成为"追忆和神话"的组成部分。它们不属于那个过于雅致和个人化的文学博物馆。

H. F. 的伦敦已经成为这座城市永久记忆的一个部分，连同其教堂墓地、济贫院、菜市场、市政厅以及城门栅栏外铺石路夹缝里生长的青草，被打上了灾难和恐怖的烙印，勇气和生存的烙印，或许还有上帝的愤怒和赐福的烙印……跟随这位姓名不详的叙事人，目睹一座城市和瘟疫之间所发生的联系，那些可歌可泣的事迹，有人性的愚昧和卑劣的种种表现，自然也有互助友爱和慷慨慈善的插曲……人们把 H. F. 的备忘录视为历史真实的记录，是发自瘟疫第一线的报道，是有关"大疫年"的一部百科全书。其实，描写伦敦瘟疫的书有不少，包括笛福参考的那些档案、官方小册子和医学论文，它们多半已湮没无闻，唯有他的这部小说真正流传下来，影响也最大。

安东尼·伯吉斯谈到此书在文学史上的影响，例举加缪的《鼠疫》和 H. G. 威尔斯等人的作品，认为题材和构思模式都有明显的亲缘关系。说起直接或间接的影响，这个方面其实是谈不完的。若泽·萨拉马戈的《失明症漫记》（1995）亦可归入这个系列，延续"大灾难"的寓言式叙事。我们读乔治·奥威尔的文学评论，他的求真务实的态度，百科全书式的视野，思想之不甘卑弱以及对陈规愚见的否定，何尝没有笛福的影子。

加西亚·马尔克斯几乎在所有访谈中都谈到笛福。他最推崇的作品是《瘟疫年纪事》。这位拉美魔幻叙事大师，善于在末世论基调中阐释纪实与虚构之间的关系，追随的正是笛福的艺术。从《百年孤独》到《霍乱时期的爱情》，笛福的影响几乎是无处不在。从《纪事》中随手摘取一个段落，不难看到这种影响的痕迹：

  我听说有个被传染的家伙，穿着衬衫从床上跳下来，正为他的肿块痛不欲生，而那种肿块在他身上有三处，他穿上鞋子，然后走过去穿外套，但是那位护理员不让他穿，还把外套从他手上夺过来，他将她推倒在地，从她身上踩过去，跑下楼梯，进了街道，穿着衬衫径直朝泰晤士河跑去，护理员在后面追赶他，呼叫看守拦住他；但是那些看守人对那个人恐惧，怕去碰他，便让他跑走了；他因此跑到了运输码头的台阶上，扔掉衬衫，然后一头扎进泰晤士河，然后，由于他是个游泳好手，便完全游过了河去；然后潮水涌了进来，按照他们的说法，正在向西流动，他游到佛肯台阶才靠岸，在那儿上岸，发现那儿没有人，由于是在夜里，他就在那儿的街上跑来跑去，赤裸着身体，跑了好一会儿，到了水位涨高的时候，他又跳进河里，游回到酒厂，登上岸，沿着街道又跑到自己家里，敲开屋门，登上楼梯，又躺到他的床上去了；而这个可怕的尝试治好了他的瘟疫，也就是说，他的手臂和大腿的剧烈动作，让他生了肿块的那些部位，也就是说他的腋下和外阴部得到了伸张，导致它们化脓和破裂；而冰冷的河水减轻了他血液中的热病。

笛福描述奇闻轶事的不动声色的风格，包括它所蕴含的那种幽默，也许是要仔细品尝才能感觉到其中的滋味。在泰晤士河里游了泳就把瘟病给治好，这种事情是让人难以置信的，连叙事人自己也说"这个不可能"。但是描写病人的谵妄发狂，这类表述自有其妙处；它把流言和真相、夸张和事实十分机智地协调起来。这种讲述奇闻异事的兴趣，或者说这种插曲式叙事的方式，我们是在笛福的《瘟疫年纪事》中找到其旺盛的源泉。

我的一个邻居和熟人，由于怀特-克劳斯街或是那儿附近的一个店主欠他一些钱，便差遣他的徒弟，一个年纪大概18岁的年轻人，尽力去弄那笔钱：他来到门口，发现门关着，便重重地敲门，而正如他所认为的那样，听见屋子里有人应答，但是并没有把握，于是他便等候，逗留片刻之后又敲门，然后又敲了第三次，这个时候他听见有人下楼来。

终于，这户人家的那个人来开门了；他穿着短裤或衬裤，一件黄色的法兰绒马甲，没有穿长袜子，穿着一双拖鞋，头戴一顶白帽子，而且正如这位年轻人说的那样，死神就在他的脸上。

他把门打开，这个时候他说道，干嘛你要这样来打扰我呢？那个男孩，虽说有点儿吃惊，却还是回答道，我是从某某人那里来的，我的师傅派我来要钱，这个他说你知道的：太好了孩子，这个活着的幽灵回答道，你在克里普尔盖特的教堂经过时，叫他们一声，让他们把钟敲起来吧，说完这些话，又把门给关上，然后又上楼去了，然后在这同一天里；不，说不定是在同一个时辰里，死掉了……

死者预先报道他自己的死亡，还不止上述这一例。原文有个段落，说的是市政府开辟的坟场有些被派了别的用途；其中一块地，在摩尔-菲尔兹，叙事人顺便交代说："本篇纪事的作者，正是埋葬在那块地里，出于他自己的意愿，而他姐姐是几年前埋葬在那里的。"

仔细想想，H. F. 撰写的备忘录里出现这句话是奇怪的，甚至多少让人觉得有点儿惊悚，——叙事人如何报道他自己死后的状况？！

2003 年诺贝尔文学奖得主 J. M. 库切，其获奖演说《他和他的人》通篇都是在谈笛福和瘟疫，也就是这本书中出现的一些细节和意象：叙事人如何用《圣经》占卜获得勇气；街上的妇女如何看见云中天使；船工罗伯特如何将盛放食品的袋子留在河边，让他患瘟病的老婆孩子自己来取；吹笛人喝醉了酒睡在人家门口，如何被人用运尸车拉去差点儿活埋……库切引用这些细节，却诡异地交代说，写书的人不是笛福，而是那个从热带荒岛回来的鲁滨逊，带着鹦鹉和凉伞，在海边客栈租下一间客房，削尖鹅毛笔，靠写作消磨夜晚时光……

甚至也不是鲁滨逊在写，而是"他和他的他"一起写下这些故事……库切告诉我们说，"他"——鲁滨逊——对林肯郡泽国的鸭子、哈利法克斯的断头台和伦敦城的瘟疫其实一无所知，直到"他的他"送来各种报道，化身为各个叙事人，才有了白纸上蘸着绿墨水写下的故事；甚至"他"只有屈服于"他的他"的力量，这个本来只会写点账目的人才能"掌握这管生花妙笔"，才能写出"灰白马背上的死神"那种句子。

库切的演说词写得冷感、机巧，是一种典型的后现代写法，把笛福的生平和创作扭曲变形，写成一个陀思妥耶夫斯基式的"双胞胎"故事，也像陀思妥耶夫斯基一样难免陷入"他和他的他"绕来绕去的迷宫之中，让人读来一头雾水。不过，那些结论和教训倒是明白易懂的；他试图告诉我们，笛福本人的经历，——砖瓦厂洪水、破产、逃债、躲藏、孤独凄凉，"这一切构成了那艘失事船上的人物和那个荒岛的故事"，而在瘟疫中差点被活埋的吹笛人，他的故事也是"荒岛上的他的写照"。谈到那些自以为健康却被瘟疫击中的伦敦市民，库切阐释说：

> 这是一个生活本身的故事，是整个人生的故事。要早做准备，我们应该对死亡的来临早做准备，否则随时随地会被它击中倒地死去。

以死亡和孤独的严峻寓言阐释笛福；将《鲁滨逊漂流记》和《瘟疫年纪事》的主题等量齐观，终究也不算是一种扭曲。重要的事情莫过于，在种种征象中阅读"真理的实质"；因此，"写魔鬼故事的人也好，写瘟疫故事的人也好，都不应被视作造假者或剽窃者"。

如此说来，模仿笛福、取食于笛福作品的无数写作者（包括库切本人），他们的做法也是情有可原。古往今来，真正的历险故事也许只有一个；甚至可以说，"为灵魂黑暗面和光明面写照"，这个过程中的分裂和分身也大致相仿。于是我们看到，"他"，此时此刻正坐在"这个辽阔的国度租来的客房里"对着白纸苦思冥想，而"他的他"则在"这个国度里疾速飞跑着探寻自己的见闻"……

我们看到，笛福笔下那位叙事人，在瘟疫蔓延的伦敦城里出没，耳闻目睹各种惨淡的景象，不失时机地记录"他"的所思所悟……所幸的是，他的好奇心并未使他染上疫疾。在对上帝的感恩和喜悦赞美之中，他终于结束本篇的叙述，并且用一个清教徒不乏自得的口吻，为伦敦大劫难画上句号：伦敦发生一场可怕的瘟疫，/……把十万人的生命一扫/而光，/而我却活了下来！

译作前后费去了将近两年的业余时间，部分章节是2009—2010年在韩国东国大学执教时完成的。英语国家一些朋友告诉我，此书有些句段不容易读懂。我在翻译时也深有同感，因此有两点顾虑：一是我的译文不免有错讹，有些地方会给读者的理解造成困惑；二是我的翻译是否有"辅助解释"之嫌疑，为了通顺而失掉了原文的口吻、意旨和思想的曲折度？对这样一本书的翻译来说，译者的顾虑是必然的。笛福笔力甚健，语言时而直白，时而迂回，含有反讽；其叙述之宽阔翔实，堪与恺撒的《高卢战记》媲美。但愿中译多少能传达一点他行文的魅力。

本书是根据辛西娅·沃尔编辑的 2003 年企鹅版译出；该文本"取自于 1722 年版本——笛福在世时唯一出版的版本"，编辑除个别地方做了现代化处理，基本"保留原来的拼写、斜体和标点"。中译尽量保留这个版本的面貌；读者看到那些奇怪的标点及格式，或可领略笛福独特的文体和表达。

文中脚注为编者所加，译者删除了个别重复的脚注。原作者和中译者的注释，具体均有注明。

汉娜·施米基（Hanah Schmiege）等在翻译过程中为我答疑；黄昱宁和顾真为再版此书付出了努力，在此谨表感谢。

Daniel Defoe

A JOURNAL OF THE PLAGUE YEAR

图书在版编目（CIP）数据

瘟疫年纪事：插图纪念版/（英）丹尼尔·笛福
（Daniel Defoe）著；许志强译. — 上海：上海译文出
版社,2022.11

书名原文：A Journal of the Plague Year
ISBN 978-7-5327-9140-8

Ⅰ.①瘟… Ⅱ.①丹… ②许… Ⅲ.①长篇小说—英
国—现代 Ⅳ.①I561.45

中国版本图书馆CIP数据核字（2022）第194637号

瘟疫年纪事（插图纪念版）

〔英〕丹尼尔·笛福 著 〔意〕多梅尼科·格诺利 插图 许志强 译
责任编辑/顾真 装帧设计/张志全工作室

上海译文出版社有限公司出版、发行
网址：www.yiwen.com.cn
201101 上海市闵行区号景路159弄B座
山东韵杰文化科技有限公司印刷

开本889×1194 1/32 印张11.5 插页14 字数201,000
2022年12月第1版 2022年12月第1次印刷
印数：0,001—5,000册

ISBN 978-7-5327-9140-8/I·5682
定价：98.00元